Editora Charme

Sem Amor
KATY REGNERY
autora bestseller do NY Times

Copyright © 2017 Katy Regnery

Copyright da tradução © 2018 por Editora Charme

Todos os direitos reservados.

Nenhuma parte deste livro pode ser reproduzida, digitalizada ou distribuída de qualquer forma, seja impressa ou eletrônica, sem autorização.

Este livro é uma obra de ficção e qualquer semelhança com qualquer pessoa, viva ou morta, qualquer lugar, eventos ou ocorrências, é pura coincidência. Os personagens e enredos são criados a partir da imaginação do autor ou são usados ficticiamente. O assunto não é apropriado para menores de idade. Por favor, note que este romance contém situações sexuais explícitas e consumo de álcool e drogas.

1ª Impressão 2018

Produção Editorial - Editora Charme

Capa e Projeto gráfico: Katy Regnery e Verônica Góes

Tradução: Bianca Carvalho

Revisão: Jamille Freitas e Ingrid Lopes

Foto de capa: Shutterstock

Este livro segue as regras da Nova Ortografia da Língua Portuguesa.

CIP-BRASIL, CATALOGAÇÃO NA PUBLICAÇÃO
SINDICATO NACIONAL DE EDITORES DE LIVROS, RJ

S835i
Regnery, Katy
Sem Amor / Unloved
Editora Charme, 2018.

ISBN: 978-85-68056-55-4
1. Romance Estrangeiro

CDD 813
CDU 821.111(73)3

www.editoracharme.com.br

KATY REGNERY

Tradução: Bianca Carvalho

Para George, Henry e Callie.
Vocês são muito amados.
Beijos.

Prólogo

Brynn

Meu carro não pegava.

Foi assim que tudo começou.

Com uma coisa tão simples quanto uma bateria descarregada.

Girei a chave várias vezes, mas fui presenteada com o silêncio, por isso, enviei uma mensagem a Jem, avisando que não conseguiria chegar a tempo para o show. Pedi desculpas. Desejei que se divertisse. Pedi que não me acordasse quando chegasse em casa.

Ele não acordou.

Porque nunca *chegou* em casa.

Milhões de vezes revivi aquela noite, as decisões simples que deram início a uma cadeia de eventos em minha vida e que me guiaram para o presente. Sempre penso em Jem checando seu telefone, tentando imaginar o motivo do meu atraso. Visualizo-o lendo minha mensagem e sorrindo desapontado. Sempre o vejo em minha mente, ponderando se deveria sair da boate e voltar para casa, para mim, ou permanecer lá.

Ele decidiu permanecer.

Vinte minutos depois, estava morto.

O atirador deixou um bilhete dizendo que não amava nem odiava a música da banda Steeple 10. O que odiava era a ideia de todas aquelas pessoas em uma boate com o mesmo propósito, tendo algo em comum, algo que todos curtiam. Ele não tinha gostos em comum com ninguém e sentia inveja da felicidade, do fato de compartilharem a preferência por um pop barulhento. Por isso, começou a atirar nas trezentas pessoas que estavam apertadas dentro da boate lotada, matando trinta e uma. Entre elas, meu noivo, Jem.

Às vezes, em meus sonhos, retorno ao meu carro naquela noite chuvosa e consigo ligar o motor. Dirijo até a boate. Estaciono do lado de fora. Vejo Derrick Frost Willums saltar do seu Toyota Corolla 2011, com seu casaco preto pesado e quente demais para uma noite de agosto úmida em São Francisco. Em algumas versões do sonho, imagino-me interceptando-o, falando com ele, fazendo amizade e, inadvertidamente, convencendo-o de que não estava sozinho. Em outros sonhos, corro em direção à boate, buscando entre as luzes frenéticas, em tons de azul e rosa, o cabelo loiro e espetado de Jem na multidão. Imagino-me correndo em direção ao meu amor e mandando que se jogue no chão, uma vez que aqueles que reagiram assim conseguiram sobreviver. Penso em nós dois abraçados, deitados no chão lamacento e escorregadio, repleto de poças de cerveja, enquanto as balas chovem sobre nossas cabeças, aterrorizando o público do show, que lentamente se dá conta do que estava acontecendo e prepara-se para se esconder em algum lugar protegido em meio ao caos, escorregando nas piscinas de sangue, tentando desesperadamente desviar dos tiros de Willums. Mas, na maioria das vezes, em nove de dez sonhos, chego tarde demais. Sempre me vejo correndo, em câmera lenta, saindo do carro na entrada da boate, abrindo a porta a tempo apenas de ver Willums apontar a arma para si mesmo, puxar o gatilho e cair para trás.

Fico lá parada, congelada: uma figura solitária e estática, incapaz de ajudar qualquer pessoa, atrasada demais para salvar Jem, que provavelmente morreu instantaneamente de um tiro certeiro em seu — forte, lindo e completamente apaixonado por mim — coração.

Sempre que acordo, meu travesseiro está encharcado de lágrimas, e estendo a mão para tocar Jem, esperando que o sonho que tive tenha sido apenas um terrível pesadelo, e não a verdade, não uma parte real, estranha e ainda incompreensível da minha vida. Mas o lado de Jem na cama permanece vazio, e isso já faz dois anos.

O resto do mundo seguiu em frente desde o tiroteio no show da Steeple 10, cada vez mais entorpecido por notícias de eventos similares, simpatizando com desconhecidos sem nome que tiveram o mesmo fim trágico.

Mas *eu* não consigo seguir em frente.

Havia um conhecido meu naquela multidão que tinha um nome, que era profundamente amado. Aqueles de nós que sobreviveram eram os que caminhavam pela Terra com suas feridas. Ou que caminhavam como mortos.

E alguns de nós, por mais que não tivéssemos colocado os pés na boate naquela noite, ainda estávamos lá, enfrentando a fúria de Willums ao lado de nossos entes queridos, desejando que tudo pudesse ter sido diferente.

8   KATY REGNERY

Capítulo Um

Brynn
DIAS ATUAIS

Brynn, tem alguma chance de você finalizar meu site hoje? Queria muito entrar ao vivo neste final de semana. Por favor, me avise. – Stu

Fico olhando para o e-mail por cima da borda da minha caneca de café enquanto reviro os olhos. Quando mandei o orçamento para Stu (da Piscinas do Stu), um valor de mil e duzentos dólares para montar seu site, fui bem clara ao afirmar que levaria três semanas para ficar pronto. Faz apenas dez dias, e ele já está me enchendo o saco para finalizar?

— Odeio pessoas — digo para Milo, meu gato siamês de quatro anos.

Ronronando, o bichinho caminha ao redor da minha mesa, entre meus braços e o teclado quentinho, antes de cair dramaticamente sobre as teclas. A tela rapidamente começa a se encher de linhas de pontos de interrogação.

— Não vou conseguir trabalhar se você ficar aí — falo, tomando mais um gole de café.

— Miau — ele responde, lambendo a pata. *Oh, que pena para você.*

Milo sempre foi um tagarela. Foi por isso que Jem o escolheu para mim, dentre todos os outros filhotes do pet shop.

— Agora, você terá alguém para te fazer companhia enquanto trabalha — ele disse, entregando o cartão de crédito à moça do caixa.

— Não preciso de companhia — afirmei. — Gosto de trabalhar sozinha. Além do mais, não sou muito fã de caixas de areia.

— Vou mantê-la limpa — Jem prometeu.

— Não *quero* a responsabilidade de um gato — insisti, gemendo baixinho.

— Só fiquem amigos. Vou cuidar dele — disse, com seu sotaque da Nova Inglaterra acentuando-se na palavra "cuidar", fazendo-a soar diferente.

No final das contas, foi isso que me convenceu: a forma como seus lábios tão doces pronunciaram "cuidar". Fez com que meu estômago revirasse. Sempre tive uma queda por sotaques, e, como nativa de São Francisco, apaixonei-me pelo dele só de ouvir um "olá".

Jeremiah Benton era de Bangor, Maine, um local tão afastado da área da baía que muitas vezes parecia um país independente.

— O que você quer beber? — perguntei a ele na primeira vez que o vi.

Eu estava trabalhando atrás do balcão e fiquei maravilhada com o azul-marinho dos seus olhos e decidida a parecer indiferente ao quão insanamente gato ele era.

— Qualquer coisa que você tenha por aí. — *Pô aí.*

— Pô aí? — repeti, erguendo uma sobrancelha, enquanto meus lábios se curvavam em um sorriso.

— Você comeu um r? — ele indagou, sorrindo para mim por entre a barba desalinhada.

— Acho que foi *você* quem comeu — provoquei, entregando-lhe uma caneca de cerveja artesanal Go West! IPA.

Ele engoliu metade da cerveja e limpou a barba antes de falar novamente. Aqueles olhos azul-marinho tornaram-se mais escuros quando capturaram os meus.

— Doçura, aposto que vou perder muito mais do que apenas um r para você até que esta noite acabe.

Bem assim... e eu não tive chance alguma.

Ele me disse que tinha acabado de passar um mês fazendo trilha pela Floresta Nacional Sierra, trabalhando para a revista Backpacker.

E aí eu lhe disse que nunca tinha feito trilha na vida.

Ele me chamou de patricinha e me perguntou quando eu estaria livre para fazer uma.

Eu nunca tinha saído com um cliente antes daquele dia, embora tivesse recebido muitas ofertas, mas disse a ele que estaria livre no domingo seguinte.

Ele comeu um r na palavra. Mas também devorou meu coração.

— Miau? — pergunta Milo, parando de se lamber, enquanto seus olhinhos azuis exigem que eu retorne ao presente, o que, infelizmente, inclui terminar de montar o site das Piscinas do Stu.

Tiro Milo gentilmente de cima do teclado e deleto as quatro páginas de pontos de interrogação que ele deixou, retornando à minha conta de e-mail.

Não, Stu. Me desculpe, mas, se você checar o nosso contrato, verá que preciso de três semanas para finalizar o site. Ele estará pronto em 26 de junho, como prometido.

Meus dedos voam pelas teclas, mas meus olhos parecem mais lentos do que as palavras que estou digitando. Quando eles finalmente pousam na data, minhas mãos congelam, e eu perco o ar.

26 de junho.

26 de junho. O aniversário de Jem. O aniversário de trinta anos de Jem.

Um nó subitamente surge na minha garganta, tão grande e tão doloroso que me sinto sufocar, então, ergo a mão e o massageio, afastando minha cadeira da mesa, distanciando-me da data, ficando-me mais longe... mais longe... mais longe...

— Teria. Sido — digo em voz alta, sentindo que as palavras são mais amargas do que o café.

Teria sido... teria sido... teria sido o aniversário de trinta anos de Jem, forço a mim mesma a entender.

Minha terapeuta, Anna, me disse que é sempre assim quando se perde um ente querido em uma morte violenta e inesperada: por anos — ou, às vezes, em casos extremos, pelo resto da vida —, você continua se lembrando de dias e datas importantes. É porque nunca teve a oportunidade de dizer adeus nem se preparar para isso. Por mais que, algum dia, você consiga fazer as pazes com a perda, parte de você nunca irá se convencer de que a pessoa amada realmente se foi. Uma parte secreta e oculta continua teimosamente mantendo a crença irracional e inconsciente de que a pessoa não morreu, está apenas desaparecida, distante. E quando seu cérebro te força a entender que ela está, de fato...

Morta

... por um momento — *naquele* exato momento — você a perde novamente.

Isso não acontece mais comigo como costumava acontecer no primeiro ano... mas, ocasionalmente, essa sensação ainda me dá um belo chute na bunda.

— Entregue-se — Anna aconselhou. — Tire alguns minutos para se lembrar de Jem, o que ele significava para você, o quanto o amava. E, então, aproveite o momento para dizer adeus novamente. Ignorar não fará a dor desaparecer, Brynn. Ignorar só irá impedir a sua cura. Entregar-se pode ajudar a sua mente a, eventualmente, aceitar que ele partiu.

Sentindo os olhos arderem, levanto-me da cadeira e saio do escritório, ouvindo meus chinelos arrastando no piso de madeira do corredor, enquanto passo pelo banheiro e pelo armário do corredor. Entro no quarto que compartilhava com Jem, dirijo-me ao closet e entro, buscando uma caixa de sapatos na prateleira mais alta.

Anna também foi a pessoa que me ajudou a aceitar a ideia de doar as roupas de Jem para a caridade e de enviar seus livros e CDs de volta para o Maine, para seus pais guardarem. Enviei seu amado equipamento de viagem, como mapas e guias, para sua irmã gêmea, Hope, que também adora fazer trilha. Guardei comigo apenas as coisas que cabiam em uma caixa pequena: uma caixa de fósforos do bar onde nos conhecemos; cartas e cartões postais que escrevemos um para o outro durante os dois anos que ficamos juntos; fotos de várias trilhas que fizemos, a maioria em *Yosemite*; meu anel de noivado, que parei de usar no primeiro aniversário de sua morte; e o celular dele.

O celular dele.

Está guardado, como ficou por quase dois anos, dentro de um saco de evidências, descarregado, no fundo da caixa, ainda com uma mancha de sangue seco entre a tela e o plástico. Foi encontrado a alguns centímetros de distância de sua mão, sob o quadril de um veterano de Stanford, que estava no show com a irmã.

Milo entra no quarto, com uma expressão inquisitiva e vagamente acusatória, enquanto eu me sento na cama e abro a caixa.

— Anna me disse para fazer isso — digo a ele, secando uma lágrima.

— Miau — ele responde, embolando-se em minhas pernas antes de deitar-se em um pedaço de luz do sol que atinge o tapete, dando-me permissão para sofrer.

Meus olhos recaem primeiro na caixa de fósforos, que possui uma logo de um carro de bombeiros vermelho brilhante, com "**Down Time**" escrito em prata logo acima. Colocando-a de lado, encontro uma foto de Jem comigo: uma selfie tirada na ponte *Vernal Fall*, em *Yosemite*. Estremecendo, pego cautelosamente a pilha de fotografias e cartas de dentro da caixa e coloco-as gentilmente sobre a cama. Geralmente, começo pelas fotos, chorando enquanto me lembro dos bons momentos, e então as devolvo ao seu lugar, sussurrando: "Adeus, Jem", enquanto fecho a tampa e coloco a caixa de volta no armário.

Mas hoje, por alguma razão, deixo as fotos de lado e retorno à caixa, buscando os dois itens que sobraram lá dentro: meu anel e o celular.

Impulsivamente, pego o telefone e tiro-o da caixa. Abrindo o plástico pela primeira vez desde que me foi entregue há um ano, faço algo que acelera meu coração e me deixa zonza: inclino-me e plugo o celular de Jem no carregador ao lado da cama. Depois de dois anos, ele volta à vida em segundos, o desenho de uma bateria tomando forma na tela negra.

E, embora a velocidade e a facilidade com que consigo trazê-lo de volta da morte me pareça quase obscena, minhas lágrimas secam, e mordo meu lábio inferior, enquanto um raro sentimento de ansiedade me inunda. Não faço ideia do que gostaria de encontrar no telefone de Jem, mas já faz tanto tempo que algo não me anima dessa forma, que me agarro a esse sentimento por um instante.

Há dois anos, antes do tiroteio na Steeple 10, eu vivia uma vida plena e feliz. Noiva de Jem e planejando nosso casamento, visitava meus pais regularmente em *Scottsdale* e saía com amigos o tempo todo. Logo depois de conhecer Jem, terminei minha faculdade de Web design e comecei a pegar trabalhos constantemente. Não demorei muito para sair do **Down Time** e passei a trabalhar em casa na maioria dos dias. Gostava de ficar sozinha. Mesmo assim, nunca me sentia solitária ou isolada.

Dois anos depois, porém, esse mesmo trabalho tornou-se uma forma simples de me separar do resto do mundo.

Raramente saio de casa, minhas compras são entregues a domicílio e me exercito em uma esteira no meu quarto. Minhas viagens a *Scottsdale* tornaram-se pouco frequentes, apesar dos convites preocupados da minha mãe para visitá-la mais vezes. Há algum tempo, meus amigos que precederam Jem cansaram-se de ter suas mensagens ignoradas. Eventualmente, pararam de me procurar, dizendo-me que, quando eu estivesse pronta para sair novamente, deveria avisá-los.

Sou uma eremita, exceto pelas minhas visitas duas vezes no mês a Anna. E por mais que parte de mim saiba que isso não é saudável, eu simplesmente não me importo.

Bip.

Viro-me na direção do *iPhone* de Jem só para encontrar a luz acesa e uma velha foto de nós dois preenchendo a tela pequena, além da solicitação de senha.

Com dedos trêmulos, digito 062687, e a tela imediatamente muda, enquanto seus aplicativos se alinham em cinco fileiras organizadas.

Calendário. Relógio. Previsão do Tempo. Mensagens;

Mensagens de Voz. Contatos. Safari. E-Mail;

Mapas. Configurações. Notas. Câmera;

Fotos. TV. iBooks. Kindle;

App Store. iTunes. Músicas. Shazam.

Embora o telefone dele já esteja comigo há quase um ano, só agora percebo que há um arranhão no canto superior da tela, tão discreto que só se pode enxergar por causa da iluminação. Uma mancha vermelha foi tudo o que restou de uma impressão digital sangrenta, e minha respiração falha ao olhar para ela.

Lentamente — bem lentamente —, passo meu dedo por ela, perguntando-me quando e como foi parar ali, piscando, surpresa, ao perceber que o toque não intencional na tela tinha aberto a última mensagem de texto de Jem.

No topo da tela, lê-se Brynn, o que significa que estava escrevendo para mim.

Uma mensagem não enviada que dizia simplesmente: *katahd*.

Arfando com a súbita e esmagadora descoberta de que Jem passara seus últimos momentos de vida tentando escrever uma mensagem para mim, sinto a tela enevoar-se conforme meus olhos se enchem de mais lágrimas, ardentes, inúteis e castigadoras. Para qualquer outra pessoa, *katahd* poderia parecer alguma palavra em outra língua, mas eu já a tinha lido muitas vezes para não a reconhecer.

Katahdin.

Monte *Katahdin*.

O pico mais alto do Maine.

O local onde Jem dizia que sua alma vivia até ser entregue a mim.

Pressionando o telefone contra meu coração, curvo o corpo até formar uma bola sobre a cama e choro.

— Que negócio é esse de ir para o Maine? Brynn, se você precisa ficar longe por uns tempos, por favor, venha para *Scottsdale*. Pode ficar aqui por quanto tempo quiser.

— Mãe, por favor...

— Isso não faz sentido, querida — ela diz, sua voz em um misto de preocupação e impaciência. Imagino-a na esplêndida mansão dos meus pais, sentada em uma espreguiçadeira à beira da piscina, com um grande chapéu, e seu rosto jovem marcado por uma profunda consternação. — Sabemos o quanto você amava Jem, mas já faz dois anos...

— Pare — ordeno com gentileza.

De todas as coisas que as pessoas costumam dizer depois da perda de um ente querido, "supere" não é apenas inútil, como também cruel e irritante.

Ela suspira, mas sua voz permanece gentil.

— Brynn, querida, por favor. Venha para *Scottsdale* por uma semana.

Como posso fazê-la entender o que significou para mim ter encontrado aquela última mensagem de Jem?

Depois de passar vinte e quatro dolorosos meses de luto, nos últimos dois dias, senti uma nova sensação tomar conta de mim: um plano, um propósito, uma razão para me levantar e finalmente sair do meu apartamento. De uma forma como nunca imaginei, Jem está me mostrando, do túmulo, como dizer adeus — está me dando uma chance de enterrá-lo e seguir em frente —, mas eu preciso lutar contra minha confortável inércia e começar a me mexer para fazer acontecer.

— Mãe, ele estava escrevendo para mim. Seus últimos pensamentos foram para mim... e o *Katahdin*. Sei disso, porque ele estava me enviando uma mensagem. Estava tentando escrever o nome da montanha em seus últimos momentos de vida. Você não vê? Preciso ir. Preciso ir para lá por ele.

— Algumas trilhas e escaladas com Jem, alguns anos atrás, não te prepararam para subir uma montanha aterrorizante. Há *ursos* por lá, Brynn! Florestas. Duvido que você consiga um sinal de celular. É tão longe! Se alguma coisa acontecer, seu pai e eu não vamos conseguir chegar lá tão rápido. Sou sua mãe, eu te amo e estou *implorando* para que repense esse plano.

— Já está decidido, mãe — digo. — A irmã de Jem vai me buscar no aeroporto no domingo à noite. Vou ficar com ela. Ela conhece a montanha como a palma da mão.

Eu já não falava com Hope há mais de um ano, e, quando liguei para ela na noite passada, temi abrir feridas profundas, mas ela foi gentil como nas duas vezes em que nos visitou em São Francisco.

— Brynn! Como você está?

— Estou bem, Hope. E você?

— Também estou bem. Há dias bons e ruins — ela admitiu. — E você?

— Mesma coisa. — Fiz uma pausa, suspirando para controlar meu desejo de chorar. — Sinto falta dele.

— Eu também. Todos os dias.

— Eu... hum... — pigarreei. — Encontrei uma coisa. Nos pertences de Jem.

— O quê? O que você está querendo dizer?

— Enviei quase tudo para você e seus pais depois do que aconteceu... mas uma coisa que guardei foi seu celular. Já faz um ano que a polícia me devolveu. Guardei em uma caixa e o mantive comigo. Não sei por que nunca o liguei, mas, há duas noites, eu fiz isso.

— Meu Deus — ela disse. — O que encontrou?

— Não muita coisa. Mas acho... Acho que ele estava tentando me mandar uma mensagem antes de morrer. — Mordi meu lábio, tentando manter minha voz estável. — Tinha o pedaço de uma mensagem. K-A-T-A-H-D...

— *Katahdin*! — ela choramingou.

— Exatamente — confirmei, enquanto aquele sentimento, aquela vontade de me levantar e agir, fazia meu estômago se agitar.

— Ele estava escrevendo para você?

— Sim.

— Você acha... acha que ele queria que você fosse lá?

— Acho.

— Só para ver?

— Não tenho certeza — respondi. — Só sei que preciso ir.

— Ah! Então você está vindo para o Leste?

Sua voz, que estivera muito cálida até aquele momento, subitamente esfriou, e me perguntei, por uma fração de segundo, se era bem-vinda.

Embora os pais de Jem tivessem preparado um velório para o filho, eu não fui ao Maine para participar. Na época, eu estava morando com meus pais, em *Scottsdale*, tomando doses significativas de Valium para poder sobreviver àqueles dias. Mas, nos dois anos seguintes, não ter comparecido ao enterro tornou-se um dos meus mais terríveis arrependimentos, e eu sempre me perguntava se tinha ofendido seus pais e sua irmã por não estar lá.

— Hum-hum. Chego no domingo.

Hope ficou em silêncio por um momento antes de responder:

— Você pode ficar aqui. Precisa que eu te pegue no aeroporto?

Meus ombros relaxaram.

— Seria ótimo. Chego às 18h20.

— Vou anotar para não esquecer. — Hope fez uma pausa, mas sua voz tornou-se mais cautelosa ao falar novamente: — Sem ofensas, Brynn, mas *Katahdin* não é para iniciantes.

— É por isso... — mordi meu lábio inferior, então prossegui: — que gostaria muito que você viesse comigo.

— Gostaria de poder ir — ela disse —, mas estou com viagem marcada para Boston na segunda de manhã. Vou ficar fora por uma semana, dando aula na universidade. Por quanto tempo você pretende ficar?

— Só por três dias — respondi, perguntando-me se deveria ter deixado a volta em aberto, mas não queria perder clientes como o Piscinas do Stu, que estava esperando que eu terminasse seu site logo que retornasse do Maine.

— Quer saber de uma coisa? — Hope disse. — Você vai se dar bem. Vou fazer um mapa, desde a Trilha Saddle até o Pico Baxter. Inscreva-se na estação de guarda florestal primeiro. Há vários instrutores na TA...

— TA?

— Trilha dos Apalaches. Ou seja, se você precisar de ajuda, haverá alguém por perto para te ajudar. Vou te auxiliar com o equipamento também, ok? Posso te emprestar algumas das minhas coisas, e você pode pegar qualquer outra que precisar.

Eu realmente gostaria da companhia de Hope, mas, mesmo sozinha, não havia volta. Precisava fazer isso. Por Jem. E por mim.

Suspirando, afasto minha conversa com Hope da mente e volto ao meu diálogo com minha mãe, no qual eu tinha acabado de afirmar que Hope iria *comigo*.

— Pare de se preocupar, mãe. É uma coisa boa. Prometo. Vou ficar bem.

— Não gosto disso, Brynn. Você usou medicamentos por meses. Eu e seu pai...

— Mãe, preciso do seu apoio agora. Pela primeira vez desde que Jem morreu, eu me sinto... não sei... meio que animada com algo. Sinto... como se tivesse uma nova direção. Um propósito. Prometo que serei cuidadosa, mas tenho que fazer isso. *Preciso*.

Minha mãe fica em silêncio por um momento antes de perguntar:

— Você precisa de dinheiro?

— Tenho trinta anos, e você ainda me trata como se tivesse onze — falo, sorrindo para Milo, que está se esfregando nas minhas pernas.

— Eu te amo — ela diz. — Você sempre terá onze anos para mim.

— Também te amo.

Conversamos sobre a vitória do meu pai em um campeonato de golfe recente, e ela me atualiza sobre o novo namorado da minha prima, Bel. Terminamos a ligação rindo, o que não acontecia há muito tempo. Depois de colocar o aparelho de volta na base, dirijo-me ao meu quarto para começar a preparar a bagagem, sentindo-me grata.

Sentindo-me preparada.

20 KATY REGNERY

Capítulo Dois

Cassidy

SEIS ANOS DE IDADE

Quando eu tinha seis anos, encontrei meu pai em um antigo galpão, atrás da nossa casa, desmembrando um guaxinim.

Deitado de barriga para cima, o animal estava afixado pelas unhas a uma mesa de madeira mais alta do que eu. Filetes de sangue escorriam por suas patas e pingavam suavemente no piso de placas de concreto.

Depois de espiar com curiosidade por uma fresta na porta do galpão, não fiz um som sequer enquanto me aproximava da mesa de trabalho, observando meu pai olhar para o animal morto com fascínio, segurando o que identifiquei como sendo um bisturi sangrento.

Foi só quando eu estava a meros centímetros do rosto do animal que fiz contato visual com ele e reparei que não estava, de fato, morto. Seus olhos, vidrados em agonia, olhavam para mim e piscavam. Arfei alto o suficiente para distrair meu pai, que se virou para mim com uma expressão furiosa.

— Porra, dê o fora daqui, Cassidy! — gritou. — Saia, garoto! Estou trabalhando.

Caí para trás, na pressa de sair do galpão, e tropecei nos meus próprios pés, correndo por entre as árvores do quintal para chegar em casa, para a segurança que minha mãe representava.

— Cass! — ela me chamou enquanto eu corria, sem ar, confuso e mortificado, na direção de onde ela estava no quintal, pendurando algumas roupas recém-lavadas no varal. — De onde você está vindo, meu doce menininho?

De onde você está vindo?

De uma coisa horrível, pensei, lançando-me contra ela, enterrando a cabeça em sua saia e passando os braços magros ao redor da sua cintura fina.

Mesmo aos seis anos, eu sabia que tinha acabado de ver algo terrivelmente errado. Mas, por instinto, também soube que não deveria mencionar o incidente para ela. Alguns segredos, especialmente os mais sombrios, eram obscuros demais para serem verbalizados, medonhos demais para serem compartilhados.

— Da floresta — respondi, sentindo o cheiro doce de sua saia jeans, que estava quentinha do sol do verão.

— Você sabe que seu papai vai viajar esta noite, não sabe, querido? E que ele vai demorar mais ou menos um mês para voltar. — Ela suspirou. — Fique por perto, Cass. Não fique andando por aí. Vamos jantar juntos. Ele quer se despedir.

Meu pai era caminhoneiro. Sua rota normal, que ele me mostrou uma vez em um mapa, ia de onde vivíamos, no norte do Maine, passava pela costa Leste e chegava à Florida, de onde ele retornava. Ele fazia dezenove mil quilômetros em um mês, pela estrada I-95, em três viagens de ida de volta, com um equipamento que lhe pertencia.

O que significava que não o víamos com muita frequência. Ele ficava em casa por dois ou três dias do mês, entre suas viagens. Durante o resto do tempo, eu e mamãe ficávamos sozinhos em nossa fazenda, nos arredores de *Crystal Lake*, e passávamos os verões com meu avô, que tinha uma cabana no Norte, à sombra de *Katahdin*.

Como resultado, eu não conhecia o meu pai muito bem, embora minha mãe sempre se embelezasse quando ele estava em casa, usando saias ao invés de calças jeans, e o cabelo solto, ao invés de rabos de cavalo.

Passava aqueles dias do mês cantarolando e sempre me dizia que meu pai gostava que sua mulher se parecesse com uma mulher, e ela ficava feliz em obedecê-lo. Nas duas ou três noites em que ele ficava em casa, eu não podia ir ao quarto da mamãe, mas ouvia todos os tipos de barulhos que escapavam pela porta: gemidos baixos e grunhidos, além do rangido ritmado da cama. Levei anos para entender o que isso significava.

À altura do meu oitavo aniversário, eu deveria ter passado menos de cem dias com meu pai. Em toda a minha vida.

Meu oitavo aniversário.

Por acaso, ele estava em casa neste dia.

Era o último antes de ele pegar a estrada novamente.

Também foi o dia em que a polícia do Maine bateu em nossa porta para levá-lo preso.

24   KATY REGNERY

Capítulo Três

Brynn

— Brynn! Aqui!

Olho ao meu redor e logo encontro Hope, a irmã gêmea de Jem, acenando do setor de bagagens, enquanto desço as escadas rolantes do aeroporto de Bangor. Ela tem as mesmas maçãs do rosto de Jem, os mesmos olhos azuis, o mesmo cabelo loiro-dourado indisciplinado, que cai pelos ombros em ondas que mais parecem beijadas pelo sol. Seu sorriso fácil, exatamente como o do irmão, faz meu coração apertar.

Torço para que ter vindo aqui não seja um erro gigantesco que irá atrasar o meu processo de retorno à normalidade. *Se isso acontecer*, penso, *terei que voltar a viver como uma eremita, apenas com um gato como companhia.* Não tenho muita vontade de retroceder a este ponto.

— Você está aqui — ela diz com um sorriso.

Aqui-ã.

— Hope — digo, enquanto saio da escada, dirigindo-me para seus braços —, é tão bom ver você.

Enquanto ela me abraça, lágrimas brotam dos meus olhos. *Inúteis.*

Quando ela se afasta, vejo seu sorriso desaparecer.

— Você está pele e osso, Brynn.

Dou de ombros.

— É a dieta do noivo morto.

Ela se encolhe, afastando-se de mim, enquanto um suspiro chocado escapa dos seus lábios.

Merda.

— Me desculpe — digo, balançando a cabeça freneticamente. — Me desculpe mesmo, Hope. Não sei por que disse isso. Merda, me desculpe. Não estou pronta para lidar com pessoas ainda. Meu Deus, Hope, estou tão, tão arrependida.

— Está tudo bem — ela murmura, embora minhas palavras impensadas tenham apagado seu sorriso por completo. Ela respira fundo. — Tem bagagem para pegar?

— Não.

— Então... hum... vamos para o carro, né?

Quero dizer alguma coisa para amenizar a situação, enquanto caminhamos em silêncio em direção ao estacionamento, mas nada parece capaz de compensar as palavras insensíveis que falei. Além disso, não quero disfarçar como me sinto. Não com Hope.

Jem está morto. Sei disso. Sei que ele nunca irá voltar. Mas, às vezes, minha tristeza e minha raiva ainda parecem duras como gelo; e foi assim que eu as enxerguei por um bom tempo, na verdade. Tristeza e raiva, formando um invólucro infinitamente extenso e infinitamente grosso ao redor do meu coração. Em vários dias, nem sei como meu coração continua a bater. E há esses outros dias, e tenho vergonha de admitir, em que eu gostaria que ele simplesmente parasse por completo.

Mas ele continua a bater, cheio de vida, como se soubesse que algum dia o gelo irá derreter. Eu temo e sou favorável à ideia desse dia. Amar outra pessoa apresentará um risco imenso para mim — como eu poderia suportar perder alguém outra vez? —, mas viver dessa forma para o resto da minha vida? Em um constante estado de luto? Este pensamento é *mais* insuportável do que seguir em frente. Porque eu não tenho uma vida. Eu apenas existo. E desde que religuei o telefone de Jem, comecei a pensar que talvez esteja pronta para voltar a viver.

— Está bem ali — diz Hope, apontando para uma SUV preta. Ela abre o porta-malas, e eu ergo minha bagagem de rodinhas, colocando-a lá.

— Hope — falo, pousando minha mão em seu braço, depois de ela fechar a porta. — Sinto muito mesmo.

— Eu sei — ela responde, abrindo um meio-sorriso que mais parece uma careta. Enquanto olha nos meus olhos, cobre minha mão com a dela. — Na última vez que nos vimos, ele estava vivo. Você está diferente, Brynn. Falando diferente também.

As palavras ferem, mas ela está certa. Este é o maior problema de se perder alguém a quem se ama tanto quanto eu amava Jem: nunca conseguimos ser a pessoa que éramos antes. Nunca. Ainda estou tentando descobrir quem me tornei.

Respiro fundo.

— Espero que essa viagem me ajude.

Os olhos de Hope ganham um certo brilho.

— Ele teria amado isso, sabe... Escalar *Katahdin*, compartilhar esse momento com você.

— Eu sei — sussurro, engolindo o nó na minha garganta.

— Venha — ela diz, tirando a mão do meu braço. — Vamos te levar para a minha casa, onde poderemos conversar sobre as melhores formas para você chegar ao topo.

Durante toda a viagem de avião para o Maine, eu li sobre o Monte *Katahdin*, em um livro de viagem da Nova Inglaterra que comprei em São Francisco.

Katahdin, nome dado pelos Nativos Americanos, significa "a maior montanha", e para Jem nada poderia estar mais próximo da verdade. Ele a escalou pela primeira vez quando tinha dez anos, e, se eu perguntasse a Hope, ela não saberia me responder quantas vezes a escalou depois disso, porque ele praticamente vivia ali. Durante as férias no ensino médio, ele ganhou algum dinheiro como guia, levando turistas para cima e para baixo durante quase todos os finais de semana, e durante os outros dias guiava grupos da igreja e de acampamentos de verão.

Hope afivela seu cinto de segurança, e eu faço o mesmo, virando-me para ela.

— O que você acha de eu tentar o *Knife Edge*?

Ela tinha dado ré, mas, enquanto virava a cabeça na minha direção, para me encarar com uma expressão chocada, empurrou a alavanca de câmbio para voltar à vaga.

— Acho que devo perguntar se você tem desejo de morrer.

O jeito favorito de Jem de escalar a montanha era por uma trilha chamada *Knife Edge*. E, sim, partes da trilha tinham apenas noventa centímetros de largura, com uma queda acentuada de cada lado. E, sim, esta trilha tirara vinte e três vidas nas últimas cinco décadas. Mas eu estou *aqui*. E estou desesperada para andar o mais perto possível das pegadas de Jem.

— *Você* já fez essa trilha?

Ela assente, com uma expressão impassível.

— Sim.

— Então, por que eu não posso fazer?

Hope desvia os olhos dos meus e sai da vaga.

— Porque, assim como o meu irmão, eu escalo o *Katahdin* desde que tinha dez anos.

— Fiz algumas trilhas bem desafiadoras com o Jem — digo. — Ele me levou para *Yosemite* vários finais de semana. Cheguei a escalar o *Glacier Point*.

— Pela trilha *Four Mile*?

— Sim.

— Certo. É uma trilha bem árdua para um pico de mil metros de altura.

— E...?

— Em uma avaliação, o que viria depois de uma trilha categorizada como árdua?

— Muito árdua?

— Hum-hum. E depois o quê?

— Hum... — murmuro, tentando me lembrar. — *Muito, muito* árdua?

Hope revira os olhos, enquanto paga ao funcionário do estacionamento e se dirige para a noite lá fora.

— Você sabe como o *Knife Edge* é classificado?

Não. Mas sinto que estou prestes a descobrir.

— Coisa de doido — diz Hope, parando em um sinal vermelho e tentando olhar para mim com irritação e preocupação em seu semblante. — É assim que ele é classificado. Só é recomendado para os mais experientes. — Ela respira fundo, acelerando quando o sinal muda de cor. — Brynn, devo me preocupar com você?

— Não. — Apoiando meu cotovelo no peitoril da janela, pisco para amenizar a ardência das lágrimas. — Eu só... eu só quero...

— Eu sei — diz Hope, suspirando enquanto vira na direção da estrada. — Você quer se sentir perto dele. Mas precisa ser esperta se vai escalar o *Katahdin*. Diferente do *Glacier Point*, o *Baxter Pear* está a mil e seiscentos metros. É uma subida quinze por cento maior, Brynn. Você estará cansada quando chegar ao topo. Exausta como nunca imaginou estar. E você, definitivamente, não é forte o suficiente para o *Knife Edge*. Sem ofensa. De alguma forma, Jem iria voltar dos mortos e me matar se eu te encorajasse a fazer isso. É uma das trilhas mais perigosas da Nova Inglaterra. Do mundo.

— Ok — respondo, erguendo a mão para secar meus olhos. — Nada de *Knife Edge*.

— Ufa! Pensei que você iria me fazer insistir.

— Nah! Já entendi. — Balanço a cabeça, mas o meu desapontamento por mudar meus planos de escalada me faz mudar de assunto. — Como estão seus pais?

— Eles envelheceram muito, você sabe, depois... do que aconteceu. — Termina com um suspiro pesado. — Mas eles são da Nova Inglaterra. Provavelmente vão viver mais do que todos nós. — Ela olha para mim. — Vai encontrar um tempinho para ir vê-los enquanto estiver por aqui?

Sei que não vou fazer isso. Além do mais, não saberia o que dizer a eles. Mas Hope está olhando para mim, então, tento lhe dar a resposta que ela deseja.

— Talvez na terça, antes de ir para o aeroporto. Com certeza vou tentar — digo. — Como você está? Ainda apaixonada pelo seu trabalho?

Hope é a professora de biologia mais jovem na Universidade do Maine.

Ela assente, e sinto seu rosto relaxar.

— Totalmente.

— Alguma história interessante?

Ela sorri.

— Bem... eu conheci uma pessoa.

Sorrio para ela, surpresa por sentir uma onda de felicidade genuína ao ouvir a novidade.

— Surpreenda-me dizendo que é um dos seus alunos.

Gargalhando suavemente, ela balança a cabeça, fazendo as ondas loiras dançarem.

— Lamento te desapontar. Ele é professor de estudos ambientais na Universidade de Boston. Veio para Orono ministrar uma aula e, por sorte, eu estava presente.

— Amor à primeira vista? — provoco.

— Foi a forma como ele falou sobre preservação da terra — ela diz, suspirando dramaticamente antes de piscar para mim.

— Uma bióloga e um preservacionista. Vocês parecem perfeitos um para o outro.

— Espero que sim — ela admite, com uma voz esperançosa.

— Ei! — digo, enquanto pedaços de informações começam a se encaixar. — Você não disse que vai para Boston amanhã?

— Sim.

— E há quanto tempo vocês estão juntos?

— Dez meses, acredite se quiser.

— Você acha que ele vai...

— Não fale! Vai trazer má sorte.

— ... te pedir em casamento? — sussurro, interrompendo seu aviso.

— Ah, viu o que você acabou de fazer? Droga, espero que não tenha estragado tudo!

— Me desculpe — peço, inclinando minha cabeça para o lado. — Mas agora que dissemos... você *acha* que ele vai?

— Como eu disse... *espero* que sim.

Por um momento, meu cérebro se ilumina com lembranças de Jem apoiado em um joelho, seus olhos azuis ofuscando o céu atrás dele, enquanto abria uma caixinha de veludo branco na palma da mão.

Brynn, quer se casar comigo?

Fecho meus olhos por um momento e respiro fundo; então, abro-os novamente enquanto solto o ar, preparando-me para a onda de pânico que sempre acompanha esta memória especialmente pungente.

Talvez seja por estar longe do local onde o perdi, ou por estar perto de sua irmã, que o amava tanto quanto eu, ou pelo plano de escalar *Katahdin* e finalmente lhe dizer adeus, pois, ao invés de pânico, uma onda de paz me inunda, fazendo as lágrimas retrocederem.

Com um suspiro de alívio, baixo a janela e respiro o ar do Maine, grata por aquelas lembranças do meu pedido de casamento me acalentarem ao invés de me destruírem.

— Eu também espero que sim — digo, olhando para a irmã gêmea de Jem e rezando para que seu futuro lhe conceda a felicidade que foi roubada do seu irmão. — Espero muito que sim.

KATY REGNERY

Capítulo Quatro

Cassidy

NOVE ANOS DE IDADE

A secretária da escola primária, a Sra. Hughes, olha para mim por cima do balcão com olhos frios, e eu afundo ainda mais em minha cadeira, fitando meus sapatos, que estão cobertos por vômito seco.

Depois do almoço, duas crianças me cercaram no banheiro, o menor de pé em frente à porta, enquanto o maior me perguntou se eu era um "estuprador e assassino de merda" como o meu pai. Como não respondi, ele me empurrou com tanta força que cambaleei para trás, batendo na pia e gemendo ao sentir a carne fina que cobre meu quadril ir de encontro à porcelana dura e cruel.

— Um olho azul e outro verde — ele zombou, e um pouco de saliva acumulou-se no canto de sua boca, enquanto avançava na minha direção. — É um esquisito de merda. É uma porra de um esquisito assassino.

Ele me empurrou novamente, e eu choraminguei baixinho.

— Vai chorar? — ele perguntou.

Eu *queria* chorar.

Droga, eu queria chorar a cada dia da minha vida, mas, ao invés disso, mordi a bochecha e apertei meus dentes em torno da carne morna e úmida, desejando que a dor da mordida esmagasse minhas lágrimas enquanto olho para o chão de azulejos.

— Você não pertence mais a esta cidade — ele disse. — Você e sua mãe dão medo em todo mundo. Precisam se mudar.

— J.J., temos que ir. Alguém pode chegar.

— Cale a boca, Kenny. — J.J. vira-se novamente para mim, dando duas bofetadas no meu rosto, com força, me forçando a erguer os olhos. — Olhe para mim enquanto eu estiver falando com você, garoto.

Quando olhei para ele, vi que seus olhos eram castanhos e cruéis.

— Você me ouviu? Ninguém te quer aqui, assassino.

Engoli a bile que subiu pela minha garganta.

— Ninguém quer esse seu sangue contaminado por aqui.

— J.J...

— Ninguém quer ficar olhando para você e lembrando de quem seu pai foi e o que ele fez.

Tentei engolir em seco novamente, mas senti como se os músculos da minha garganta estivessem congelados, e eu não conseguisse forçá-los a trabalhar.

— Ninguém quer...

Uma inevitável e incômoda sensação começou a remexer o conteúdo do meu estômago, e eu abri a boca apenas a tempo de ter meu almoço regurgitado, derramando-se por inteiro na camiseta dos Patriots de J.J., seu jeans e tênis Nike.

— Poooooooorra! — ele gritou, recuando. — Mas que *merda*?

Lágrimas fluíram pelos meus olhos, mais um resultado do vômito do que uma reação à crueldade. Gotas de vômito pingaram dos meus lábios e queixo em minha camiseta vermelha e meu tênis velho do Walmart.

— Que nojo! — Kenny gritou, abrindo a porta do banheiro e desaparecendo no corredor.

— Você vai pagar por isso, seu merdinha — J.J. gritou, virando-se para seguir Kenny.

Minha camiseta e meus sapatos estavam cobertos de vômito, e, sem trocar de roupa, não posso voltar à sala de aula. Então, fui para a enfermaria. A enfermeira me lançou um olhar e arfou sem qualquer simpatia, me entregando uma calça de moletom e uma camiseta velha do achados e perdidos. Enquanto me vestia, ouvi-a pedir à secretária da escola que ligasse para a minha mãe.

Mamãe chegou quarenta minutos depois e olhou para mim com olhos preocupados. Murmurei um pedido de desculpas, mas ela só me pediu para ficar quieto enquanto ia à sala do diretor. Sentado em uma cadeira do lado de fora, posso ouvir quase tudo que ele lhe diz por uma fresta da porta entreaberta.

— Cassidy não se encaixa nesta escola, Sra. Porter. Tenho certeza de que deve compreender o quão inseguras as outras crianças ficam quando estão perto do seu filho.

— Mas por quê? — ela pergunta suavemente, com uma voz cheia de emoção. — Cass é um bom menino. Gentil.

O Sr. Ruggins pigarreia.

— Nós nunca tivemos problemas com Cassidy propriamente dito, e, para ser claro, não posso *obrigá-la* a tirá-lo da escola, senhora. Mas posso garantir que episódios como o de hoje não serão isolados. Acredito que poderão piorar conforme o tempo for passando.

— Não entendo. Ele não seria capaz de machucar uma mosca — ela diz. — É gentil e...

— Ninguém aqui está discutindo isso, Sra. Porter. Mas acho que seria melhor para Cassidy e para a senhora se começasse a pensar em ensiná-lo em casa.

— Ensiná-lo em casa? Mas eu não sou professora. Não sei *como* ensiná-lo.

Imagino o Sr. Ruggins inclinando-se, porque sua cadeira começa a gemer.

— Não será necessário. A senhora pode comprar um livro no Walmart em Lincoln, e eu lhe ensinarei como fazer para ensinar tudo o que ele precisa saber. Nós podemos fazer o pedido para a senhora, se isso ajudar. Ou posso pedir à Sra. Hughes que lhe indique alguém para fazer isso.

— Mas e amigos? Ele vai se sentir sozinho só tendo a mim como companhia.

— Sra. Porter — começa o Sr. Ruggins gentilmente —, Cassidy não tem amigos.

— É claro que ele tem — ela rebate. — Joey Gilligan. Sam White. Marcus...

— Não, senhora — contrapõe o Sr. Ruggins firmemente. — Ele não tem mais amigos. Cassidy senta-se sozinho na hora do almoço e fica sozinho em um banco durante o recesso. Ele anda pelos corredores sozinho. Ninguém fala com ele, a não ser que seja para importuná-lo. Ele não incomoda ninguém, isso é verdade, mas sempre acaba encontrando problemas.

Minha mãe soluça, e isso parte o meu coração, porque eu vinha mantendo segredo sobre como as outras crianças me tratavam desde a prisão e condenação do meu pai. Não queria que ela se preocupasse com mais coisas. Agora ela sabe, e percebo que está muito magoada. Cerro os punhos e, por mais que minha bochecha ainda esteja ferida e sangrando de quando a mordi no banheiro, cravo meus dentes nela novamente.

— Sr. Ruggins! Cassidy não fez nada de errado! — defende minha mãe, e sua voz falha um pouco.

— Mas o pai dele fez — responde o Sr. Ruggins. Sua cadeira geme novamente, e, daquela vez, eu o imagino inclinando-se para trás, para longe da minha mãe. — Pergunte às famílias daquelas pobres moças. *Ele* fez algo errado, sim.

— Paul é... bem, ele é um homem muito doente. Nós não... a verdade é que não fazíamos ideia do que estava acontecendo. Ele ficava ausente na maior parte do tempo... e... — Ela faz uma pausa antes de começar a falar novamente. — Mas Cassidy é só uma criança. Só tem nove anos. Ele *não* é o pai.

— Cassidy é filho dele, senhora.

Filho dele.

Sou o filho de um homem que um repórter chamou de *"o mais sangrento assassino em série que o estado do Maine já conheceu"*. Minha mãe tentou me proteger da verdade, mas não houve como escondê-la durante o julgamento e a sentença. Estava na TV e nos jornais do mercado. Estava em toda parte.

Meu pai, Paul Isaac Porter, estuprou e matou pelo menos uma dúzia de garotas na estrada I-95, entre 1990 e 1998.

Isso é um fato.

E agora isso me segue aonde quer que eu vá.

Filho do estuprador.

Filho do assassino.

Esquisito.

Assassino.

Desde sua prisão, e principalmente durante a condenação, venho sendo chamado de todas as coisas horríveis que se possa imaginar. As pessoas atravessam a rua quando veem a mim e a minha mãe. Jogam ovos em nossa casa e pedras em nossas janelas. Trocam de banco na igreja quando nos sentamos. As garçonetes do restaurante da cidade fingem que não nos veem quando mamãe pede que venham pegar nossos pedidos. Nem mesmo as boas pessoas — como minhas professoras, o pastor e sua esposa, e o Sr. Ruggins — conseguem nos olhar nos olhos.

Mamãe chora o tempo todo. Diz que é estúpida e ingênua por não ter percebido. Ela dificilmente dorme. Sobressalta-se ao ouvir o mais leve ruído. E, ultimamente, quando acha que não estou vendo, fica olhando para mim com atenção, como se estivesse analisando alguma coisa. Quando percebe que a estou fitando de volta, desvia o olhar rapidamente, como se eu a pegasse fazendo algo errado.

Cassidy é filho dele, senhora.

Mas eu não sou como *ele*. Sou *eu* mesmo. Uma pessoa diferente.

Um longo e doloroso silêncio se instala enquanto espero que minha mãe diga algo — qualquer coisa — para tentar explicar que meu pai e eu somos pessoas distintas. Que eu não estuprei ninguém. Que não matei ninguém. Que não machuquei ninguém. Nunca.

Mas ela não diz nada.

E seu silêncio é frio.

— Leve-o para casa hoje, senhora — pede o Sr. Ruggins depois de um silêncio longo e desconfortável. — E pense no que eu disse... ok? Tenho certeza de que será melhor para todos.

Quando mamãe sai da sala do Sr. Ruggins, um segundo depois, seu rosto está pálido e seus olhos estão vermelhos e chorosos, arregalados e derrotados.

— Mamãe? — murmuro, preocupado, enquanto pego sua mão e olho para seus olhos azuis injetados de sangue.

Ela olha para mim e ergue o queixo.

— Vamos embora.

Caminho ao lado dela, saindo do escritório e atravessando o corredor, passando pelas portas duplas que dão para o estacionamento. Silenciosamente, sento-me no banco de trás e afivelo o cinto, assim como minha mãe, silenciosamente, dá a partida, e assim como, silenciosamente, ela chora durante todo o caminho para casa.

Capítulo Cinco

Brynn

Quando chegamos à casa de Hope, ela abre uma garrafa de um bom Merlot e prepara um churrasco para nós, me contando histórias de escaladas que fez com Jem, enquanto os bifes chiam e as estrelas pipocam no céu. Ela me conta sobre como Jem salvou a vida de uma garotinha que se perdeu da família durante uma viagem de acampamento. Nenhum dos guardas florestais a encontrava, mas Jem, que conhecia cada recanto de *Katahdin*, conseguiu achá-la perto de uma das cachoeiras na Trilha Hunt.

— Ele só tinha quinze anos, mas foi quando descobriu que escalar montanhas não era apenas um hobby — conta Hope, bebericando o vinho, enquanto vagalumes iluminam seu quintal como uma corrente de pisca-piscas. — Foi o olhar dele que o denunciou, quando entrou no estacionamento do centro de triagem. Estava coberto de poeira. E a menina estava ainda pior. Mas ele... bem, eu logo soube que nunca mais iríamos conseguir tirá-lo da floresta depois disso.

— Ele nunca me contou essa história. — Tomo um gole de vinho. — Deus, como sinto falta dele.

Ela suspira, de pé ao lado da churrasqueira, colocando uma mão na cintura.

— Promete que não vai ficar com raiva se eu te disser uma coisa?

Meus olhos se arregalam.

— Vai dizer algo cruel?

— Não cruel... só franco.

Engulo em seco.

— Ok.

— Eu não compreendia vocês dois.

— Não *compreendia*?

— Não me entenda mal. Você o fazia feliz, e eu tenho cem por cento de certeza de que ele te amava.

Dou mais um gole no vinho, olhando para ela, sentada em um banco próximo à churrasqueira, esperando que continue a falar.

— Mas... acho que sempre imaginei que ele acabaria ficando com alguém que amava o mesmo que ele. Você sabe, trilha, escalada, acampar, tudo isso... tanto quanto ele amava.

— Mas... eu *gostava* — murmuro.

— Não — rebate Hope, e, por mais que nunca a tenha visto ensinando, consigo vislumbrar um pouco de seu jeito de professora. — Você *tolerava*. Porque era parte do trabalho dele, e porque você o amava. E talvez porque... — Ela faz uma pausa por um momento, olhando diretamente para mim. — Talvez porque você pensasse que conseguiria mudá-lo.

— Você está tirando muitas conclusões.

— Estou? — Sua voz falha, e eu suspeito que estamos chegando à parte que me deixará ainda mais irritada. — Eu me preocupava com o quanto iria durar. Você e Jem. Preocupava-me com você fazendo-o escolher.

Suas palavras sugam o ar dos meus pulmões, e minha visão fica enevoada.

— Oh!

— Brynn — ela começa a falar gentilmente, fechando a tampa da grelha e se sentando ao meu lado. — Não quero te magoar. Juro que não quero. Mas só me pergunto se, com o tempo... se talvez você não acabaria fazendo com que ele fosse menos para a floresta. Você não cresceu fazendo trilha e escalando. Não pode me dizer, aqui e agora, com toda a convicção, que amava fazer isso. Mas ele amava. Não era nem egoísmo, mas *instinto*. Uma *necessidade*. Estava no sangue de Jem, e não havia nenhuma maneira de você fazê-lo parar.

— Eu não ia *tentar* afastá-lo da floresta. Eu o amava do jeito que ele era.

— Sei que amava — ela diz, estremecendo enquanto inclina a cabeça para o lado. — Mas você iria querer fazer trilha e acampar em todas as férias? Iria querer criar seus filhos na floresta em todos os finais de semana? — Ela faz uma pausa, balançando a cabeça. — Você vive na cidade. No meio de São Francisco, Brynn. Fazer trilha era como uma excursão para você. Uma viagem de um dia. Para Jem, era uma forma de vida. Era seu trabalho escrever sobre trilhas e escaladas, e eu suspeito que essa era a parte que você tolerava e que tentava aceitar quando se juntava a ele de vez em quando. Mas é bom que saiba que, enquanto estava com você, ele estava subjugando uma parte de sua natureza ao viver na cidade. Ele queria o lado selvagem constantemente. Todo o tempo. Todos os finais de semana. A cada momento.

— Ele te disse isso? Que estava se vendendo?

— Eu o conhecia melhor do que qualquer outra pessoa — ela diz baixinho. — Eu o observava. E me preocupava com ele. E com você. Com os dois.

Os olhos de Hope estão tristes enquanto olham para mim, e isso machuca meu coração. Parte de suas palavras me fere profundamente, porque reconheço nelas a verdade que ignorei e que nunca admiti para mim mesma: que, com o tempo, eu acabaria indo para a floresta com Jem cada vez menos, porque não gostava. E Jem não poderia se afastar, porque a amava. E talvez eu acabasse me ressentindo com ela por tirá-lo de mim. Eu poderia acabar magoada com ele também.

— Você compartilhou suas preocupações com Jem? — pergunto, refazendo minha pergunta anterior. Quero saber se eles discutiram sobre esse assunto pelas minhas costas.

Ela ergue o queixo e assente.

— Ele era meu irmão gêmeo.

— O que ele disse? — Minha voz soa rouca.

— Que amava vocês duas. Que vocês iriam resolver o problema juntos.

— Nós *iríamos* mesmo — digo, olhando nos olhos dela, sentindo-me confusa e irritada.

Ela se levanta, cruza o quintal e ergue a tampa da churrasqueira para virar os bifes.

Minha indignação aumenta, enquanto termino meu vinho. Como ela ousa questionar a força do nosso amor? Como ousa duvidar de um relacionamento que nunca teve a chance de prosseguir?

— O que você quer me dizer com isso? — pergunto. — Qual é a sua intenção?

Ela se vira, com uma expressão de simpatia, mas nada arrependida.

— Porque você já está de luto há dois anos.

— E...? — A pergunta soa mordaz.

— E é fácil idealizar alguém que está morto, tornar a sua vida um santuário para essa pessoa.

— Você acha que foi *fácil* perder meu noivo? — questiono, ficando de pé. — Perder o amor da minha vida?

— Não — ela responde suavemente. — Acho que deve ter sido excruciante.

— Então...?

— Jem não era um deus — ela sussurra, enquanto lágrimas cintilam em seus olhos. — Era lindo e puro... mas tinha falhas como todas as outras pessoas. Ofereceu o coração a você, mas sua alma sempre pertenceu às florestas, Brynn. Sempre.

Minha alma pertence ao Katahdin... Bem, costumava pertencer, antes de eu entregá-la a você.

Lembro-me das palavras agora, ouço-as em minha mente — a forma como a primeira metade da frase foi dita com reverência, enquanto a segunda pareceu ser dita de forma mais doce.

— Ele me amava — choramingo.

— Sim, amava.

— Nós teríamos conseguido.

Ela olha para mim, com olhos tristes, mas seu silêncio fala em alto e bom som.

— Nós teríamos encontrado uma forma, como ele disse que iríamos! — insisto.

— OK — ela diz suavemente, mas algo não dito ainda vaga entre nós, e é um entendimento tácito e terrível.

Nós *teríamos* encontrado uma forma. Mas também poderíamos *não* ter encontrado.

Comemos em silêncio na maior parte do tempo, e chego à conclusão de que Hope me disse coisas que eu apenas diria a alguém que nunca mais vou ver. E é quando me dou conta: esta noite é nossa despedida. Nunca fomos amigas, na verdade; estivemos conectadas pelo amor mútuo por alguém que se foi. Quando ela for para Boston amanhã, vai seguir com sua vida, e acredito que espera que eu também siga com a minha. Depois desta noite, provavelmente não iremos mais nos ver.

— Tem alguma coisa que você queira saber? — pergunto. — Sobre Jem?

Ela ergue os olhos, com uma expressão suave. Seus lábios curvam-se em um sorriso triste, e sei que estamos perto do nosso adeus. Mas ela balança a cabeça.

— Não há nada que eu não saiba sobre ele.

— Eu sou uma lembrança dolorosa de Jem — digo sem qualquer amargura. — Deve ter sido difícil me deixar vir para cá.

— Brynn — ela começa, limpando a boca antes de continuar —, eu amava Jem. Mas, além disso, ele era meu irmão *gêmeo*. Era *parte* de mim, mais do que qualquer outro ser humano na face da Terra. Na noite em que morreu, você sabia que senti que ele tinha partido no momento em que seu coração parou de bater? Em um minuto, eu estava de frente para o micro-ondas, fazendo pipoca para ver um filme. Duas horas depois, acordei no chão da minha cozinha, porque meu telefone estava tocando. Era você, me contando que ele estava morto. — Ela pega a garrafa de Merlot e enche nossas taças. — Você foi boa para ele. Tenho certeza disso. Ele estava *muito* feliz. Tinha grandes esperanças. E eu sempre serei grata por ele ter experimentado o amor antes de morrer. — Ela dá um gole, olhando para mim por cima da borda da taça. — Acredite ou não, tudo que estou te dizendo esta noite estou dizendo *por* ele. — Hope faz uma pausa, deixando que as palavras ganhem forma. —

Você me entende? Estou dizendo as coisas que ele *gostaria* que eu dissesse, para te ajudar a seguir em frente.

Cerro meus dentes bem apertados, olhando para ela e me preparando.

Ela continua gentilmente.

— Ele se foi, mas você ainda está aqui. Precisa deixá-lo partir ou nunca vai descobrir o que — ou quem — virá depois.

O que — ou quem *— virá depois.*

Esta é uma coisa que tenho vergonha de admitir desde que perdi Jem: sinto falta de ter alguém. Em meus momentos mais solitários, *desejo* tanto ter alguém que chega a doer. Quero alguém que me abrace, que sussurre em meu ouvido, que entrelace os dedos nos meus e que respire junto à minha pele. Quero saber como amar novamente. Na verdade, eu realmente *anseio* por isso, embora não possa me imaginar aceitando algo assim.

Por quê?

Não apenas porque amar de novo será apavorante, mas porque amar alguém significará trair Jem.

Como se lesse meus pensamentos, Hope balança a cabeça.

— Dizer adeus não significa esquecer. Seguir em frente não significa que você nunca o amou. Estou te dizendo para deixar isso para trás. Estou te dizendo que você pode ser feliz.

Um soluço que estava preso em minha garganta escapa, e minhas mãos estremecem sobre o colo, embora a noite esteja quente.

Hope pega minha mão na dela, acalentando-a enquanto repete suavemente:

— Brynn, deixe-o partir. Você pode ser feliz novamente.

Uma rajada de tristeza e alívio me atinge como uma bala de revólver em alta velocidade. Tristeza e alívio, mas o alívio é mais forte. É uma linda, terrível e muito aguardada *rendição* ao alívio.

Deixo meus ombros caírem.

Minha cabeça também cai sobre o ombro de Hope, que já me esperava.

E eu choro.

Capítulo Seis

Cassidy

QUATORZE ANOS DE IDADE

Há cinco anos, depois da condenação do meu pai, quando a vida na cidade se tornou insuportável, eu e minha mãe nos mudamos para a casa do meu avô Cleary, que vivia em uma cabana na floresta, bem longe de tudo, a Nordeste, em Piscataquis.

Nesta terra de ninguém, ao norte do Maine, sem um governo local e com uma população de trezentas e quarenta pessoas vivendo em uma área de mais de quatro mil quilômetros quadrados, meu avô vivia em acres e acres de um deserto selvagem e desenfreado. A estrada mais próxima era de terra firme, a mais ou menos seis quilômetros de distância de sua cabana, acessível apenas por uma trilha para quadriciclos na mata.

Eu tinha nove anos quando nos mudamos para cá.

Tinha dez anos quando meu pai foi morto em uma briga na prisão.

Agora tenho quatorze.

Antes de nos mudarmos para cá, eu e minha mãe visitávamos meu avô todos os verões. Éramos apanhados por uma aeronave pequena, em Dewitt Field, próximo a Bangor, por um colega do meu avô dos tempos do exército, e deixados no gramado de sua isolada propriedade.

Cresci entendendo a propriedade construída por meu avô, Frank Cleary, e meu tio-avô, Bert Cleary, quando retornaram do Vietnã. Em um primeiro momento, a intenção era deixá-la como uma cabana de caça, pequena, de apenas setenta e quatro metros quadrados, com um tanque para recolher a água da chuva, um gerador a diesel e um banheiro separado.

Mas, conforme meu avô, que perdera o braço na guerra, começava a se desiludir com o mundo para o qual retornou, foi fazendo ajustes na propriedade pouco a pouco, adicionando uma cozinha, uma sala de estar e mais dois quartos com beliches. Seu irmão vinha ajudá-lo todos os verões, e eles conseguiram adicionar um deck, uma despensa e uma pequena estufa de vidro. Limparam as árvores, plantaram um jardim e construíram um pequeno celeiro para abrigar meia dúzia de galinhas, um galo, uma vaca e uma cabra. Naquele mesmo ano, invernaram os edifícios para que alguém pudesse passar o ano inteiro lá para cuidar do gado. E, quando a primavera chegou, meu avô decidiu não se afastar e fez daquela propriedade sua residência permanente.

Dois anos depois, em uma conferência sobre painéis solares em Nashua, ele comprou células suficientes para cobrir o telhado de sua cabana. Também conheceu minha avó, uma ex-hippie de Seattle, que vinha tentando encontrar uma forma de se inserir em um tipo de vida sustentável.

Depois de um rápido casamento em Boston, eles retornaram ao Maine, e juntos arrumaram a cabana original. O toque feminino elevou sua qualidade geral ao de uma residência confortável, básica e suburbana. A energia solar absorvida pelos painéis era suficiente apenas para alimentar um aparelho por vez, luzes e outros pequenos dispositivos elétricos.

E eles eram felizes.

Até minha avó descobrir que estava grávida da minha mãe.

Em um primeiro momento, meu avô argumentou que criar um filho longe de tudo seria o melhor presente que poderiam dar à sua prole, mas minha avó, cujas sensibilidades tinham sido alteradas pela maternidade iminente, começou a achar que aquele longe de tudo era menos prazeroso. Sem qualquer treinamento médico formal entre eles, ela se sentia desconfortável por estar tão isolada. Além disso, insistiu que, para um desenvolvimento mental adequado, a criança precisaria de mais interação social.

De má vontade, meu avô vendeu a vaca e as galinhas, fechou a cabana e mudou-se com sua família para a cidade mais próxima, *Crystal Lake*, de onde ainda podia ter uma boa visão do *Katahdin*.

Lá, eles sobreviveram, embora não tenham vivido, esperando pelo dia em que sua filha se formaria no ensino médio, e eles poderiam voltar à floresta. Infelizmente, minha avó, que morreu de um câncer no ovário antes de eu nascer, nunca retornou. Depois de sua morte, porém, meu avô largou o emprego, vendeu a casa em *Crystal Lake* e voltou para a cabana em Piscataquis, jurando nunca mais sair de lá.

Mamãe passou a me ensinar em casa da quarta série em diante, e vovô me ensinou todo o resto que eu precisava saber para cuidar de mim mesmo. Aos doze, já era capaz de gerenciar a maior parte da propriedade: ajustar e limpar os painéis solares, checar o tanque de água, cuidar dos suprimentos e dos jardins interno e externo.

Os móveis que minha avó escolhera em 1980 já estão fora de moda, mas não me importo.

Esta cabana, com suas dependências, jardins e gramados, é a minha casa. Fica longe dos curiosos olhos cheios de ódio e vozes que me chamam de nomes que herdei, mas que nunca mereci.

Aqui é meu santuário, e eu amo morar aqui.

— Cass, venha ajudar seu avô no jardim. Preciso falar com você, filho.

— Claro, vovô — obedeço, lançando um olhar para minha mãe, que está tirando uma soneca na poltrona próxima à janela, sob um feixe de luz do sol. Nos últimos meses, ela começou a tirar mais e mais cochilos, permitindo que eu mesmo gerenciasse meus estudos do ensino médio.

Na semana passada, vovô pediu um avião pelo rádio e levou minha mãe a um hospital em Millinocket, onde ela permaneceu por quatro noites para fazer exames. Voltou ontem à tarde, parecendo ainda mais triste e mais frágil do que antes de ir. Na noite passada, caí no sono ouvindo-a murmurar alguma coisa, sentada de frente para meu avô à mesa da cozinha, ambos falando em sussurros urgentes e emocionados.

Aqui está o que eu sei: tem algo errado com a minha mãe. E é algo ruim.

Enquanto me levanto para seguir o meu avô lá para fora, meu peito se enche de medo.

Não quero saber. Não quero saber. Não quero saber.

Às vezes, você só não quer ouvir as palavras.

— Cubra sua mãe e venha me encontrar na estufa, ok? — ele diz, apontando para um cobertor com sua mão protética.

— Claro — respondo, observando-o passar pela porta da cozinha, deixando-me sozinho.

Na maior parte da minha vida, mesmo quando meu pai estava vivo, meu avô sempre foi a figura paterna mais importante para mim. Nunca me senti muito próximo de Paul Isaac Porter, nunca senti o tipo de amor que uma criança deve sentir por seu pai. É possível que sua extensa agenda de viagens tenha prejudicado o desenvolvimento emocional entre nós, mas sei que isso foi apenas uma parte do problema. Nunca me senti confortável perto do meu pai, da forma como me sinto com meu avô. Talvez seja a memória do guaxinim torturado. Talvez, desde pequeno, eu tivesse um sexto sentido sobre quem ele realmente era. Mas meu pai foi uma figura nebulosa à margem da minha vida, na melhor das hipóteses. Meu avô sempre foi maior do que tudo, com sua voz poderosa e os melhores abraços de urso, e vivia dentro do meu coração.

Enquanto desdobro o cobertor, que encontrei sobre o peitoril da janela, e o coloco sobre minha mãe, o livro que ela estivera lendo desliza para o chão, mas consigo pegá-lo antes de cair. Posicionando-o sob meu braço, termino de cobri-la antes de dar uma olhada nele.

A capa contém uma foto preta e branca de Adolf Hitler e o que parecem ser várias fotos colegiais de rapazes jovens. *O último dos Hitlers*. Viro a contracapa e leio a sinopse: *No final da Segunda Guerra Mundial, o homem que Hitler chamava de "meu sobrinho repugnante" mudou de nome e desapareceu... A história de William Patrick, que nasceu na Inglaterra, estabeleceu-se nos Estados Unidos e permaneceu anônimo... até agora. A história de William Patrick fascinou de tal forma o jornalista David Gardner, que ele passou anos tentando encontrar o último parente a levar o nome de Hitler. Gardner descobriu que seus quatro filhos criaram um pacto: para que os genes de Adolf Hitler fossem extintos, nenhum deles teria filhos.*

Eu sei quem foi Adolf Hitler. Eu e minha mãe nos dedicamos muito ao estudar a Segunda Guerra Mundial.

Virando novamente a capa do livro, olho para as fotos dos jovens rapazes, próximos à fotografia de seu tio-avô, Adolf. Eram seus sobrinhos, não eram? Homens que decidiram, aparentemente, nunca se casarem, nunca terem filhos, para que os genes de um homem louco pudessem morrer com eles.

Dentro do meu peito, meu coração começa a acelerar, e deixo o livro sobre a pequena mesinha ao lado da minha mãe, olhando para ele como se fosse uma cobra venenosa.

Os sobrinhos de Hitler tinham tacitamente concordado em exterminar sua linhagem.

Minha mente segue sem freios em direção a mim e ao meu pai, e àquelas doze meninas que ele estuprou e matou.

E me pergunto — engolindo em seco —, se minha mãe estava lendo o livro porque acha que eu deveria fazer o mesmo... que *também* deveria fazer um pacto de...

— Terminou aí, Cass?

Sobressaltando-me ao som da voz do meu avô, dou as costas para minha mãe e apresso-me para me juntar a ele, que está parado diante da porta dos fundos.

— Sim, senhor.

Seus olhos azuis, parecendo mais velhos e mais tristes do que o normal, olham para mim.

— Vamos colher alguns tomates, tudo bem?

Sigo-o até a estufa, fechando a porta atrás de mim e pegando uma cesta do chão.

— Não há nenhuma vantagem em amenizar certas coisas, Cass — diz meu avô, gentilmente pegando um tomate do pé e colocando-o dentro da cesta.

— Não, senhor.

— Sua mãe me pediu para conversar com você.

Cerro meus dentes e prendo o ar, piscando meus olhos, que começam subitamente a arder, enquanto ele coloca outro tomate dentro da cesta.

— Senhor... — sussurro, mas suas palavras vêm depressa.

— Ela está morrendo, filho.

Vejo tudo girando. Ouço-me arfar bruscamente, e a rápida ingestão de ar frio dói no meu peito, enquanto a cesta escorre pelos meus dedos.

— Calma — meu avô diz, enquanto pega a cesta com a mão protética.

Sua outra mão pousa no meu ombro. — Calma. Respire, Cass. Você sabia que tinha algo errado.

— Sim, senhor — consigo responder em meio a uma respiração irregular, enquanto lágrimas quentes se acumulam em meus olhos e começam a cair. O rosto enrugado do meu avô está borrado na minha frente.

— Ela já não está bem há anos. Parece que o câncer começou a devorá-la... como aconteceu com sua avó.

— Há remédios. Quimioterapia — digo, limpando as lágrimas dos meus olhos para poder vê-lo com mais clareza.

— Tarde demais para tudo isso.

— Não. Vovô! — choro, inclinando-me para a frente para descansar a cabeça em seu ombro forte.

Ele me abraça forte, dando alguns tapinhas nas minhas costas enquanto choro.

— Agora já chega — ele diz, em uma voz estrangulada, depois de me deixar chorar por vários minutos. — Vou pedir que seja forte pela minha Rosie. Para a minha pequena... Rosemary.

Sua voz falha ao dizer o nome da minha mãe, e isto me causa mais uma rodada de lágrimas até eu estar soluçando e cansado.

Meu avô me solta, caminhando para os fundos da estufa e retornando segundos depois com dois baldes, que ele vira de ponta-cabeça para que possamos sentar e conversar.

— Ela sempre esteve ao seu lado, filho.

— Sim, senhor — digo, olhando para minhas mãos e forçando-me a parar de chorar. Minha mãe não precisa ver minhas lágrimas; ela precisa que eu seja forte por ela.

— Depois do que seu pai fez, algumas pessoas... bem, elas começaram a achar que você também teria uma má índole.

Ergo meus olhos para ele, engolindo o nó em minha garganta.

Cassidy é filho dele, senhora.

— ... algumas disseram que ela deveria encontrar um lar para você, em outro lugar, mudar de nome e começar uma vida sozinha.

— *O quê?* — Fico consternado com a ideia dessa existência paralela, da qual fui poupado. — Quando...?

Ele gesticula, pedindo que eu deixe a pergunta de lado.

— O que importa é que ela não fez isso. Ficou com você. Ao seu lado. — Sua expressão suaviza, e ele parece falar mais para si mesmo do que para mim. — Você é o bebê dela, nascido na Páscoa.

Minha mente viaja até o livro que minha mãe estava lendo, e me lembro que ela sempre parece estar lendo coisas sobre DNA e genética, e sobre pessoas que fizeram mal ao mundo.

— *Ela* acha que eu tenho má índole?

Ele resmunga, desviando o olhar.

— Ela se preocupa com você.

— *Você* acha que eu tenho má índole, vovô?

Queria que ele respondesse que não bem rápido, mas não foi o que aconteceu. Um calafrio percorre meu corpo, passando pelos meus ossos e me congelando. Ele observa meu rosto por um bom tempo, antes de dizer:

— Você é filho de Paul, Cassidy.

— Mas eu sou *eu* — insisto —, não sou ele!

— Não sei o que há dentro de você, Cass — ele diz, estendendo a mão para segurar o meu rosto com sua palma áspera. — Rezei para todos os deuses que conheço para que o que quer que houvesse dentro de Paul não estivesse dentro de você também, filho. Você é um bom menino. Parece impossível que possa seguir por um caminho sombrio algum dia. Mas a verdade é que, bem, não há como sabermos com certeza.

Eu sei! Quero gritar, mas a verdade é que eu não sei. O maior terror existente nos recantos mais obscuros da minha mente é esse... sempre, sempre, *sempre* esse: a possibilidade de que eu possa, talvez, me tornar alguém como meu pai. Saber que minha mãe e meu avô compartilham esse mesmo medo torna tudo muito mais real para mim, me deixa enojado, faz com que eu me sinta como se estivesse vivendo com uma bomba relógio dentro de mim.

Mesmo depois de sairmos da cidade, minha mãe se recusa a falar sobre o meu pai. A forma como sua expressão muda toda vez que o menciono faz com que eu me sinta mal, e, de qualquer forma, chego à conclusão de que ela não o conhecia muito bem.

— Ele disse que era de Indiana — ela me contou uma vez. — Disse que seus pais estavam mortos e que ia usar o dinheiro da venda da casa para comprar um caminhão.

Meus pais se conheceram quando minha mãe servia mesas em um café, a Leste de Millinocket. Ele pegava a I-95 todas as semanas e sentava-se na área da qual ela era responsável, ficando lá por horas, conversando. Com o tempo, ele passou a levar-lhe presentes, como joias — itens que descobrimos, anos depois, serem troféus de suas vítimas.

Minha mãe era linda para mim, mas, comparada com algumas das professoras mais bonitas que tive, eu sabia que ela era comum. Baseado em minhas esparsas memórias e na única foto que eu guardava, meu pai era muito bonito. Imaginava que ter a atenção de um caminhoneiro atraente e lisonjeiro deveria ser suficiente para deixar uma garota ingênua de uma cidade pequena nas nuvens.

Uma vez, eu lhe perguntei por que ele nunca *nos* machucou. Ela ficou olhando para mim por um bom tempo antes de responder que não sabia.

Acho que ele vivia duas vidas.

— Vovô — digo, olhando em seus olhos cansados. — O que vai acontecer agora?

— Seja forte pela sua mãe — ele diz, dando tapinhas no meu joelho. — Ela não tem muito tempo. Algumas semanas. Não mais do que isso.

Outro soluço escapa da minha garganta, e mordo minha bochecha até sentir gosto de sangue.

— Depois que ela partir, nós continuaremos juntos, Cass. Você estará seguro aqui comigo enquanto eu viver. Vou te ensinar tudo o que eu puder para ter a certeza de que conseguirá se proteger depois que eu partir.

Não posso suportar pensar em perder meu avô, então, tiro esse pensamento da minha cabeça. Quando faço isso, a imagem em preto e branco de Adolf Hitler, da capa do livro da minha mãe, toma a dianteira e se coloca no centro da minha mente.

— O que eu deveria saber... sobre o resto? — pergunto, querendo saber mais sobre os demônios que possivelmente vivem dentro de mim e que podem ganhar vida a qualquer momento, me tornando um monstro como meu pai.

— Saber que você será cuidadoso irá acalmar o coração dela, filho.

— Cuidadoso?

— Que viverá tranquilo — diz meu avô, usando sua terminologia preferida para nosso isolamento, para nosso estilo de vida. Seus olhos azuis prendem os meus como se fossem dois anéis de vida, e ele assente com veemência, tentando me confortar, dando tapinhas em meu joelho novamente. — Viva tranquilo, e, não importa o que acontecer dentro de você, nunca conseguirá machucar ninguém, Cassidy. É isso que sua mãe quer.

Viva tranquilo.

Viva tranquilo.

Viva tranquilo.

— Eu prometo — digo.

— Bom garoto.

Balanço a cabeça para ele, fazendo a promessa de que o sangue em minhas veias nunca irá infectar outra vida.

Vou viver tranquilo.

E os terríveis genes de Paul Isaac Porter irão morrer comigo.

54   KATY REGNERY

Capítulo Sete

Brynn

Hope me aconselhou a chegar ao estacionamento por volta das seis da manhã e me disse que, antes de escalar o *Katahdin*, eu teria que parar na estação de guardas florestais para:

1) Declarar minha intenção de escalar;

2) Compartilhar a rota que eu planejava pegar;

3) Passar minhas informações de contato, para o caso de eu desaparecer na trilha.

Um pensamento assustador.

Hope saiu para o aeroporto por volta das cinco e meia, e, dez minutos depois, meu Uber chegou na casa dela, pronto para me levar para a Área de Camping Roaring Brook. A Roaring Brook servia como trilha principal, que me levaria por quase seis quilômetros até Chimney Pond. De lá, eu poderia pegar a Trilha Saddle, por mais quatro quilômetros, para chegar ao *Katahdin*. Seria uma jornada de mais de dez quilômetros e uma subida difícil para uma pessoa magra e fora de forma como eu, mas Hope me prometeu que esta seria a rota que Jem escolheria para mim.

Olhando através da janela para o amanhecer do Maine, eu me pergunto se algum dia verei Hope novamente, mas algo — sem dúvida, o mesmo sentimento de despedida que experimentei no jantar na noite passada — me diz que isso não acontecerá. Nossa amizade sempre foi uma extensão do nosso amor mútuo por Jem. Quando ele partiu, nossa conexão se quebrou.

Também me pego pensando em suas palavras da noite passada sobre deixar para trás e seguir em frente. Estes são os mesmos pensamentos da minha mãe, que tanto me aborrecem, e de vários amigos bem-intencionados, porém, têm um sentido diferente quando vêm de Hope, como se Jem estivesse me dando permissão, por intermédio de sua irmã gêmea, de viver novamente. De dizer adeus.

Ao avistar os sinais do estacionamento do Roaring Brook, a sensação de adeus surge dentro de mim novamente, e coloco a mão no bolso da minha mochila de trilha só para sentir o celular de Jem bem protegido dentro do saco de evidências.

Hoje, irei enterrar esse telefone, ainda manchado com seu sangue seco, em algum ponto do *Katahdin*, algum lugar que me pareça certo. Espero que a montanha, ou o espírito de Jem, me guie para o local correto.

Embora eu reconheça que enterrar um celular em um parque estadual seja algo eticamente errado, espero que o universo me perdoe por deixar uma coisinha tão pequena, fina, um aparelho eletrônico, enterrado em uma floresta nas montanhas. Alguma parte de Jem precisa unir sua alma ao *Katahdin*. E, quando eu voltar a Roaring Brook à noite, terei dito adeus não apenas a *Katahdin*, mas a Jem, que, quero acreditar, ficaria feliz por saber que seus últimos pensamentos me levaram a fechar um círculo.

— Chegamos — avisa o motorista, parando próximo à lateral da estrada, em frente ao portão do estacionamento. — Não tenho permissão para estacionar, então, só posso ir até aqui.

—Obrigada — digo, saltando. Fecho minha mochila, coloco-a nas costas e entro no estacionamento surpreendentemente lotado. Dentro da bagagem, que Hope me ajudou a organizar na noite passada, tenho tudo o que é essencial para a trilha: um guia do *Katahdin*, uma garrafa de água de meio litro, tabletes de purificação de água, um kit de primeiros socorros, uma muda de roupa, dois pares de meias grossas, luvas, um casaco impermeável extra, um isqueiro Bic, uma faca suíça do exército, uma lanterna pequena, corda, protetor solar, óculos de sol, repelente, lenços umedecidos, duas maçãs, uma banana e um pacote com seis barras de cereal.

Quando eu fazia trilha com o Jem, sempre reparava em um certo sentimento de camaradagem nos estacionamentos. Pessoas de todos os lugares do mundo, com todos os tipos de vida, com todos os níveis de experiência, se uniam em apenas um lugar, com um só objetivo em mente: chegar ao topo de um pico escolhido. Eu compreendia o porquê de aquela ser a galera de Jem. Grupos de trilheiros estudavam mapas juntos, abrindo-os sobre o capô de carros, olhando para o céu azul e especulando se *Knife Edge* seria uma possibilidade por conta do tempo. Outros compartilhavam comida, tabletes de purificação de água ou conselhos. Alguns ainda se mantinham separados do grupo, com expressões focadas e intensas, enquanto planejavam adicionar outra trilha épica à sua lista.

Por saber que esta seria, sem dúvida, a última trilha árdua que eu faria em um bom tempo, outra onda de melancólica despedida me inunda, enquanto eu me encaminho para a longa fila na estação de guarda florestal. Hope estava certa na noite passada: eu não sentiria falta dessa parte da minha potencial vida com Jem. Consigo admirar a beleza da natureza tanto quanto qualquer pessoa por ali, mas fazer trilha e escalar? Não. Eu gosto muito mais do meu conforto.

Entro na fila logo atrás de duas garotas, mais jovens do que eu, que conversam animadamente sobre a Trilha dos Apalaches. Ao checar o tamanho de suas mochilas — umas cinco vezes maiores do que a minha —, percebo que são, provavelmente, trilheiras vindas do sul.

— Vocês vão fazer a Trilha dos Apalaches? — pergunto.

Uma das duas mulheres, alta e magra, com um cabelo loiro, preso em uma trança francesa, que cai por seu ombro esquerdo, olha para mim.

— Quase isso — ela responde, com um sorriso simpático, em um inglês com um suave sotaque alemão. — Nós meio que estamos querendo fazer nossa própria trilha.

A amiga dela, uma morena pequena, de cabelos curtos, com um sotaque similar, cantarola:

— Se nós estivéssemos mais acostumadas à TA, pegaríamos a trilha Hunt, mas hoje é um dia classe 2, então, a Saddle é mais segura.

— Classe 2? — pergunto.

As garotas se entreolham.

— Está ventando muito. E há possibilidade de chuva para mais tarde — explica a loira.

Ah, então não é um dia ideal para uma trilha, apesar do céu azul e do sol.

A morena aponta para a minha mochila.

— Você deveria apertar as alças. Quer uma ajuda?

— Ah! — murmuro. — Claro. Obrigada.

— Ei, você não vai fazer a trilha sozinha, vai? — pergunta a loira, erguendo suas sobrancelhas perfeitas.

— Sim.

— Você é bem-vinda para vir conosco — oferece a morena, afastando-se depois de terminar com minhas alças. — Vamos chegar ao topo hoje, e amanhã enfrentaremos a região selvagem de cento e sessenta quilômetros.

— Uau! — digo, enquanto olho para as duas garotas. — Que coragem.

A região selvagem de cento e sessenta quilômetros é indiscutivelmente a parte mais perigosa e desafiadora da Trilha dos Apalaches, principalmente porque, assim que você começa a caminhar, não encontra cidades ou suprimentos por muitos quilômetros. Nenhuma loja. Nada de polícia. Nenhum hospital. Nada além da trilha, cabanas e florestas.

A loira ri da minha expressão.

— Acho que vamos demorar dez dias. E, então, mais vinte para voltarmos a Williams.

— É lá que vocês fazem faculdade?

As moças assentem em uníssono.

— Estamos estudando fora este ano.

— Esta é a nossa pesquisa de verão.

— Como longas trilhas afetam a amizade? — brinco.

A morena ri.

— Duas mulheres na TA. Uma experiência em primeira mão.

— Gostei.

— Então venha conosco — diz a loira. — Meu nome é Carlotta. Esta é Emmy.

Estendo a mão, apertando a delas enquanto avançamos um pouco na fila.

— Obrigada. Vou aceitar a oferta.

— Tem espaço para mais um? — uma voz masculina pergunta atrás de mim.

Viro-me para dar de cara com um homem de cabelos escuros, usando um boné de beisebol e óculos, vestindo uma camiseta verde-oliva e calça camuflada. Sua expressão é ansiosa, e, quando ele se inclina para a frente, consigo sentir o cheiro do tabaco em sua barba despenteada.

— Oi?

— Eu ouvi vocês, moças adoráveis, planejando fazerem a trilha juntas hoje. Estou sozinho também — ele diz, com os olhos escuros fixos nos seios de Carlotta. Eles permanecem ali por um momento, parecendo um pouco mais arregalados ao serem erguidos. — Posso ir com vocês?

Emmy lança um rápido olhar para Carlotta e então se vira para o homem, com uma expressão que diz que ela quer ser gentil, embora não deseje um homem desconhecido nos rondando.

— Humm, acho que vamos ficar assim mesmo.

— Tenho vários doces para compartilhar — ele oferece, abrindo a bolsa e tirando de lá duas barras de Snickers. Ele sorri, e reparo que seus dentes são amarelados. — Meu nome é Wayne.

— Doces não são uma boa fonte de energia, Wayne — Emmy comenta.

Lentamente, ele coloca as barras de volta na mochila, e seu sorriso desaparece.

— Obrigada pela oferta, mas vamos ter um dia de meninas hoje — decide Carlotta, dando um passo à frente na fila e as costas para Wayne.

— Mas eu *conheço* essa montanha — ele insiste, enquanto sua voz adquire um tom irritado. — Sou um local, nasci em Millinocket. Posso ajudá-las.

— Não *precisamos* de ajuda — rebate Carlotta. A exasperação rasteja por sua voz, fazendo seu sotaque alemão acentuar-se em cada palavra. — Nós meio que queremos fazer nossa própria trilha.

— Ah, é? — A expressão dele muda, de lisonjeira para fria em um instante. — Mas vocês *a* convidaram para ir com vocês.

— Ela é mulher e está sozinha — Carlotta explica, cruzando os braços sobre o peito, com os olhos se estreitando.

— E eu sou um *homem* e estou sozinho. — Ele inclina a cabeça para o lado, estreitando os olhos para ela também. Depois, aponta um dedo de uma garota para a outra. — Sabe o que vocês são? Sexistas.

— Me desculpe — diz Emmy —, mas você não nos conhece.

— Não. *Eu* que peço desculpas — ele grita, batendo no peito com a palma da mão. — *Me desculpe* por pensar que vocês poderiam incluir outro trilheiro sozinho na porra do seu grupo feliz. Vadias de merda, vão chupar um...

— Ei! — alerto. — Não precisa...

Seus olhos se voltam para mim com desdém.

— Cala a boca, *vovó*. Estou falando com as crianças.

Coloco as mãos na cintura e dou um passo para o lado, bloqueando a visão dele das meninas com meu corpo pequeno.

— Você está agindo como um babaca.

— E você é uma vadia.

— Nossa conversa acaba aqui, Wayne.

— Eu só queria companhia — Wayne choraminga, erguendo a voz o suficiente para atrair alguns olhares curiosos de outros trilheiros na fila.

— Então você deveria ter trazido seu cachorro — Emmy murmura sob um suspiro, provocando uma risadinha de Carlotta.

— Você me chamou de *cachorro*? — Wayne grita, com o rosto mais e mais vermelho. Seus olhos se arregalam por trás de seus óculos, enquanto avança na pequena Emmy.

— Eu disse que você deveria ter *trazido* o seu cachorro!

— Você pode nos deixar em paz, por favor? — Carlotta pede logo atrás de mim, com uma expressão de poucos amigos e uma voz firme. — Não estamos te incomodando.

— Isso sou *eu* quem decide — ele grita, fazendo com que mais trilheiros nos olhem. — Só estou tentando fazer amigos, e essa *piranha* me chamou de *babaca*.

— Ei, ei, ei! Está tudo bem aqui? — pergunta um rapaz alto, loiro, com idade para estar na faculdade, aproximando-se de nós.

— *Vai* ficar — diz Carlotta, apontando para Wayne —, quando esse doido nos deixar em paz.

O rapaz loiro coloca-se entre Carlotta e Emmy, elevando-se sobre elas.

— Ei, cara, acho que as moças querem que você dê o fora.

— Fique fora disso — Wayne sibila. — Não é da porra da sua conta, Júnior.

O rapaz loiro dá um passo à frente, colocando-se ao meu lado, bem de frente para Wayne. Abre as pernas e cruza os braços sobre seu peito enorme.

— Agora é da *minha* conta, amigo. Caia fora.

— Não sou seu *amigo*.

— Acho que você entendeu direitinho — zomba o rapaz.

— Filhos da puta como você são o problema desse país — Wayne discursa.

— Como *eu*?

— Vocês acham que são donos da porra do mundo inteiro!

— Cara, estou prestes a chamar o guarda florestal aqui para te expulsar do estacionamento. — Ele dá um passo ameaçador na direção de Wayne, abaixando os braços e estalando cada um dos dedos. — Você está incomodando as pessoas.

O rosto de Wayne enrubesce até o ponto de fúria, e ele cerra os punhos na lateral do corpo.

— *Fodam-se* — ele grunhe. — Vocês são apenas *turistas* nos meus *sonhos*. Iscas de urso. Merdas com pernas. Espero que o *Katahdin* os devore e os cuspa em porras de pedaços.

Então ele se vira e sai da fila, voltando para o estacionamento até que o perdemos de vista entre alguns SUV.

— Caramba! — Carlotta exclama, balançando a cabeça sem acreditar no que aconteceu. — Que doido!

Emmy ri, ficando na ponta dos pés, ainda procurando por vestígios do estranho Wayne.

— *Heiliger Strohsack!* O *que foi* isso? — Emmy fala *Santo Deus*, em alemão, em choque.

— Só um doido local — diz o loiro, virando-se para encarar as meninas. — A propósito, eu sou o Kris.

— Carlotta, Emmy e... — Ela olha para mim e gargalha. — Ah, meu Deus! Me desculpa! Não sei o seu nome.

— Brynn — digo, apertando a mão de Kris. — Sou a Brynn.

Ele gesticula para dois rapazes na fila, logo na frente das meninas.

— Estes são Chad e Mike. Nós estudamos na Bennington.

Os rapazes se viram, oferecendo sorrisos e acenos.

— Meu primo entrou na Bennington no ano passado! — diz Emmy com um amplo sorriso.

— Que mundo pequeno! — responde Kris, sorrindo como se ela fosse a coisinha mais linda que ele já vira. — E de onde vocês são, meninas?

— Düsseldorf. Mas estamos frequentando a Williams este ano — diz Emmy.

— Vai ser muuuuito divertido — anima-se Carlotta, olhando de Kris para Emmy antes de piscar para mim.

E, de repente, sinto como se tivesse cem anos ao invés de trinta. Talvez deva deixar que sigam com os rapazes sem mim para que possam aproveitar a oportunidade de conhecerem pessoas da mesma idade — tão lindas quanto elas — em um dia de verão ensolarado.

Mas então me lembro do olhar de Wayne ao nos chamar de "turistas em meus sonhos".

Assinto para Carlotta e sorrio de volta, agradecida por não estar sozinha.

— Sim. Muito divertido.

Capítulo Oito

Cassidy
DIAS ATUAIS

— Oi, mãe — cumprimento, colocando um punhado de louros da montanha sobre a pedra onde eu e meu avô marcamos sua sepultura. Ela foi enterrada a pouco menos de um quilômetro de distância da nossa cabana, não muito longe de Harrington Pond, onde ela costumava me levar para fazer piqueniques no verão. — Sinto sua falta.

Ao lado do seu túmulo, há uma pedra um pouco maior, marcando o ponto onde enterrei meu avô, cujo aniversário de dez anos de morte é hoje. Ele morreu três anos depois da minha mãe, me deixando sozinho quando eu tinha apenas dezessete anos.

— Oi, vovô. Sinto sua falta também.

Respiro profundamente e suspiro, colocando as mãos nos quadris e olhando para cada uma de suas sepulturas, sentindo falta deles com uma dor sufocante.

— Tenho cuidado dos jardins, vovô — digo a ele, agachando-me para retirar algumas folhas de cima da pedra. — Seus tomates ainda estão crescendo fortes. Bess morreu há pouco tempo, como eu te disse que aconteceria, mas comprei outra cabra em Greenville no mês passado com algumas das economias.

As "economias" são o dinheiro que meu avô guardou da pensão dos veteranos que recebeu até morrer. Ele pedia que enviassem os cheques para uma caixa postal da agência dos correios em Millinocket. Então, ia até lá em determinados meses para pegá-los e depositá-los no banco local. Uma vez que gastava muito pouco e recebia mil dólares por mês, havia o bastante guardado para mim, embora minha casa fosse autossustentável e eu não tivesse muitos motivos para gastá-lo.

Tenho o quadriciclo Honda do meu avô, que pode me levar para fora da floresta sempre que há necessidade, mas tento ficar perto de casa. Verdade seja dita, não gosto de lidar com pessoas e só as procuro quando preciso. Minhas experiências com os habitantes da cidade, após a prisão do meu pai, o julgamento e sua morte, foram assustadoras. Não estou interessado em chamar atenção para mim ou deixar alguém desconfortável com minha presença indesejada. É melhor que eu viva tranquilo dentro de casa, como prometi à minha mãe e ao meu avô.

— Ela mais parece uma mula — digo. — É tão teimosa, mas gosto de sua companhia. Eu a chamo de Annie. Converso com ela sobre história, mãe. E juro que ela gosta de Beatles, porque fica quieta quando canto. Vou conseguir ordenhá-la por mais seis meses até que fique seca. Depois, vou ter que comprar um macho e fazê-la dar cria se quiser mais leite. — Suspiro. Só de pensar em ter que voltar à cidade dali a seis meses já fico ansioso. Acho que vou ter que lidar com isso quando chegar o momento. — Ainda mantenho as aves. Um galo e seis galinhas, que me dão ovos. Desde que o senhor morreu, eu ainda não tive coragem de... bem, você sabe.

Em todos os feriados de Ação de Graças, Natal e Páscoa, meu avô matava uma galinha para o jantar. Mas não consigo fazer isso. Além do fato de as galinhas e Anne serem minhas únicas companhias e terem sido promovidas ao status de amigas e não de meros animais, pensar em matar *qualquer coisa* me deixa paralisado. Mais do que isso, me preocupa. Não quero acreditar que posso ser capaz de matar alguma coisa. Parece uma inclinação extremamente escorregadia, levando em consideração a minha genética.

Lembro-me de estudar sobre Salem e seus julgamentos com minha mãe, e de ler sobre como algumas mulheres foram condenadas à morte por terem uma verruga entre os seios que se assemelhava a um terceiro mamilo. Era chamada a marca do diabo, e um pensamento comum entre aquelas pessoas era que tais mulheres deveriam ter a marca para servir ao diabo.

Não tenho um terceiro mamilo, mas tenho um assassino em série convicto, Paul Isaac Porter, em meu sangue e ossos. É suficientemente condenável não apenas para mim, mas também para o resto do mundo.

Na maior parte do tempo, eu me sinto condenado.

Viva tranquilo.

Viva tranquilo.

Viva tranquilo.

Às vezes, rezo a um Deus que mal conheço para que, apesar do parentesco, qualquer caos que vivesse dentro de Paul Isaac Porter não viva dentro de mim. Que, de alguma forma, os genes que fizeram meu pai matar aquelas garotas fossem uma mutação que não foi passada adiante. Ou, mesmo que eu tenha herdado tal gene, que ele nunca seja ativado. Ou, melhor ainda, que mesmo que Paul Isaac Porter tivesse um gene "assassino", que o gene correspondente da minha mãe o tenha sobrepujado. Quero acreditar que ela era uma pessoa tão boa que seria impossível que qualquer coisa que herdei do meu pai pudesse vencer tudo que recebi dela.

Nos anos seguintes à condenação do meu pai, minha mãe montou uma biblioteca de livros sobre genética e males hereditários, e, na última década, li todos eles — alguns eu reli várias vezes e adiciono novos à coleção sempre que a Biblioteca de Millinocket realiza uma feira.

Um estudo sueco sobre prisioneiros finlandeses descobriu que a maioria dos criminosos mais violentos carrega os genes MAOA e CDH13, uma combinação também conhecida como "gene do guerreiro humano" ou o "gene assassino". O estudo revelou que a monoamina oxidase A (MAOA), um genótipo de baixa atividade (contribuindo para a baixa taxa de rotação da dopamina), combinado com o gene CDH13 (codificado para uma membrana neuronal de proteína de adesão), pode resultar em um comportamento extremamente violento.

Em 2009, um prisioneiro italiano sentenciado teve a pena reduzida depois de uma apelação ao mostrar provas de que carregava este gene em seu DNA. E, em 2010, um americano chamado Bradley Waldrop, que também carregava a combinação dos genes MAOA e CDH13, conseguiu convencer um júri de que seu crime passional (atirar em um amigo da esposa oito vezes em frente a seus filhos) foi um homicídio involuntário, não assassinato. Por quê? Porque seus genes o obrigaram a isso.

Para cada história de filhos de assassinos em série que se tornaram policiais ou professores, vivendo vidas normais, há outra que apoia a ideia de que o mal *pode* ser herdado. E cada uma me dá calafrios.

Dois dos filhos de Albert Fish foram internados com doenças mentais, e ao menos mais três de seus ancestrais de duas gerações anteriores tiveram um histórico de doenças mentais. O pai biológico de Aileen Wournos era um psicopata molestador de crianças, que se enforcou na prisão em 1696. O neto de um dos Estranguladores de Hillside acabou atirando em sua avó e suicidou-se em 2007.

O infeliz resultado da minha pesquisa foi a descoberta de que, mesmo que eu consiga me livrar da insanidade do meu pai, o "gene assassino" ainda pode ser uma parte de mim, vivendo inativo, esperando para ser passado para a próxima geração. É uma possibilidade. E é este fato aterrorizante que torna impossível imaginar que um dia poderei ter o que desejo mais do que tudo no universo.

Companhia. Amor. Amizade.

Por mais que ter filhos seja algo fisicamente possível para mim, é eticamente *im*possível.

O que significa que, apesar das minhas necessidades e vontades, amar uma mulher também é algo impossível.

Seria muito errado privar uma mulher de ter filhos, e também seria errado correr o risco de infectar o mundo com a terrível herança que posso carregar em meu DNA.

Sem mencionar que, por causa da minha genética, posso me tornar um perigo para minha esposa e filhos um dia.

Teoricamente, eu consigo aceitar esta verdade.

Na prática, é um pouco mais difícil.

Meu corpo, que é bem definido e musculoso de anos de trabalho, deseja o toque de uma mulher. Sonho todas as noites sobre como seria ser beijado ou abraçado.

Meus dedos, que não tocam outro ser humano desde que meu avô se foi, provavelmente nem devem mais se lembrar da textura de uma pele — o calor que ela proporciona, a sensação de tê-la pressionada contra a minha. Mas eles lembram. Todos os dez lembram. E, às vezes, eu gostaria de não conhecer o milagre do toque, a beleza de uma pele contra outra pele, de ter minha mão entrelaçada na cálida mão da minha mãe ou de ter a palma áspera do meu avô na minha nuca. Não há como sentir falta de uma coisa que nunca se teve. Você não pode desejar algo que nunca possuiu. Mas eu conheço a glória de um toque humano. E sinto falta.

Geralmente, sou bom em manter minha solidão em silêncio.

Mas hoje faz dez anos.

Então, hoje, ela me machuca.

Observando as sepulturas pela última vez, olho para o claro azul do céu e para o sol alto do meio-dia. Talvez seja um bom dia para estar perto de outras pessoas, da única forma como me sinto confortável: à distância, na floresta, ficando afastado de suas trilhas, mas seguindo o mesmo caminho que elas na montanha.

Há um certo prazer em ouvir suas vozes e o barulho de suas botas de caminhada amassando as folhas e os galhos que obstruem as trilhas.

Não quero ficar perto de pessoas diretamente. Não quero falar com elas, dizer-lhes meu nome ou expor-me a perguntas. Mas esgueirar-me pela floresta da montanha, ver sem ser visto, fazer parte da humanidade à distância, do meu próprio jeito?

Sim. Hoje, eu quero isso.

Voltando meus olhos bem devagar na direção do *Katahdin*, pergunto-me quão cheio estará. O pico Baxter fica a treze quilômetros de caminhada de onde estou. A oito quilômetros daqui, encontrarei a trilha Saddle, onde poderei escalá-lo para ouvir o som das conversas das pessoas, de um ponto seguro da floresta, e fingir que faço parte da raça humana. Por algumas horas preciosas.

— Vou ficar fora de vista, vovô — prometo, afastando-me das lápides. — Não vou chamar atenção para mim. Não vou falar com ninguém. Ninguém nem vai saber que estou lá, mãe.

Prometo.

Três horas depois, estou sentado sobre um pedregulho em uma área fortemente arborizada, a muitos quilômetros de distância do Chimney Pond e das Trilhas Saddle, recuperando o fôlego. Mais cedo, vi vários caminhantes passando pelas árvores, mas mais e mais começavam a retornar, por causa das nuvens. O vento também começava a acelerar, e a temperatura caía.

Um grupo de seis trilheiros — três mulheres e três homens — surge à vista, e eu foco neles, imaginando suas idades da melhor forma possível. Uma vez que vivi boa parte da minha vida isolado, me vejo desafiado por uma das três mulheres. Enquanto as outras duas parecem ter menos de vinte, ela parece ser mais velha — vinte e nove ou trinta anos. Não sei dizer ao certo.

Não tenho certeza do porquê de ela chamar a minha atenção, talvez seja a proximidade das nossas idades. Observo-a andar cuidadosamente pelas árvores, vigiando seus movimentos até se sentar em um banco, enquanto os outros cinco continuam de pé, rindo, falando e bebendo água.

Meu olhar desvia direto para ela.

Ela está usando óculos de sol, mas, quando se senta, os coloca na cabeça, respirando profundamente, parecendo cansada.

E então

o mundo

para

de girar.

E todo o oxigênio fornecido por cada árvore daquela floresta é sugado, deixando-me zonzo.

Porque eu nunca tinha visto uma mulher tão linda na minha vida. Não na vida real, nem quando era pequeno. Nem em livros. Em lugar nenhum.

Os olhos dela.

Os olhos dela têm o mesmo tom de verde das folhas de hera depois da chuva. Profundo e vivo. Claro e inesquecível. É aquele tipo de verde que anuncia a primavera e promete renascimento. Glorioso, vibrante e selvagem, com cílios arrebatadores e escuros; aqueles olhos roubam meu fôlego.

Seu cabelo tem um tom rico e escuro de marrom, e está preso para trás em um rabo de cavalo; seus lábios, os quais ela lambe depois de beber água, são vermelhos. Seu rosto tem um punhado de sardas concentradas na ponta do nariz e é tomado por uma calma melancolia, que faz com que eu me lembre da minha mãe.

Tudo a seu respeito me atrai, me cativa, faz com que eu tenha vontade de falar com ela, ouvir sua voz e observar aqueles olhos fixos nos meus; faz com que eu queira saber algo sobre ela... *tudo* sobre ela.

Quando ela inclina a cabeça contra o banco, sinto vontade de ser o sol só para poder brilhar sobre ela, para poder examinar cada pico e vale do seu rosto até tê-lo memorizado, para poder me lembrar dela nos meus momentos mais solitários: para me lembrar da linda garota triste de olhos verdes da floresta.

— Então, pessoal, o que vocês acham?

Minha atenção se desvia da mulher sentada no banco para uma de suas amigas, a loira alta, que está com as mãos na cintura.

— O tempo está mudando, com certeza — diz um dos homens.

— Está mais frio...

— ... e ventando mais — acrescenta uma pequena morena, que está ao lado de um homem alto, loiro e bonito.

— Acho que deveríamos deixar o pico para lá — diz um dos rapazes, e eu posso ouvir o desapontamento em sua voz. — A Saddle fica escorregadia com chuva. Fica difícil escalar os pedregulhos.

— Sim — um dos amigos concorda. — Ao invés disso, podemos pegar Dudley em direção ao Helon Taylor. O cenário pode mudar na descida.

— Vamos fazer isso — decide o terceiro rapaz, que é o loiro alto. Ele sorri para a morena que o está olhando. Sua voz fica mais brincalhona quando olha para ela: — Temos uma vaga no acampamento. Vocês podem ficar conosco esta noite. Podemos tentar de novo amanhã.

— Você não se importaria? — ela pergunta, com um sorriso mais amplo.

Eles estão a fim um do outro, penso, observando sua linguagem corporal. A garota coloca as mãos no fim das costas, o que faz com que seus seios pequenos se destaquem. Vejo os olhos do rapaz pousarem neles por um instante. Seu sorriso se alarga quando ergue os olhos para ela, que inclina a cabeça e morde o lábio inferior. *Sim. Estão atraídos um pelo outro.*

— Claro que não! — diz o rapaz, piscando para ela. — Temos cerveja e um baralho. Vai ser divertido.

A morena vira na direção da amiga, com uma expressão cheia de expectativa.

— O que você acha?

— *Ja*. Tudo bem por mim — aceita. Ela usa o joelho para tocar a mulher sentada no banco. — E você? O que acha, Brynn?

Brynn.

Brynn, suspira meu coração.

O nome dela é Brynn.

Ela ergue a cabeça para olhar para as amigas, e meu corpo inteiro abraça o som da sua voz. Paro de respirar, alongando o pescoço só para ouvi-la o mais claro possível.

— Não posso parar — recusa, apontando o polegar para o pico. — Preciso continuar.

Sua voz é mais profunda e mais rica do que imaginei, mais madura do que as das outras mulheres, o que me faz acreditar que estou certo a respeito de ela ser mais velha.

— Brynn — diz a loira —, nós podemos voltar. Prometo que chegaremos ao pico amanhã.

Hipnotizado, observo as emoções brincarem em seu rosto: o momento de hesitação que rapidamente é substituído por algo mais forte. Ela se levanta e ajeita a mochila.

— Estou na metade do caminho. *Tem* que ser hoje.

O rapaz loiro dá um passo na direção dela, pousando a mão em seu ombro, e eu imediatamente fico de pé, sentindo cada músculo ficar tenso, pronto para agir caso ele a ameace ou machuque, e desejando desesperadamente que tire a mão dela.

— Brynn — ele começa, elevando-se diante dela, com uma voz imperativa. — Você não deve escalar sozinha. Volte conosco.

Ela suspira, e, de alguma forma, sei que os motivos que a trouxeram aqui hoje são muito maiores do que apenas adicionar outro pico à sua lista. Ela é pequena e magra, não musculosa como uma trilheira profissional, como as outras. E sejam quais forem seus propósitos, eles não vão permitir que ela recue até chegar ao topo. Hoje.

— Vou ficar bem. Quando descer, procuro por vocês, ok?

— Cuide-se — diz o homem, afastando-se dela e caminhando em direção ao início da Trilha Dudley.

O ruído baixo de um trovão ressoa, e uma chuva leve começa a cair. Olho para o céu e novamente para Brynn, sentindo-me tenso, esperando que ela retorne com o grupo em segurança... mas querendo que prossiga, porque claramente parece importante para ela. Prendo a respiração, perguntando-me o que acontecerá em seguida.

— Brynn — fala a morena gentilmente, pegando a mão dela —, está chovendo. E quanto mais alto você chegar, mais frio estará. Venha com a gente.

— Eu gostaria de poder — diz melancolicamente, puxando a mão, tirando a mochila das costas e colocando-a sobre o banco. Ela a abre e tira uma capa de chuva. — Mas é uma coisa que eu preciso fazer.

— Tem certeza de que vai ficar bem? — pergunta a loira, olhando por cima do ombro na direção dos três rapazes que se mantinham por perto.

Consigo enxergar as expressões que brincam em seu rosto: medo sobrepujado por uma determinação. Ela força um sorriso, assente para as amigas e veste sua capa de chuva. Sua voz se altera e soa falsamente alegre ao insistir.

— Vou ficar bem! Vou encontrar vocês em algumas horas, ok? Tomem cuidado na descida. Podem ir.

As duas garotas compartilham um rápido olhar, então inclinam-se e abraçam Brynn, antes de acenar dizendo adeus. Elas correm para alcançar os rapazes, e o som de vozes baixas e masculinas, misturado ao das gargalhadas mais agudas, se esvanece enquanto desaparecem de vista.

E Brynn?

Ela os observa partir, quieta e solitária, por vários longos minutos até que seu sorriso começa a se desintegrar com a chuva. E quando seus amigos e seu sorriso desapareçam por completo, meu coração se aperta, porque ela parece tão pequena, tão triste e tão sozinha.

Por mais que deseje me unir a ela durante o resto da trilha, caminhar com ela, falar com ela e descobrir o que a compele a enfrentar uma tempestade, sei que não posso.

Viva tranquilo, e não importa o que acontecer dentro de você, nunca conseguirá machucar ninguém, Cassidy.

Ela ergue o queixo. Eu a observo com admiração e um pouco de tristeza ao vê-la respirar fundo, olhar para o céu e recolocar a mochila no ombro.

— Estou indo, Jem — ela diz para ninguém, virando seu corpo na direção da Trilha Saddle. — Estou indo.

Capítulo Nove

Brynn

Com o vento em minhas costas e a chuva pingando no meu rosto, continuo sozinha, quase cega, caminhando vagarosamente pela desafiante trilha Saddle, perguntando-me se estou agindo como uma tola. Deveria ter retornado a Roaring Brook com Carlotta, Emmy e os meninos de Bennington. Seria loucura uma trilheira novata continuar sozinha?

Durante nossa caminhada em conjunto, desde Roaring Brook até Chimney Pond, vi vários trilheiros, mas Saddle tem um movimento consideravelmente menor, principalmente porque muitas pessoas parecem ter optado, assim como o resto do meu grupo, por retornar e deixar para chegar ao pico amanhã. Mas sinto, em meu coração, que, se não chegar ao pico Baxter hoje, nunca chegarei. Então, continuo avançando, apesar do conselho de Kris, da preocupação de Emmy e da minha própria insegurança.

Meus pensamentos voltam-se inevitavelmente para Jem, enquanto o vento uivante me atinge, pingos de chuva gelados se arremessam contra meu rosto, e eu tento buscar conforto na certeza de que os pés dele seguiram por esta trilha dúzias de vezes. Tento me sentir próxima a ele, mas, para minha imensa frustração, sinto minha conexão com Jem desaparecer, mesmo aqui, neste lugar que ele tanto amava. A trilha é cheia de pedras e sinuosa, o que atrapalha meu lento progresso. Conforme o céu vai escurecendo e a chuva começa a cair com mais força, preciso me concentrar em forçar meu corpo a prosseguir.

Dois trilheiros se aproximam de mim, descendo do topo, e um deles balança a cabeça, avisando:

— Está muito ruim lá em cima! Não dá para ver nada.

Seu amigo balança a cabeça, concordando, espremendo os olhos contra a chuva.

— Não vale a pena subir!

Gesticulo para eles fracamente.

— Obrigada.

— Estou falando sério — diz o primeiro rapaz ao passar por mim, ambos se espremendo para que nossos corpos não se toquem ao longo da trilha estreita.

— Volte — aconselha o amigo, fazendo contato visual comigo por uma fração de segundo, enquanto também passa por mim.

Cerro o maxilar enquanto suas pegadas desaparecem, parando por um momento para enrijecer meu corpo. Minhas mãos estão congelando, mas não quero calçar as luvas ainda. Não estou certa de serem à prova d'água, o que significa que ficarão ensopadas em dois segundos se eu as colocar agora e deixarão minhas mãos ainda mais frias.

Sob as luvas, dentro do saco de evidências, está o telefone de Jem, ainda manchado de sangue. É essa mancha que faz com que eu continue em movimento, apesar das condições castigadoras. Lembrando-me de tal imagem, lágrimas inundam meus olhos, e eu olho para a trilha íngreme e pedregosa, desejando estar em qualquer outro lugar além daquela floresta esquecida por Deus, no meio do nada.

Fungando pateticamente, estendo a mão e enxugo o nariz antes de prosseguir penosamente. Prometi a Jem que enterraria uma parte dele no topo do *Katahdin*, e é exatamente o que farei... não importa o que aconteça.

— Passando pela esquerda! — Ouço uma voz atrás de mim, que me faz olhar para trás para ver dois homens com bastões de caminhada vindo rapidamente em minha direção.

Quando passam por mim, sinto um senso de propósito renovado. *Eles* não estão permitindo que a chuva os desanime. Isso também não vai acontecer comigo.

Erguendo o queixo, sigo, tentando ignorar o tempo, embora minhas calças e meias estejam encharcadas, ficando mais pesadas e mais frias a cada minuto. Para me confortar, começo a murmurar uma das minhas músicas favoritas, uma antiga dos Beatles que minha mãe costumava cantar para mim quando eu era criança.

There are places I remember...

Eu gostaria de ter me lembrado de ligar para ela antes de sair; sem dúvida, deve estar preocupada comigo. Assim que eu chegar em casa, na quarta de manhã, vou tirar alguns dias de folga e ir ver meus pais no Arizona. Vou contar a eles sobre minha subida árdua pela montanha e como consegui finalmente dizer adeus a Jem. Talvez eu chore um pouco. Talvez eles façam o mesmo. Mas eles saberão que esta viagem não foi em vão, que era um passo necessário para seguir com a minha vida.

Viver novamente.

O que será que isso significa exatamente?

Hummm.

Acho que significa ligar para os meus amigos para ver se ainda têm espaço em suas vidas para mim. Sei que os mais próximos ficarão felizes em me ter de volta. E, por mais que seja necessário coragem e força para dizer sim a eles quando me convidarem para uma balada ou um churrasco, finalmente terei vontade de ir. Por mais que meu coração ainda doa por Jem, é hora de começar a dizer sim novamente.

Talvez eu pegue a bicicleta no galpão nos fundos da minha casa, tire as teias de aranha e passe óleo nas correias. Posso voltar ao meu antigo clube de ciclismo. Não sei se ainda tenho algum amigo por lá, mas não seria a pior coisa do mundo conhecer pessoas novas, eu acho.

Não sei se minha amiga, Mona, ainda trabalha no Petal Salon e Spa, perto do bar onde eu costumava trabalhar, mas posso dar uma passada lá e ver. Depois de dois anos, posso pintar e cortar o cabelo.

Talvez eu compre algumas tintas e repinte alguns cômodos da nossa casa — *minha* casa — também. Dar-lhe um novo frescor. Renová-la. Torná-la minha. Começar outra vez.

Viver outra vez.

— Ah!

Estou tão presa em meus pensamentos sobre minha casa que tropeço em uma raiz de árvore durante o caminho e caio de quatro, gemendo. Arfando pela dor que sinto em minhas palmas e joelhos, levanto-me do chão, ficando de pé cautelosamente. Minhas mãos estão sangrando, e minha calça rasgou em um dos joelhos. Estremeço ao ver a mistura de sujeira, detritos e sangue escorrendo como uma lágrima.

— Deus! — grito, olhando para o céu, enquanto lágrimas frescas de raiva misturam-se aos pingos de chuva. — Será que você não pode me dar um desconto? *Por favor?*

Ele responde com o alto estrondo de um trovão, e a chuva começa a cair por toda parte.

— Muito obrigada! — cuspo as palavras, chorando tão alto quanto meus soluços.

As palmas das minhas mãos estão um caos, cobertas de lama e arranhões sangrentos, então uso as costas delas para afastar mechas de cabelo do meu rosto, para que minhas lágrimas possam cair livremente, sentindo o líquido salgado misturar-se com a chuva fria que pinga por entre meus lábios.

— Não é justo! — choramingo, cerrando as mãos feridas nas laterais do corpo. — Ele era bom! Era jovem! *Eu te odeio* por permitir o que aconteceu!

Outro trovão raivoso soa, fazendo com que eu me encolha um pouco. Porém, ergo as costas no momento seguinte, virando o rosto para a chuva que me ataca.

— Não *quero* ficar sozinha!

Um relâmpago brilha no céu escuro por um instante, em uma explosão irregular de luz branca, seguida de uma fúria.

— Por favor! Me ajude! — peço em uma voz frágil, sentindo meus ombros caírem enquanto minhas forças se esvaem.

Suspiro pesadamente, sentindo-me como um rato afogado, encharcado e enlameado, e protejo meus olhos ao olhar para cima.

A trilha está vazia, mas outro relâmpago leva meus olhos a enxergarem uma pequena estrutura à direita. Olho com mais cuidado. Sim. Uma cabana? Não. Um alpendre. Um alpendre formado por tábuas pintadas de marrom-escuro. Choro ainda mais de alívio enquanto me aproximo. Um dos muitos alpendres estrategicamente localizados ao longo das trilhas no Parque Baxter State é o local ideal para que eu possa sentar, limpar meu joelho e esperar que o pior da tempestade passe.

— Vou retornar o favor — murmuro para o céu. — Você não me abandonou. Obrigada.

Secando minhas lágrimas, começo a me mover cheia de propósito em direção à pequena cabana, mas, quando estou a poucos metros de distância, percebo que há alguém lá dentro. Por mais que não consiga enxergar muito bem, através do vento e da chuva que nos separa, parece que a pessoa está sentada no banco lá de trás.

Pisando finalmente dentro do alpendre, quase suspiro de alívio ao sentir o pesado bater de pingos de chuva em meu casaco cessar, mas meu coração se retorce quando minha visão se torna mais clara, e percebo quem está compartilhando aquele pequeno espaço comigo.

Wayne.

Vocês são apenas turistas em meus sonhos.

Ele olha para mim, enquanto permaneço de pé no limite da plataforma. Seus olhos deslizam pelo meu peito e recaem sobre minhas calças rasgadas e meu joelho sangrento.

Um calafrio percorre minha espinha, enquanto seus lábios se curvam para cima discretamente.

— Olha — ele diz, olhando bem nos meus olhos —, se não é a vovó.

Vovó.

Sei que ele está me chamando assim porque sou dez anos mais velha do que minhas companheiras, mas, verdade seja dita, provavelmente temos a mesma idade. Ele sorri para mim, e minha pele se arrepia, mas forço-me a manter meus olhos nos dele, tentando não parecer intimidada, embora ele tenha duas vezes o meu tamanho e estejamos completamente sozinhos.

— Parece que você se machucou aí, hein?

— É... bem... — Engulo em seco. — É Wayne, certo?

Não dou mais um passo à frente, apenas permaneço na beirada da plataforma, olhando para ele e tentando descobrir se será melhor fugir ou ficar.

— Sim — ele diz, franzindo os lábios. — É Wayne, sim. Aqui está o velho Wayne, caminhando solitário. — Ele inclina a cabeça para o lado. — Perdeu alguma coisa? Pensei que estava caminhando com suas amigas.

— Elas, hum... começou a chover, e eu... bem... elas...

Enquanto murmuro, ele pousa os olhos novamente no meu peito, deixando-os lá enquanto ajusta os óculos no rosto. Olho para baixo, só para descobrir que meu agasalho está grudado em meus seios e que meus mamilos congelados estão claramente delineados através do tecido.

Cruzo meus braços, e Wayne ergue a cabeça devagar. Seus olhos estão mais sombrios.

— Então suas boas amigas meteram o pé, hein?

— Hum, não. Elas estão esperando por mim — minto, esperando que ele acredite. — Machuquei meu joelho. Só quero limpá-lo rapidamente e depois vou encontrá-las.

— Estou pouco me lixando para isso — diz Wayne, pegando sua mochila. Preparo-me... para o quê? Não faço ideia, mas logo relaxo quando ele tira de lá uma garrafa térmica antiga. Tira a tampa fazendo um barulho de *pop* e desenrosca o recipiente, despejando um pouco de um líquido cor de âmbar no copinho. — Chá, um pouco de xarope e uísque. Néctar dos deuses.

Assinto, entrando no alpendre um pouco mais. Quero me sentar no banco e cuidar do meu joelho, mas só há um espaço vago, e não me agrada em nada a ideia de me aproximar de Wayne.

— Quer um pouco? — ele pergunta, segurando o copo.

Afrouxo as tiras da minha mochila.

— Não. Obrigada.

— Ha! Vejam só. Você até que tem boas maneiras, no final das contas.

Ele ergue o copo em um brinde e sorri para mim, mostrando seus dentes amarelos. Dá uma piscadinha antes de virar a bebida de uma vez, com os olhos presos nos meus o tempo todo.

Há algo na forma como me olha que faz com que eu me sinta em uma armadilha, me dando a sensação de que sou sua... presa.

Saia daqui. Saia daqui. Saia daqui.

Desvio os olhos de Wayne, olhando rapidamente na direção da trilha, esperando ver algum trilheiro indo ou vindo, mas não há ninguém à vista. A essa altura, os caras que passaram por mim antes de eu cair já devem estar bem longe.

— Está vendo suas amigas por aí, te esperando debaixo desse aguaceiro? — ele pergunta com um tom de zombaria.

Viro-me na direção dele e consigo ver seu rosto. Ele sabe que eu menti. Sabe que estou sozinha.

— Quer que eu dê uma olhada no seu joelhinho? — sugere, colocando o copo vazio sobre o banco, bem ao lado de sua calça de caça.

Meu estômago revira quando ouço seu tom lisonjeiro, e olho desesperadamente em direção à chuva que ainda cai.

— Hum — digo, começando a me sentir ofegante por conta das batidas do meu coração que aceleram cada vez mais. — Não... hum... eu acho que vou apenas...

— Então é não?

— Não, obrigada. — Viro-me para ele novamente.

— *Não, obrigada* — ele me imita, rindo suavemente enquanto se inclina para revirar a bolsa mais uma vez.

Ergo os braços e aperto as alças que acabei de afrouxar. Nenhuma chuva é cruel o suficiente para me fazer passar mais um minuto com Wayne. Ele me assusta demais.

— Hum... eu só vou... é... vou andando...

Não quero tirar os olhos de Wayne, mas preciso dar as costas para ele para sair da plataforma, então, giro rapidamente, dando um passo adiante no momento em que meus pés saem do chão e sou arrastada para trás.

Sou jogada contra o canto mais afastado do alpendre, caindo sobre os meus joelhos machucados. Meu quadril atinge uma parede, o que faz com que minha testa bata em outra. Minha cabeça se inclina para trás por conta da força do impacto, e o lado esquerdo do meu rosto arrasta no chão de madeira enlameado. O vento me atinge, e eu pisco rapidamente, respirando bem fundo. Uma onda de pânico — um pavor puro e visceral — me percorre com tanta velocidade que a adrenalina chega a entorpecer a minha dor.

— Você não vai a lugar nenhum — diz Wayne atrás de mim. — Suas amigas não estão te esperando.

Pouso uma mão no chão e a outra na parede à minha frente, tentando me endireitar no espaço apertado. Minhas unhas cravam nas tábuas sujas do chão, arranhando-as, mas meus movimentos são lentos.

— Por favor — murmuro, com uma voz rouca. Fraca. Ofegante.

— Por favor? — repete Wayne. — *Por favor*, deixem-me fazer a trilha com vocês. *Por favor*, sejam gentis com estranhos. *Por favor*, tome um gole da porra da minha bebida!

Ainda estou tentando me erguer do chão quando sua bota atinge a lateral esquerda do meu corpo. Desta vez, a dor é tão intensa que eu grito. Minha cabeça inclina-se para a frente, batendo contra a parede novamente. Claros flashes de luz — um relâmpago? Fogos de artifício? — nublam minha visão, enquanto gemo de dor, e lágrimas escapam dos meus olhos. Cada movimento é ainda mais doloroso, conforme me ponho meio ajoelhada e meio em posição fetal, encarando um dos cantos do alpendre, curvando-me em uma tentativa de me proteger.

Estou atordoada e desorientada enquanto olho para Wayne, que está agachado logo atrás de mim.

— Lá vamos nós — ele diz. — Olhe para mim enquanto estou falando com você, vovó!

Mantenho meus braços cruzados contra o peito, protegendo-me de forma patética, enquanto respiro superficial e pesadamente. Meu quadril lateja de dor quando me viro para encarar Wayne.

E é nesse momento que enxergo o brilho do metal em suas mãos, e meu coração, que já está acelerado, começa a pular batidas, me deixando ainda mais tonta.

Ah, meu Deus! Será que há alguma forma de eu sair daqui? De fugir de qualquer coisa que ele tenha planejado para mim?

— P-por favor — soluço, vagamente consciente de um líquido quente que escorre pela minha testa. Será que estou sangrando? Quero erguer a mão e secar o sangue, mas puxo meus joelhos para perto do peito instintivamente. Meus olhos permanecem fixos na lâmina brilhante da faca Bowie.

— Você não está mais tão bonita — diz Wayne, inclinando-se para a frente.

Sinto seu hálito — um misto de cigarro, uísque e xarope — e desvio o rosto. Mas ele não gosta disso. Segura meu queixo, agarrando-o com força, forçando-me a olhá-lo.

Ele segura a faca contra meu rosto, usando a lâmina para erguer uma mecha do meu cabelo. E, apesar de sentir repulsa pelo fato de ele estar me tocando, não me movo. Cada respiração parece ainda mais perigosa, mas não consigo controlar meu peito, que sobe e desce sem parar.

Soltando meu queixo, ele ergue um dos seus dedos e o desliza pelo ferimento na minha testa. Ao retirá-lo, vejo que está manchado com o meu sangue, e ele o leva aos lábios, lambendo o líquido vermelho bem devagar.

— Você não está bonita... mas tem um *gosto* muito bom.

Ele afrouxa as alças da minha mochila, e ouço a lâmina deslizar pelo nylon espesso. Sinto o peso sair dos meus ombros, caindo das minhas costas, fazendo-me perder a única coisa que estava entre mim e Wayne.

— Vire-se — ele ordena.

Fecho meus olhos bem apertados.

— *Vire-se*! — ele grita, pousando a mão de forma rude na base do meu pescoço. — *Agora*!

Giro-me torpemente para encará-lo, apoiando as costas no canto do alpendre, tendo Wayne a cerca de quinze centímetros de distância. Ele agarra a minha mochila, jogando-a por cima dos seus ombros, e então não há mais nada entre nós, exceto ar.

— Abaixe os braços.

— P-por favor — choramingo.

Ele mergulha a faca na madeira à direita da minha orelha, e eu suspiro, com uma respiração sibilante e alta atingindo meus ouvidos.

— Abaixe! — ele grita, arrancando a lâmina da parede.

Bem devagar e tremendo incontrolavelmente, com lágrimas e sangue escorrendo livremente pelo meu rosto, eu abaixo meus braços.

— Seus mamilos são como faróis — ele diz, e uma gargalhada aguda segue sua observação.

Ele coloca a língua para fora e lambe o sangue que ainda está em seus lábios, enquanto olha para mim a poucos centímetros de distância.

Oh, Deus! Oh, não! Oh, Deus!

— P-por favor, Wayne! P-por favor!

— Cale a porra da boca — ele grunhe, ainda olhando para os meus seios. — Você está arruinando o momento.

Oh, Deus! Oh, Deus! Não. Não. Por favor, não!

— W-Wayne — digo, balançando a cabeça. — P-por favor. P-por favor, não...

— O quê? — Seus olhos se desviam dos meus seios, irritados, afrontados. — O quê? Você acha que eu sou a porra de um estuprador? Porra, não! Não quero essa sua bocetinha bonitinha, vovó.

Não sei o porquê de suas palavras me confortarem. Mas sussurro um "obrigada", enquanto olho para ele, literalmente encurralada, completamente à mercê de um homem louco. Será possível sobreviver a este pesadelo?

— *Obrigada* — ele me imita, próximo demais, com sua vil respiração atingindo meu rosto a cada palavra. Ele gargalha novamente. É uma gargalhada infantil e feminina, e faz com que meu estômago revire. Sinto o vômito dentro da minha boca, engasgando enquanto engulo a bile. Wayne não parece notar, ainda está sorrindo para mim, como se estivesse agindo no automático. — Pergunte-me o *que* eu quero. Pergunte. Vamos! Vai ser divertido!

— O quê? — digo, lágrimas embaçando a minha visão, enquanto ele passa a faca de uma mão para a outra.

— Não. Não assim. Assim não é divertido! — ele fala, franzindo o cenho, parando a faca por um momento. — Você tem que me perguntar, vovó. Precisa dizer: "Ei, Wayne, do que você gosta?".

Seus olhos estão arregalados de excitação, e seus lábios, curvados em um sorriso aterrorizante.

Engulo em seco.

— W-Wayne... o que...

Não consigo falar. Nenhuma outra palavra sai, porque estou soluçando discretamente, e meu corpo inteiro está tremendo de pavor.

— Você está arruinando tudo! — Wayne choraminga, com o rosto tornando-se furioso. Suas mãos erguem a lâmina por sobre a cabeça. — Pergunte-me do que eu gosto!

— Não! — grito, encostando a cabeça nos joelhos e passando os braços ao redor deles. Abraço-me com o máximo de força possível.

Jem. Jem. Sinto muito. Mamãe. Papai. Oh, meu Deus, me desculpem.

Wayne ruge em fúria, no mesmo momento em que sinto a ponta de aço cortar a minha pele, gelada na lateral do meu corpo. A dor é tão intensa e tão inacreditável que eu grito. Sei que grito, embora o som pareça estar separado de mim; não parece uma *parte* de mim. Parece muito, muito distante.

Inclino-me para o outro lado, ainda segurando meus joelhos contra o peito, enquanto a lâmina corta minha pele uma segunda vez.

Grito novamente, mas, desta vez, não é por causa de Wayne, nem da faca e nem da dor.

Não é por ter perdido Jem, nem por Derrick Frost Willums, nem por nunca mais poder ouvir minha mãe cantando Beatles para mim novamente.

Não é por ter passado os últimos dois anos em uma fria escuridão inimaginável, acordando a cada momento em um pesadelo do qual eu não podia escapar.

Não estou gritando por meu passado ou meu presente.

Estou gritando pelo meu futuro.

Estou gritando porque sei que quero vivê-lo, mas alguém o está tirando de mim.

Estou gritando, porque meus olhos estão se fechando, e porque a lâmina de aço está atingindo meus braços, e não vou conseguir segurar meus joelhos por muito mais tempo.

Estou gritando, porque as punhaladas não doem mais, o que significa que devo estar morrendo.

Novamente a lâmina.

Novamente o som do meu grito, frágil e suave, vindo da minha alma desvanecida.

E então...

A escuridão.

Capítulo Dez

Cassidy

Meu primeiro e mais forte instinto, ao ver Brynn separar-se do seu grupo e começar a caminhar sozinha, é segui-la.

Siga-a. Siga-a. Siga-a.

É um cântico em minha cabeça. Um mantra. E só é necessário um segundo para que ele congele até os ossos.

Será que foi assim com o meu pai?

Será que ele via uma garota bonita e pensava:

Siga-a.

Fale com ela.

E então, de repente e sem nenhum aviso:

Toque-a.

Estupre-a.

Mate-a..

Seria assim tão simples? Passar de admiração e interesse para maldade e destruição?

E se eu a seguir, será que estarei seguindo os passos dele?

Inalando bruscamente diante do horror de tal pensamento, sento-me novamente no pedregulho, fecho os olhos e conto devagar e cuidadosamente até mil, vendo os números em minha mente, reconhecendo cada um antes de passar para o próximo. Não tenho ideia de quanto tempo levo fazendo isso — mais de quinze minutos, suponho —, mas, quando termino, estou completamente inebriado. Abro os olhos, e a trilha diante de mim está vazia.

Brynn desapareceu.

E algo dentro de mim fica vazio.

Vazio e cheio de saudade. Pulsando, quase até o ponto de ser doloroso.

Afastando a névoa de anseios, minha mente surge com uma simples pergunta:

Por quê?

Por que me sinto tão vazio?

Porque sou um homem normal, de vinte e sete anos, que viu uma garota bonita e quer conhecê-la?

Ou porque, em algum lugar profundo, sombrio e obscuro dentro de mim — em algum lugar que não consigo sentir nem imaginar —, não quero apenas conhecê-la, mas também feri-la?

O que me traria satisfação? O que preencheria o vazio?

Conhecê-la?

Ou feri-la?

Para minha vergonha e medo, não sei a resposta. Não estou certo. Não posso responder a essas simples perguntas de significado e intenção, o que me faz grunhir baixinho de frustração e desespero.

Levantando-me da pedra, observo meus arredores. A chuva ainda está caindo sobre as folhas das plantas, pesada e raivosa, e, mesmo estando debaixo de uma espessa copa de árvores, longe da trilha, estou ficando encharcado.

Acordei naquela manhã com dois objetivos em mente: primeiro, chegar ao topo e admirar a vasta beleza do meu mundo; e segundo, sentir-me parte da humanidade por algumas horas inofensivas, ouvir as vozes de outras pessoas, ver seus rostos, observá-los comunicarem-se tanto com palavras quanto com seus corpos.

Não tive problemas com o primeiro objetivo. Mas acabo abrindo um sorriso, enquanto coço a pele do queixo com o polegar e o indicador ao analisar o segundo. Seria assim tão errado o fato de eu querer estar perto das pessoas? Sentir-me humano — como uma parte da raça humana, a comunidade coletiva de homens — por algumas horas preciosas? Ou será que estaria quebrando a promessa que fiz ao meu avô e à minha mãe?

Vejo dois homens descendo a montanha rapidamente, de cabeças baixas, claramente focados em voltarem para seus carros lá embaixo.

Humm. Então ainda dá para passar, apesar da chuva.

Quero chegar ao pico ainda hoje, mesmo que a chuva esteja tão forte e o céu tão nublado como eu já sabia que estaria. Posso ter falhado no meu segundo objetivo, mas ainda posso continuar com o primeiro.

Sem dúvidas, Brynn já deve estar muito à minha frente, penso, e a ideia é reconfortante e triste ao mesmo tempo.

Mas, mesmo que não estivesse, eu poderia usá-la como um teste. Mesmo que a visse de soslaio, não poderia permitir que meu olhar se demorasse nela. Não importa o quanto me sinta atraído, não importa o quão adorável seja seu rosto ou quão tristes sejam seus olhos, posso lutar contra a tentação. Posso forçar-me a desviar o olhar, a ficar distante, a mantê-la a salvo de mim, e então saberei que sou mais forte que o meu pai; que, por mais que surja a oportunidade, não vou ceder à fraqueza ou à tentação até mesmo de olhar para ela.

Um teste. Sim.

E então começo a seguir a trilha através da floresta, não exatamente por ela, mas bem próximo, subindo pelas raminhas e pelos troncos apodrecidos, enquanto a chuva bate na minha cabeça, me banhando das lágrimas do céu.

Continuo a subir. Minha respiração está estável, porque estou acostumado ao esforço. Minhas pernas longas me carregam através da floresta irregular, e acho que levarei mais ou menos uma hora para chegar ao topo enevoado. Mas vou chegar. Vou...

É nesse momento que algo atravessa os murmúrios do meu coração, o som das minhas botas amassando os galhos, o rugido do vento e da chuva...

Um grito...

Paro de andar por conta da terrível singularidade do som, congelando no mesmo lugar, esperando ouvi-lo novamente.

Um gavião, tento convencer-me, esperando que não seja um som humano. Mas, racionalmente, sei que nenhum pássaro de caça estaria no céu com essa chuva. Devem estar esperando que ela passe em seus ninhos, com os bicos enfiados sob as penas.

Então, eu ouço novamente.

E tenho certeza de que não foi o grito de um animal; definitivamente foi humano. Perfurante, atormentado e soando alto por cima do vento, como o som de uma intensa angústia.

Meus pés começam a se mover subitamente, correndo em direção ao som. Correm rápido, seguindo furtivamente sobre a lama. Minhas mãos calejadas alcançam troncos finos de árvores, e eu os uso para me empurrar para a frente como um estilingue. A chuva castiga meu rosto, mas continuo a correr, enquanto tudo dentro de mim se ergue contra a origem ou o que provocou o grito.

Novamente, ouço o grito agudo, cada vez mais perto, mas também mais fraco, e faço algo que nunca fiz antes: saio da floresta e permito que meus pés toquem a trilha. Com os olhos fechados e o corpo rígido, congelo no meio do caminho, esperando ouvir o som novamente, ansiando que ele me encontre e me guie.

Socooooooorro!

Embora o vento me chicoteie, através da chuva raivosa, eu o ouço, e meu corpo inteiro se inclina para a direita, como se obedecesse ao comando. Cruzando novamente a trilha, corro o mais rápido que posso em direção a um dos alpendres marrons colocados no meio da Trilha dos Apalaches.

Corro em sua direção, chocado pelo que encontro.

Um homem está agachado no canto esquerdo da estrutura, pairando sobre algo no chão. Ignorando a minha presença, ele ergue o braço, suspendendo por cima da cabeça uma faca da qual pinga sangue por um momento, antes de baixá-la com toda a força. Ouço o som de algo sendo cortado e enxergo mais sangue quando a faca é retirada e erguida novamente. Os pingos vermelhos gotejam sobre a cabeça do homem, enquanto ele ajusta a mão no cabo e se prepara para baixar a lâmina novamente.

Nããããooo!

Ponho-me em movimento, enquanto meu corpo avança, subindo na plataforma, e minhas mãos pousam no braço erguido do homem, puxando-o de volta. O corpo dele é a primeira forma humana que toco na última década, desde a morte do meu avô, e consigo manejá-lo porque o surpreendi. Jogo-o com toda a minha força na parede à esquerda, fazendo suas pernas se chocarem com um banco enquanto ele voa pelo ar. Assisto sua cabeça bater na parede com um baque repugnante. Ele cai no chão, e eu me coloco sobre seu corpo, esperando que se mexa, mas está inconsciente.

Voltando ao canto do alpendre, reconheço o cabelo e a jaqueta da mulher imediatamente.

— Não! — choramingo, cerrando minhas mãos nas laterais do meu corpo, sentindo-me impotente enquanto balanço a cabeça. — Não, não, *não*!

É Brynn — *a pequena e valente Brynn* —, enrolada em posição fetal, com o rosto machucado e a jaqueta rasgada cheia de manchas de sangue.

O instantâneo misto de pânico e ódio, que quase me cegou, deveria ter me paralisado, mas não. Abaixei-me e ergui seu pequeno corpo nos braços sem nem pensar no que fazia, afastando-a daquele canto e sentando-me com ela no colo. Gentilmente, afasto sua jaqueta e camiseta, e posso ver várias feridas de facada concentradas em sua cintura e quadril. Nenhuma delas está jorrando sangue, por isso, tenho a impressão — pela graça de Deus — de que seu atacante não atingiu nenhuma grande artéria.

Ela geme quando a abraço com mais força, encostando sua cabeça em meu peito, e um leve cheiro doce se ergue entre nós. Baunilha. A linda mulher ferida em meu colo cheira a cookies, o que me faz soluçar sem qualquer motivo, exceto pelo fato de que isso não deveria ter acontecido a ela, o que me deixa furioso.

Suas feridas sangram devagar, em poças escarlates que deslizam em linhas vermelhas sobre sua pele macia e gotejam no chão. Preciso parar o sangramento da melhor forma possível, então, pego sua mochila e a abro. Dentro dela, encontro uma camiseta e alguns pares de meias grossas de algodão, secas, dentro de um plástico, além de um kit de primeiros socorros. Uso a camiseta para limpar as feridas de facada, contando seis ao todo. Por estarem próximas umas das outras, consigo cobri-las com as meias limpas e uso uma atadura do kit de primeiros socorros para fixá-las, envolvendo-a ao redor de sua cintura e quadris, prendendo-as.

Não tenho certeza se as feridas podem ameaçar sua vida, mas, baseado no que aprendi no curso de paramedicina por correspondência que meu avô me forçou a fazer, concluo que não devem ser. Ainda assim, precisam ser limpas, costuradas e fechadas o mais rápido possível.

Puxo sua camiseta e jaqueta rasgadas e sangrentas por sobre as ataduras improvisadas e olho para o rosto dela, afastando as mechas molhadas de cabelo da testa, tentando descobrir o que fazer.

Não que eu fosse muito íntimo ao cheiro de álcool, mas meu avô se permitia tomar um pouco de Bourbon aqui e ali, e agora consigo senti-lo bem forte. Olhando ao redor, meus olhos recaem sobre o corpo ainda inconsciente do homem. Humm. Se ele bebeu o suficiente para deixar todo o alpendre fedendo a álcool, provavelmente ficará desacordado por um bom tempo.

Talvez eu devesse deixá-la aqui, descer a montanha em busca de um telefone público e chamar a guarda florestal de Chimney Pond para vir buscá-la?

Olho novamente para seu atacante, sentindo uma tempestade de fúria erguer-se e revirar-se dentro de mim. *Você não pode deixá-la com ele. E se ele acordar e tentar terminar o que começou?*

Você poderia amarrá-lo, meu cérebro racionaliza. Mas rebelo-me contra esse pensamento teimosamente. Se ele acordar antes dela, pode levar apenas algumas horas para se soltar e machucá-la novamente, antes que eu consiga encontrar um telefone e fazer a ligação.

Além disso, e se eu estiver errado a respeito da severidade das feridas de Brynn? E se uma das punhaladas *for* realmente fatal?

Consigo sentir o peso do seu corpo em meu colo, e sei que ela não pesa muito. Eu poderia carregá-la até a sede dos guardas florestais facilmente.

Mas...

Quando chegar lá, terei que dar o meu nome. Eles podem suspeitar que fui eu que a machuquei. E se, enquanto eu a estiver levando para um lugar seguro, seu verdadeiro atacante acordar e fugir? *Sou* o filho de um assassino em série confesso. De nenhuma maneira eles acreditarão que sou inocente nisso tudo.

Ela geme baixinho, e me desespero na tentativa de encontrar outro plano.

Eu posso... bem, posso carregá-la na descida da trilha, até perto de Chimney Pond, onde posso deixá-la sob uma árvore, esperando que alguém a encontre.

Mas olho para a porta aberta do alpendre e observo o céu escuro, a chuva batendo nas folhas e a trilha vazia. Ela poderia acabar ficando sentada contra a árvore a tarde inteira e também a noite. E se um animal chegasse até ela, atraído pelo cheiro de sangue; ou se alguém — como o animal humano à minha direita — tentasse machucá-la outra vez?

Meus braços ficam tensos só de pensar nela sendo ferida outra vez, e a abraço com mais força, estremecendo ao ouvir seu frágil gemido quando seu quadril se movimenta. Ela está sentindo dor. Mesmo inconsciente, está sentindo dor.

Não posso abandoná-la. Preciso levá-la comigo e deixá-la a salvo.

Os ferimentos precisam ser costurados assim que eu chegar em casa com ela, mas lá tenho pomadas antibióticas e medicamentos, além de um estoque de itens de primeiros socorros que poderei usar para curá-la. Ainda está chovendo como o inferno, mas sou jovem e forte, e ela precisa de mim. Posso fazer isso.

— Vou te levar lá para baixo — digo, olhando ao redor do alpendre, procurando a melhor forma de carregá-la.

Terei que deixar sua mochila aqui. Brynn deve pesar um pouco mais de quarenta e cinco quilos, e só isso já me fará seguir mais lentamente pela trilha.

Ao menos será uma descida e não uma subida, penso, pousando-a cuidadosamente no chão.

Ela geme baixinho e murmura, tão suavemente que parece ter saído de um sonho:

— Me ajude.

Ajoelho-me ao lado dela, inclinando a cabeça o suficiente para sentir o cheiro de cookies outra vez. Saboreio a doçura desse aroma enquanto sussurro:

— Vou te ajudar, Brynn — falo, mais por esperança do que por certeza. — Você está segura comigo. Está segura agora. Não vou te machucar. Prometo.

Suas sobrancelhas franzidas relaxam, e a ouço suspirar suavemente, o que faz o meu coração se apertar. Por mais que adorasse a ideia de ficar olhando para ela para sempre, forço-me a agir. Tenho um trabalho a fazer.

Buscando novamente a sua mochila, encontro uma corda de três metros e a dobro, fazendo um nó firme nas pontas para criar um grande laço duplo. Ergo Brynn nas minhas costas e prendo uma das pontas da corda segurando-a, e a outra agindo como um balanço, acomodando seus quadris. Seguro suas pernas, posicionando meus braços sob seus joelhos para carregá-la nas costas.

Dando uma última olhada no pedaço de excremento humano que a machucou, saio do alpendre, em meio à chuva, e começo a descer o *Katahdin*.

Não sei se estou fazendo a coisa certa.

Rogo a Deus, a cada passo pesado que dou, que o mal que vivia dentro do meu pai não viva dentro de mim... mas não posso ter certeza disso.

A única coisa que sei com toda a certeza do mundo é que eu não poderia abandoná-la.

Então, a carrego.

Por onze quilômetros nas minhas costas.

Por todo o fim da tarde e uma parte da noite. A chuva pinga em mim de todas as direções. O vento faz com que meu cabelo chicoteie meu rosto e atinja meus olhos. Mais de uma vez, cambaleio e tropeço, mas meu desespero em levar Brynn a um lugar seguro é a única coisa que impede nossos corpos de sofrerem dúzias de quedas desastrosas.

Às vezes, parece que minhas costas irão se partir.

Minhas pernas doem. Meus braços queimam.

Mas eu ainda a carrego.

Por todo o caminho até a minha casa.

Capítulo Onze

Brynn

I don't know why-y-y nobody told you...

Linda.

Tão linda.

Tento abrir meus olhos, mas estão pesados e preguiçosos, então, paro de tentar, concentrando-me na música suave que está vindo de algum lugar muito próximo. Uma clara voz masculina está cantando a velha balada dos Beatles. Os gentis acordes de um violão soam tão etéreos que não sei se estou acordada ou sonhando.

Sonhando, eu decido, arrastando-me de volta para um sono profundo.

Só estou sonhando.

— Não quero te machucar, mas preciso colocar um pouco mais de unguento aqui, ok, Brynn?

Ok, eu penso, gemendo ao sentir a pressão de um dedo traçando uma linha dolorosa em meu quadril. Há um momento de alívio, e então a pressão se move para outro ponto. Grunhindo de dor, forço meus olhos a se abrirem. Eles não parecem querer focar em nada, mas consigo perceber que estou deitada, com a cabeça virada para um teto feito de vigas de madeira. Fecho meus olhos com força quando a pressão retorna, mas lágrimas quentes escapam deles, deslizando pelos cantos dos meus olhos, desenhando uma trilha pela minha bochecha.

— Sei que dói — ele diz, com uma voz profunda e cheia de arrependimento. — Juro que não faria isso se tivesse escolha.

Fecho meus olhos, mergulhando no abismo de sua voz e me ancorando a ela ao mesmo tempo. Embora seja intimamente familiar para mim, não consigo encontrar um rosto em minha mente para que possa identificá-la. Se não fosse por um sexto sentido me dizendo que estou em um lugar seguro, eu poderia entrar em pânico... porque como essa voz pode ser tão familiar se não faço ideia de como é sua aparência?

— Você está bem agora — ele sussurra bem perto do meu ouvido, e a ternura em sua voz é como uma canção de ninar. — Durma, Brynn. Cure-se. Estarei aqui quando você acordar.

Quem?, quero perguntar. *Quem estará aqui quando eu acordar? Quem é você?*

Mas o sono já está me tragando.

E não luto contra ele.

Meus olhos se abrem e veem uma luz bem fraquinha; meus ouvidos ouvem alguém cantando suavemente, acompanhado de um violão. *Eu conheço a música. Já a ouvi antes.* Fechando os olhos novamente, ouço-a por um momento, lambendo meus lábios e encontrando-os secos e doloridos.

— Água? — consigo resmungar.

O violão para instantaneamente.

Meus olhos se abrem ainda mais, e vejo alguém caminhando na minha direção, uma silhueta alta, mas ainda turva, que se aproxima mais e mais, até se colocar ao lado da minha cama.

Eu o conheço? Como posso conhecê-lo?

— Brynn? Você disse alguma coisa?

Sua voz soa familiar — *profundamente* familiar —, embora não seja do meu pai nem de Jem.

— Você disse "água"?

— Por favor — murmuro, e minha garganta está tão seca e arranhada que estas duas pequenas palavras já a machucam.

O colchão sob o meu corpo afunda um pouco, enquanto ele se senta ao meu lado. Colocando a mão sob minha cabeça, ele a ergue, e sinto um copo gelado de vidro sendo pressionado contra meu lábio inferior. Bebo com avidez enquanto ele inclina o copo. Algumas gotas de água pingam em meu queixo em meu desespero para me hidratar.

Onde eu estou? E... quem...?

O copo é removido, e, um momento depois, um tecido seca os pingos do meu queixo e pescoço.

— Quem é você? — pergunto com uma voz suave e rouca. — Onde estou?

— Meu nome é Cassidy — ele diz, erguendo seu corpo da cama só para ajoelhar-se ao lado dela. Seus olhos ficam bem na altura dos meus.

Não o conheço.

Se o tivesse conhecido antes, nunca o esqueceria. Por quê? Porque seus olhos são inesquecíveis, sobrenaturais. São cercados por cílios espessos e tão longos que chegam a curvar nas pontas. Seu olho esquerdo é verde, e o direito, azul.

— Seus olhos... — murmuro.

— É heterocromia — ele explica, piscando conscientemente. Seus olhos se estreitam ligeiramente, como se ele quisesse sorrir, mas não o faz. — Estranho, mas não é contagioso.

Deixo que meus olhos percorram o resto do seu rosto.

Sua pele é clara, embora profundamente bronzeada, e ele tem três sardas — belas marcas — em sua face esquerda: uma bem pequena sob o olho, uma maior bem no meio da bochecha e uma ainda maior um pouco mais abaixo, coberta pela sombra loira de sua barba.

Seu cabelo está despenteado, como se não fosse cortado profissionalmente há muito tempo, erguendo-se em ângulos estranhos, amassados pelo travesseiro e desleixados pela apatia do dono. Possui um tom de loiro-escuro, com mechas mais claras, e as extremidades quase se enrolam na base do pescoço. Assim como seus cílios, os cabelos lhe dão um ar jovem e muito atraente.

— Eu te conheço? — pergunto.

— Não, não conhece.

Olho bem em seus olhos, naqueles tons diferentes, quase chocantes.

— Onde estou?

— Em minha casa.

— Hummm... — Meu coração começa a bater mais forte, porque sei que estou me esquecendo de algo muito importante, que poderia me explicar o motivo de eu estar aqui. — Por que... o que... o que aconteceu comigo?

— Respire — diz Cassidy, com uma voz firme, mas gentil.

Respiro.

— Mais fundo.

Inspiro ar suficiente para preencher meus pulmões, mas choramingo em agonia quando sinto-os se expandir. Uma dor aguda no meu quadril e na lateral do meu corpo me força a expirar bem devagar. Piscando para Cassidy, vejo-o estremecer em simpatia antes de assentir.

— Você se lembra?

— Dói... — gemo, fechando os olhos de dor.

— Brynn — ele diz, e sinto sua voz ainda mais distante agora, como se ele estivesse chamando meu nome do fundo de um poço. — Brynn, fique comigo.

— Dói — sussurro novamente, entregando-me à escuridão.

Na próxima vez que acordo, lembro-me de quase todas as coisas.

Estou na casa de Cassidy.

Os olhos de Cassidy têm cores diferentes.

Não sei de onde conheço Cassidy.

Meu corpo está doendo.

Não consigo respirar muito fundo.

Estou deitada de barriga para cima, mas viro a cabeça para o lado e encontro um homem — o mesmo Cassidy de quem meu cérebro se lembra — adormecido em uma cadeira de balanço ao lado da cama.

Reconheço seu rosto de antes (minutos atrás? Horas? Ontem? Semana passada?), mas fico estudando-o por alguns minutos.

Seus lábios estão separados e suaves, cheios e rosados, e subitamente eu me imagino beijando-os, o que me choca desesperadamente, uma vez que, desde que perdi Jem, nunca mais consegui pensar em outro homem com desejo. Mordendo o lábio inferior, sinto-o sensível ao toque. Ao erguer a mão para tocá-lo com o dedo, encontro uma casquinha no lábio superior, e outra no inferior, como se tivessem sido divididos. Tocando o resto do meu rosto avidamente, encontro um curativo na testa e estremeço quando continuo a analisá-lo. Há outro ferimento desconhecido.

Lembro-me de Cassidy me pedindo para respirar fundo na última vez que acordei, então, movimento meus dedos pelo meu corpo, grata por descobrir que estou vestida, que estou usando uma camiseta e uma calcinha. Quando meus dedos se aproximam da cintura, sinto dor ao tocá-la. E, quando tento me mover, para testar a gravidade do ferimento erguendo o corpo, sinto uma dor ainda mais aguda.

Perdendo o ar, interrompo meu teste bruto, tirando os dedos e agarrando o lençol sob meus quadris, enquanto lágrimas enchem meus olhos.

Estou ferida no rosto e no corpo. Alguém me feriu.

Vocês são apenas turistas em meus sonhos.

Olho para Cassidy, que está roncando baixinho, e instintivamente sei que não foi ele. Não sei como posso ter tanta certeza, mas tenho. Sei que estou a salvo com ele.

— Cassidy? — sussurro.

Tenho tantas perguntas, e estou desperta demais para voltar a dormir.

Seus olhos se estreitam, e ele muda a posição do corpo, mas continua adormecido.

— Cassidy? — digo um pouco mais alto.

— Mãe? — ele grunhe suavemente, abrindo os olhos.

— Brynn — corrijo, observando-o enquanto ele ergue a mão e esfrega os olhos.

— Ei. — Ele se inclina para a frente. — Você está acordada!

— Há quanto tempo estou aqui? — pergunto, tentando me sentar, mas a dor na lateral do meu corpo faz com que eu me lembre que preciso me mover devagar.

Um vinco surge em sua testa.

— Três dias, eu acho.

— Estou desacordada há três dias?

— Você vem despertando e desmaiando — explica, descansando os cotovelos sobre os joelhos, enquanto me olha com seus olhos, um azul e um verde.

— Meu rosto... meu quadril...

Ele assente, mas continua parado.

— Você se lembra de alguma coisa?

— Não muito. — Ouso respirar o mais fundo que consigo. — Só sei que não foi você.

Nunca pensei que alívio pudesse se tornar algo palpável, visível, uma emoção viva antes de agora. A alegria é exuberante. A dor é opressiva. O medo é compressor. Mas eu vejo alívio transformar o rosto de Cassidy, livrando-o da incerteza e de pesadas camadas de preocupação com sua chegada. Ele toca as cordas do meu coração com tanta firmeza quanto me faz pensar.

— Você... me salvou? — pergunto.

Ele sorri, cerrando o maxilar.

— Não cheguei a tempo para te salvar.

A forma como ele diz a palavra "tempo" faz com que algo dentro de mim se remexa, porque soa muito como Jem. Um sotaque do Maine. Como senti falta disso.

— Sinto muito por isso, Brynn — ele diz.

— Mas estou viva — afirmo, tentando, sem nenhuma elegância, me colocar em uma posição quase sentada e estendendo a mão na direção do copo de vidro na mesa ao meu lado.

— Se eu tivesse chegado segundos depois... — ele murmura, e ouço uma nota de desgosto em seu tom.

Beberico a água, grata pelo líquido gelado que desliza pela minha garganta seca, enquanto tento me lembrar do que aconteceu. E, de repente — *uma lembrança* —, vejo um metal sobre minha cabeça. Outra *lembrança* — o som esmagador de algo duro mergulhando em algo macio.

O copo escapa da minha mão, mas Cassidy se inclina para a frente muito rápido e o pega, afastando-o dos meus dedos flácidos.

— Você está se lembrando — ele conclui, assentindo para mim com olhos arregalados.

— Fui apunhalada — murmuro apressada. — Alguém estava me apunhalando.

— Sim.

— Quem?

— Não sei — diz Cassidy. — Não fiquei por perto para descobrir o nome dele.

— Mas você chamou a polícia? A... a guarda florestal? Eles o prenderam? Será que preciso... quero dizer, devo dar um depoimento sobre o ataque ou... ou...

— A polícia vai pegar o seu depoimento quando você ficar melhor. Não se preocupe com isso agora.

Seus olhos estiveram fixos nos meus, mas agora ele os desviou, colocando o copo de volta sobre a mesa e ficando de pé.

— Está com fome? — ele pergunta, esfregando o queixo com o polegar e o indicador.

Se estou com fome? Meus olhos começam a piscar na direção dele.

— Não sei.

— Vou esquentar sopa para você, ok?

Antes que eu possa fazer outra pergunta, ele se vira e sai do pequeno quarto, fechando uma cortina atrás de si.

Capítulo Doze

Cassidy

Droga. Droga. Droga!

E agora?

Estou de pé diante do fogo, reaquecendo o caldo de frango com macarrão que preparei para ela ontem, olhando por cima do ombro para a cortina que me protege da visão dela.

Ela perguntou sobre guardas florestais e polícia e... *o que você vai dizer a ela, Cass?* "*Eu te carreguei até a minha casa pela floresta, porque sou o filho de um assassino em série e não queria aparecer na estação dos guardas florestais ou da polícia com uma garota esfaqueada nos meus braços*".

Passo os dedos pelo cabelo, cerrando o maxilar e balançando a cabeça.

Eu não deveria tê-la trazido para cá.

Deveria ter pensado em outra coisa.

Mas o quê? Cheguei a considerar minhas opções lá no *Katahdin* e acabei fazendo a melhor coisa para nós dois. Foi perfeito? Não. Mas eu não tinha tempo para pensar em algo perfeito. Ela estava ferida, e eu, em pânico. Fiz o meu melhor.

Depois de carregá-la para casa e colocá-la na cama do velho quarto da minha mãe, eu a despi para poder cuidar de suas feridas. Nunca tinha tirado o sutiã de uma mulher antes, e me senti um pouco frustrado com o fecho, por isso, acabei cortando-o com a tesoura. Considerei deixá-la de calcinha, mas estava encharcada de sangue seco. Fechei meus olhos enquanto a tirava, e então cobri suas partes íntimas com um pano e seus seios com uma toalha, determinado a não ficar olhando para as ondas e curvas do seu corpo. Começando a trabalhar, limpei suas incisões com iodo, costurei-as com uma linha de pesca e as cobri com gaze e esparadrapo esterilizados.

Nos aposentos da minha mãe, encontrei uma camiseta macia e limpa, e algumas roupas íntimas dobradas, organizadas exatamente como ela deixou. Vesti Brynn e a carreguei até o sofá da sala de estar, deixando a cama da minha mãe livre para que eu pudesse refazê-la com os lençóis mais macios que pude encontrar. Depois, levei Brynn novamente para lá e a deitei sob as cobertas. A cada duas horas mais ou menos, troquei os curativos sobre as incisões, reaplicando pomada antibiótica e me certificando de que estavam se tornando rosadas e limpas, e não amarelas.

Durante a tarde, no segundo dia, senti cheiro de urina. Ergui Brynn da cama, levando-a até o sofá, tirei sua calcinha e a camiseta, e lavei-a com uma esponja, de olhos fechados. Então, a vesti novamente com roupas limpas da minha mãe, troquei a roupa de cama e a pus novamente sob as cobertas.

Mas tenho que confessar que espiei seus seios enquanto estava nua.

Talvez duas vezes.

Mas juro que me sinto culpado por isso, e minha penitência é que, não importa o que aconteça, não consigo parar de pensar neles.

Enquanto ela dormia, sentei-me ao seu lado, na velha cadeira de balanço do meu avô, tocando os acordes de *While my Guitar Gently Weeps*. Minha mãe costumava cantá-la para mim quando eu ficava doente, e ela sempre fez com que eu me sentisse melhor. Esperava que funcionasse com Brynn também.

A sopa começa a ferver, e desligo o fogo, tirando a panela e derramando o conteúdo dentro de uma caneca.

O que você vai dizer a ela?

Como vai explicar de que forma ela veio parar aqui?

Não tenho talento para mentir. Sempre houve pouca necessidade de evasão na minha vida tranquila e, de repente, sinto-me impotente enquanto olho para o conteúdo da caneca fumegante. O quanto vou precisar contar a ela? Lembro-me de, uma vez, ler um trecho sobre mentiras. O contexto era que: se você quiser mentir, é preciso lembrar de suas mentiras. Se disser a verdade, nunca vai precisar tomar cuidado com suas palavras. Resolvo, então, não mentir, mas compartilhar o mínimo possível, enquanto pego uma colher do escorredor de louça ao lado da pia e me dirijo ao quarto.

Não tendo uma porta para bater, paro do lado de fora da cortina, inseguro quanto aos bons modos.

— Hum, eu trouxe um pouco de sopa.

— Ok.

— Posso entrar?

Ela faz uma pausa por um momento antes de responder.

— A casa é *sua*.

— O quarto é *seu* — respondo, ainda de pé do outro lado da cortina, embora esteja começando a me sentir um pouco tolo.

Não esperava ouvir o som suave de sua gargalhada. Honestamente, já faz muito tempo desde que ouvi alguém rir de algo que eu disse, e levo um momento para registrar sua reação, mas, assim que registro, fico repetindo o som gostoso na minha cabeça, cuidadosamente guardando-o em uma pasta dentro da minha mente nomeada de "Brynn".

— Então, hum...

— Sim — ela diz rapidamente. — Tudo bem. Entre.

Abrindo a cortina, dou um passo em direção ao pequeno quarto, tentando não a olhar nos olhos e esperando que minha presença não a deixe desconfortável. Acabei me acostumando com sua presença aqui, nos últimos três dias. Quer dizer, fico admirado por sua presença, mas já não me assusto com ela. No entanto, Brynn não teve a mesma quantidade de tempo para se acostumar comigo, e eu tenho o dobro do tamanho dela. Tenho noção de tudo isso, por esse motivo, apenas coloco a caneca de sopa sobre o criado-mudo e dou um passo para trás, olhando ao redor do quarto, inseguro.

— É... hum... eu fechei as cortinas para que você pudesse dormir. Quer que as abra?

Vejo-a estender a mão na direção da sopa, mas ela para e ergue os olhos para mim, confusa.

— Achei que fosse noite.

— São cortinas com blackout — digo, apontando para elas. A caneca arranha o criado-mudo conforme ela a puxa mais para perto. — Não deve estar muito quente.

Ela dá um gole, observando-me por cima da borda da caneca antes de baixá-la em direção ao seu colo.

— Está gostosa.

— Obrigado.

— Você que fez? — Ela parece surpresa.

Assinto, colocando as mãos, escorregadias e suadas de nervoso, em meus quadris.

— Você é cozinheiro? — ela pergunta, dando-me um sorriso leve e inseguro.

Esse sorriso transforma tanto o seu rosto, que já é muito lindo, de uma forma que me faz perder o ar, deixando-o preso em meus pulmões, enquanto olho de volta para ela.

— É? — insiste, enquanto leva a caneca em direção aos lábios novamente.

— Não — respondo, forçando meus pulmões a se comprimirem e expirarem profundamente. Olho para a janela e depois novamente para ela. — E... hum... as cortinas?

— Ok.

Movimento-me rapidamente, virando-me e atravessando o pequeno cômodo. Do outro lado da cama, há quatro janelas de painéis de vidro, e, assim que abro as quatro cortinas, ouço Brynn arfar atrás de mim. Quando abertas, elas oferecem uma visão panorâmica do *Katahdin*.

— Uau! — ela suspira, e a admiração em sua exclamação resume como me sinto sobre a vista também, mas não posso deixar de me virar para olhar para sua expressão.

Seu rosto foi muito machucado, e ainda há lembranças visíveis do seu ataque de três dias atrás: seus lábios estão inchados e esfolados nos locais onde estiveram feridos, e uma compressa de gaze, coberta por esparadrapo, fecha uma contusão em sua testa. Mas, para mim, ela continua tão linda que olhá-la chega a me fazer mal, e eu me afasto rapidamente.

— Sim. Minha... hum... minha mãe adorava a montanha.

— Esse é o quarto dela?

Engulo em seco.

— Era.

— Ah! — ela murmura. — Sinto muito.

Ninguém além do meu avô compartilhou comigo condolências por causa da morte da minha mãe, e não tenho muita certeza de como devo responder. Assinto, ainda olhando para o Pico Baxter.

— Você está sozinho aqui?

— Sim. — O silêncio entre nós torna-se mais pesado, e, sem me aproximar dela, me viro em sua direção. — Bem, quer dizer, *você* está aqui.

— Mas... nós estamos sozinhos. — É uma constatação, não uma pergunta.

Assinto uma vez.

Ela pisca rapidamente, e então deixa os olhos caírem, levando a sopa até a boca novamente.

Será que a deixei desconfortável? Não tinha essa intenção.

— Você está segura aqui — digo.

Ela para de beber e olha para mim cuidadosamente; uma expressão atenta me olha por cima da borda da xícara, como se ela estivesse tentando decidir se eu estava ou não falando a verdade.

Coloco a mão sobre o meu coração, como costumava fazer antes de jogos de futebol, enquanto o hino nacional era tocado.

— Brynn, eu prometo... eu juro... pela... pela... — *Pelo quê?* — pela memória da minha mãe, que não vou te machucar.

Conforme ela baixa a caneca, seu rosto relaxa.

— Você já foi escoteiro?

— Por um tempo — respondo, buscando seu rosto, esperando sua confiança, por mais que saiba que não a mereço. Minha voz sai como um sussurro quando eu repito. — Não vou te machucar.

— Ok — ela diz suavemente, assentindo para mim. Ela coloca a caneca sobre o criado-mudo e olha ao redor do quarto. — Você está com a minha mochila? Eu queria colocar meu telefone para carregar.

Balanço a cabeça.

— Não. Ainda está... bem... lá em cima. Não consegui carregá-la.

Ela parece chateada por isso, mordendo o lábio inferior e reclamando de dor quando é lembrada de suas feridas.

— Por que não?

— Porque eu estava carregando você — digo simplesmente.

Os olhos dela se arregalam.

— Você me carregou por toda a descida da montanha?

Assinto.

— Sozinho?

Assinto novamente.

— Como?

— Nas minhas costas.

Ela arfa, um som áspero de choque.

— Nas suas... *costas*?

— Não havia outra maneira de te trazer para baixo.

Seu olhar passa por mim, para a janela, em direção ao *Katahdin* à distância. Quando seus olhos se fixam nos meus novamente, os dela estão cheios de lágrimas, e sua voz falha quando ela pergunta:

— Q-qual a distância?

Dou de ombros.

— Onze quilômetros. Mais ou menos.

— Você me carregou por... — Ela fez uma pausa, e seus olhos buscam meu rosto enquanto lágrimas deslizam pelo dela. — Onze quilômetros? Nas suas costas?

— Eu não poderia te deixar lá.

— *Deixá* — repete suavemente. Começa a respirar agitada, e seu rosto se contorce, enquanto ela soluça. — V-você salvou m-minha v-vida.

Vou até a lateral da cama, tirando a caneca de suas mãos antes que o conteúdo se esparrame por toda parte. Lágrimas deslizam por seu rosto, e isso me magoa — *magoa muito* —, mas não sei o que fazer. Lembro-me da minha mãe, que quase nunca chorava. Mas, quando acontecia, meu avô colocava uma mão em seu ombro e dizia: *"calma, calma. Calma, calma, Rosie".*

Estendo a mão e coloco-a no ombro de Brynn.

— Calma, calma.

Fico surpreso quando ela também estende a dela e a coloca sobre a minha. É o primeiro contato voluntário que ela iniciou entre nós, e ele coloca meu corpo em um completo caos ao sentir seu toque. Meu sangue acelera; meu coração começa a martelar meu peito. Sua palma é macia contra as costas da minha mão, e seus dedos se agarram aos meus.

— E-ele queria me m-matar — ela soluça. — Me a-apunhalar. Eu estava... eu e-estava t-tão... t-tão...

Ela está chorando copiosamente agora, incapaz de continuar falando, e nem sequer penso antes de sentar-me na beirada da cama ao lado dela. Não tenho certeza do que devo fazer em seguida, mas acho que nem preciso saber. Brynn inclina-se para a frente, virando-se para mim, movimentando minha mão desde seu ombro até o quadril machucado e deixando que sua testa recaia sobre meu peito. Percebo que ela quer que eu a abrace, então, gentilmente a envolvo com meu outro braço, tomando cuidado com suas feridas, puxando-a o mais perto possível.

Ela coloca as mãos em meu peito, e seu corpo estremece em meus braços. Suas lágrimas molham minha camisa enquanto ela soluça, murmurando palavras ininteligíveis.

— Calma, calma — sussurro, de segundo em segundo, mantendo uma mão em seu quadril, onde ela mesma a deixou, enquanto a outra se entrelaça em seu cabelo, que cai pelas costas. Passo a mão pelas mechas gentilmente, tentando acalmá-la, desesperadamente querendo ser útil a ela.

— Eu e-estava tão a-assustada — ela diz entre soluços, enquanto agarra minha camisa de flanela em suas mãos. — P-pensei que ia m-morrer. Ele e-estava t-tentando me m-matar.

Ela está certa. Se eu não tivesse chegado no momento em que cheguei, ela certamente estaria morta agora. Pelo que pude observar, seu atacante não planejava parar e acabaria acertando a artéria ilíaca. Brynn teria sangrado até a morte naquele alpendre.

— Você o conhecia?

Ela balança a cabeça.

— N-não. Seu nome era W-wayne. Ele e-estava i-incomodando algumas garotas na e-estação de guarda florestal a-antes de começarmos a t-trilha. A-acho que ele e-era l-louco.

— Sim. Acho que não há dúvidas sobre isso.

Ela funga suavemente, e percebo que está rindo, o que meio que me assusta, levando em consideração que ainda está soluçando. Não tinha percebido até agora que as pessoas podiam rir e chorar ao mesmo tempo.

— S-sim. C-completamente l-louco — ela diz, e seus soluços recomeçam.

Ela vira a cabeça bem de leve, fazendo com que seu rosto descanse em meu peito, e ela parece tão pequena, tão vulnerável, aconchegada em mim, que não posso evitar abraçá-la com mais força. Não faço ideia do que estou fazendo, então, ajo por instinto, e todos os meus instintos dizem que abraçá-la e confortá-la é o certo.

— Como m-me e-encontrou? — ela finalmente sussurra contra o meu peito.

— Eu te ouvi gritar.

Ela assente, e seu corpo estremece com outro soluço.

— Lembro-me de ter g-gritado.

— Fico feliz que tenha feito isso — digo, ainda acariciando seu cabelo. — Ou então...

— Eu estaria m-morta agora.

— Sim — sussurro, e a palavra é amarga em meus lábios.

Ela respira profundamente, mas de forma irregular.

— Respire outra vez — instruo. — Mais devagar.

Ela faz isso, e parece um pouco mais fácil dessa vez.

— Mais uma vez — digo, acariciando suas costas.

Daquela vez, ela o faz mais profundamente, com suavidade e devagar.

— Estou tão cansada — ela diz, e suas lágrimas vão diminuindo pouco a pouco, enquanto seu peso cai contra mim.

Movimento-me um pouco na cama, então, apoio as costas na cabeceira. Ela se aconchega ainda mais, mas sua respiração ritmada e misturada a soluços suaves me diz que adormeceu.

Penso em Annie, que precisa ser alimentada, e nos ovos que me esperam no galinheiro. O jardim precisa ser fertilizado, e eu religiosamente passo duas horas, todos os dias, de maio a outubro, cortando lenha, para que possa ter uma pilha grande o suficiente para durar durante todo o outono, inverno e os primeiros meses de primavera. Agora que é verão, eu deveria estar pescando de vez em quando e congelando minha pesca. Há pequenos reparos que preciso fazer na cabana, e alguns plantios que precisam ser cuidados na estufa.

Mas este ser humano — a linda garota adormecida em meu peito, com o ouvido sobre o meu coração — precisa de mim agora. Então, eu a abraço bem forte e deixo que meus olhos se fechem, conforme o sol se põe atrás da mais alta montanha.

Eu não a conheço.

Não tenho nenhum direito sobre ela.

Não deveria me sentir atraído.

Em alguns dias, ela irá embora.

Mas agora não há nenhum outro lugar do planeta onde eu preferiria estar.

110   KATY REGNERY

Capítulo Treze

Brynn

Tum-tum.

Tum-tum.

Tum-tum.

Meus olhos se abrem devagar ao ritmo do coração de Cassidy, e encontro o quarto inundado por um brilho cor-de-rosa. Girando a cabeça bem devagar, percebo que já amanheceu. A silhueta negra do *Katahdin* se ergue majestosamente à distância, com uma luz rosada e alaranjada em faixas paralelas logo atrás. O sol ainda está escondido pela montanha, onde minha mochila, que guardava o telefone de Jem, foi abandonada.

Quando Cassidy me contou que deixou minha mochila para trás, a sensação de perda foi como uma apunhalada em meu coração.

Mas, quando descobri que ele havia me carregado por onze quilômetros — uma distância inimaginável, em um solo áspero sob uma chuva torrencial — em suas costas, até um lugar seguro, isso me desarmou por completo. As paredes detrás das quais minhas lágrimas e medos estavam protegidos bambearam e caíram.

Seu peito é sólido e quente sob a minha cabeça, e seus braços ainda estão me envolvendo, como estiveram quando adormeci. Dormimos assim a noite inteira, eu acho, e fiquei surpresa que ter dormido a noite inteira nos braços de Cassidy — um ato íntimo que requer muita vulnerabilidade e confiança — pareça tão natural para mim. Especialmente levando em consideração que não durmo com ninguém há muito tempo.

Ergo a cabeça e espio seu rosto, seus lábios macios levemente abertos e as três lindas marcas em sua face máscula. Sua barba crescera desde a noite passada, e consigo ver o pulso em sua garganta, um pequeno farol que pronuncia sua força a cada segundo.

Este homem salvou a minha vida.

Muitas vezes.

Uma vez na montanha, quando ele impediu Wayne.

Uma segunda vez, quando me carregou até um local seguro.

E uma terceira vez, quando cuidou das minhas feridas.

Estou admirada por seu altruísmo, grata por sua bondade tão profunda e por seu cuidado com uma estranha.

Inclino-me para trás e fecho os olhos, sentindo seu cheiro. O aroma da flanela de algodão é familiar e reconfortante, e desejo ser arrastada novamente pelo sono em seus braços, mas uma coisa me impede: minha bexiga está tão cheia que chega a doer. Preciso ir ao banheiro.

Giro meu corpo e o empurro até estar em uma posição sentada ao lado dele, fazendo uma careta por conta de uma dor que me deixa ofegante. À esquerda, está uma parede; à direta, Cassidy. E, pela primeira vez, ao vê-lo estendido ao meu lado, percebo o quanto ele é enorme — apesar de estar sentado na cama, seus pés descalços ainda pendem para o lado de fora. Não quero acordá-lo, mas não sei como fazer para passar por cima dele quando meu quadril grita de dor todas as vezes que o movimento.

— Cassidy — sussurro, sacudindo seu ombro. — Cassidy...

— Hum? — Ele suspira em seu sono, murmurando suavemente: — Deixe ir. *Por favor*, deixe ir.

Não sei do que ele está falando, mas deve estar tendo um sonho muito intenso, porque seu cenho está franzido.

— Cassidy?

— Hum? O quê? — Ele se sobressalta, acordado, e seus olhos, um azul e um verde, se arregalam. — Hum?

— Onde é o banheiro? — pergunto, mantendo minha voz suave.

Ele fecha os olhos e passa uma mão sobre a testa.

— Você precisa sair daqui. Precisa ir ao banheiro.

— Exatamente — confirmo, assentindo enfaticamente. — Preciso ir. Agora.

Ele abaixa a mão e abre os olhos, piscando por um momento, parecendo confuso com nossa conversa.

— O quê?

— Preciso ir! — digo, desesperada ao pensar que, se ele não me ajudar a sair da cama, farei xixi nela.

— Ao banheiro?

— Sim! — confirmo, olhando para as pernas dele, que tomam mais do que a metade do espaço da cama de solteiro. — Você poderia...?

Ele desliza as pernas para fora da cama e se senta, enquanto afasto as cobertas e tiro minhas pernas nuas de baixo delas. Por uma fração de segundo, percebo quão nua estou. *Ele tirou as suas roupas.* O pensamento atravessa minha cabeça, mas coloco-o de lado. Vou perguntar a ele sobre isso mais tarde.

— Você sabe onde fica? — ele pergunta, e então rapidamente responde sua própria pergunta, com uma voz sonolenta e desorientada. — Não, ela não sabe onde fica. Você precisa lhe mostrar, Cass.

Cass. O apelido é perfeito, e eu me vejo querendo dizê-lo em voz alta, só para ver qual é a sensação de tê-lo saindo dos meus lábios.

Ele se levanta, alongando os braços por cima da cabeça antes de me oferecer suas mãos.

— Vá com calma.

Arrasto-me até a beirada da cama e pego sua mão, segurando-me nelas pesadamente enquanto coloco um pé e depois o outro no chão. Assim que fico de pé, meu quadril lateja com uma dor tão intensa e seca que chego a gemer, fazendo Cass apertar minhas mãos.

— Está tudo bem — ele diz suavemente. — Sem pressa.

É fácil para você dizer, penso. Estou prestes a fazer xixi no chão.

Levo um segundo para me acostumar à dor de ficar de pé, e, por mais que minha bexiga esteja latejando com um tipo diferente de desconforto, forço-me a ficar parada por um segundo. Não quero me mover rápido demais e abrir os pontos.

— Sei que você está sentindo dor — ele diz. — Vou pegar um analgésico enquanto você... bem... você sabe... faz suas coisas.

Assinto, grata, enquanto ele me guia bem devagar da cama até uma cortina.

— Você vai melhorar — garante. — Eu prometo.

Entramos em uma sala de estar, e quero olhar ao meu redor, para encontrar pistas sobre onde estou e quem ele é, mas não tenho tempo para demorar agora. Sigo-o por um corredor escuro, e ele solta uma das minhas mãos para abrir uma porta. Entro. O banheiro está um breu, iluminado apenas pelo brilho do sol nascente que se esgueira por entre a janela e por uma luz noturna sobre a pia.

Meus dedos procuram por um interruptor na parede, próximo à porta.

— Onde está a luz?

— Não tem.

Pisco ao ouvir sua resposta estranha, ao mesmo tempo em que ele fecha a porta, me deixando sozinha.

Meus olhos se ajustam à parca luz, enquanto me seguro na pia para conseguir tirar a calcinha. Enquanto me abaixo na direção da privada, suporto uma nova onda de dor implacável, mas, quando me vejo finalmente sentada, minha bexiga se esvazia e, por um momento, meu alívio se sobrepõe ao meu desconforto.

Sem nenhuma pressa de levantar novamente, olho ao meu redor. É o menor banheiro que já vi, com espaço apenas para uma privada, uma pia pequena ao lado e uma cabine de banho à minha frente. Atrás da porta, há um cabide, que sustenta uma solitária toalha amarela. Deve ser de Cassidy, sem dúvida, já que ele mora aqui sozinho. O escasso banheiro é limpo e muito organizado, com uma toalha de mão em outro cabide ao lado da pia, mas sem nenhuma outra decoração. Em outras palavras, não há nada mais para olhar. Nenhuma pista sobre meu anfitrião.

Respiro bem fundo e seguro o ar enquanto me inclino para pegar a calcinha. Enquanto a ergo pelas pernas, sinto meu estômago revirar. Ela está desbotada e desgastada nas laterais, como se tivesse sido lavada muitas vezes. Mas, mais importante do que isso, não é minha. O que significa que Cassidy me despiu por inteiro e a vestiu em mim.

Minhas faces enrubescem e queimam enquanto me imagino completamente nua e inconsciente. Quero dizer, eu sei que ele salvou a minha vida e sou grata por isso, mas saber que me viu nua me deixa *desconfortável...* como se ele tivesse pegado algo que não lhe pertencia.

Tentando afastar este sentimento, forço-me a ficar de pé, arfando de dor, e puxo a calcinha de vovó por cima dos curativos. Também estou um pouco incomodada por estar vestindo peças íntimas de outra pessoa, mas me obrigo a não pensar como uma estúpida. Tenho sorte de ele ter me achado, sorte por ter me carregado para um lugar seguro e mais sorte ainda por ele ter peças íntimas sobrando que pudessem ser emprestadas.

Virando-me para puxar a descarga, percebo que não há nada para puxá-la. Olho do lado direito e esquerdo. Nada.

— Hum, Cassidy? — chamo.

— Sim? — ele responde do lado de fora da porta.

— Eu... hum... como puxo a descarga?

— Não se preocupe com isso — ele diz. — Vou cuidar disso.

Hum, não. Você não vai.

— Tudo bem. Eu faço isso. Onde eu puxo?

— É uma unidade de compostagem.

Uma unidade de *quê*? Olho para o vaso sanitário, sentindo-me irritada, e depois me volto em direção à porta.

— Me desculpe. O quê?

— Não é um banheiro comum. Você não puxa a descarga.

Hum. Ok. *Sou* de São Francisco, então, obviamente já vi sanitários de baixo fluxo. Mas um banheiro de compostagem é algo novo para mim. Suspiro e decido continuar a discussão sobre quem vai dar a descarga no meu xixi em outro momento.

Quando alcanço a torneira da pia, descubro que há apenas uma alavanca, e, quando a abro, minhas mãos são atingidas pela fúria de uma água muito gelada. Grito pela surpresa, rapidamente me afastando da água e olhando para a pequena pia como se ela tivesse presas ocultas.

— Tudo bem aí? — ele pergunta.

— Sua água é muito... fria. — *Fria como se estivéssemos no Ártico.*

— Ela vem de uma cisterna no topo da casa — explica. — Fica mais fria à noite.

Hum. Sem eletricidade e sem encanamento? Será ele um Amish? Onde diabos eu estou, afinal?

— Entendi — digo, embora as perguntas que acabei de fazer a mim mesma estejam pipocando loucamente na minha cabeça. Estou prestes a fazer uma, em voz alta, quando ergo os olhos e vejo um rosto olhando de volta para mim no espelho.

Oh, meu Deus!

Sou eu.

Meus lábios se abrem e, por um segundo, sinto-me tonta, como se olhasse para um estranho.

Meu rosto está ferido, cheio de cortes e arranhões, e meus lábios estão inchados e esfolados nos locais onde foram machucados. Em minha testa, há uma atadura branca. Puxo a pontinha dela só para encontrar um corte feio logo abaixo, e rapidamente o cubro outra vez.

Solto um suspiro trêmulo, enquanto ergo a camiseta que estou vestindo e conto seis curativos diferentes do lado esquerdo do meu corpo. Alguns estão manchados de um sangue que já escorreu e secou. Lágrimas começam a cair quando me dou conta do quão machucada estou. É muito para processar.

— Brynn? Você está bem?

— Eu... eu...

— Ei, hum, posso entrar?

Mal consigo falar em meio ao choro, mas consigo emitir um: "Ok".

Ele abre a porta cuidadosamente, espiando-me sem abri-la por inteiro.

Quando me vê olhando para mim mesma no espelho, suspira:

— Oh, Brynn...

— Ele... ele realmente me machucou.

Cassidy assente em simpatia, mas seus olhos se estreitam, e ele cerra o maxilar. Acho que está controlando sua raiva em meu benefício, e o fato de testemunhar a forma como ele se controla faz com que eu me sinta mais forte.

— Eu... quanto tempo vai levar para que eu me cure?

— Acho que podemos tirar os pontos em duas semanas.

Respiro trêmula, ansiosa para mudar de assunto. Baixando os olhos na direção da calcinha que estou usando, deslizo meu olhar para Cassidy.

— Você trocou minha roupa íntima. Eu estava... nua.

Seus olhos se arregalam ao olhar para mim, surpresos, enquanto seu pomo de Adão se movimenta.

— Eu tive que fazer isso.

Preciso saber que ele não tirou proveito do poder que tinha sobre mim.

— *Teve* que fazer?

Ele assente.

— *Teve* que. Não... *quis* fazer? — pergunto, com os olhos fixos nos dele.

— Eu não... — ele sussurra, com o rosto corando e a respiração falhando. — Eu não queria te machucar.

É uma coisa bem estranha de se dizer, penso.

— Me machucar? O que quer dizer com isso?

Ele balança a cabeça vigorosamente.

— Eu nunca te machucaria.

Ele está tão focado em assentir que não me "machucaria" que ele não parece entender o que estou perguntando: quero saber por que ele tirou minha roupa íntima. Porque eu estava desacordada quando aconteceu, e não o conheço o suficiente para confiar nele diante do meu corpo nu e inconsciente, então, preciso que ele me explique agora. Não quero um buraco negro nas minhas memórias.

— Cassidy, *por que* você tirou minha calcinha? — pergunto diretamente.

— Porque estava suja de sangue — ele diz. — Você foi apunhalada através do tecido.

Meu coração se aperta. É claro.

— Oh!

Então, ele solta:

— E eu tive que tirá-las novamente quando você fez xixi. Eu não podia te deixar... te deixar... deitada sobre... — Ele gesticula com as mãos, baixando os olhos para o chão enquanto suas faces coram.

Meus olhos ficam fixos em seu peito, enquanto processo suas palavras.

Ah, meu Deus!

Eu fiz xixi em mim mesma, e ele *teve* que trocar minha calcinha. Quando ele usou a expressão "tive que fazer isso", estava falando literalmente. E agora sinto-me pronta para morrer de vergonha. Se um enorme buraco, de repente, se abrisse dentro deste pequeno banheiro e me engolisse por inteiro, eu me sentiria melhor.

Porém, nada de buraco. Só Cassidy, que lidou com minha calcinha cheia de sangue uma vez, e depois quando ela ficou toda suja e nojenta. Não havia dúvidas de que ele tentara preservar meus sentimentos quando não mencionou nada disso antes.

— Oh — solto fracamente, com o rosto pegando fogo. — Você *teve* que fazer isso.

— Foi isso que eu disse — ele murmura. — Agora saia daí e me deixe cuidar da descarga.

Pela primeira vez desde que conheci Cassidy, sua voz soa fria. Eu o ofendi, e não poderia estar mais arrependida. Ele me carregou por uma montanha até a sua casa, costurou minhas feridas, trocou minha roupa íntima suja, preparou-me uma sopa, dormiu ao meu lado para que eu me sentisse segura... e, na primeira chance que *eu* tive, tudo o que fiz foi acusá-lo de me tratar como um show gratuito.

Estou com vergonha de mim mesma.

Estendo a mão em direção à maçaneta da porta, abrindo-a por completo e dando um passo na direção dele. Colocando a mão em seu braço, aperto-o com gentileza e digo:

— Cass, eu não queria te acusar de nada. Eu... eu não tinha o direito de te questionar. Me desculpa.

Seus olhos buscam os meus com uma intensidade com a qual mal consigo lidar.

— Você tinha o direito — ele finalmente murmura.

— Confio em você — digo, surpresa por descobrir que aquelas três palavras eram sinceras, sem condições e sem reservas.

— Você provavelmente... não deveria confiar — ele retruca, com uma voz suave, baixa e arenosa, como se estivesse se esforçando para manter o controle. Então, passa por mim, entrando no banheiro e fechando a porta.

Olho para a porta, de boca aberta, tentando interpretar o que Cassidy quis dizer. Até aquele momento, ele não tinha me mostrado nada além de gentileza: *por que*, então, não deveria confiar? O que poderia ter feito que merecesse minha desconfiança? Nada. E, ainda assim, sinto-me desconcertada por seu comentário.

Minha cabeça dói quando caminho pelo corredor, e quando chego à sala já estou ofegante, exausta só de dar alguns passos. Coloco minha mão na parede, olhando ao redor da sala enquanto recupero o fôlego.

Assim como todo o resto da casa de Cassidy, a sala também é pequena, limpa e confortável. Um sofá com uma estampa fora de moda está colocado contra a parede à minha esquerda, de frente para uma janela panorâmica, como a que há no quarto. A vista do *Katahdin* é espetacular.

Em frente ao sofá, há uma mesinha de centro sobre um tapete trançado, e o piso de madeira está limpo e lustroso. Percebo que a lareira à minha direita complementa a parede de tijolos do meu quarto — que fica do outro lado da chaminé. Do outro lado do sofá, há duas mesinhas com abajures, e sobre ele há um quadro bem grande de um homem, de pé atrás de uma mulher de uns trinta anos. Ela está sentada em um banco, com um menininho em seu colo, que aparenta ter uns cinco ou seis anos.

Dou dois passos na direção do quadro, para olhar para os rostos, grata pelo sol que cai sobre as montanhas, brilhando sobre o retrato. Não há dúvidas de que o menininho é Cassidy, e a data no canto inferior mostra o ano de 1995. Faço algumas contas de cabeça, e estimo que ele deve estar com vinte e sete anos, o que me surpreende, já que ele me parece um pouco mais jovem do que isso.

— Precisa de ajuda para voltar para a cama?

Viro-me e vejo Cassidy de pé ao meu lado.

— É você? — pergunto, olhando para a foto.

— Sim.

— Esta é sua mãe?

Quando não ouço sua resposta, viro-me em sua direção. Ele assente, mas não oferece nenhuma informação adicional. Seu rosto está impassível, quase como se estivesse se fechando diante dos meus olhos, o que é estranho porque o retrato não está escondido nem nada assim. Está bem aqui, à vista, para que qualquer um possa vê-lo. Portanto, conversar sobre isso é permitido, não é?

Volto a olhar para o quadro.

— Este aqui é o seu p...

— O que acha de voltar para a cama agora? — ele diz rapidamente, com um pouco de rispidez na voz.

— Não estou tentando bisbilhotar...

— Eu sei — responde, estendendo a mão para mim e me entregando um comprimido azul. — Mas, se quiser tomar um analgésico, é melhor que esteja deitada.

— Sim — concordo, olhando para o comprimido. — Você está certo.

Ele me ajuda a chegar ao quarto e à cama, me entregando um copo de água fresca para que eu possa engolir o comprimido.

— Durma um pouco — ele aconselha. — Quando acordar, posso preparar uns ovos para você, tudo bem?

Assinto.

— Obrigada, Cassidy. Por tudo.

Ele engole em seco, afastando os olhos dos meus antes de novamente fixar-se neles. Os dele são tão cálidos, tão ternos, que meu estômago se revira de uma forma que eu já nem me lembrava mais. Lembro-me de adormecer em seus braços e de acordar com minha cabeça descansando em seu peito.

— De nada, Brynn — ele diz com a mesma voz baixa que costuma cantar músicas dos Beatles, fazendo-as soar como canções de ninar. Então, ele se vira e se dirige à cortina. — Estarei aqui quando você acordar.

Acorrrdar.

Ele fala igual a Jem.

O que me faz pensar que já faz algum tempo que estou acordada, e é a primeira vez que me lembro de Jem.

122   KATY REGNERY

Capítulo Quatorze

Cassidy

Assim que ela adormece, tiro o retrato da parede, enrolando-o em um saco de lixo e colocando-o no nível superior do celeiro, onde guardamos coisas das quais não precisamos, mas que ainda não estão prontas para serem jogadas fora.

Então, eu volto para a casa e tiro de lá todas as fotos minhas e da minha família, pegando um álbum de retratos que está sobre a mesa de centro enquanto volto ao celeiro. Por mais que não haja fotos do meu pai na casa, ainda não quero falar sobre minha família, porque perguntas sobre meus pais irão inevitavelmente surgir. Droga, eu mal consegui deixá-la terminar a palavra *pai* mais cedo, porque a pressão em meu peito me fez entrar em pânico e chegou a me deixar tonto. Fiquei surpreso por não ter desmaiado.

E antes, no banheiro? Quando ela praticamente me acusou de espiar seu corpo nu enquanto estava inconsciente? A culpa que senti... o medo... meu Deus, nem sei como consegui me manter de pé.

A verdade é que, sim, eu precisei trocar suas roupas íntimas, mas também espiei. E pior, eu quis espiar. Quis desesperadamente olhar para ela, para as curvas e os vales delicados e vulneráveis do seu corpo.

Quero olhar para ela a cada momento que a vejo na minha frente.

Inebriar-me de sua presença tornou-se rapidamente um vício.

Será que isso me torna uma má pessoa? Será que me iguala a Paul Isaac Porter?

Prometi à minha mãe e ao meu avô que viveria tranquilo para que não pudesse machucar outras pessoas, mas aqui estou eu, com uma mulher dormindo no quarto da minha mãe, e meu coração se torna sombrio quando confesso a mim mesmo que a desejo. Que me sinto atraído por ela.

Abro a cortina do seu quarto e sinto meu corpo inteiro recarregar as energias pelo simples ato de checá-la. O cobertor desce e sobe enquanto ela respira, e seu cabelo escuro se espalha pelo algodão branco da fronha. Meu coração afunda no peito, e esfrego o exato ponto onde ele fica com a minha palma, perguntando-me se — quer dizer, se houvesse algum universo paralelo onde eu pudesse considerar um futuro com Brynn — algum dia vou *parar* de sentir dor só de olhar para ela. Pergunto-me se poderia, algum dia, tê-la, por mais que eu saiba que isso jamais aconteceria.

Não que isso importe. Meus sonhos de devoção são sem sentido.

Lembro-me que, durante a vida de um ser humano, sua metilação do DNA, ou como os genes são ativados, não é algo estático. Por exemplo, uma mudança nos padrões de metilação do DNA pode ativar um gene que deveria ter ficado de fora e até causar um câncer. Se minha metilação mudar ao longo do tempo, o gene errado poderia ser ativado, e eu poderia me tornar um assassino em série. Não tenho como saber e não há como evitar esse resultado.

Mas...

Viva tranquilo, e não importa o que acontecer dentro de você, nunca conseguirá machucar ninguém, Cassidy.

Fecho as cortinas para proteger Brynn da minha visão e viro-me para encarar a sala de estar. Uma baixa estante de livros foi construída contra uma parede sob a janela com vista para o *Katahdin*, e as prateleiras estão quase explodindo de livros sobre hereditariedade, DNA, natureza versus criação, neurobiologia, codificação e decodificação, expressão e regulação de genes.

Eu já li todos, mas a resposta que quero — a resposta pela qual minha mãe procurou desesperadamente — não está em nenhum deles. Não há garantias, e só um monstro poderia arriscar a vida de outra pessoa, quando a possibilidade de um resultado trágico é muito mais alta do que a média.

Meus punhos cerram do lado do meu corpo em frustração.

Preciso *fazer* algo. Preciso de algo que alivie minha tensão.

Livrando-me da minha camisa de flanela nervosamente, jogo-a no chão e então arranco a camiseta de malha por cima da cabeça, indo lá para fora, para a fria manhã. Cortei duas árvores na semana retrasada, e preciso separar a lenha para a lareira.

É muito bom — relaxante — usar o machado novamente. O esforço físico é bem-vindo após três dias sentado à cabeceira de Brynn e depois de dormir a noite toda sentado na noite passada, ao lado dela. Assim que a lâmina corta a madeira, paro de pensar na noite passada por alguns minutos.

A forma como me senti ao segurar uma mulher em meus braços e o sentimento desconcertante de proteção e gratidão que experimentei são algo que nunca quero esquecer. Ela vai embora muito em breve, mas vou guardar essas memórias para sempre. Serei grato por elas, pela oportunidade de reviver a noite em que dormi com uma mulher, tendo Brynn adormecida sobre o meu coração.

Lanço um olhar na direção da casa, enquanto me inclino para erguer novamente o machado em um movimento circular.

Ela está frágil como um gatinho neste momento, e eu ainda não tenho certeza se está fora de perigo em relação a uma infecção. Se tudo correr bem e ela conseguir escapar de uma, tirarei os pontos em sete ou oito dias, mas não poderia confiar em colocá-la na garupa do meu quadriciclo por mais duas ou três semanas depois disso. O que significa que ainda teremos quase um mês juntos.

Um mês.

Balanço-me para trás e enterro o machado no coto cortado e então abaixo-me para recolher o que parti, saboreando a textura punitiva da casca contra meus antebraços e peito nu. É um senso de realidade do qual preciso. Caminho em direção à pilha de troncos de um metro e oitenta de altura, atrás do celeiro, ergo a lona que os mantém secos e adiciono as peças que carrego.

Um mês com Brynn.

Por que ainda não tinha pensado sobre isso é uma resposta que está além do meu alcance — provavelmente porque tenho estado completamente consumido pela sobrevivência de Brynn e ainda não tive tempo de mapear o futuro próximo.

Se já me sinto assim em relação a ela depois de três dias, como vou me sentir depois de quatro semanas? Meu Deus, preciso encontrar alguma estratégia para garantir que não vou me apegar ainda mais a ela. Preciso descobrir como manter distância.

Alongo meus músculos sob o sol da manhã e estendo as mãos em direção ao céu, apreciando o calor que sinto depois de uma hora cortando lenha.

Hummm. É isso que preciso fazer: me manter ocupado.

Sério, não consigo nem precisar o tempo que já passei sentado à beira da sua cama. O jardim e os animais precisam de cuidados diários, a lenha precisa ser cortada, e eu deveria estar fazendo reparos de verão na casa. Os moinhos atrás do celeiro precisam de manutenção e os painéis solares precisam de uma boa limpeza, e eu deveria ajeitar os freios do quadriciclo. Se não sobrar tempo para ficar sentado, olhando para ela como um filhote apaixonado, será mais fácil não desenvolver sentimentos.

Outra ideia: posso ficar fora da casa. Ela pode ficar com a casa só para ela nas próximas semanas; será seu domínio. Não preciso nem sequer dormir no meu quarto, no final do corredor, logo depois do banheiro. Posso dormir na varanda atrás da casa, mijar na floresta e usar o chuveiro do lado de fora. Posso ficar fora do caminho dela enquanto usar a cozinha uma ou duas vezes ao dia, ou talvez pudesse preparar minhas refeições de uma vez só e mantê-las na despensa sob o celeiro. Então, não terei que entrar na casa mais de uma ou duas vezes por semana, a menos que esteja chovendo muito. E, mesmo assim, suponho que Annie não se importaria de ter companhia em seu celeiro pequeno e vazado.

— Você não quer se apegar mais ainda — digo a mim mesmo em voz alta, enquanto me sento em um toco de árvore. — Sentimentos intensos podem levar a mudanças de comportamento, então, pare de ser estúpido. Ela precisa estar aqui? Claro. Por um tempo. Mas ela não é sua hóspede. E certamente não é nenhum interesse amoroso. Ela é só uma garota em apuros que precisa da sua ajuda. Logo ela terá partido.

Ainda precisarei interagir com ela, é claro, especialmente nos próximos três ou quatro dias. Ela precisará de ajuda para limpar as feridas e trocar os curativos. Enquanto estiver se recuperando sobre a cama da minha mãe, precisarei levar-lhe comida e bebida. Mas, assim que estiver bem o suficiente para cuidar de si mesma, ficarei afastado até o momento de levá-la de volta a Millinocket.

Sentindo-me mais forte, embora inegavelmente melancólico, arranco o machado do toco e pego outro pedaço de madeira, posicionando-o no local certo para ser cortado.

Retiro meu jeans e me enfio sob o chuveiro ao ar livre. Pego um frasco de sabonete líquido de uma pequena prateleira afixada na parede da casa e coloco um punhado na palma da mão. Passo-o em meu cabelo e depois o enxáguo. Não faz muita espuma porque é biodegradável, mas mesmo assim funciona.

Ainda estou usando os últimos galões de sabão que meu avô comprou. Se eu misturar o sabão concentrado com água em um frasco com bico dosador, ele dura dez vezes mais, e acabo precisando apenas de dois ou três galões por ano. Às vezes, parece que ele nunca irá chegar ao fim, e me pergunto se essa era a intenção do meu avô: de me abastecer para a vida, então, eu nunca teria razão para sair de casa.

Passo as mãos pelos meus músculos peitorais e abdominais cheios de sabão, que são duros e bem definidos. Enquanto meus dedos deslizam pelos mamilos, tenho um vislumbre mental e súbito dos de Brynn, que são cor-de-rosa, rijos e delicados. Só olhei para eles por um momento, antes de me forçar a desviar o olhar, mas eram perfeitos, e vê-los com meus próprios olhos foi o momento mais erótico da minha vida.

De repente, o sangue em minha cabeça corre para o meu pau, tornando-o rígido e fazendo-o crescer. Fecho meus olhos e apoio a mão na parede, deixando a água fria escorrer pelas minhas costas, enquanto cedo à sensação de excitação sexual. Não é algo que experimento regularmente, e, mesmo quando acontece, tento refreá-la.

O passatempo do meu pai de estuprar suas vítimas antes de assassiná-las me tornou mais cauteloso em relação à minha própria sexualidade. Mesmo quando me permito sentir algum prazer físico breve, raramente me rendo totalmente a ele.

Minha mãe e meu avô sentaram-se comigo e discutiram sobre reprodução, embora eu tivesse praticamente feito um curso intensivo quando peguei dois de nossos animais — o bode Hector e a cabra Dolly — copulando em uma manhã de outono, quando eu tinha treze anos. Assisti com fascinação quando Hector montou em Dolly, uma e outra vez, estendendo seu pênis rosado e fino como um lápis, enfiando-o na parte traseira do corpo dela. Eu não fazia ideia de que os filhotes de Dolly, na primavera seguinte, eram resultados desse exercício, mas entendi que o ato do sexo era algo que acontecia naturalmente entre os seres vivos.

Uma participação maior na minha educação chegou quando eu tinha dezesseis anos e meu avô retornou de sua viagem mensal ao correio de Millinocket com três revistas em uma bolsa de papel marrom e entregou-as a mim.

— Eu sei que você não vai encontrar uma garota aí fora, mas acho que todos os homens precisam, ao menos, descobrir para que serve um pênis.

Dentro das revistas, havia imagens de mulheres nuas — algumas em posições sexuais com homens e outras mulheres — e muitas narrativas acompanhando o que acontecia entre eles. Masturbei-me pela primeira vez olhando para as fotos dessas revistas, embora tenha me sentido culpado depois, sem saber se o que tinha acabado de fazer era certo ou errado.

Ainda tenho uma relação ambígua com a minha sexualidade. Sei que sou heterossexual e existem partes em mim que há muito tempo anseiam em ser sexualmente ativas com uma mulher, mas, neste momento, meus desejos pessoais estão tão enredados em meus medos sobre virar alguém como meu pai que sinto um relacionamento de amor e ódio por isso.

No entanto, neste exato momento, enquanto a água fria desliza pelas minhas costas, e meu pênis rígido se estende contra meu estômago? Parece mais amor do que ódio. Quando me lembro do corpo de Brynn, começo a acariciar o meu, sentindo um tipo diferente de adoração, e a permito. Deixando minha cabeça inclinar-se para a frente, penso no delicado peso dela contra meu peito, o som de sua risada quando abri a cortina e o toque de sua mão em meu braço quando ela me pediu desculpas esta manhã.

Gemo, fechando os olhos e gozando em jorros quentes contra a parede da casa, sem fôlego e ofegante.

Não quero abrir meus olhos.

Não quero me sentir mal por algo que é tão bom.

Não quero sentir vergonha de me tocar e proporcionar prazer ao meu corpo.

Não quero me sentir culpado por pensar em Brynn enquanto me masturbo.

Mais do que tudo, não quero ser filho de Paul Isaac Porter...

... mas eu sou.

Abro os olhos, estendendo as mãos em concha para coletar um pouco de água e jogá-la na lateral da casa, para apagar todos os vestígios do meu orgasmo. Então, fecho o chuveiro, enrolo uma toalha ao redor do meu corpo e volto para dentro da casa com um coração pesado e instável.

Depois de cortar lenha, alimentar Annie e tomar banho, volto para fora da casa para colher os ovos das meninas — Macy, Casey, Lacey, Gracie, Tracey e Stacey —, tentando evitar ao máximo ser bicado por Tyrannosaurus Rex, o galo solitário, que é muito protetor em relação às suas galinhas. Pego oito ovos e os levo para a cozinha. O relógio sobre a pia me avisa que são dez horas. Quatro horas atrás, Brynn recebeu metade de um comprimido de Percocet. Embora as pílulas tenham uma validade de três anos, eu mantive os frascos no porão, onde é mais escuro, e eles parecem estar aliviando sua dor, embora o efeito deva estar um pouco mais fraco. Tenho esperança de que, quando acordar, esteja pronta para comer algo mais substancial. Ela não faz uma refeição adequada desde que a encontrei.

Quebro os oito ovos em uma tigela e adiciono um pouco do leite de Annie. Ela é uma cabra LaMancha, então, seu leite não é cremoso, mas uma aproximação decente do leite de vaca em sua consistência e mais doce do que o leite de Saanens ou Oberhaslis, tipos de cabras que já criamos em nosso celeiro em momentos diferentes. Batendo os ovos, adiciono um pouco de sal e pimenta, depois coloco a velha frigideira de ferro fundido do meu avô em uma das bocas do fogão. Este, tendo cinquenta centímetros, tem uma ignição de bateria, mas cozinha com propano, e se eu não o esgotar — usando apenas uma vez por dia —, posso ficar meses sem precisar encher o tanque.

Derramo uma gota de azeite na frigideira, depois adiciono os ovos, inalando profundamente enquanto eles chiam e cozinham. Tirando dois pratos do armário, coloco-os lado a lado no balcão, admirando-os por um momento. Estou cozinhando para duas pessoas hoje, algo que não faço há muito, muito tempo.

— *O que temos para o almoço, mamãe?*

— *Pegue dois pratos para mim, Cass. Estou fazendo queijo grelhado.*

Puxo uma cadeira até a pia e subo nela para que possa alcançar os armários.

— *Mamãe, quando vou voltar para a escola?*

Faz um ano desde o incidente com J.J. e Kenny no banheiro, e continuo esperando que ela me diga quando voltaremos para a cidade.

Abro o armário e pego dois pratos de cerâmica, segurando-os nas minhas mãos enquanto ela respira alto o suficiente para que eu ouça.

— *Nunca — ela finalmente responde, fatiando quatro pedaços de pão na tábua de corte, grosseiramente, com raiva. Ela pigarreia, olhando para mim. Tirando os pratos das minhas mãos, ela os segura de uma forma que faz com que eles pareçam dois frisbees brancos e grandes em suas mãos. — Você se lembra do seu... — ela faz uma pausa, observando meu rosto cuidadosamente — papai?*

— *Não muito bem.*

Tenho algumas lembranças dele, mas são poucas e distantes, e nenhuma delas me deixa feliz. Ele era apenas alguém que aparecia de vez em quando e que sempre ia embora novamente. Nunca o conheci. Não de verdade.

Ela balança a cabeça, olhando para o chão.

— *Desça daí.*

Obedeço e arrasto a cadeira de volta à mesa. Quando retorno ao balcão, minha mãe está com lágrimas escorrendo pelo rosto. De repente, ela ergue os pratos sobre a cabeça e os joga no chão com um grito furioso.

Boquiaberto pelo choque, olho para ela, me perguntando o que fazer. Fragmentos de cerâmica branca quebrada estão espalhados por todo o chão, e ela sussurra novamente, com os ombros e os lábios trêmulos.

— *Ele se foi, Cass — mamãe sussurra, erguendo os olhos na direção dos meus. — Alguém... — ela geme suavemente. — Ele se foi.*

Sei que meu pai foi preso e considerado culpado por machucar algumas moças, e mamãe nunca se recuperou disso. Sei que ele acabaria morrendo em algum momento. Acho que isso é algo que sempre entendi.

Sabe qual é o problema? Isso não me importa muito. Não me importo que ele tenha morrido. Para ser sincero, estou feliz. Ele me assustava mais do que me fazia amá-lo, e eu prefiro viver aqui com mamãe e vovô. Mas ver mamãe tão chateada faz com que meu estômago se revire.

— Mamãe?

Ela se vira para mim, colocando as mãos nos meus braços e olhando profundamente nos meus olhos.

— Será que sou a pessoa mais estúpida deste mundo de Deus?

Balanço a cabeça.

— Não, mamãe. Você é a melhor pessoa que vive neste mundo de Deus.

Ela se joga em meus braços, abraçando-me com força, enquanto pressiona os lábios no topo da minha cabeça.

— Você é bom, Cassidy. Lembre-se disso. Lembre-se sempre disso. Você é um bom menino. Seja bom. Mantenha-se bom, Cassidy.

— Cassidy? Cass?

Alguém está chamando meu nome.

— Estou indo!

Desligo o fogo, tiro os ovos da frigideira e vou dar uma olhada em Brynn.

132   KATY REGNERY

Capítulo Quinze

Brynn

Quando acordo, meu quadril está latejando. Uma dor aguda alterna com uma ardência e uma queimação, mas acho que é o esperado quando você está se curando de ferimentos como os meus. *Não seja um bebê, Brynn. Seja forte.* Para me distrair, respiro pelo nariz, e minha boca saliva. Alguém está fazendo comida, e o cheiro é delicioso.

— Cassidy? — chamo, quando meu estômago reclama alto o suficiente para acordar os mortos. — Você está aí? — Nenhuma resposta. — Cassidy? Cass?

— Estou indo!

Coloco as mãos em ambos os lados dos meus quadris, ergo a cabeça e deslizo até ficar em uma posição sentada no momento em que ele abre a cortina.

Àquela altura, eu já tinha visto seu rosto várias vezes, mas fico impressionada com sua singularidade novamente. Não são apenas os seus fascinantes olhos diferentes, nem aquelas três lindas marcas sedutoras que me provocam. Não é por ele ser tão alto e forte, embora esteja usando uma camiseta que mostra seus braços insanamente tonificados, com a definição muscular de um lenhador.

Vai muito além da sua aparência. Meu coração foi afetado por sua bondade, pelo fato de ele ter salvo a minha vida várias vezes e continuar cuidando de mim, uma estranha. Quando penso que ele me carregou nas costas por horas e horas, sob aquela chuva implacável, quero chorar até que todas as lágrimas esgotem. Não me lembro da última vez que conheci alguém tão altruísta. Isso faz com que meu coração doa um pouco.

— Oi — digo suavemente.

— Como você está se sentindo?

Respiro profundamente, e a dor na lateral do meu corpo atinge um nível quase insuportável. Mantenho a respiração até diminuir um pouco.

— Ainda dói... mas estou bem.

— Acho que você ainda ficará dolorida por um tempo. — Ele inclina a cabeça para o lado. — Quer ovos? Estão fresquinhos.

— Claro — aceito, com um sorriso agradecido. — O cheiro está delicioso.

Ele desaparece e retorna um momento depois com um prato cheio de ovos mexidos. Fico com água na boca enquanto ele o coloca na mesinha ao meu lado, mas o impeço quando ele se prepara para sair.

— Espera! Você não vai comer também?

Ele aponta o polegar na direção da cozinha.

— Sim.

— Não quer trazer o seu para cá? — pergunto, minha voz esperançosa.

Ele prende meus olhos por um segundo, depois olha para longe.

— Só queria comer mais rápido. Tenho muito trabalho atrasado.

— Ah — murmuro, surpresa por me sentir tão desapontada.

— Ei — ele diz rapidamente. — Tudo bem. Eu posso... Posso fazer uma pausa. Vou trazer o meu e comer com você.

Seu jeans está gasto, e ele o usa baixo nos quadris. Percebo isso enquanto ele volta para a cozinha para pegar o prato. Quando se move, posso ver uma faixa de pele bronzeada entre o jeans e a camiseta, e sinto minhas bochechas corarem quando ele se vira e me pega espiando, embora não haja nenhuma expressão de provocação ou triunfo em seu rosto. É quase como se ele não tivesse reparado, ou é tão modesto que não relacionou meu interesse com seu corpo musculoso.

Pego meu prato e estou remexendo os ovos quando ele retorna e toma o assento sob o basculante, do outro lado da mesinha.

— Isto está... oh... hummm! — digo, engolindo uma boa garfada.

— As meninas fazem um bom trabalho — ele responde, dando uma garfada menor e mais educada.

— *Meninas*? Que meninas?

— Macy, Casey, Lacey, Gracie, Tracey e Stacey.

Meu garfo congela antes de chegar à boca, carregando um bocado da mistura amarela e macia.

— *Quem*?

— Macy, Casey, Lacey, Gracie, Tracey e Stacey. — Ele ri suavemente. — As galinhas.

Meu cérebro começa a entender que ele está falando sobre frangos, mas meu coração se distrai por completo pelo suave e baixo estrondo de sua risada. *Faça isso novamente. Pelo amor de tudo que é mais sagrado, por favor, ria de novo.*

— Os nomes delas rimam — observo, comendo outra garfada.

— Sim, rimam — ele concorda, mas não ri, e me sinto traída.

— Você que deu nomes a elas?

Ele assente.

— Muito interessante.

— Como assim?

— Você não me parece o tipo de cara que daria nomes às suas galinhas de forma que rimassem.

— Está querendo dizer que não sou divertido?

Balanço a cabeça e sorrio para ele.

— Apenas sério.

— Isso é ruim? — ele pergunta, olhando-me de perto, como se esperasse uma resposta honesta.

— Não para mim — digo. — Gosto de pessoas sérias.

Ele volta a comer, mas vejo os cantos de seus lábios se contraírem como se aprovasse a minha resposta, embora não diga isso. Empurro a última garfada de ovos na minha boca e coloco o prato sobre a mesinha.

Acho que já estou aqui há cerca de quatro dias, mas não tenho certeza. De qualquer forma, provavelmente deveria ligar para os meus pais e avisar que não estou morta.

— Cassidy, posso usar o seu telefone?

Ele vira a cabeça para olhar para mim.

— Telefone?

Assinto.

— Fixo ou celular. Seja o que for que você tenha aqui. Quero ligar para os meus pais e avisar que estou bem.

Ele balança a cabeça.

— Não tenho telefone.

Sinto meu rosto ficar lívido. *Sem telefone? Nunca ouvi falar de tal coisa.*

— O que quer dizer com isso?

— Eu não... Quero dizer, não tenho ninguém para telefonar — ele diz simplesmente, comendo mais um bocado dos ovos.

— Sem família?

—Acho que ainda tenho um tio-avô em New Hampshire, mas perdemos o contato há muito tempo.

Sem família? Sem amigos? Estou prestes a bisbilhotar, mas forço-me a não o fazer. Talvez esteja dando uma pausa do mundo por uma boa razão. *Não vivi como uma eremita em meu apartamento por dois anos? Éramos iguais, como bule e chaleira.* Não tenho o direito de julgá-lo.

—Ooooook—eu digo, esforçando-me para controlar minha curiosidade. — Posso usar seu *laptop*?

Ele para de mastigar e me olha fixamente.

— Você quer usar o meu... colo[1]?

— Seu laptop. Seu... computador? Eu poderia enviar um e-mail para eles.

---

1 Lap, em inglês significa colo. Aqui, a autora fez um trocadilho com as palavras. (N. do T.)

—Ah! — ele diz, parecendo aliviado ao engolir a comida. — Computador. Certo. Há alguns deles na biblioteca de Millinocket, mas nunca os testei.

— Você não tem... — Estou olhando para ele com olhos arregalados. Sei que é grosseiro da minha parte, mas estou em um estado de choque tão grande que não posso evitar. — Você não tem computador, nem telefone celular ou fixo?

— O que é isso?

— Um telefone fixo? É um telefone, você sabe, preso à parede... Com um... um cordão que...

— Ah — ele diz, balançando a cabeça. — Um telefone *normal*. Não. Sem telefone. Telos Road fica a seis quilômetros de distância. Mas não há linha telefônica por lá, porque a maioria delas só existe para acesso à internet. — Seu cenho se franze enquanto ele pensa em algo. — O telefone mais próximo fica na loja do acampamento Golden Bridge.

— Quão longe fica isso?

— Cerca de vinte e quatro quilômetros. Quase cinco quilômetros de ônibus e outros dezoito ou dezenove em estradas pedregosas. Telos e depois Golden.

— Pedregosas? — pergunto, quase sentindo que estamos falando duas línguas diferentes entre si.

— Sim. Você sabe. É necessário andar pelas florestas. Trilhas difíceis. Não há estradas.

— Como se dirige por uma estrada dessas?

— Eu tenho um quadriciclo — ele diz, como se isso explicasse alguma coisa.

— Você tem o quê?

— Um veículo que se *movimenta em qualquer tipo de terreno* — explica, enunciando cada palavra como se eu soubesse do que ele está falando.

Olho para ele, ignorando seu tom de voz, com a boca aberta pronta para receber moscas e com os olhos se arregalando enquanto reúno os fatos.

— Ah, meu Deus — murmuro. — Sem telefones. Sem computador.

Sem estradas. Você está totalmente isolado aqui.

Ele acena com a cabeça para mim.

— Bastante.

— Por quê? — pergunto suavemente. — Por que você vive assim?

A pergunta surpreende até a mim, principalmente porque decidi não bisbilhotar. É indelicado, e eu sinto uma nota vagamente julgadora no meu tom de voz. Tenho certeza de que Cassidy tem suas razões para viver isolado da sociedade. Não tenho absolutamente nada a ver com isso, e ainda estou inclinando-me para a frente, olhando-o nos olhos, com uma curiosidade tão afiada que quase posso sentir seu gosto, como metal.

Ele olha para mim, com aqueles olhos incomuns fixos nos meus. Finalmente, ele lambe os lábios e olha para o prato quase vazio.

— Aqui era a casa do meu avô.

— Ah... como uma casa de veraneio? — pergunto.

Suas bochechas estão coradas, e ele dá de ombros. Eu o estou deixando desconfortável, embora não seja minha intenção.

— Você é um sobrevivencialista?

— Um o quê?

— Uma pessoa que se *prepara para o fim do mundo*? — pergunto, enunciando cada palavra, porque acho justo jogar com ele da mesma forma como jogou comigo.

Ele sorri para mim, constrangido, antes de voltar-se para o prato vazio.

— Não, senhora — ele responde educadamente.

Seu sorriso, mesmo cheio de desgosto, é tão lindo e tão bem-vindo que decido manter o clima leve, provocando-o de outra forma.

— Ei, você não é um foragido da polícia, é?

Meu plano desmorona instantaneamente.

Ela vira a cabeça como um chicote, e seu rosto fica visivelmente pálido. Seu sorriso desaparece, seus olhos se arregalam e parecem inseguros. É uma transformação tão grande de um momento atrás que eu chego a me inclinar para trás, com um calafrio percorrendo minha pele enquanto processo sua reação.

— Oh, meu Deus! — murmuro, enquanto minhas mãos agarram o lençol que me cobre da cintura aos pés. — Você é?

— Não! — ele diz, balançando a cabeça com veemência. — Não sou... Não tenho problemas com ninguém. Nem com as autoridades, nem com ninguém. Eu fico *longe* de problemas. Vivo tranquilo. Eu... eu juro.

Sei que ele está me dizendo a verdade — não me pergunte como, mas apenas sei —, embora eu sinta que há uma história *muito* maior por trás de suas palavras. Talvez ele tenha sido acusado de algo que não fez. Ou talvez tenha fugido de policiais, e isso terminou mal para ele. Sinto que estou olhando para o topo de um enorme iceberg, e minha curiosidade é tão grande que posso sangrar por todas as perguntas que quero fazer. Opto por uma.

— Você está se escondendo de alguém?

— Não. Na verdade, não. — Suas sobrancelhas se erguem, e ele suspira, a cor retornando às bochechas. — Eu só... Eu simplesmente gosto de viver aqui, é tudo. Não vou... Não vou te machucar, Brynn. Não sou um psicopata. Ainda não, de qualquer forma. Eu prometo.

Novamente, a garantia de que ele não vai me machucar.

Deveria ser a quinta ou a sexta vez que falava isso.

Talvez seja mais do que um medo da autoridade, talvez ele seja mal interpretado. Talvez ele tenha algum transtorno de ansiedade social ou de Asperger. Ele é esperto e obviamente consegue viver bem aqui. Ele vive isolado há muito tempo.

Cass é diferente, penso, lembrando que ele me carregou nas costas para um lugar seguro. É gentil. E bonito. Eu gostaria de tirá-lo um pouco da casca, o que quase me fez rir. Eu, Brynn Cadogan, que vivo isolada há dois anos, estou ansiosa para tirar alguém da sua concha. Ah, que ironia!

Ergo os olhos para ele e arrependo-me ao ver seu rosto parecendo incomodado. Toquei em um ponto fraco e fico ansiosa para compensá-lo.

— Ei, Cass — começo, estendendo a mão para tocar seu joelho. — Sei que não vai me machucar. Por que teria feito tanto esforço para me salvar se apenas quisesse me machucar de novo? Você não precisa continuar dizendo isso. — Paro enquanto ele olha para mim, uma expressão incompreensível iluminando seus olhos. Parece esperança, e tenho a noção de que minhas palavras são como o sol, e Cassidy é como um girassol após dez dias consecutivos de chuva. — Confio em você. Você é muito bom para mim. Realmente *incrível*. *Confio* em você, Cassidy. Ok?

Não tenho certeza, mas acho que ele está prendendo a respiração enquanto eu falo, e isso me toca tão profundamente que sinto meu coração apertar. Minhas palavras tiveram *significado* para ele. Algo importante.

— Obrigado, Brynn — ele sussurra, evitando meus olhos enquanto pega nossos pratos.

Ele levanta e me olha, seus olhos buscando os meus.

— Você precisa que eu ligue para alguém?

— Você teria que dirigir por vinte e quatro quilômetros ida e volta para dar um telefonema.

— Posso fazer isso — ele diz, com a voz e o rosto sérios —, se você precisar.

— Não posso te pedir isso.

— Você não pediu, eu ofereci.

— Você não se importaria?

Ele balança a cabeça

— Posso aproveitar e comprar algumas coisas enquanto vou lá.

Aliviada, aceno com a cabeça.

— Eu realmente agradeceria por isso, Cass. Vou escrever o número do telefone dos meus pais.

— Vou te trazer caneta e papel — diz, virando-se para sair. Pouco antes de desaparecer atrás da cortina, ele se vira para olhar para mim. — Você gostaria de um livro ou dois para passar o tempo? Tenho muitos.

— Claro — respondo. — Eu adoraria.

— O que você gosta de ler?

Instantaneamente, minhas bochechas ficam coradas porque meu gênero favorito é romance.

— Hum...

Seus lábios se contraem novamente, e tenho a sensação de que ele me entende.

— Vou trazer alguns para que você possa escolher. — E então ele sai.

Um minuto depois, ele retorna com metade de um comprimido de Percocet, um copo d'água, papel, uma caneta e três livros: *Then Came You*, de Lisa Kleypas; *Potent Pleasures*, de Eloisa James; *Welcome to Temptation*, de Jennifer Crusie.

Ele coloca os livros na mesinha ao meu lado, e fico olhando para eles enquanto engulo a pílula azul em formato de meia-lua. Oh, ele *com certeza* me entendeu.

— Isso serve? — ele pergunta com um pequeno sorriso.

— Hum-hum — digo, pegando o papel e a caneta, e rapidamente escrevo o telefone dos meus pais. Recuso-me a ficar constrangida em relação a livros de romance. Qualquer pessoa com metade de um cérebro gosta de livros de romance, e todo o resto está mentindo. Entrego o papel a ele. — Os nomes são Jennifer e Colin Cadogan. Diga a eles que estou bem e que ligarei assim que puder.

Ele assente, pegando o papel da minha mão, dobrando-o três vezes e colocando-o no bolso de trás.

— Te vejo em breve? — pergunto, dando-me conta, pela primeira vez, que ficarei sozinha, no meio do nada, pelas próximas horas.

Ele assente, sorrindo, como se estivesse se dando conta da mesma coisa.

— Te vejo em breve.

142   KATY REGNERY

Capítulo Dezesseis

Cassidy

Penso nela enquanto dirijo no terreno acidentado entre minha propriedade e Telos Road. Não é um passeio que eu gosto de fazer, na maior parte do tempo, e gosto menos ainda hoje. Não me agrada deixar a segurança da minha propriedade isolada, não me agrada lidar com pessoas em geral. Além disso, deixar Brynn sozinha na cabana me causa desconforto, porém, deixar seus pais preocupados também não me parece certo.

A jornada exige muito de mim fisicamente, e uso todo o meu corpo para me manter equilibrado no velho quadriciclo, enquanto passo pelas árvores, indo mais rápido do que deveria, porque estou ansioso para chegar ao meu destino e voltar logo para casa.

Ao longo dos anos, em minhas idas e vindas a Telos Road, uma trilha de pedregulhos se desenvolveu, desencorajando os visitantes, e eu, propositadamente, nunca a pavimentei nem limpei. Quero que permaneça escondida.

Durante a viagem pelo terreno acidentado, a conversa com Brynn pesa em minha cabeça. Ela me demonstrou quão isolado do mundo me tornei. Droga! Quando ela pediu para usar meu laptop, pensei que estava pedindo para sentar-se em meu colo por algum motivo, e isso fez com que minha adrenalina acelerasse tanto e de forma tão furiosa que me senti fraco por um momento. Mas, aparentemente, laptop é um tipo comum de computador. E um telefone fixo é um telefone normal, como o que tínhamos na minha casa quando eu era pequeno. Sei o que é um e-mail, porque passei algumas horas na Biblioteca Memorial de Millinocket no outono passado e vi sinais sobre os computadores, mas não saberia como usá-los à primeira vista.

O que realmente me irritou, no entanto, foi ela ter perguntado se eu estava fugindo da lei ou escondendo-me de algo. Sei que estava brincando. Era fácil perceber isso pelo tom de sua voz e pelo fato de estar sorrindo ao dizer isso, mas a verdade é que eu *não* estou fugindo, mas certamente estou me escondendo.

Evito as árvores e espremo meu corpo por entre as raízes, enquanto corro pela floresta, odiando o pensamento de estar... *me escondendo*.

Como se tivesse feito algo vergonhoso, embora não seja verdade.

Nunca pensei muito na forma como vivo a minha vida. Apenas aceito-a como uma verdade. Fiz uma promessa, aos quatorze anos de idade, de viver tranquilo, e nunca mais repensei esse plano.

Agora, uma parte minha — a parte que odeia desesperadamente ser o filho de um louco — pergunta se há alguma opção além de se esconder.

Amar uma mulher? Ser amado por ela? Ter uma família com ela? Absolutamente, não. Tudo isso era uma impossibilidade para mim, se eu realmente tiver algum senso de moralidade. E eu tenho.

Mas será que *realmente* preciso viver sozinho no meio do nada? *Preciso me esconder?*

Talvez — só talvez, e eu terei que pensar no assunto com mais cuidado depois que me despedir de Brynn — eu possa usar um pouco do dinheiro do meu avô para me afastar, indo morar em um lugar diferente, em um lugar novo. Poderia mudar meu nome, não é? Claro que poderia. Legalmente, não *preciso* ser Cassidy Porter. Posso ir ao cartório e mudar meu nome para Cassidy... Cassidy... *Smith*. Sim. Cassidy Smith. Se eu fosse Cass Smith, poderia me mudar para Boston ou Nova York, ou Dakota do Norte ou China. Droga, eu poderia me mudar para *qualquer lugar*. Seria alguém novo, com um sobrenome que não significa nada, longe do Maine, onde ninguém jamais faria uma conexão entre mim e meu pai infame.

Por um momento, uma *esperança* — como nunca senti antes — preenche meu peito. Quase posso sentir os grilhões em meus punhos se quebrando e abrindo-se com a força do sentimento. *Eu poderia ser livre. Poderia ser livre. Poderia ser... livre.* Meu coração incha, tornando-se grande e cheio de dores de saudade.

Só há um problema com este plano, sussurra a voz na minha cabeça. Reconheço o tom e a textura desta voz. É minha consciência, e somos velhos amigos. *O problema é... você* não é *Cassidy* Smith. *Você é Cassidy* Porter, *filho de Paul Isaac Porter. E você nunca pode se esquecer disso.*

Enquanto olho para Telos Road, toda essa maravilhosa esperança desaparece com a fumaça de um sonho, porque minha consciência está certa.

E se eu, de alguma maneira, acabasse me enganando depois de um tempo, acreditando que *era* realmente Cassidy Smith? E se eu decidisse que Cassidy Smith podia viver de uma forma como Cassidy Porter nunca pôde? E se Cassidy Smith se tornasse a pessoa que lutei minha vida inteira para não me tornar?

Ser eu mesmo — *sendo* Cassidy Porter — é, em parte, o que me mantém sempre em alerta.

Tenho o sangue do meu pai e também o seu sobrenome. E eu sou filho do meu pai.

Também sou neto do meu avô e filho da minha mãe.

E se eu me tornar outra pessoa, isso seria um tipo diferente de esconderijo: ao invés de me esconder do mundo, estarei me escondendo de mim mesmo. Claro, haveria um certo tipo de liberdade em deixar esta vida para trás e começar outra. Mas seria uma vida construída sobre nada — ao ar, ao vento, nada substancial, um autoengano voluntário. Essa liberdade falsa e não permanente quebraria as promessas que fiz para mim e para aqueles que amei, para aqueles que me amavam.

Somente um homem sem caráter construiria sua vida em uma mentira.

Apenas um homem cruel arriscaria a vida dos outros para seu próprio prazer ou compraria uma liberdade barata.

Paro por alguns minutos a cerca de dois metros da estrada, escondido atrás de uma árvore grossa, deixando o motor em marcha lenta. Escuto atentamente o tráfego se aproximando. Quero ter certeza de que a estrada estará vazia quando sair.

Depois de vários minutos de silêncio, dou ao quadriciclo um pouco de aceleração e engato a embreagem, deslocando-me em primeira marcha e subindo a talude afiada na estrada de terra.

Olho para trás enquanto mudo rapidamente para segunda, terceira e quarta, seguindo para o sul em direção à Golden Road. Eu deveria chegar à loja em vinte ou trinta minutos. Espio a espessa floresta que deixei para trás por cima do ombro, esperando voltar para casa em cerca de uma hora.

Quando avisto o telhado verde brilhante da loja Golden Bridge, no estilo de uma cabine de madeira, sinto borboletas no estômago, como sempre acontece. Tento não vir aqui mais de uma vez a cada dois ou três meses. E, quando faço isso, sempre uso a aba do meu boné bem baixa, tentando não chamar atenção. Não compro nada fora do comum. Não converso. Não quero que eles se lembrem de mim. Quero me misturar com todos os outros trilheiros da Trilha dos Apalaches. Sem nome. Sem rosto. Um qualquer.

Embico o quadriciclo na área de estacionamento e desligo o motor. Tiro meu capacete e coloco-o sobre o assento. Pego o boné, dobrado dentro do meu bolso traseiro, e o posiciono sobre a cabeça, com a aba baixa.

Quando abro a porta da loja, sinto um pequeno assalto aos meus sentidos.

É sempre complicado vir aqui.

Assim como estar em qualquer lugar, em contato com a humanidade.

No interior do local, o aparelho de ar-condicionado está a todo vapor e cheira a batatas fritas, o que enche minha boca de água. É sempre assim quando entro em contato com o mundo: as lembranças da minha infância voltam rápido, fazendo com que eu me lembre de pequenas coisas, como sentar no banco de trás do carro da minha mãe, enquanto passamos pelo drive-thru do McDonald's. McNuggets com batatas fritas. Já faz duas décadas, mas meu estômago ainda geme melancólico por causa da lembrança.

Pegando uma cesta de compras perto da porta, viro rapidamente à esquerda, em um corredor de mercearia. Não estava mentindo quando disse que havia algumas coisas que precisava comprar. A manteiga é um luxo ao qual não me permito muitas vezes, então, pego algumas na seção de laticínios. Também pego um pacote de cerveja. Não uso desodorante, mas, agora que Brynn ficará comigo, eu provavelmente deveria começar a usar, então, pego um pequeno recipiente com o nome "Old Spice", como o que meu avô usava.

Eles têm um bom estoque de baterias, e compro seis pacotes de D's. Dezesseis baterias alimentam a TV portátil e o aparelho de VHS. Embora minha seleção não seja excelente — *Jurassic Park, Forrest Gump, Se Brincar o Bicho Morde, Feitiço do Tempo, Esqueceram de Mim* e *Toy Story* —, já assisti cada um deles pelo menos umas cem vezes, e talvez Brynn queira assistir também enquanto estiver comigo.

Suspiro pesadamente, parando para olhar para o desodorante e as baterias, lembrando que ela não é minha namorada e não estamos tendo um tipo de relacionamento estranho, dentro da minha propriedade isolada, enquanto se recupera de feridas de facada. Cristo!

Não comece a agir como Cassidy Smith, digo a mim mesmo, tirando o desodorante da cesta para poder colocá-lo de volta na prateleira. Mas, no último minuto, jogo-o de volta na cesta e pego uma escova de dentes, avançando para o próximo corredor.

Pego uma lata de óleo de coco e azeite para cozinhar.

Vago pelo corredor dos utensílios de cozinha, mas acabo não ficando muito tempo. Tenho farinha e açúcar em casa, o que uso com moderação. As misturas para brownie e bolos são luxos caros dos quais não preciso.

Parece que Doritos tem um novo sabor apimentado que preciso experimentar, então, pego um pequeno pacote e jogo-o na cesta.

Eles têm uma boa seleção de suprimentos de pesca, e decido me presentear. Estou atrasado com minha pesca e preciso ir a Harrington ou McKenna Ponds em até duas semanas, no máximo. Sempre tento comer peixes frescos na primavera e no verão, já que pesca em águas congeladas, embora seja uma habilidade que desenvolvi com o tempo, não é uma das minhas atividades favoritas. Prefiro passar o inverno inteiro como um vegetariano do que me sentar em uma lagoa congelada esperando que um peixe morda a isca.

Volto para o corredor dos desodorantes e das escovas de dentes, e, embora eu esteja bem abastecido com suprimentos médicos em casa, pego algumas coisas mais: uma garrafa de álcool bem grande, iodo, alguns curativos, esparadrapo e um pequeno frasco de Ibuprofeno. Acho que Brynn não precisará tomar o Percocet daqui a um ou dois dias, e ela pode ter controle sobre seus próprios analgésicos.

Minha cesta está bastante cheia quando chego ao caixa. Felizmente, é um homem trabalhando. Acho que mulheres são muito mais propensas a conversarem comigo, enquanto os homens só querem se livrar de mim e continuar trabalhando.

Por impulso, adiciono duas barras de chocolate à pilha, pago e empacoto minhas compras.

Quando estou prestes a erguer meus dois pacotes do balcão, lembro que o motivo daquela viagem é ligar para os pais de Brynn, e eu quase me esqueci disso.

— Você tem um telefone aí? — pergunto.

— Você não tem um celular?

— Hum. Quebrou.

— Hmmph! — O homem se volta em direção à cozinha e grita: — Maggie, o celular do cara tá quebrado, e ele precisa dar um telefonema.

Pronto!

Tudo o que eu quero é passar despercebido, mas agora todos na loja estão olhando para mim.

— Para onde? — grita Maggie.

— Para onde você vai ligar? — pergunta o funcionário.

Em circunstâncias normais, eu pediria que ele esquecesse, pegaria meus mantimentos e sairia dali correndo. Mas não é uma circunstância normal. Há uma garota machucada deitada na cama da minha mãe, e eu prometi ajudá-la.

— Hum... Arizona.

— Arizona? Droga! É longa distância. Vai ser uma ligação cara, filho.

— Eu, eu... eu realmente apreciaria se eu pudesse apenas...

— Arizona! — ele grita em direção à patroa.

— De jeito nenhum! — ela berra de volta. — Diga para ele ir consertar o celular.

Hesito diante dessa recusa, sentindo a frustração erguer-se dentro de mim. Olhando para o caixa, digo baixinho:

— Estou disposto a pagar pela ligação.

— Quanto? — ele pergunta.

— Dez dólares? — Ele me olha com curiosidade, mas não diz nada. Acrescento desesperadamente: — Vinte?

— Vinte dólares para dar um telefonema? — Ele estende a mão para trás e tira algo do bolso da calça, estendendo-o para mim. — Você pode usar o meu.

Já vi pessoas em trilhas usando seus telefones celulares, é claro, mas nunca tive um em minhas mãos e não faço ideia de como usá-lo. É um pouco maior do que um cartão de crédito, mas, quando toco a tela, ela se acende com pequenas imagens.

— Obrigado — digo, olhando para ele.

— Você pode ir usar o telefone ali — ele diz, gesticulando com o queixo em direção a um banco perto das portas do banheiro. — Posso cuidar das suas coisas enquanto você faz a sua ligação. — Quando estou prestes a sair, ele pergunta: — Não está se esquecendo de alguma coisa? — Eu olho para ele. — Os vinte paus?

Levo a mão ao bolso e tiro uma nota de vinte dólares, colocando-a sobre o balcão entre nós, e depois vou fazer a ligação.

Sento-me no banco e toco meu dedo na tela novamente.

Ela se ilumina com muitos quadrados coloridos com uma foto em cada um. Hummm. Oh. Ok.

Mapas. Clima. Relógio. Contatos. Certo. Ok. Olho para a imagem que me parece mais certa e finalmente encontro: um telefone.

Pressiono a caixa verde e aparece um teclado. Pego rapidamente o papel no bolso traseiro da minha calça e teclo o número dos pais de Brynn, encostando o telefone no ouvido. Ouvir o som do toque da ligação chamando é algo estranhamente familiar, embora eu não use um telefone desde os nove anos de idade.

— Alô...

— Ah, alô! — eu digo, e meu coração acelera de nervoso. — Estou ligando para falar...

Sem Amor   **149**

— Você ligou para os Cadogans. Jennifer e Colin não estão aqui agora. Deixe seu nome e uma mensagem que nós retornaremos o mais breve possível. Obrigado pela ligação.

Ah! Uma máquina de mensagens.

Beeeeeeeeep.

— Sim. Olá. Estou ligando por causa da sua... sua... sua filha. Hum. Brynn. Quer dizer... Estou com a sua filha. Bem... — Engulo em seco. Não sou bom nisso. — Brynn está comigo... hum... aqui no Maine. Ela está bem. Foi ferida escalando o *Katahdin*. Mas não se preocupe. Está consciente, e agora está sendo cuidada. Hum... não precisam se preocupar. Ela não quer que se preocupem. Hum. Sim. Isso é tudo, eu acho. Ela ou eu ligaremos quando pudermos. Ok? Ok. Adeus, então.

Tiro o telefone da orelha e olho para o teclado. Abaixo dos números há um botão vermelho para encerrar a chamada, então, eu o pressiono, e a tela principal, com todos os pequenos quadradinhos coloridos, retorna.

Tão fácil. Quase insanamente *fácil.*

Olhando para o relógio na parede em frente a mim, percebo que fiquei na loja por mais de meia hora, o que significa que estou longe de Brynn há mais de uma hora.

Sobressalto-me e devolvo o telefone ao funcionário com um agradecimento rápido. Então, pego minhas compras, amarro-as na parte de trás do quadriciclo, monto e sigo para o norte, para casa.

Duas horas depois, finalmente chego à cabana.

Não deveria ter demorado tanto, mas optei pela ousadia na viagem de retorno, ansioso para chegar logo, e, ao invés de dar a volta na poça de lama que encontrei, tentei passar por cima. Infelizmente, fiquei preso, o que significa que tive que usar o guincho, prendendo-o ao redor de uma árvore e puxando o quadriciclo para fora de toda aquela sujeira. Agora estou coberto de lama, e pelo menos metade das coisas que comprei também.

Mas que se dane, acho que tudo pode ser lavado, inclusive eu.

Estaciono o quadriciclo na barraca não utilizada ao lado de Annie, coloco os pacotes de compras enlameados na varanda da frente e dirijo-me ao chuveiro ao ar livre. Dispo-me e tiro a lama, enxaguando-me rapidamente, porque estou ansioso para verificar Brynn. Tenho certeza de que deve estar dormindo, mas vou me sentir melhor quando vir seu peito subindo e descendo.

Entrando de volta na casa, corro pela sala de estar e pelo corredor, em direção ao meu quarto. Visto jeans limpos e uma camiseta, depois volto para o quarto da minha mãe.

Imediatamente percebo que há algo errado — *muito* errado.

Brynn está morando comigo há quatro dias, e sei que ela não fala durante o sono. Mas, enquanto me aproximo do quarto, eu a ouço murmurar:

— Jem. Jem. Oh, nãããããoooo — ela murmura, com uma voz sem fôlego de pânico, despedaçando-se em lágrimas.

Apressando-me em abrir a cortina, encontro-a na cama, deitada de costas. Mas seu rosto está vermelho, brilhante, e o cabelo em volta do rosto está úmido, aderindo à sua pele reluzente.

— Não — eu murmuro, pressionando a mão em sua testa. — Droga! Não!

Sua pele está quente. Muito quente. *Assustadoramente* quente.

— Jem? — ela diz, abrindo os olhos pesados. — Eu deveria... ter... ido lá.

— Vou pegar um pano frio — digo, deixando-a para correr até o banheiro. Pego uma toalha de mão e a umedeço com água fria, depois volto para Brynn.

Eu não deveria tê-la deixado. *Merda*, não deveria tê-la abandonado.

Ajoelhando-se ao lado da cama, pressiono a toalha em sua testa.

Uma de suas feridas deve estar infeccionada. Preciso dar uma olhada nelas, depois pegar um pouco de Ibuprofeno para combater a febre.

— Jem — ela murmura quando seus olhos se fecham. — Minha... bateria. Oh, nãããooo...

Não sei quem é Jem, mas a profunda tristeza em sua voz faz com que minhas entranhas se revirem de compaixão. Sua voz se assemelha à minha logo depois que perdi minha mãe. Enlutada. Perdida. Solitária.

— Brynn — digo gentilmente, perto de sua orelha. — É Cassidy. Você está segura. Não está sozinha. Estou cuidando de você, lembra?

— Jem — ela solta suavemente, enquanto as lágrimas escorrem por suas bochechas.

Deixando a compressa gelada em sua testa, corro para a cozinha e abro o armário sobre a geladeira, onde mantenho suprimentos médicos em uma caixa de plástico. Pego-a e coloco no balcão. Também preciso ferver água, o que geralmente faço na lareira ou lá fora, no poço, mas não tenho tempo para isso. Decido usar o fogão de propano. Precisarei de muito mais gás para deixar a água suficientemente quente, mas não ligo. Posso voltar à loja Golden Bridge na próxima semana para me abastecer de mais propano, se for preciso.

Encho uma panela com água, coloco-a no fogão e acendo o queimador.

Sem saber ao certo se ela poderá ou não engolir um comprimido, amasso quatro Ibuprofenos entre duas colheres e misturo com leite de cabra.

Quando volto para Brynn, ergo sua cabeça e dou-lhe o leite, que ela bebe sem problemas. Então, afasto as cobertas e ergo sua camiseta para dar uma olhada nos ferimentos.

Encontro o problema imediatamente: em torno de uma das suas muitas ataduras, há uma vermelhidão bem feia, e o que escorre através da atadura é um líquido de cor amarelada. Inclino-me mais perto. Também cheira estranho.

Ainda dói... mas estou bem.

Por que ela não me disse nada de manhã? Com certeza devia estar desconfortável. Talvez o Percocet tenha encoberto a dor? Não. Só estou lhe dando meias doses. Talvez ela estivesse tentando ser corajosa ao não dizer nada?

Ela é sua responsabilidade, Cassidy. Como você pôde ter deixado isso passar?

E então eu percebo: adormeci ao lado de Brynn na noite passada antes de trocar os curativos, e estava tão distraído pela atração que sinto por ela que corri para fora da cabana antes de cuidar devidamente dela. Ela ficou com as mesmas ataduras durante quase vinte e cinco horas, quando a ferida deveria ter sido lavada e desinfetada na noite passada ou nesta manhã. Tenho muita sorte por não estarem ainda piores.

Enquanto lutava contra meus sentimentos como um adolescente tolo e egoísta, coloquei-a em perigo.

Precisa parar com isso agora, digo a mim mesmo. *Coloque-a em primeiro lugar. Cuide dela. Se desenvolver sentimentos por ela, que seja. Pode tentar esquecê-los depois, assim que ela tiver partido. Mas, enquanto estiver sob seu teto, ela é prioridade, Cass. Está ouvindo?*

Furioso comigo mesmo, tiro a compressa de sua cabeça, corro para o banheiro para novamente umedecê-la em água fria e substituí-la em sua testa antes de ir verificar a água fervente. Se as suturas precisarem ser removidas e a ferida tiver que ser lavada em solução salina e recosturada, terei que esterilizar todos os instrumentos que vou usar. Incluindo uma seringa. Ela vai precisar de uma injeção de lidocaína antes que eu faça qualquer coisa.

Quando volto para o seu lado, ela está murmurando sobre Jem novamente.

Jem. Quem é Jem?

Agacho-me ao lado dela.

— Shhh — sussurro. — Brynn, ouça-me... você vai ficar bem. Sofreu uma pequena infecção que originou a febre. Desculpe por não estar aqui, mas prometo que vai melhorar.

— Jem. Jem. Sinto muito — ela murmura. Então, também sussurra, com tanta suavidade que percebo que cheguei a sentir falta disso: — Cass.

Meu coração tropeça, e minha respiração se atrapalha enquanto encaro seu rosto, com aquelas sardas de bronzeado em sua pele avermelhada. Ela se lembrou de mim mesmo em seu estado febril, e isso faz com que algo aconteça dentro de mim. Algo que nunca senti antes me rasga em dois na velocidade da luz. É algo forte, verdadeiro e pesado, mas tão bom e leve que, por um momento, sinto que poderia flutuar com a força desse sentimento. Meus pulmões queimam enquanto tento respirar profundamente. Meus olhos se enchem d'água, e pisco rapidamente.

Prometo que nunca, *nunca mais*, vou deixar que alguém machuque esta mulher novamente. Nem Jem. Nem Wayne. Nem ninguém. E, definitivamente, nem mesmo eu.

— Brynn — digo, com a voz grave e tremendo de emoção, enquanto alcanço o pano em sua testa. Enterro meus dedos entre as mechas do seu cabelo, alisando-os por seu rosto quente. — Estou aqui. Estou aqui com você.

— Cassssss — ela suspira, desenhando letras *s* em meu nome até que ele seja apenas uma lufada de ar.

Posso ouvir a água fervendo, então, volto para a cozinha e pego duas agulhas, um carretel de linha de pesca, uma seringa, uma tesoura, uma pinça e vários panos. Então, levo tudo, junto com a caixa de primeiros socorros, até o quarto de Brynn.

Conheci o diabo durante a minha vida.

Estou bem certo de que uma parte dele ainda vive dentro de mim.

Mas lutarei com ele com todo o prazer só para curá-la novamente.

Capítulo Dezessete

Brynn

Sinto muito, senhorita Cadogan, mas precisamos falar com você...

Um homem chamado Jeremiah Benton mora neste endereço?

Podemos entrar?

Você pode se sentar, senhorita?

Uma banda chamada Steeple 10 estava tocando esta noite no...

Lamentamos dizer-lhe que o Sr. Benton...

Existe alguém para quem possamos ligar?

Srta. Cadogan?... Srta. Cadogan?... Senhorita...

Por que meu cérebro me obriga a retornar a esta noite, eu não sei. Queria que isso não acontecesse.

Há tantos outros momentos da minha vida que eu preferiria revisitar, mas este sempre parece vencer. A detetive bem-intencionada. O oficial em seu uniforme azul-escuro, com uma estrela de sete pontas sobre o coração. O carro preto e branco, pintando sombras escuras na parede.

Mas, rompendo minhas memórias, ouço outra voz me dizendo que estou segura, que não estou sozinha, que vou ficar bem.

É uma voz nova, mas confio nela.

É como a voz de Deus atravessando o frio e escuro inferno dos meus piores pesadelos. E, de repente, sinto-me quente novamente. *Tão* quente. *Será que eu deveria estar tão quente, Cassidy?*

Cassidy. Cass.

Na minha mente, procuro o rosto que combina com a voz e vejo uma pedra azul muito clara e outra, verde, ao lado desta, brilhando sobre a areia, sob águas calmas.

Estou aqui. Estou aqui com você.

— Cassssss — sussurro, como se minha voz estivesse a anos-luz de distância. Ajude-me. *Oh, Cass, por favor, ajude-me.*

Ouço um som suave, como o de alguém puxando um esparadrapo de uma pele. Sob o som do meu grito, também o ouço gemer.

Algo está errado.

Abro meus olhos, e seu rosto está afastado de mim, mas seu cabelo loiro despenteado é familiar, e isso me consome.

— Cass — murmuro. — Ajude-me.

Ele se vira para mim, com aquelas duas pedras brilhantes piscando.

— Vou ajudá-la, anjo. Prometo. — Ele respira fundo. — Isso vai doer um pouco.

Grito enquanto sinto uma nova punhalada de dor no meu quadril, que chega a queimar.

— Isso foi lidocaína — ele sussurra, estremecendo como se também estivesse sentindo dor. — Vai anestesiar a área. Preciso tirar os pontos, limpá-los e fazê-los novamente.

Fecho meus olhos e tento respirar através da dor.

— Desculpe, Brynn. Infeccionou. Mas vou resolver. Prometo. Não vai demorar muito. Apenas alguns minutos.

Mas, na realidade, leva apenas alguns segundos, porque, graças ao bom senhor Jesus Cristo, eu desmaio de dor.

If I trust in you, oh, please, don't run and hide...

Ele está cantando Beatles para mim de novo.

Abro os olhos e vejo Cassidy na cadeira de balanço, do outro lado da mesinha de cabeceira, com o violão no colo, fazendo acordes gentis com os dedos, olhos fechados e lábios movendo-se lentamente.

— Cass?

Suas mãos congelam. Seus olhos se abrem e fixam-se nos meus.

— Você está acordada.

Assinto.

— Posso beber um pouco de água?

— Sim.

Ele coloca o violão no chão, estende a mão para alcançar um copo na mesa de cabeceira e o segura contra meus lábios, enquanto me inclino para beber. Quando termino, ele coloca o copo de volta e se ajoelha ao lado da minha cama.

— Como está se sentindo, Brynn?

— Como se tivesse passado por poucas e boas — murmuro, deixando minha cabeça cair novamente contra o travesseiro. — O que aconteceu?

— Um de seus ferimentos infeccionou — ele diz, com olhos pesados. Faz uma careta, olhando para o colchão entre nós. — Tive que abri-la, limpá-la e suturá-la outra vez.

— Não está doendo — digo, surpresa ao descobrir que estou dizendo a verdade. Não sinto dor. Na verdade, não sinto quase nada.

— Eu lhe dei um Percocet inteiro — ele diz.

Percocet é uma palavra estranha e engraçada, penso, tentando focar meus olhos no rosto dele.

— Cass?

— Hummm?

— Você é médico?

— Não. Mas sou tão bom quanto um paramédico certificado.

— Tão bom quanto? — pergunto, virando minha cabeça para olhar para ele. O movimento é lento, como se minha cabeça estivesse envolta em melaço.

— Eu estudei muito e fiz as provas. Quero dizer, eu as fiz daqui, em um livro de exercícios, mas fui muito bem. Teria passado em todas elas em uma sala de aula.

— Seus olhos são... de cores diferentes — comento em voz alta.

Seus lábios se contraem como se ele quisesse rir, mas não o faz.

— Sim, eles são.

Inclinando a cabeça para o lado, ele franze o cenho, como se estivesse tentando descobrir algo.

— O quê? — digo, esforçando-me para manter meus olhos abertos. — Pode perguntar.

Ele cerra o maxilar e não vejo sua mão se aproximar, mas sinto-a descansando suavemente contra a minha testa. Não me importo que ele me toque.

— Você está melhor.

— Era isso que queria me falar?

— Não faça isso de novo — ele diz com pressa.

— Fazer... o quê?

— Ficar doente. — Ele desvia o olhar, com o maxilar apertado. — Você me *assustou*.

— Você me chamou de anjo — digo com sono, enquanto meus olhos começam a se fechar.

Quando foi que ele me chamou de anjo? Não consigo lembrar.

Ele ergue a cabeça e se atrapalha com a própria respiração. Ouvi muito bem ele me chamar. Eu ouvi.

— Não tem problema... — digo, com uma respiração exalada, fechando meus olhos porque estou cansada demais para mantê-los abertos. — Não me importo... se quiser me chamar de anjo.

— Brynn — começa ele. — Eu deveria ter... Quero dizer, não deveria ter te deixado... Deveria ter ficado aqui. Sinto muito. Estou tão mal...

— Eu estava muito quente — murmuro. — Assustada. Jem...

— Sinto muito.

— Me abrace enquanto durmo — sussurro.

Estou caindo no sono, mas não me rendo até sentir o colchão afundar sob seu peso e seu corpo deslizar ao lado do meu. Um braço escorrega por debaixo do meu travesseiro. O outro se encaixa suavemente logo abaixo dos meus seios.

— Boa noite, anjo — ele murmura.

Respiro o cheiro de Cassidy.

E então adormeço.

Quando acordo, o sol está se erguendo pelas janelas, e Cassidy está ao meu lado. Ao se deitar comigo, ele estava virado para a direita, de frente para mim, enquanto eu estava deitada de barriga para cima. Mas, durante o sono, girei meu pescoço para encará-lo, e nossos narizes quase se tocaram. É uma posição íntima, e estou plenamente consciente de que não nos conhecemos muito bem, mas não me sinto assim. Sinto... Sinto... Sinto que *confio* nele, *preciso* dele e o *quero*.

Não sexualmente, embora ele seja um cara muito gato, mas *visceralmente*. Como se fosse para a minha sobrevivência. Ele se tornou minha linha da vida. Sem ele, eu teria morrido várias vezes.

De repente, tenho a noção existencial de que eu não existiria nesse momento se não fosse por Cassidy. Esse pensamento não é romântico nem poético. Só... é. Sólido e real, e não me recupero mentalmente do pensamento. Na verdade, eu me agarro a ele.

Não existo sem você.

... não é como nada que senti antes.

Infelizmente, não consigo ficar ali deitada ao lado dele, saboreando a sensação, porque minha bexiga está cheia novamente.

— Cass?

— Hummm? — ele murmura.

— Cass, eu tenho que ir ao banheiro.

— Sim. Ok.

Eu me inclino para trás um pouco para poder olhar para o rosto dele, e seus olhos se abrem lentamente.

— Anjo — ele respira, enquanto seus olhos focam os meus lentamente.

Anjo?

Escuto minha própria risada suave.

— Não há nenhum anjo aqui. Só eu. Brynn.

Seus olhos se abrem, plenamente conscientes, completamente acordados.

— Oh! Certo. Sim. Me desculpe. Eu só...

— O banheiro?

Ele gira o corpo, colocando-se de costas, desliza as pernas para o lado da cama e levanta. Passa a mão pelos cabelos e depois me oferece a mão.

Sento-me e a pego, surpresa pela dor no quadril esquerdo estar menor do que esteve ontem de manhã. Não que eu me sinta ótima, mas já não dói tanto.

— Estou me sentindo melhor — digo, sentando na cama por um momento, preparando-me para a dor que, sem dúvida, iria sentir quando me levantasse.

— Cinco de suas incisões estão ótimas. Uma delas é a ovelha negra. Vou precisar examiná-la depois de você... ir ao banheiro.

Assinto.

— Ok.

Hoje, consigo me mover em direção ao banheiro com mais rapidez, e já não é algo tão estranho para mim quanto foi ontem. Abaixo-me cuidadosamente em direção ao assento do vaso sanitário, lembrando que não precisarei puxar a descarga quando me levantar. Ao invés disso, lavo as mãos na pia e olho para o meu rosto no espelho. Ainda está maltratado, e talvez eu apenas esteja acostumada com ele agora, mas acho que parece melhor do que ontem de manhã.

Boa noite, anjo.

As palavras soam dentro da minha cabeça.

Humm. Quando ele me chamou de anjo, alguns minutos atrás, assumi que era parte de um sonho que ele estava tendo. Mas agora eu me pergunto: será que me chamou de propósito?

— Cassidy? — chamo enquanto abro a porta do banheiro, mas não há necessidade. Ele está no corredor, em frente à porta, esperando por mim.

— Estou aqui.

— O que aconteceu ontem exatamente? — Percebo que há um grande lapso na minha memória, mas, durante esse tempo, parece que recebi um apelido. *Anjo*. Mas quando? Como ganhei? O que *eu* fiz? O que *ele* fez?

— Do que você se lembra?

Inclino-me contra a parede, no corredor escuro, olhando para Cassidy. Ele está vestindo apenas jeans e camiseta, e eu, calcinha e uma camiseta da sua falecida mãe. Isso deveria me deixar desconfortável, já que mal nos conhecemos, mas, não. Não me incomoda.

Desisto de fazer rodeio.

— Por que você está me chamando de anjo?

Os olhos dele dilatam, e as bochechas afundam.

— Você disse... Quero dizer... — Ele passa as mãos pelos cabelos.

— Aqui está o que eu me lembro: nós dois comemos ovos mexidos, então você me trouxe alguns livros para que eu pudesse ler enquanto você ia à loja — digo devagar, tentando criar uma linha do tempo. — Comecei a ler um... e depois...

— Depois...

Termino rapidamente.

— Nós acordamos juntos, e você estava me chamando de anjo.

Ele suspira, segurando o lábio inferior entre os dentes antes de soltá-lo novamente.

— Você teve febre ontem. Uma bem ruim. Quando cheguei em casa da loja, você estava queimando.

Jem, sinto muito.

Memórias confusas começam a surgir no meu subconsciente. Um calor intenso.

Lembranças de Jem. Cassidy cuidando de mim.

— Eu... Eu estava assim tão fora de mim?

— Estava. A febre não diminuiu até depois da meia-noite.

— Não me lembro de nada. O que... o que eu estava fazendo?

— Você estava falando sobre alguém chamado Jem quando cheguei. Estava chateada. Teve uma infecção. Precisei abrir uma das incisões, limpá-la e costurá-la novamente.

— Meu Deus! — Não me sinto desconfortável por Cassidy ter cuidado de mim, porque ele não me deu nenhuma razão para não confiar nele, mas eu realmente não gosto de não conseguir me lembrar. — Você é médico?

Seus lábios se contraem.

— Você me perguntou isso na noite passada. A resposta é não... Eu sou... bem... uma espécie de paramédico.

— Uma espécie?

Ele sorri.

— Você me perguntou a mesma coisa na noite passada também.

— E...?

Ele faz uma careta.

— Na verdade, não tenho certificação... Mas fiz o teste e passei.

Outra estranheza de Cassidy. Estou começando a me acostumar com elas.

— Ah. Ok. Então eu estava febril e fora de mim, e você me salvou... outra vez.

Ele dá de ombros, mas acena com a cabeça, ainda de pé parado no corredor. De repente, percebo que este é o tempo mais longo em que estive fora da cama em dias. Isso é bom. A dor em meu quadril ainda persiste, mas não está tão aguda nem queima como ontem. É um latejar maçante e constante, mas eu sei instintivamente que é uma boa notícia, não uma ruim. Estou me curando.

— Obrigada.

— Eu não deveria ter te deixado sozinha — ele diz, franzindo o cenho para mim, com um olhar intenso. — Não farei isso novamente. Prometo.

Seus olhos, tão intrigantes, prendem os meus, e eu sinto a força de sua promessa penetrando meu corpo como algo real, como algo... *físico*. Isso me deixa tão consciente de sua presença, que volto atrás em meu pensamento anterior sobre não o desejar sexualmente. Talvez eu o deseje.

— Está tudo bem — digo, minha voz um pouco ofegante.

— *Não* está bem — ele insiste. — Você é minha paciente, minha... minha hóspede. Eu deveria estar aqui com você.

Respiro fundo e posso sentir meus pontos repuxando um pouco.

— Sério? Você estava me fazendo um favor. Pare de se culpar. — Ele olha para os próprios pés descalços, com as sobrancelhas franzidas, os lábios retos e finos. — Cassidy — digo bruscamente. Ele olha para mim. — Você me salvou. Outra vez. Obrigada.

Ele engole em seco, olhando-me com intensidade antes de assentir.

— Farei o meu melhor, Brynn. Prometo.

Estou prestes a dizer que ele já é ótimo, mas sinto que vamos continuar andando em círculos, por isso, não digo nada. Por falar em círculos, por mais que goste de estar fora da cama, estou começando a me sentir um pouco tonta.

— Acho melhor eu voltar para a cama.

— Precisa de ajuda?

— Não — digo, começando a andar pelo corredor, em direção ao quarto. — Estou bem.

— Quer metade de um Percocet?

Balanço a cabeça, culpando o analgésico forte por parte do lapso de memória.

— Acho que vou tentar aguentar de agora em diante, ok? Não gosto de ficar fora de mim.

— Você me fez uma pergunta...

Ele dá alguns passos em minha direção, com os pés descalços sobre o chão acarpetado. Tento não olhar para ele, mas a forma como a calça jeans está presa aos seus quadris quase me dá arrepios. Ele é alto, esguio, musculoso, bonito de uma maneira que me deixa confusa, e não sei se estou sentindo uma paixão no melhor estilo Florence Nightingale em relação a ele, por estar cuidando de mim, ou se é algo mais, mas meu coração pula uma batida e meu estômago se enche de borboletas.

— Chamei você de anjo em algum momento da noite passada — diz ele suavemente, como se me confessasse algo. — Não sei por quê. Eu estava... Estava prestes a te dar uma injeção de lidocaína, e eu sabia que iria doer. Te chamei de anjo antes de te suturar.

Não tenho nenhuma lembrança disso, mas me *parece* certo.

— Não me importo se você me chamar de anjo — digo suavemente.

Ele sorri para mim, pensativo, e sinto meu corpo inteiro aquecer por conta daquele sorriso.

— Foi o que você disse na noite passada — ele diz com leveza.

— Disse?

Ele assente.

— E só para que você saiba, eu estava com você na cama... porque você *pediu* que *eu* te abraçasse.

Não me lembro de ter pedido isso, mas sei que é verdade. Não só porque confio que Cassidy me diria a verdade, mas porque há algo tão natural, tão bom, tão potencialmente viciante, sobre dormir ao lado dele que até mesmo agora anseio por isso, apesar de termos passado uma noite inteira juntos.

— Obrigada — sussurro.

Seus olhos estão verde-floresta e azul-marinho enquanto acena com a cabeça para mim lentamente.

Volto para o quarto e arrasto-me para a cama, deixando a cortina aberta, desejando que ele estivesse perto de mim enquanto fecho os olhos e volto a dormir.

Capítulo Dezoito

Cassidy

Depois de preparar algumas torradas para Brynn, com manteiga, açúcar e canela, passo a manhã fora, ordenhando Annie, limpando sua baia, recolhendo os ovos das meninas e colhendo legumes na estufa. Pulverizo pesticidas orgânicos nas plantas e troco a bandeja no banheiro de compostagem, despejando o que foi cultivado a cerca de meio quilômetro de casa, no monte de fertilizantes. Decido deixar o corte de lenha, a troca e o tratamento do filtro da cisterna, além da limpeza do painel solar, para mais tarde.

Por volta do meio-dia, retorno para fazer o almoço e verificar Brynn.

A cortina do seu quarto está aberta; provavelmente ela mesma a abriu, já que tenho sempre o cuidado de deixá-la fechada. Olho para onde ela está sentada e a vejo lendo *Then Came You*, da Lisa Kleypas.

Como a maioria dos livros da casa, já o li pelo menos uma dúzia de vezes e, embora eu prefira ficção científica e fantasia ao romance, está entre as melhores escolhas na coleção antiga de histórias de amor da minha mãe, e foi por isso que o ofereci a Brynn.

Bem, *por isso* e porque há uma citação no livro que eu deveria manter em mente durante a estadia de Brynn por ali: "Mais cedo ou mais tarde, todos são levados a amar alguém que nunca poderão ter".

Um bom lembrete... especialmente porque meus pensamentos estão cada vez mais — merda, *constantemente* — focados em Brynn. E meus sentimentos por ela? Crescendo exponencialmente. Depois da febre da noite passada, sei que perdê-la irá me ferir. Quando ela retornar ao seu mundo, ficarei muito triste ao perder o meu anjo.

Mas quer saber de uma coisa?

Que assim seja.

A cada manhã, mais ou menos, resigno-me um pouco mais por esse destino. Terei uma vida inteira para superá-la depois que ela se for. Estou decidido a aproveitar a companhia dela, os sorrisos, as risadas ocasionais, o corpo quente dormindo ao lado do meu, enquanto estiver aqui. ·

Porém, se eu for honesto, confessarei que meus sentimentos calorosos e felizes por Brynn têm sido comprometidos por outros, mais sombrios, que sinto que não conhecia ou que não sentia há muito tempo: ciúme.

E uma pergunta circula incansavelmente na minha cabeça desde ontem:

Quem.

É.

Jem?

— Oi.

— Hum... oi! — gaguejo. — Oi.

— Há quanto tempo você está aí?

— Só há um minuto. Entrei para dar uma olhada em você.

Ela fecha o livro e sorri para mim.

— Gosto desse livro.

— Eu também.

— Espera... O quê? — Ela sorri tão amplamente que me pergunto se não está machucando seu lábio ferido. — Você leu?

Dou de ombros.

— Quando se mora em um lugar como esse, você lê tudo o que pode. — *Cinco, seis, sete, vinte vezes.*

— Hum — ela diz, ainda sorrindo. — É um bom livro. Ele quer se casar com ela.

Cruzo os braços sobre o peito.

— E ela deveria se casar com ele?

— Ainda não sei. — Ela olha para o livro. — Quero dizer, eu sei que vai porque eles são os personagens principais, mas... Eu não sei. Não tenho certeza se são bons um para o outro ainda. Ela é selvagem e louca. Ele é...

— O quê?

— Será que ele ficará feliz com uma mulher selvagem? Ou ele quer uma garota da sociedade?

— Acho que você terá que ver o que acontece.

— Sim.

Estou tão curioso sobre Jem que uso este momento, em que estamos falando sobre relacionamentos ficcionais, para tentar descobrir quem ele é.

— Você já se casou?

— Não — ela diz suavemente, e seu sorriso desaparece rapidamente.

Parte de mim sente como se precisasse me desculpar por violar sua privacidade, mas meu ciúme, quente e que eu sinto na parte mais baixa do meu estômago, se revolve, recusando-se a recuar. Quero saber. *Preciso* saber quem ele é e se tem algum direito sobre ela.

— Quem é Jem?

Os olhos dela se arregalam, e ela respira com força, estremecendo.

— O q-quê?

— Você mencionou esse nome ontem quando estava... fora de si.

Ela assente distraidamente, ainda olhando para o meu rosto com olhos tristes e surpresos.

—Ah. Certo.

Meus braços ainda estão cruzados e, embora eu não sinta prazer com sua angústia, sei que isso é a consequência da tentativa de aliviar minha curiosidade e, portanto, ciúme.

Emoções negativas como inveja, raiva e ganância me assustam, porque tenho certeza de que os sete pecados capitais são ainda mais mortíferos para alguém como eu, que tem o sangue de um assassino nas veias. Parte de ser Cassidy Porter significa ter que encarar esses sentimentos de frente e lidar com eles o mais rápido possível, para que não se tornem uma porta de entrada para outro tipo de comportamento. Não os deixarei me vencer. Não permitirei que me guiem para a escuridão, se puder evitar.

Percebendo que estou esperando pacientemente por uma resposta, ela ergue as sobrancelhas e diz:

— Eu estava noiva de Jem. Mas ele... ele morreu.

Mais tarde, eu me sentirei envergonhado pelo enorme alívio que sinto ao ouvir suas palavras. Mas agora? Deixo que esse alívio me cubra como um cobertor, acalmando o monstro dentro de mim.

— Eu... — Pigarreio. — Sinto muito pela sua perda.

Ela assente com a cabeça, estendendo a mão para secar seus olhos, que agora percebo que estão brilhando.

— Ele era um bom homem. Era daqui. Do Maine. Bangor, mas nos conhecemos na Califórnia.

— Há quanto tempo ele...

— Dois anos — ela diz, fungando, mas logo me dá um sorriso corajoso. — Ele foi baleado. Estava em... hum... estava em um show. Foi pego por um daqueles tiroteios em massa.

— Tiroteios em massa? — Nunca ouvi falar de tal coisa.

Ela respira fundo.

— É quando, hum, alguém vai para um lugar lotado e atira em um bando de pessoas. Isso é chamado de tiroteio em massa. — Ela expira lentamente, como se estivesse se esforçando para libertar as memórias que devem doer mais do que seus ferimentos. — Então, eu o perdi.

Sinto minha vergonha dobrar de tamanho, pois percebo que a obriguei a falar sobre algo incrivelmente doloroso apenas para amenizar o meu ciúme. Antes disso, nunca tinha ouvido falar sobre um tiroteio em massa, mas, para mim, tendo apenas história como contexto, isso evoca imagens de soldados nazistas atacando pessoas inocentes que usavam estrelas amarelas presas nos casacos. A imagem mental me horroriza.

Quando olho para o rosto dela, vejo o mesmo horror em seus olhos. É visível que ela precisou entrar em termos com esse conceito de tiroteio em massa; algo tão inimaginável que deveria ser impossível de acontecer.

Meu coração dói pelo que ela teve que suportar.

— Meu Deus, Brynn. Eu realmente sinto muito.

Ela me dá outro sorriso corajoso e acena com a cabeça.

— Ele era uma boa pessoa.

— Tenho certeza de que sim, se *você* o amava.

— Eu o amava *mesmo* — ela diz suavemente. — Perdi a vontade de viver quando ele se foi.

— Perdi minha mãe para o câncer. — Me ouço dizendo. — Eu estava com ela quando aconteceu. Foi... horrível.

— Há quanto tempo?

— Treze anos — digo, embora o número me surpreenda, porque parece que foi muito mais recente.

— Quantos anos você tinha?

— Quatorze.

Ela estremece, e um leve som de dor escapa dos seus lábios. Inclinando-se para a esquerda, ela coloca o livro sobre a mesa de cabeceira e depois estende as mãos para mim.

Meu avô não era muito inclinado ao sofrimento. Ele amava minha mãe, e eu sei que perdê-la foi muito difícil, mas ele despejou sua dor no trabalho, mantendo-se ocupado e se exaurindo antes de dormir todas as noites. Eu? Eu não tinha ninguém com quem falar, ninguém para me abraçar ou me deixar chorar pelo ente que havia perdido.

Exceto agora... agora tenho aqui esta mulher angelical estendendo as mãos em simpatia e compaixão. Pego-as nas minhas, sentando-me na cama ao lado dela, bebendo a suave gentileza de seus olhos enquanto ela aperta minhas mãos.

— Sinto muito — ela diz. — Você era tão jovem. Não consigo imaginar perder meus pais. Eles... Quer dizer, eles foram tudo para mim depois que perdi Jem. — Ela suspira suavemente. — Aliás! Você conseguiu ligar para eles?

— Para seus pais? Sim. Deixei uma mensagem. Disse que você se machucou, mas que estava bem e que ligaria para eles assim que pudesse.

— Você é muito gentil, Cass. — Ela respira profundamente e balança a cabeça, segurando minhas mãos. — Sua mãe deve ter sido incrível.

Ela sempre esteve ao seu lado, filho.

As palavras do meu avô, daquela nossa conversa na estufa, voltam para mim tão rápido que me deu a impressão de que ele as disse ontem mesmo.

— Ela era — digo, perguntando-me o quão ruim devem ter sido para ela os anos depois da prisão e da condenação do meu pai. Por mais que nunca tenha conversado sobre isso, deve ter sido um inferno. Pode ter se tornado uma pária, mas, ainda assim, me protegeu da melhor forma possível.

— Você está bem? — pergunta Brynn, com uma voz gentil.

Olho para ela e assinto com a cabeça.

— Eu não falo muito sobre ela. Isso...

— Eu sei — diz Brynn. — É triste. E machuca.

Confirmo com a cabeça, admirado por sua empatia, por sua capacidade de entender o que estou sentindo. De alguma forma, isso diminui a tristeza do momento. E a dor. Quando olho nos olhos dela, Brynn sorri de volta para mim, e o milagre disso é que talvez eu a esteja confortando também. Ao compartilharmos nossa dor um com o outro, é possível que não a estejamos dobrando de tamanho, mas, sim, reduzindo-a à metade.

— Sabe de uma coisa? — ela diz, apertando minhas mãos novamente. — Ele teria... Ele adoraria este lugar. Jem. — Brynn se vira em direção às janelas, olhando para a montanha. — Nossa, ele teria mesmo adorado este lugar.

— Sério?

— Ele amava o *Katahdin*. — Brynn suspira suavemente, de frente para mim. Seus olhos caem sobre nossas mãos unidas, e ela gentilmente desprende a dela, afastando-a. — Posso te contar uma coisa?

— Claro. Qualquer coisa.

— A razão pela qual eu vim para cá foi para enterrar o celular dele na montanha. Cerca de uma semana atrás, eu o tirei de um saco de evidências pela primeira vez e percebi que havia uma mancha de sangue nele. Vim aqui para enterrar aquela pequena parte de Jem no *Katahdin*. Achei que deveria fazer isso.

— Era isso que você estava fazendo? Quando foi atacada?

E, de repente, percebo que a noite passada não foi a primeira vez que ouvi o nome de Jem. Lembro-me da primeira vez que a vi — a maneira como seus amigos pediram que ela retornasse com eles e pela maneira como continuava recusando.

Eu gostaria de poder. Mas é uma coisa que eu preciso fazer... Estou indo, Jem. Estou indo.

— Você ia *enterrá-lo* — sussurro, passando uma mão pelo meu cabelo, enquanto as peças se juntam.

— Quase isso — ela diz, sem saber que eu a estivera observando naquele dia. — Seu corpo já foi enterrado, é claro. Mas... eu não sei. Acho que só queria me despedir do meu jeito.

Penso em minha mãe e meu avô, enterrados lado a lado em Harrington Pond, e entendo exatamente o que ela quer dizer. Dizer adeus àqueles que amamos e perdemos não tem relação apenas com enterrá-los, mas também ter um lugar especial para lembrá-los. Brynn queria que esse lugar fosse o *Katahdin*.

— O telefone estava na minha mochila — ela diz. — Não consegui fazer o que queria.

É nesse momento que compreendo tudo perfeitamente.

Ela queria enterrar o noivo no *Katahdin*, e a chance de fazer isso acontecer foi roubada dela.

Sinto que a raiva se espalha por dentro de mim.

Ela deveria poder dizer adeus a este Jem, o homem que significava tanto para ela e que lhe foi tirado tão brutalmente. Em vez disso, ela foi atacada enquanto perseguia este fim.

Minha raiva em relação ao seu atacante se intensifica até que começo a tremer.

— Cass? — ela diz, levantando a cabeça e me olhando com curiosidade. — Você está bem?

Balanço a cabeça com um aceno. Preciso me controlar. Ter uma emoção como a raiva no interior do meu corpo não me fará nada bem.

— Quer almoçar? — pergunto bruscamente.

Ela confirma, e eu me levanto, olhando pela janela para os picos irregulares do *Katahdin*.

Não sinta raiva, Cassidy. Não deixe que a raiva se manifeste dentro de você.

Na primeira oportunidade, irei buscar o telefone para que Brynn possa terminar o que começou.

A febre de Brynn não retornou, e tomei como prioridade lavar e refazer seus curativos todos os dias, de doze em doze horas. Embora ela ainda passe muito tempo dormindo, definitivamente está se recuperando. Acho que poderei remover os pontos em uma semana mais ou menos. Veremos.

Uma vez que ela gosta de companhia, na maioria das noites após o jantar, fico na cadeira de balanço lendo, enquanto ela lê na cama. Ocasionalmente, compartilhamos algum ponto engraçado um com o outro, ou uma bela frase. Aprecio esses momentos tranquilos que passamos juntos e reluto em deixá-la à meia-noite, quando já está profundamente adormecida e o encosto desconfortável da cadeira começa a maltratar minha coluna. Ela nunca mais pediu que eu a abraçasse enquanto dorme, embora eu anseie silenciosamente ouvi-la dizer as palavras e deseje que elas escapem dos seus lábios, noite após noite. Não sei o que quero dela; não permito que minha mente vagueie por pensamentos carnais, mas preciso lutar contra isso o tempo todo.

Nunca estive com uma mulher, é claro. Nunca beijei uma. E, apesar das antigas revistas do meu avô, não tenho muita certeza se saberia o que fazer se tivesse uma chance. Mas sou um homem, não uma criança, e não posso evitar meus desejos. Quando volto ao meu quarto frio e escuro, depois de passar uma tarde calorosa no dela, sinto como se estivesse sendo punido de alguma forma, sentindo-me muito mais solitário do que realmente estou. É meio que um tipo de tortura, mas eu não trocaria estes momentos com ela. Por nada. Tenho a terrível sensação de que essas lembranças serão tudo o que terei um dia, então, tomo muito cuidado para mantê-las intactas.

Depois de puxar as cobertas de Brynn até o queixo e apagar a luz do seu quarto, coloco minhas botas de caminhada e pego o velho capacete de mineiro do meu avô, no armário do meu quarto. Pesco seu relógio na parte de trás da minha gaveta e o prendo no pulso, grato por ele ainda funcionar, porque eu não faria a menor ideia de onde conseguiria uma bateria. Ajusto o horário correto e saio do meu quarto sem fazer barulho.

Há um armário no corredor, e eu o abro. No interior, há três rifles — meu, da minha mãe e do meu avô —, todos alinhados e carregados. Pego o do vovô, que é o único feito para um homem, de tamanho normal, e prendo no meu ombro. É improvável que precise usá-lo, mas estarei sozinho em uma floresta escura, e há vida selvagem no Parque Baxter. A caminhada noturna tem seus riscos.

Olho para Brynn mais uma vez, bastante certo de que ela continuará adormecida pelas próximas seis ou sete horas. Mas, ainda assim, escrevo um bilhete.

Saí para uma caminhada noturna. Estarei de volta ao amanhecer. Cass.

Deixo-o em sua mesa de cabeceira e dou uma longa olhada nela. Seu peito se ergue e cai facilmente, e suas pálpebras fechadas tremem por conta do sono profundo. Ela está pacífica, e eu não tenho um único segundo a perder se quiser voltar ao nascer do sol.

— Tenha doces sonhos, anjo — sussurro, afastando-me silenciosamente de sua cama.

Na última vez que a deixei, ela estava em mau estado quando voltei. Mas sei que agora está se curando. Não tenho que me preocupar com o retorno da febre. Sei que está dormindo melhor, já que o faz durante a noite inteira. Não fica se revirando. Não acorda mais às três da manhã.

Além disso, preciso fazer isso por ela.

E por mim. Permitir que minha fúria se avolume não é algo inteligente. E a única maneira de mitigar isso é fazendo algo a respeito. Algo real. Algo bom.

Respiro profundamente e suspiro, esperando que a mochila ainda esteja lá para ser recuperada e sabendo que a noite será longa.

174   KATY REGNERY

Capítulo Dezenove

Brynn

Quando acordo, a primeira coisa que faço é checar a cadeira de balanço de Cassidy, mas ele não está lá e a casa está silenciosa. O sol está mais alto do que o normal, então, imagino que deva ser mais ou menos sete da manhã, mas não sinto cheiro de café sendo passado ou de ovos sendo fritos.

Alongando os braços acima da cabeça, dou uma boa avaliada em meu corpo.

Rosto? Não está mais doendo.

Quadril? Doendo bem menos, embora um leve incômodo ainda persista.

Com cautela, eu me sento e jogo as pernas para a lateral da cama. Apoiando as mãos no colchão, levanto meu corpo, estremecendo um pouco com a dor. Sei como me movimentar agora para manter meu desconforto no mínimo, mas grandes movimentos, especialmente quando estou de pé ou sentada, ainda doem.

Enquanto me estabilizo por um momento, percebo que há um bilhete sobre a mesa da cabeceira. Eu o pego. Humm. Cassidy saiu na noite passada, mas já passa do amanhecer e ele não chegou ainda.

— Cass?

Nada.

Ando até a entrada do quarto e chamo novamente, um pouco mais alto:

— Cassidy?

Nem um pio.

Tentando não fazer de sua ausência algo fora de proporção — afinal, ele tem direito à sua liberdade —, sigo para o banheiro, faço xixi, lavo minhas mãos e rosto, indo, em seguida, para a sala de estar.

Até agora, sempre voltei para a cama depois de usar o banheiro, mas a casa está tão vazia que faço uma pausa na sala de estar, olhando ao redor.

Sobre o sofá, a quadro com o retrato de Cassidy e seus pais desapareceu, assim como outras imagens emolduradas, o que eu acho curioso. Ele deve realmente ser protetor em relação ao seu passado, e eu digo a mim mesma que não devo bisbilhotar, não importa o quanto eu queira.

Dando alguns passos em direção à sala, passo pela mesa de centro e confiro os livros que preenchem as três prateleiras sob a janela, começando pela esquerda e seguindo para a direita.

Na prateleira superior, não há nada além de livros sobre biologia: *Seu DNA e Você*, *Os Arquivos de DNA*, *Hereditariedade e Genes*, *Traçando sua Genealogia*, *O Desafio do DNA*, *Natureza VS. Criação: O Eterno Confronto*, *O Segredo da Vida*, *Desencadeando seu Código Genético*, e assim por diante. Uma prateleira inteira, talvez de três metros de comprimento, com todos os livros de genética que você poderia imaginar.

Será que esses livros são de Cassidy? Da mãe dele? Do pai? Será que algum deles era médico? Ou geneticista?

Deixo meus olhos caírem na próxima prateleira, que é igualmente longa e repleta de livros, mas, desta vez, todos são de ficção. Os romances ficam à esquerda, com um pequeno espaço aberto, onde faltam três livros — sem dúvida, os três que estão no meu quarto —, depois temos ficção científica, fantasia, ficção geral. A prateleira termina com uma coleção de livros em capa dura de John Irving, incluindo o meu favorito, *A Prayer for Owen Meany*. Aproximando-me, tiro-o da prateleira, folheando as páginas gastas e cheias de orelha. Há tanta sabedoria — tantos trechos que amo — neste livro. Seguro-o contra o peito, determinada a lê-lo novamente.

A prateleira inferior não está tão organizada quanto as duas primeiras. Está cheia de uma mistura de gêneros: alguns livros de poesias e sobre trilhas, alguns Almanaques de Fazendeiros, além de meia dúzia de livros sobre o Maine. Na extremidade mais distante, há uma coleção de filmes VHS em caixas de plástico. Quando eu era pequena, tínhamos um videocassete, e eu tinha todos os filmes das princesas da Disney em caixas semelhantes. Confiro a pequena coleção de Cassidy, imaginando qual será seu favorito. Um dos meus, *Se Brincar o Bicho Morde*, está logo no final. Tiro-o do seu lugar para ler a contracapa.

Porém, escondido entre a cobertura de plástico transparente e a capa traseira está um recorte de jornal desbotado. A legenda diz:

Cassidy Porter, de sete anos de idade, filho de Rosemary e Paul Porter, de Millinocket, Maine, é carregado nos ombros por seus colegas, depois de fazer um home run, levando o time dos Millinocket Majors para a final da Liga Infantil do Maine.

Inclino minha cabeça, aproximando a caixa, olhando para o rosto do menininho erguido acima das cabeças dos outros. Ele está sorrindo alegremente, braços estendidos em triunfo. As outras crianças da foto parecem gostar muito dele, o que contradiz minha possível teoria de que Cassidy mora aqui nesta casa porque sofre de ansiedade social ou algum outro distúrbio.

Então, por que ele mora aqui?, pergunto-me pela enésima vez.

Por que se mantém tão isolado da sociedade? Do resto do mundo? Do que está se escondendo? Ou fugindo? Ou...

Espere...

Penso em minhas próprias palavras: por que *ele* se mantém tão isolado? Do que *está* se escondendo? Humm.

Tenho assumido que Cassidy mudou-se para cá sozinho. Ele me disse que aqui era casa do seu avô e, por qualquer motivo, minha mente decidiu que ele a herdou quando adulto e mudou-se para cá.

Mas agora que estou revisitando meu processo mental, começo a juntar o que sei para criar uma linha do tempo da vida de Cassidy.

Primeiro, havia o retrato que foi removido. Lembro que foi tirado em 1995, quando ele tinha cinco anos. Nele, estava o próprio Cassidy, sua mãe e seu pai bem mais velho.

Em segundo lugar, há a foto de sua conquista na liga infantil, quando ele tinha sete anos. E a legenda menciona que seus pais moravam em Millinocket, então, eles ainda não tinham se mudado para cá.

Em terceiro lugar, eu sei que a mãe de Cassidy morreu quando ele tinha quatorze anos. Já que estou usando o seu quarto e algumas de suas roupas, posso assumir com segurança que ela morava aqui quando faleceu.

Então ele não se mudou para cá quando adulto. Mudou-se para cá quando ainda era criança — em algum momento entre seus sete e quatorze anos —, provavelmente com seus pais, mas, *com certeza*, com sua mãe.

O que significa que...

Que Cassidy não escolheu esse estilo de vida.

Ele simplesmente escolheu *ficar*.

Ainda abraçada a *A Prayer for Owen Meany*, afasto-me dos livros e volto para o meu quarto, perguntando-me por que ele nunca voltou ao mundo... e por que sua mãe saiu dele.

Estou no capítulo quatro quando ouço a porta da frente abrir e fechar, e fico surpresa com o tiro de adrenalina que recebo. Sinto-me tão feliz que me comparo a um vagalume ao entardecer, todo brilhante por dentro.

Cassidy está em casa.

Eu o ouço colocar algo sobre a mesa de centro da sala antes de aparecer na minha porta, com o corpo coberto de poeira e sujeira, além de um capacete de minerador na cabeça.

— Você está acordada — diz ele.

— Estou. Você voltou.

— Sim — ele responde sombriamente.

— Como foi sua caminhada?

Ele suspira.

— Ok, eu acho.

— Qual é o benefício? — pergunto.

— Do quê?

— De fazer caminhadas à noite.

— É calmo. Tranquilo. Não sei. — Ele dá de ombros com a pergunta, parecendo irritado. — Como você está se sentindo?

— Bem. Melhor a cada dia. — Mas *ele* parece um pouco irritado. — Tudo bem com *você*?

— Preciso de um banho — ele diz, afastando-se. — Depois vou preparar nosso café da manhã.

— Estou me sentindo melhor. Sério. Posso ajudar.

— Não se preocupe com isso — ele diz por cima do ombro, já se afastando.

Vejo-o partir, mas não sinto a mesma emoção de sempre enquanto olho para seu traseiro perfeito. Ele está chateado com alguma coisa, e acho que isso me incomoda muito mais do que eu esperaria.

Então, algo terrível me ocorre.

Talvez eu tenha me tornado um fardo para ele. Talvez não gostaria que eu estivesse aqui.

Ter que cuidar de mim significa que ele não pode ter a liberdade de ir e vir sempre que quiser. Precisa voltar em poucas horas para me verificar, e eu já estou aqui há algum tempo. Quanto, aliás? Quatro dias? Cinco? Humm. Três dias inconsciente. Mais três desde a febre. Além disso, hoje... Sete. Sete dias. Estou aqui há uma semana, o que significa que hoje é...

— Oh, Deus... — murmuro.

Hoje é dia 26 de junho.

Hoje seria o trigésimo aniversário de Jem.

Fecho os olhos e respiro profundamente pelo nariz, enchendo meus pulmões o máximo que posso sem puxar os pontos.

Quando os abro novamente, *Katahdin* surge alto e forte diante de mim, e eu fico surpresa pela profunda sensação de paz que sinto ao olhar para trás. Sim, meus olhos estão cheios de lágrimas, mas minha respiração não falha, e meu coração não dói.

Jem se foi. Mas eu ainda estou viva.

O que aconteceu com Wayne foi horrível, mas estar em uma situação ameaçadora me fez perceber o quanto quero viver a minha vida. Quero muito.

Agradeço a Cassidy por tê-la preservado.

Sinto que as lágrimas deslizam pelas minhas bochechas, mas as deixo cair.

Adeus, Jem, penso, olhando para o pico de sua montanha favorita. *Gostaria de ter deixado uma parte sua* lá em cima, no *Katahdin*, mas sei que você sempre estará lá de alguma forma. Seu espírito encontrará o caminho de volta para o local que você mais amou.

— Brynn?

Viro-me e vejo Cassidy — de cabelos molhados, descalço, vestindo roupas limpas — de pé, em frente à porta. Ele vasculha meu rosto e imediatamente registra minha tristeza.

— O que houve? — ele pergunta, diminuindo a distância entre nós em dois passos, enquanto seus olhos diferentes de águia vasculham os meus. — Por que está chorando? O que aconteceu? Você está bem?

— Hoje é aniversário de Jem.

— Oh! — Ele suspira, sentando-se lentamente ao meu lado, com cuidado para não tocar meu quadril. — Sinto muito.

Ele cerra o maxilar, e seu olhar parece tempestuoso ao virar-se para mim.

— Eu saí para procurá-la. Sua mochila. E o telefone.

— O quê? — digo, inclinando-me um pouco, com a respiração ofegante e o coração acelerado.

— Foi isso que fui fazer na noite passada — ele murmura. — Mas eu... falhei com você.

Meu peito está tão comprimido, tão pleno, enquanto processo o que ele me diz que mal sei o que fazer. Meus dedos afundam nos lençóis, agarrando-os como se estivessem tentando me impedir de... de...

— Você *falhou* comigo? — *Fazendo algo insanamente gentil e atencioso?* — Como pode ter *falhado* comigo?

— Ela não estava mais lá — ele diz suavemente, olhando para mim com olhos vazios e sombrios. — Procurei por toda parte, tanto no alpendre quanto na floresta que o cerca. Sob galhos e folhas. Eu... Eu queria encontrá-la para você. Queria que você pudesse...

Meus dedos se soltam dos lençóis, e eu me inclino para a frente, colocando os braços ao redor do pescoço de Cassidy e puxando-o contra mim. Estou destruída diante da imensidão do seu coração, do altruísmo do seu espírito.

— V-você v-voltou lá? — choramingo, bem perto do seu ouvido.

Seus braços me enlaçam, me abraçando bem forte, e encosto meu rosto em seu ombro. Minha respiração atinge seu pescoço enquanto choro.

Sua garganta ressoa perto dos meus lábios, e sinto as vibrações conforme ele começa a falar.

— Eu... eu voltei... Quero dizer, eu subi lá, mas não a encontrei...

— Oh, Cass — sussurro, fechando meus olhos, porque agora estou chorando compulsivamente, molhando sua camisa. — Você não precisava f-fazer isso!

— Mas eu quis.

— Vinte e dois quilômetros?

— Não, uns dezenove, com a ida e a volta. Precisei pegar um caminho mais seguro quando estava carregando você, e isso adicionou alguns quilômetros ao percurso. O que peguei na noite passada era mais árduo. Mas mais rápido.

— Dezenove quilômetros — digo, com a voz falhando. — Por m-mim.

Seus braços apertam ao meu redor, e ficamos abraçados por uma eternidade. Seu rosto se ergue um pouco, e sinto que ele vai pressionar os lábios em minha testa, mas não tenho certeza. Isso faz com que algo se remexa dentro de mim, e alguns músculos dos quais eu quase tinha me esquecido se enrijecem, enquanto uma onda de desejo puramente carnal faz com que minha cabeça comece a girar, me deixando tonta.

Eu quero você. Como nunca quis outra pessoa antes.

— Você *não* f-falhou comigo — digo, e as palavras soam ofegantes, emocionadas.

— Não consegui pegar o telefone. Ele desapareceu.

— Cassidy — digo, afastando-me para poder olhar para o seu rosto. Meus olhos se prendem em seus lábios, e eu fico olhando para eles, estudando a linha do tempo. Se ele veio morar nessa cabana quando ainda era muito jovem, será que alguém já o beijou? Será que alguém já o amou? Pensar que posso ser a dona do seu primeiro beijo é tão excitante que deixo escapar um gemido suave antes de esgueirar meus olhos para os dele.

—Você está bem? — ele pergunta.

Engulo em seco enquanto assinto. Minha respiração está rápida e superficial.

Se ele realmente é tão inexperiente, não merece que eu o beije agora, enquanto estamos discutindo sobre Jem. O primeiro beijo de Cassidy não deve ser compartilhado com as lembranças de outro homem.

Respiro bem fundo para me acalmar, mas isso faz com que meus seios esfreguem no peito dele. Sinto meus mamilos se enrijecerem sob a camiseta, contra o abdômen duro como uma rocha de Cassidy, através de duas camadas de algodão. Será que ele consegue senti-los? Será que o toque deles o afeta tanto quanto seu corpo está me afetando?

— Obrigada por tentar encontrá-lo — digo, estendendo a mão para tocar seu rosto.

Suas pálpebras se fecham por um momento, mas logo se abrem. Ele olha para mim com tanta intensidade, que isso deveria me fazer parar, mas quero ainda mais. Mais deste olhar. Mais de Cassidy.

Seu maxilar se enrijece, enquanto ele suga um suspiro por entre os dentes cerrados.

— Me desculpe...

— Não — eu o interrompo. — Não vou aceitar desculpas por um ato de bondade.

— Bondade *falha* — ele diz, encolhendo-se como se tivesse feito algo de errado.

— Cassidy, me escute — digo com sinceridade. A palma da minha mão ainda está tocando os pelos loiros em sua bochecha, saboreando o calor emanado pela pele que há abaixo deles. — Nenhuma gentileza é desperdiçada.

Não para mim.

— Mas como você vai dizer adeus?

— Já disse — sussurro. — Eu não precisava *enterrá-lo* aqui. Só precisava *estar* aqui.

As palavras de Hope surgem na minha mente:

Dizer adeus não significa esquecer. Seguir em frente não significa que você nunca o amou. Estou te dizendo para deixar isso para trás. Estou te dizendo que você pode ser feliz.

Passo meus dedos pelo rosto de Cassidy, e ele fecha os olhos, inclinando-se contra o meu toque, com uma respiração trêmula. Não me controlo e passo os dedos por seus cabelos grossos e úmidos, mas, quando ele abre os olhos, estes estão escuros de desejo. Deixo minhas mãos caírem do seu corpo e me inclino um pouco para que ele me solte.

Há algo intenso e excitante em relação a nós. É química. Química intensa e inflamável. Mas agora não é o momento certo para testá-la.

Não aqui. Não agora. Não durante esta conversa.

Seus braços me mantêm perto, mas ele acena com a cabeça.

— Compreendo.

A coisa mais estranha é que eu sei que ele realmente compreende.

Embora não tenha a experiência que eu tenho, sei que ele entende o motivo pelo qual temos que parar de nos tocarmos agora. E mesmo que eu tenha perdido meu noivo, e que ele tenha perdido sua mãe, sei que ele entende que isso tem a ver com a minha despedida de Jem.

O que me surpreende é a paz que se inicia em meu estômago e que aquece todo o meu corpo como raios de sol no verão. Há um profundo alívio em ser compreendida — de uma maneira inexplicável que só pode vir da empatia, de uma pessoa ferida que entende o sofrimento da outra.

Isso nos conecta em um momento em que o sol começa a nascer por detrás do *Katahdin*, iluminando o quarto de sua mãe — meu quarto — com uma luz quente e dourada. Enquanto meus lábios se inclinam lentamente em um sorriso, os dele fazem o mesmo, e eu sinto que estou olhando para o meu reflexo, exceto porque Cassidy não sou eu, e eu não sou ele. Estamos vinculados através da compreensão. Estamos banhados em graça.

Finalmente, ele desvia os olhos de mim, respirando bem fundo. Ele suspira, inclinando a cabeça para a esquerda, e depois para a direita. Ele deve estar exausto depois de caminhar a noite inteira, mas, quando olha para mim, seu rosto está relaxado pela primeira vez desde que começamos nossa conversa tão sentimental.

Ele ainda está sorrindo para mim.

— Está com fome?

Assinto, secando a última das minhas lágrimas e sorrindo de volta para ele.

— Sim.

— Vou preparar o café da manhã — ele diz, levantando-se da cama.

— Cass — eu o chamo, pouco antes de ele sair do quarto.

Ele se vira para me olhar.

— Obrigada por fazer tudo isso por mim — digo. — Significa... significa o mundo inteiro.

Ele me olha como se quisesse dizer alguma coisa, porém, ao invés disso, ele assente.

Enquanto ouço o som de ovos sendo quebrados e chiando, volto meus olhos para o *Katahdin*.

— Adeus, Jem — digo suavemente. — Adeus.

Então, fecho meus olhos.

E, pela primeira vez, desde aquela noite terrível há tanto tempo, eu respiro com tranquilidade.

Capítulo Vinte

Cassidy

Eu faria qualquer coisa *por você.*

As palavras rodopiaram na minha cabeça quando ela me agradeceu, e eu pensei em dizê-las, mas algo me deteve. Algo... mas o quê?

Enquanto quebro os ovos na frigideira, decido que estou apenas *confuso*.

Minhas emoções estão emaranhadas, e preciso desvendá-las antes de dizer coisas que *não quero* dizer, *não posso* dizer... embora eu *desejasse* poder.

Então quais, exatamente, *são* meus sentimentos?

Bem...

Fiquei com ciúme de Jem quando ela chamou seu nome durante a febre, mas, então, senti um desejo feroz de lhe devolver o que Wayne lhe havia tirado: a chance de fazer as pazes com a perda de Jem, a oportunidade de dizer adeus da maneira como queria e como achava necessária.

Então, fiquei profundamente frustrado ao falhar na minha missão. Queria encontrar esse telefone e entregá-lo com segurança a ela. Fiquei bravo comigo mesmo quando voltei para casa esta manhã; sentia vergonha de olhá-la nos olhos para que não visse toda a extensão da minha derrota.

Mas meu coração mudou de direção novamente quando vi suas lágrimas, porque não posso suportar vê-la infeliz, então, corri para a cama dela, desesperado para corrigir o que pudesse haver de errado, o que poderia tê-la machucado... porém, descobri que ela não estava chorando de dor ou infelicidade. Não da maneira como imaginei. Brynn estava chorando, porque, apesar dos meus esforços infrutíferos, ela conseguiu se despedir de Jem sozinha.

E depois?

Então, eu só senti desejo.

Algo que quase me paralisou.

Tão forte que eu deveria ter explodido em chamas enquanto a abraçava.

Quando ela tocou meu rosto com tanta ternura, colocando a mão em minha bochecha, parte de mim quis morrer... porque eu sabia que nunca haveria um momento mais doce em minha vida do que aquele.

Mas esse instante ainda foi superado por outro: pela comunhão de dois corações que se partiram e continuaram a bater. Pela enorme empatia consumada, que nasce quando alguém que sobrevive a algo que quase lhe destruiu reconhece essa viagem de volta do inferno nos olhos de outra pessoa.

E com isso, aprendo algo novo sobre mim.

Meus sentimentos por Brynn tornam-se ainda mais profundos pela forma como ela faz com que meu sangue corra mais quente e pelo quanto meu coração parece querer saltar do meu peito de desejo. Meu corpo dói, clamando pelo dela, mas estou muito certo de que o cerne do meu crescente carinho por ela é menos físico e mais emocional. A essência disso, apesar do abismo das diferenças entre nós, reside na compreensão. E essa união de corações e mentes faz com que ela pareça mais familiar para mim do que deveria depois de nos conhecermos há apenas uma semana.

Eu nunca aclamei a ideia de que Deus cria uma pessoa para a outra. Mas, se alguém me perguntasse, conhecer Brynn foi suficiente para que eu me sentisse inclinado a ir da conjectura para a convicção.

Um som de pneus cantando grita no meu cérebro, me fazendo franzir o cenho.

Porter!

Seu nome é Cassidy Porter.

Seu pai era Paul Isaac Porter.

Pisco várias vezes, olhando para os ovos que estão chiando e estalando na frigideira.

Ela não foi feita para você, Cassidy.

Ninguém *foi feito para você.*

Meu coração luta em protesto, querendo desesperadamente refutar essa afirmação sombria, mas minha mente, cuidadosamente condicionada por décadas, não vai permitir isso.

Você não pode amá-la, eu lembro a mim mesmo com severidade. *Porque não importa quão forte seja sua conexão ou quão profundos sejam seus sentimentos, você não pode tê-la. Nunca.*

Meu peito dói com a terrível injustiça de tudo isso, enquanto coloco os ovos em dois pratos. Então, apoio as mãos na bancada da cozinha e forço-me a aceitar a triste verdade, antes de pegar os pratos e retornar ao quarto de Brynn.

Fecho meu livro e coloco-o sobre a mesa de centro, antes de pegar minha caneca e tomar um gole do chá.

Nas últimas duas noites, Brynn vinha insistindo em ler na sala de estar ao invés de no quarto. No começo, protestei que precisava ficar na cama, mas ela argumentou que poderia relaxar e também se curar no sofá. Imaginarnos mais próximos, sem nada para nos separar, fez com que eu desistisse de discutir muito mais rápido do que eu deveria, mas minhas dúvidas não tinham fundamento. Está funcionando bem.

Insisti que ela ficasse deitada, e ela perguntou se poderia colocar os pés no meu colo.

Acho que há bem poucas coisas no mundo que me incomodariam menos do que os pés de Brynn no meu colo. Ao invés de ler, começo a estudá-los, as delicadas linhas dos ossos e os rios azulados e afluentes das veias.

Desde meu lembrete mental na cozinha, há dois dias, tentei trabalhar arduamente para reformular meus sentimentos por ela em um contexto mais gerenciável. Ela é minha hóspede. Minha paciente. Está se recuperando em minha casa, e, quando estiver totalmente curada, diremos adeus. Quando penso nas coisas nesta maneira, não é que seja necessariamente mais fácil aceitá-las, mas é uma proteção que obriga minha mente a esquecer esses desejos infrutíferos do que nunca poderá acontecer.

— Você já terminou? — pergunta ela, olhando por cima de *A Prayer for*

Owen Meany, quase finalizado.

— Sim.

— Uau! Você estava na página um ontem à noite.

— É um livro rápido.

— E como foi?

Eu já tinha lido todas as histórias de *Welcome to the Monkey House*, de Kurt Vonnegut, pelo menos umas cem vezes.

— Bom. Como sempre.

Seu rosto está pensativo enquanto ela o coloca na mesa de centro, ao lado do exemplar de Kurt.

— Posso te perguntar uma coisa?

— Qualquer coisa.

Ela olha para a estante de livros embaixo da janela, depois se volta para mim.

— Uma prateleira inteira é dedicada à genética.

Eu concordo. Não sei se gosto de para onde essa conversa irá me levar.

— Um dos seus pais era geneticista?

— Não.

Ela olha para mim, e eu sei que quer fazer mais perguntas, mas espero que não me peça mais informações e que siga para um tema diferente.

— Quando foi que você se mudou para cá? — ela pergunta, mudando a abordagem.

— Quando eu tinha nove anos.

Ela assente com a cabeça.

— Imaginei.

— *Como* descobriu?

— Aquele seu retrato. O que ficava em cima do sofá. Com sua mãe e seu pai. Foi tirado em...

— O homem na foto era meu avô — explico, com uma voz mais áspera do que eu pretendia. Mas não podia permitir que ela acreditasse que aquele homem que eu tanto amei era o meu "pai".

— Ah — diz ela, recostando-se um pouco, com o cenho franzido. — Você morava aqui com seu avô?

Não quero falar sobre isso. Realmente não quero. Mas tenho a sensação de que, se continuar me esquivando de suas perguntas, elas só se multiplicarão.

— Eu me mudei para cá com a minha mãe quando tinha nove anos. Meu avô já morava aqui. Meu pai, ele... se foi.

— Se foi?

— Faleceu.

É uma pequena mentira. Ele só foi morto por outro prisioneiro na prisão quando eu tinha dez anos, mas ela não precisa saber disso.

Seu rosto registra choque instantâneo.

—Ah, não, Cassidy! Eu...

— Está tudo bem — rosno, levantando-me e colocando os pés dela sobre a almofada do sofá. Passo uma mão pelo cabelo antes de olhar em seus olhos. — Quer mais chá?

— Eu não deveria ter perguntado — ela diz, franzindo o cenho e sentindo pena. — Só estou curiosa a respeito de você.

— Por quê?

— *Por quê?* — ela repete, olhando para mim com surpresa. — Você salvou a minha vida, me alimentou até me deixar com saúde novamente. Você mora sozinho aqui, no meio do nada. É amável, mas silencioso. É culto e tem fala suave. Você gerencia todo esse lugar com pouca energia solar, propano e baterias. Você é interessante. Eu... Eu não sei. Estou *curiosa* a respeito de você. Quero saber mais...

Engulo em seco, sentindo o coração inexplicavelmente inchar com suas palavras. Por causa do interesse dela em mim.

— Olha só... Vou pegar um pouco mais de chá, e, quando eu voltar, você pode me fazer algumas perguntas, ok?

Ela sorri para mim.

— *Qualquer* pergunta?

— Não prometo responder todas — digo. — Mas você pode perguntar.

Eu a deixo por um momento, chegando à cozinha só para pegar a chaleira ainda quente no fogão e adicionar água às nossas canecas. Não sei por que decidi responder algumas perguntas dela, mas talvez seja porque *quero* que me conheça. Não tudo, é claro. Não quem realmente sou. Não de quem sou filho. Mas ela ainda vai ficar aqui por algumas semanas. Não a culpo por querer algumas informações sobre seu anfitrião.

Quando me sento novamente, puxo seus pés de volta para o meu colo e a olho com expectativa.

— O que você quer saber?

— Tudo bem, primeiro: por que você e sua mãe se mudaram para cá?

Respiro fundo.

— Depois que meu pai se foi, minha mãe não se sentiu confortável em viver sozinha na cidade. Então, nós nos mudamos para cá, para ficar com meu avô.

— Ela não queria se casar novamente?

— Não era uma opção.

Ela parece curiosa, mas não persegue essa resposta, e eu fico grato por isso.

— Por que seu avô vivia aqui?

— Ele ficou... desiludido com a sociedade depois de lutar no Vietnã. Não foi bem tratado quando voltou. E... bem... — Eu sorrio, apenas um pouco, lembrando a natureza feroz e independente do meu avô. — Ele não queria que lhe dissessem o que fazer. Queria ser livre, eu acho. Queria espaço e paz. E encontrou isso aqui.

— Entendo — ela diz devagar, seus olhos fixos nos meus. — Depois que Jem morreu, eu só queria ficar sozinha. É... É difícil para as pessoas entenderem isso, não é? Elas querem ajudar, querem estar lá por você. Mas, às vezes, tudo que você precisa é de silêncio. Espaço e paz. E tempo.

Alcanço minha caneca e tomo um gole de chá, concordando silenciosamente com ela.

— Quando seu avô morreu? — ela pergunta.

— Dez anos atrás.

— E você ficou aqui? Não quis mudar para uma cidade?

Dou de ombros.

— Na verdade, não. Tenho tudo que preciso aqui.

— Bem, nem *tudo* — diz ela rapidamente, talvez mais para si mesma do que para mim.

Quando olho para ela, por cima da borda da minha caneca, vejo duas manchas vermelhas corando suas bochechas.

— O que me falta?

— Bem... hum... — Ela ri baixinho, evitando meus olhos. — Quero dizer... — Pigarreia. — Companhia...

— Eu tenho Annie e as meninas.

— Hum... — Ela ri de novo. — Não é isso que quero dizer. — Brynn respira fundo. — Quero dizer... uma namorada... Uma esposa. A menos que... — Ela balança a cabeça.

— A menos o quê?

— A menos que você não queira.

Nós nos encaramos, presos um ao outro por um momento. Finalmente, desvio o olhar. É mais fácil mentir quando não está olhando alguém nos olhos.

— Estou contente com as coisas como elas são.

— Mas você é tão...

Estalo o pescoço.

— Tão *o quê?*

Ela respira profundamente, segura o ar, e então o solta.

— Você não se sente solitário, Cass?

Dou de ombros, olhando para o *Katahdin* enquanto o sol pinta o céu de púrpura e ouro. Estou ficando chateado, porque as perguntas estão chegando muito perto da verdade, e eu estou mentindo.

— Só não sou uma pessoa muito sociável, eu acho.

— Mas...

— Mas *o quê*? Eu *não preciso* de ninguém! — grito, a tensão de mentir para ela e falar sobre o meu passado finalmente me atingindo.

Sinto-me instantaneamente mal por gritar. Posso sentir sua dor e decepção, plana e horrível no ar entre nós, mesmo que eu não esteja olhando para ela. Respiro profundamente e penso que é melhor assim. Quanto menos conversas sobre o meu passado tivermos, melhor será para nós dois.

Depois de um longo silêncio, ela fala novamente:

— Quando você acha que estarei pronta para voltar para casa?

Sua pergunta corta o meu coração como uma faca quente e afiada. Deixo-o sangrar por um momento antes de responder.

— Você está se curando muito bem. Acho que poderei tirar os pontos neste fim de semana — digo. — Mas a única maneira de sair daqui é caminhando ou no quadriciclo, por mais de quatro quilômetros de terreno árduo. De qualquer forma, você precisará de mais uma ou duas semanas para se curar.

— Então duas ou três semanas mais — ela diz suavemente.

Sua voz está tão triste que não posso evitar. Viro-me para encará-la. Quando as lágrimas se quebram em seus olhos, ela se volta para mim, e sinto tanta dor por tê-la aborrecido que quase não sei como suportar.

— Brynn...

— Eu... Não quero ser um fardo para você — ela sussurra, desviando o olhar enquanto ergue a mão para secar uma lágrima.

Um fardo? Um... *fardo*? A palavra reverbera em minha cabeça como se fosse suja, porque nada pode soar tão longe da verdade.

— Me desculpa — ela diz, tentando tirar os pés do meu colo.

Mas eu coloco minhas mãos sobre eles, segurando-os onde estão, e minha respiração falha quando sinto sua pele contra a minha palma, deliberadamente delineada pela pele dos seus pés. Entrego-me à sensação de tocá-la — ao calor que emana dela, daquelas veias azuladas que carregam seu sangue, dos ossos leves como os de um pássaro e a pele macia embaladas pelas minhas mãos ásperas e calejadas. Ela é um anjo, e eu carrego o diabo dentro de mim. Mas, neste momento — neste momento efêmero e roubado, quando eu deveria afastá-la —, tudo que posso sentir é reverência e gratidão.

Um fardo?

Os minutos que passo com ela são o melhor presente que minha vida tranquila já recebeu.

Ergo seu pé até o meu rosto, fechando os olhos e pressionando meus lábios no arco. Descanso-os ali por um tempo, ignorando a ardência em meus olhos, entregando-me àquela espécie de culto. A ela. À minha alma.

— Gostaria que as coisas fossem diferentes — murmuro antes de colocar seu pé novamente sobre o meu colo. Quando abro os olhos para olhá-la, ela está olhando para mim, com os lábios abertos e os olhos em choque.

— Cassidy — ela diz, e sua voz falha ao proferir meu nome.

Gentilmente, ergo seus pés, coloco-os novamente sobre o sofá velho e levanto-me, caminhando sozinho em direção à noite escura e fria.

194   KATY REGNERY

Capítulo Vinte e Um

Brynn

Aqui está o que sei com toda certeza: estou me apaixonando perdidamente por Cassidy Porter.

Quando lágrimas brotaram nos meus olhos na noite passada, não foi porque ele gritou ou me assustou, mas porque terei apenas mais duas ou três semanas com ele. Estando aqui, em seu refúgio rústico, posso sentir que estou me curando, me fortalecendo, e que as peças da minha vida quebrada estão sendo coladas. Nas horas calmas, enquanto ele trabalha lá fora, fico lendo seus livros, mas também tenho mais espaço, paz e tempo para pensar do que nunca. Neste santuário, semelhante a um retiro, sem distrações modernas, estou me encontrando de novo.

Penso na minha vida antes de Jem e na minha vida com ele. Penso na dor de perdê-lo e na minha decisão de vir aqui e dizer adeus. Penso em tudo o que Hope me disse, nos meus pais e nos amigos de São Francisco. Penso no futuro e no que quero para a minha vida. E penso em Cassidy.

Não importa o quanto me esforce para impor uma ordem em meus pensamentos. Na verdade, eles *sempre* voltam para Cassidy.

Estou maravilhada com ele de uma maneira que não consigo compartimentar. Se eu tivesse dezesseis anos, chamaria isso de paixão. Mas eu sou uma mulher totalmente crescida, e sei que é mais do que isso. Estaria mentindo se tentasse pintar o sentimento como algo menor do que ele é.

Então, não consigo tirá-lo da minha cabeça. E parei de tentar.

Há muitas coisas a respeito dele que conversam comigo, que me atraem para ele, que eu gosto e que fazem meus dedos se enrolarem de desejo.

Tem a maneira como ele me carregou de uma maldita montanha e como costurou minhas feridas. A maneira como ele consome livros da forma como outros homens consomem estatísticas esportivas. Tem a maneira como ele toca violão, colocando tanta alma nisso que você poderia jurar que ele tem o dobro dos seus vinte e sete anos. Ou a maneira como passou uma noite inteira caminhando no escuro para encontrar um telefone com uma mancha de sangue, só porque achava que isso iria me ajudar a fechar um ciclo. Ele fala tão pouco, mas ainda consegue fazer meu coração se comprimir com uma única palavra ou um toque.

E então — uma sensação abrasadora em meu estômago me faz gemer suavemente enquanto meus olhos se fecham bem apertados — há também a visão do seu corpo enquanto corta lenha. Os músculos das costas são fascinantes: a forma como eles se flexionam e se contraem, como se esticam e relaxam. Quero colocar as palmas das mãos sobre eles enquanto se movem para que eu possa senti-los. Ele é brutal e intensamente quente — um verdadeiro Adônis da vida real —, e minhas partes íntimas, que estão negligenciadas há muito tempo, tornam-se um pouco selvagens enquanto observam o sol brilhar sobre a pele bronzeada e empapada de suor.

Estou aqui há mais de uma semana e sei que ainda não estou pronta para ir embora. Nem quero falar sobre isso. Tudo o que quero é mandar o Stu, das Piscinas do Stu, se foder; quero pedir que Milo seja trazido para cá; colocar minha casa para vender; e apenas... ficar.

Por um tempo. Indefinidamente. Não sei. Talvez para sempre.

Há algo sobre este lugar — e sobre Cassidy Porter — que cura as partes mais ásperas, irregulares e feridas de mim, e me sinto desesperadamente infeliz quando penso em deixá-lo para voltar ao mundo "real". Por que isso *aqui* não pode ser real?

Na noite passada, quando ele pegou meu pé e beijou, eu fiquei tão chocada e tão excitada que minha calcinha — oh, Deus, a calcinha da *mãe* dele! — foi inundada por uma umidade quente, algo que não acontecia comigo há mais de dois anos. Os pelos dos meus braços se arrepiaram. Minha respiração falhou. Meus olhos deveriam parecer negros se eu olhasse para eles no espelho.

Mas então, tão repentinamente como aconteceu, acabou. Ele se levantou e se afastou, deixando todas as células do meu corpo desejando mais, e minha mente embolada e confusa.

Ele está atraído por mim, sei que está. Posso sentir nos dedos dos meus pés, quando seus olhos se fixam nos meus. Senti isso na maneira como ele me tocou na noite passada e em algumas noites antes dessa, quando pressionou os lábios na minha testa. Seus olhos examinam minhas pernas, descansam em meus seios, traçam a curva dos meus quadris. Ele lambe os lábios quando olha para mim como se estivesse com fome e com sede de uma só vez. Seus olhos escurecem. Sua respiração fica superficial e rápida.

Ele não é comprometido, já que vive aqui desde os nove anos de idade. Não teve acesso a outra mulher. É livre para fazer o que quiser, com quem quiser.

Somos jovens, mas velhos de alma.

Estamos indisponíveis para outras pessoas, mas atraídos um pelo outro.

Estamos sozinhos aqui, no meio do nada.

Assim que meus pontos forem retirados, sei que será a configuração perfeita para duas ou três semanas de sexo sem parar, em todas as posições imagináveis. E quaisquer sentimentos que possamos desenvolver um pelo outro? Bem, por mais que isso me assuste um pouco, sinto *falta* de amar alguém. Sinto falta de *ser* amada. Quero *estar* com alguém novamente. Sinto que estou quase pronta para me jogar de cabeça novamente, e Cassidy, meu protetor tão doce e tão sexy, parece ser o par perfeito.

No entanto, Cassidy, o homem solitário da montanha, sem responsabilidades, exceto consigo mesmo, não parece pronto.

Por que será que ele "gostaria que as coisas fossem diferentes"? *O que* precisa ser diferente?

Será que ele teme que sua falta de experiência possa me desanimar? Porque nada poderia estar mais longe da verdade. Não me importa que ele nunca tenha estado com outra pessoa. Podemos passar o verão inteiro aprendendo mais um sobre o outro juntos.

Ou talvez ele estivesse dizendo a verdade quando falou que não precisa de ninguém. Talvez ele não se *sinta* sozinho. Talvez ele seja realmente feliz vivendo isolado das complicações do mundo lá fora, longe dos tiroteios em massa e das pessoas que desrespeitam veteranos de guerra como seu avô.

Talvez essas duas ou três semanas sejam tudo o que teremos, porque Cassidy não se importará em dizer adeus a mim da forma como despedir-me dele irá me ferir. A vida dele voltará à normalidade, enquanto eu já sei que irei desejar desesperadamente estar neste lugar, e estar com ele.

Minha cabeça começa a doer, então, afasto as cobertas, jogo as pernas para fora da cama e sigo pelo corredor em direção ao banheiro. O piso está molhado, o que significa que Cassidy tomou banho aqui dentro hoje, e minha mente vagueia por lugares muito impróprios, tentando imaginar como seria vê-lo nu.

Seu corpo é longo e esguio, coberto de músculos. Sei disso, tanto de dormir contra seu peito como de observá-lo balançar um machado, escondida do canto da minha janela. Fecho os olhos e penso em ontem à tarde, quando ele ficou cortando madeira por uma hora sem camisa. Seus quadris se afunilam em um V afiado, que desliza para dentro do jeans e, maldição!, aquele V me manterá acordada por algumas noites. Sei para onde leva este caminho, mas ainda me pergunto o que o zíper do seu jeans está escondendo.

Abro meus olhos com um suspiro não tão longo, levanto-me e saio do vaso sanitário. Então, lavo minhas axilas, mãos e rosto na água gelada, com a qual ainda não estou acostumada.

Pela primeira vez, quando retorno ao meu quarto, sinto que não estou cansada e não quero voltar para a cama. Minhas incisões não doem mais, e meu rosto parece quase normal novamente, com exceção de uma descoloração clara e amarela aqui e ali.

Gostaria de saber mais sobre a casa incomum de Cassidy e, se ele me deixar, também gostaria de ajudar um pouco.

Abro a gaveta superior da mesa encostada à parede à direita do meu quarto e encontro duas pilhas de roupas íntimas de algodão e sutiãs, além de uma pilha de meias brancas enroladas do outro lado. Escolhendo uma calcinha desbotada azul-clara e um sutiã combinando, tiro minhas roupas de dormir e visto as roupas íntimas limpas.

Abrindo a segunda gaveta, encontro camisetas, também cuidadosamente dobradas em duas pilhas. A que está por cima é rosa-clara, com uma gola V e alguns fios desgastados ao redor do decote. A mãe de Cassidy deveria ser um pouco menor do que eu, porque ela fica um pouco apertada nos meus seios, mas, checando as etiquetas do resto das camisetas que encontro, percebo que estou sem sorte, pois não há uma média. Ainda bem que o algodão estica. Além disso, que opções eu tenho?

Abro a terceira gaveta e encontro calças jeans e alguns shorts de elástico, os favoritos de todas as avós pelo mundo. Novamente, como não posso escolher, deslizo um desses shorts pelas minhas pernas e o puxo. Ele se encaixa vagamente, não ajudando em nada na minha silhueta, mas consigo puxá-lo para cima, próximo aos meus seios, de modo que o elástico não pressione minhas ataduras. O que ele tem de fora de moda compensa em praticidade, eu acho.

A quarta e última gaveta guarda suéteres e cardigãs, e pego um suéter rosa-escuro, de zíper, onde se lê: "Maine: é assim que a vida deve ser". Dou de ombros.

Em cima da mesa, há uma escova de cabelos, com um elástico preto torcido ao redor do cabo. Penteio uma semana de nós, quase agradecida pela oleosidade que funciona como um creme desembaraçador. Preciso falar com Cassidy sobre tomar um banho em breve.

Não há espelho no quarto para eu verificar minha aparência, mas Cassidy já me viu em estados piores, então, acho que isso será uma melhora na forma como ele me conheceu. Como eu gostaria de ter um corretivo e batom, mas não acho que a Sra. Porter fosse do tipo que usa produtos de beleza. Ou isso, ou eles já saíram da validade a essa altura.

Passeando de pés descalços pela sala de estar até chegar à cozinha, abro a pequena geladeira e tiro uma bacia de ovos de lá de dentro. Há apenas quatro, então, eu quebro todos em uma tigela e depois procuro uma frigideira. Encontro uma no escorredor ao lado da pia e coloco-a em uma das bocas do fogão. Porém, fico parada. Não faço ideia de como ativá-lo.

— Ignição de bateria.

Viro-me ao ouvir o som da sua voz, e um grande sorriso se forma no meu rosto no breve momento entre ouvi-lo e encará-lo.

— Oi — eu digo, soando como uma garota do ensino médio que acabou de vislumbrar seu crush no corredor.

— Bom dia — ele diz, examinando minha roupa. — Você está vestida.

— Espero que não tenha problema eu ter pegado algumas coisas emprestadas.

Seus olhos permanecem nos meus seios por um segundo e eventualmente deslizam para o meu rosto. Devo estar corada, porque sinto minhas bochechas queimarem com o calor que emana dos seus olhos.

Ele acena com a cabeça lentamente.

— Claro que não.

— Eu não queria ser inútil hoje.

— Você não é inútil. Está se curando.

— Eu me sinto bem, Cass. Quero ajudar... contribuir. Não quero ser um fardo para você. Achei que poderia, pelo menos, fazer a comida.

— Hum, você não é um fardo. — Seus lábios se curvam em um leve sorriso. — Além disso, você *sabe* cozinhar?

— Sim — digo, também sorrindo para ele. — E não sou ruim nisso.

— Sério? — ele pergunta. Seu sorriso se alarga e seus olhos brilham. — Eu não tenho... Quero dizer, ninguém faz comida aqui há muito tempo além de mim. E antes disso, eu cozinhava para o meu avô, mas ele ficava feliz até com uma lata de estrume aquecida em uma fogueira.

Eu me encolho.

— Que nojo!

— Também acho! — ele confirma. — Qual a sua especialidade?

— Pensei que fôssemos começar por algo fácil, como ovos mexidos — digo, segurando a tigela com os ovos batidos. — Posso fazer algo mais sofisticado, mas não sei o que você tem aqui.

— Poderíamos... Quero dizer, se você quiser, poderíamos ir pescar mais tarde. Se você estiver a fim. — Ele lambe os lábios, e eu fico hipnotizada por eles por um momento. — Pond não fica muito longe.

Pigarreio e ergo meus olhos.

— Eu faço um ótimo salmão com açúcar mascavo.

— Ahhhh — ele suspira, e minhas entranhas se reviram. Porra, tudo que ele faz me excita! — Não tenho açúcar mascavo, mas tenho muito xarope de bordo. Não consigo pescar salmão por aqui, mas temos percas amarelas e trutas de ribeirinha.

— Acho que posso trabalhar com isso — digo, me sentindo alegre. — Tudo o que você pescar, eu cozinharei. Combinado?

— Sim — ele diz, dando um passo à frente, aproximando-se para ligar o fogo sob a frigideira. — Combinado.

Suas articulações esbarram em meus quadris no momento em que ele afasta a mão, e eu sinto o toque até os meus dedos dos pés.

— Eu... Eu quero ser útil — declaro, minha voz soando rouca aos meus ouvidos.

— Você já disse isso — ele ressoa, não se afastando.

Estou com água na boca.

— Sim... é verdade.

— Bem, tudo bem — ele diz, parando tão perto de mim que posso sentir o cheiro do sabão que ele usa e do suor em sua pele, por conta de qualquer tarefa que ele estivesse fazendo esta manhã. — Mas não vá muito rápido, hein?

— Vou demorar — murmuro, e, por uma fração de segundo, com os olhos presos nele, eu me pergunto se estamos falando sobre minha recuperação ou sobre outra coisa.

— Lento é melhor — ele diz. Então, de repente, abaixa a cabeça e afasta-se. — Vou me lavar lá fora.

Meu coração acelera, e me sinto tonta. Mas também com vertigem. Acho que me sinto *excitada*.

Virando-me para encarar o fogão, pego uma colher de pau pendurada em um prego na parede antes de despejar os ovos na frigideira.

A caminhada até a lagoa mais próxima, que Cassidy me informa se chamar Harrington e que fica a cerca de cento e sessenta metros de sua propriedade, é mais difícil do que eu esperava. Fico sem fôlego rapidamente, e meus pontos repuxam desconfortavelmente mesmo que seja um caminho plano, relativamente simples e que Cassidy caminhe lentamente e com cuidado na minha frente. Mas quando estou prestes a lhe dizer que acho que deveríamos voltar, lá está: uma pequena lagoa, espumante e linda sob o sol do verão.

Eu paraliso, encantada com a beleza dela.

Árvores descascadas e gramíneas altas cercam a borda da água, e um zumbido de cigarras faz uma sinfonia de verão. Respiro profundamente quando Cassidy se vira para me encarar.

— Quer parar?

— Eu só... é realmente bonito.

Ele olha por cima do ombro para a lagoa, depois se volta para mim.

— Pequenas, como todas as lagoas são.

Em seu outro ombro, descansa uma vara de pesca, e ele carrega um balde e uma caixa de iscas na mão.

— Não me importo. Gosto dela — digo, olhando para a pequena extensão de água.

— Você estava sem fôlego enquanto caminhávamos — ele observa.

Assinto. Não adianta negar.

— Acho que ainda estou me recuperando.

— Por que não tira um cochilo? — ele sugere, gesticulando para uma grande rocha com o queixo. A superfície cinza e plana, banhada pela luz do sol, é estranhamente convidativa. Aposto que está quentinha. — Posso te acordar depois que pescar uma dúzia.

— Uma dúzia? — zombo, dando alguns passos pela grama para alcançar a rocha.

— Ora, ora! — exclama Cassidy, que está agachado diante de sua caixa aberta arrancando o que parece ser uma isca. — Será que estou detectando um desafio, Srta. Cadogan?

Deito-me sobre a rocha, a uns dois metros dele, e estico minhas pernas, recostando-me nas palmas das mãos. Meus olhos se prendem na faixa nua de pele bronzeada onde a camiseta dele se ergueu.

Porra, ele é todo tão másculo.

— Você acha que consegue pescar doze peixes nesta pequena lagoa?

— Meu recorde é de vinte e seis neste ponto — ele diz, sorrindo para mim, enquanto se levanta para alcançar a linha. — Então, sim, acho que a metade disso é bem possível.

Ele está se gabando e é adorável, mas também está sexy pra caramba, parado na beira da água, lançando a linha e esperando. Falando sério? Eu poderia ficar olhando-o para sempre, porém, sinto um bocejo vindo, e meus olhos estão tão pesados que mal posso mantê-los abertos.

O sol está alto e forte, então, encolho os ombros dentro da camiseta rosa quente, girando para improvisar um travesseiro.

— Só vou acreditar quando vir — provoco-o, deitada na rocha, com o céu sobre a minha cabeça.

— Qual foi mesmo o nosso acordo, garota atrevida?

Garota atrevida. Eu rio levemente, com os olhos fechados.

— Você pesca. Eu cozinho.

— É melhor dormir um pouco, então — ele diz, arrogante —, porque vai ter um monte para cozinhar mais tarde, anjo.

O sol brilha em meu rosto como uma bênção, e eu adormeço sorrindo.

204   KATY REGNERY

Capítulo Vinte e Dois

Cassidy

Levo cerca de duas horas, mas não vou parar de pescar até ter uma dúzia de peixes. E então, quando chegar lá — só porque eu posso —, vou pegar mais um. Só para me mostrar um pouco.

Fiz uma hora de caminhada no escuro ontem à noite para esfriar a cabeça depois de ter beijado o pé dela. Não sei, aliás, por que fiz isso. Acho que senti essa vontade desesperada e insana de provar que sua presença era uma honra, não um fardo. Mas os sentimentos que isso me provocou? A forma como meu sangue começou a correr tão quente e rápido, meu coração bombeando como um louco? A maneira como meu pau endureceu quase dolorosamente? Nunca senti nada assim antes, mas reconheço as sensações instintivamente. Estou insanamente atraído por ela. Se fôssemos animais, eu gostaria de acasalar com Brynn. Mas, porque somos humanos, quero fazer amor.

Amor.

Uma palavra que continua se embrenhando em minha mente ultimamente.

E eu sei que não é possível, porque pretendo cumprir promessas, mas não consigo evitar a forma como me sinto.

Com meus treze peixes nadando no balde, enrolo a linha e retiro minha isca favorita, colocando-a de volta na caixa de equipamentos.

Fecho-a, travando a tampa, então inclino a vara no tronco de uma árvore.

Movendo-me tão silenciosamente quanto possível, atravesso a grama alta em direção à rocha onde Brynn está dormindo.

Desde que a conheci, provavelmente vi Brynn mais vezes adormecida do que acordada. Tive muitas oportunidades para observá-la dormir. Mas não assim. Não com o rosto virado para o sol, com as sardas em evidência, com os lábios levemente separados e um pouco curvados para cima. Como se estivesse feliz. Como se, talvez, ficar aqui comigo a *fizesse* feliz.

Esta é uma imagem que irá me torturar quando ela for embora, mas não posso me forçar a desviar o olhar, porque, na minha vida inteira, nunca vi nada tão lindo quanto esta mulher. Se não conhecesse a situação, e se fosse permitido, eu poderia até pensar que a amo.

E aí está a palavra novamente, penso. Traço as linhas do rosto de Brynn e finalmente descanso sobre sua boca. Gostaria de saber como seria beijá-la, pressionar meus lábios contra os dela. Saber se estavam quentes e macios do sol. Será que ela gostaria? Como seria a sensação de ter seu corpo em meus braços, se eu a abraçasse enquanto nossos lábios se tocam? Será que poderia parar depois de um beijo? Ou precisaria de mais?

Um pensamento terrível me ocorre, e me pergunto se meu pai sempre olhou para minha mãe assim. Na verdade, minha mãe poderia ter usado esta mesma camiseta e o mesmo short jeans, e o meu pai poderia ter olhado para *ela* com desejo, com luxúria. Não sei se ele amava minha mãe ou não. Quando penso dessa forma, parece que ele amava, sim. Talvez eles tenham se amado, por mais inacreditável que possa parecer. Como ele poderia se sentir dessa forma por *ela* e sair, dias depois, para matar alguém? Isso me assusta. Deus, isso me assusta tanto que chego a me afastar de Brynn, procurando em minha mente indicações de que meus apetites sejam semelhantes aos dele. Busco desesperadamente, mas não consigo encontrar nada além de proteção e ternura pela pequena mulher que está dormindo à minha frente.

— Eu nunca te machucaria — murmuro, com palavras tão suaves que mal posso ouvi-las. *Eu nunca machucaria ninguém*. Mas há aquela pequena parte de mim que não está convencida, me fazendo lembrar quem sou. Não sei quais genes espreitam dentro de mim, esperando o momento certo para se fazerem evidentes.

Suspirando com a desolada injustiça de tudo, toco o ombro dela e o agito suavemente.

— Ei, anjo — sussurro. — Hora de acordar.

Durante dois dias, comemos toda a truta de ribeirinha, cozida de tantas formas criativas e deliciosas que eu juro que nunca imaginei que um peixe fresco pudesse ser tão delicioso.

Brynn não estava brincando quando disse que não era uma má cozinheira.

Tivemos filés combinados com uma redução de xarope de bordo, outro peixe inteiro foi empanado em ovo e farinha, e frito com ervas frescas, e, esta noite, ela fez um tipo de molho de tomate picante que deixou minha boca em chamas, mas que ficou maravilhoso com a carne branca, e eu não consegui parar de comer.

Ela invadiu minha estufa, cuidando dos meus tomates e ervas. Senti que eles reviviam sob seus cuidados, e isso me faz sorrir cada vez que a vejo lá dentro.

Falando de sorrisos, vivo por causa do dela. Como se percebesse isso, ela olha para mim e sorri.

— Você está bem? Posso ter exagerado um pouco no rábano.

— É isso que está queimando minha boca? — pergunto, pegando meu copo d'água.

— ... e ele pergunta isso depois de três porções — diz, piscando para mim.

— Está bom — digo, recostando-se e acariciando meu estômago. — Você vai me deixar gordo.

— Impossível. Você trabalha muito para engordar.

— Como você consegue se manter tão pequena comendo assim em casa? — pergunto, preenchendo meu copo novamente.

— Eu não como isso em casa — responde. — Comer assim só é divertido quando você está partilhando o momento com alguém.

Aceno com a cabeça, percebendo que ela aprendeu a cozinhar assim para Jem e provavelmente parou de fazê-lo quando o perdeu. O fato de ela estar compartilhando suas habilidades comigo envia um choque de algo maravilhoso através do meu corpo.

— Obrigado — digo, inclinando-me para pegar seu prato vazio.

Ela cozinha, e eu lavo. Tornou-se nosso acordo tácito desde que ela assumiu a cozinha, antes de ontem.

— Você ainda vai tirar meus pontos esta noite?

Eu me levanto e levo os pratos até a pia, colocando-os dentro do balde de água, onde também estão de molho as panelas e as tigelas que Brynn usou para cozinhar.

— Sim — confirmo, virando-me para olhar para ela por cima do ombro. — Parecia tudo bem esta manhã. Acho que está na hora.

— Será que vai doer? Nunca fui suturada antes. Nem dentro nem fora. E, graças a Deus, não me lembro de quase nada de quando você o fez.

— Não. Você não vai nem sentir quando saírem. De forma alguma.

— E depois eu vou terminar de ler Owen Meany. — Suspira. — Você vai começar a ler algo novo esta noite?

As baterias D devem estar queimando, quase formando um buraco na gaveta da mesa, porque eu estou querendo muito sugerir uma noite de cinema há dias. A ideia de me sentar ao lado dela, *bem próximo*, no sofá, enquanto assistimos à pequena TV faz com que meu estômago se encha de nós. Já li livros em que o homem e a mulher saem em um encontro para o cinema e sempre me perguntei como seria. Não é como se eu tivesse o direito de colocar meu braço ao redor dela ou qualquer coisa assim; sei que *não estaríamos* exatamente em um encontro, apenas assistindo a um filme. Ainda assim, sinto-me um pouco excitado. E não consigo decidir se está tudo bem ou não. Seria certo querer me sentar ao lado de uma garota bonita no escuro e assistir a um filme? Acho que deve ser. Contanto que isso não nos leve a lugar algum.

— Que tal um filme? — pergunto, olhando para os pratos na pia, que começo a lavar e depois os enxáguo no balde de água limpa.

Ela ri, e eu adoro o som da risada de Brynn, mas não tenho certeza se ela está rindo de mim ou não desta vez, então, fico de costas para ela, escondendo minhas bochechas coradas.

— Espera... Sério? Podemos? — ela pergunta, e meus ombros, que estavam rígidos, relaxam, porque posso ouvir a emoção em sua voz.

— Claro. Eu tenho um aparelho de VHS portátil e uma TV para conectá-lo. Além de baterias.

— Vi sua coleção de filmes, mas achei que você os guardava por nostalgia.

Balanço minha cabeça e olho para ela.

— Não. Nós podemos assistir a um... se você quiser.

— Sim — diz ela. — Eu adoraria. Um pequeno momento de tecnologia!

Enxáguo outro prato e coloco-o no escorredor. Ela me contou coisas sobre a internet desde que chegou e, embora, para mim, seja difícil imaginar tudo isso, adoro ter as informações à minha mão. Algum dia, eu gostaria de dar uma chance a toda essa tecnologia da qual ela me fala.

— Você tem um em mente? — pergunto. — Um filme?

— *Você está me matando, Smalls!* — ela diz, gargalhando suavemente logo atrás de mim.

Sinto um sorriso surgir em meu rosto, e viro a cabeça para olhar para ela.

— *Se Brincar o Bicho Morde*! Você conhece?

— Cass, temos apenas três anos de diferença. Claro que eu conheço. Toda criança da nossa geração conhece. — Ela pisca para mim. — Até *você*!

— Eu jogava beisebol quando era pequeno.

— É mesmo?

Assinto com a cabeça, lembrando-me do dia em que acertei um home run para o meu time da Liga Infantil. Foi no verão antes de o meu pai ter sido preso, antes que meu mundo inteiro mudasse. E foi antes do dia em que conheci Brynn Cadogan, o melhor dia da minha vida.

— Sim. Na Liga Infantil.

— Antes de você se mudar para cá.

A panela que ela usou para fazer o molho de tomate tinha ainda um pouco de gordura, e eu comecei a esfregá-la com uma esponja de aço, lembrando do rosto da minha mãe quando eu dava a volta na base. Meu pai estava na estrada, como de costume, mas ela se sentou na arquibancada, assistindo. Ela estava tão orgulhosa de mim — seu "pequeno vencedor". E então toda a equipe me ergueu em seus ombros, e nós tiramos uma foto para o North Country Register.

Nós não ganhamos mais nenhum jogo, mas, neste dia, fomos campeões.

— Sim — eu digo, percebendo que ela está esperando por uma resposta —, quando morávamos na cidade.

— Quando seu pai ainda estava vivo?

Cerro os dentes e engulo com força, transferindo a panela para a água de enxágue. Odeio a maneira como ela fala do meu pai, tão casualmente. Ele nunca foi o meu pai. Foi, infelizmente, apenas o meu pai biológico.

— Hum... sim.

— Você não é um homem de muitas palavras, Cassidy Porter — ela diz, com a voz exasperada. — Você não tem boas histórias para me contar.

Boas histórias?

Não. Não muitas, doce Brynn.

Terminando com os pratos, despejo a água com sabão no ralo e coloco o balde no chão. Posso levá-lo lá para fora mais tarde. Então, eu coloco o balde de enxágue no mesmo local onde está o balde de sabão. Adiciono um pouco de sabão, para que fique pronto para os pratos sujos de amanhã, depois me viro para Brynn.

— Algumas histórias têm finais muito ruins.

Ela olha para mim, de onde está sentada, na mesa para quatro pessoas.

— Você tem uma história ruim dentro de você?

Ela não faz ideia de quão perto suas palavras estão da verdade. Encolho-me.

— Oh! Mas, Cassidy, *todos* nós temos histórias ruins dentro de nós — ela diz, com uma voz gentil, enquanto se levanta e dá um passo em minha direção.

Não como a minha. Não tão ruins como a minha.

Ela busca meus olhos e dá outro passo na minha direção, lendo meu olhar de forma astuta.

— Sim, nós temos. Jem foi assassinado. Naquela noite, quando os policiais surgiram na minha porta? Para me contar? Foi uma das piores noites da minha vida. Uma história de terror, se é que alguma vez houve uma.

Está na ponta da minha língua dizer que a noite em que os policiais foram à minha porta também foi a pior da minha vida. Mas eu estaria abrindo uma lata cheia de vermes; uma que nunca quero abrir com a minha Brynn.

Minhas mãos estão nos meus quadris, mas ela pega uma delas, entrelaçando seus dedos pequenos em torno dos meus, puxando minha mão para dentro da dela. Como sempre, seu toque faz com que um desejo profundo galope através do meu corpo, como uma tropa de cavalos selvagens, fazendo meu coração cambalear e com que cada nervo e terminação nervosa do meu corpo clame por mais.

— Sei que algo ruim deve ter acontecido — ela diz calmamente, com seus olhos verdes travados nos meus. — Uma mãe não arranca seu filho de uma pequena cidade e se muda para o meio do nada se tudo estiver bem. Mas fosse o que fosse... — Ela faz uma pausa, seus dedos agarrando-se mais forte aos meus. — Não foi culpa sua. Você era apenas um garotinho. O que aconteceu com seu pai e sua mãe, o que quer que *eles* tenham feito, ou o que quer que tenha acontecido *com eles*, você era apenas uma criança. Não foi *sua* culpa. Sabe disso, não é?

De uma forma indireta, eu *sei* disso.

Não é minha culpa que meu pai tenha matado aquelas garotas, mas o fato é que elas estão mortas.

Não é minha culpa que o meu sangue, meus genes, sejam metade Porter, mas não muda o fato de o meu avô ter se preocupado que existisse um monstro dentro de mim.

— O que quer que seja... Diga-me que você sabe que não é culpa sua — ela pede, sua voz doce em uma súplica.

Não é minha culpa?

Não importa.

Isso não muda nada.

Eu sei quem sou.

Os olhos de Brynn se estreitam quando se concentram nos meus. Sua voz é suave ao perguntar:

— O que aconteceu com você, Cassidy?

Seria um alívio contar para ela?

Meu pai era um psicopata que matou uma dúzia de mulheres ou mais. Descobri isso no meu oitavo aniversário. Ele foi julgado, condenado e morto na prisão, dez meses depois, por um grupo de presos irritados. Minha vida e da minha mãe tornou-se insuportável na cidade, então, nos mudamos para cá.

Isso foi o que aconteceu comigo.

Olho para seus belos olhos brilhantes, que me encaram com esperança e compaixão, e meu coração é invadido por uma vontade desesperada de descarregar meu passado conturbado. Mas fico distraído por outra emoção que brilha em seus olhos, algo mais profundo e absolutamente impossível. Impossível, mesmo que eu esteja *vendo*, mesmo que *pareça* estar me olhando de volta.

Amor.

A emoção profunda e impossível que brilha nos olhos de Brynn é *amor*.

Um lampejo de percepção faz minha respiração falhar e minha cabeça girar. Afasto minha mão e dou um passo para trás, deixando os olhos caírem e mirando desesperadamente meus dedos dos pés.

Não podemos nos amar.

Não *é permitido.*

— Não posso...

— Não pode o quê? — ela murmura, ainda perto de mim.

Tão perto.

Não posso respirar.

Não posso fazer isso.

Não posso te amar.

Não posso permitir que me ame.

— Tudo bem — ela diz, falando rápido, um tom de descontrole se inserindo em sua voz. — Somos adultos. Somos livres. Você está aqui... e eu também. Sozinhos. E... nós estamos... hum, estamos passando muito tempo juntos. E, hum, você sabe que pessoas que se conhecem durante experiências traumáticas acabam se conectando mais rápido, não sabe? Então, faz sentido que nossos sentimentos tenham se tornado algo...

— Pare! — vocifero.

O cômodo fica em silêncio, porém, continua girando. Meu coração está pulsando tão alto em meus ouvidos que aposto que estou estremecendo.

— Cass — ela arfa.

— Não — eu cuspo a palavra. — Só... *pare. Por favor.*

— Me... me desculpe — ela diz, e é como se alguém tivesse penetrado meu peito e segurado meu coração na mão. Um som único e íntimo, que me faz querer morrer, porque está tão cheio de tristeza, tanto anseio. — Eu pensei...

Sua voz falha.

Limpo minha garganta, então, respiro fundo e prendo o ar.

Faça alguma coisa. Diga algo.

— Vamos tirar esses pontos — murmuro, finalmente olhando para ela.

Seus olhos estão brilhando, porque ela está prestes a chorar, o que me faz me sentir como um demônio. Ela morde o lábio superior, mastigando-o por um segundo antes de virar as costas para mim e se sentar à mesa.

— Tudo bem — ela diz, afastando os olhos, com uma voz derrotada.

Estendo a mão para a caixa de primeiros socorros e coloco-a sobre a mesa. Sem olhar para ela, abro e tiro uma pequena tesoura, que esterilizei depois de usá-la na última vez, e um par de pinças.

— Devo tirar a camiseta?

Sim.

Não.

Definitivamente, não.

— Não — eu digo, pegando a garrafa de álcool e uma gaze limpa. — Só precisa erguê-la um pouco.

Seus dedos agarram a bainha, e ela puxa a camiseta, ainda sem olhar para mim. Quando olho para o seu rosto, ela está piscando rapidamente, e sua mandíbula está cerrada firmemente, como se estivesse tentando desesperadamente não chorar.

— Brynn — começo, afastando a cadeira ao lado dela e me sentando. — Me desculpe pelo grito.

Não a olho. Concentro-me na primeira das seis incisões, esfregando-a com álcool primeiro, depois inclino-me para a frente para cortar cuidadosamente cada ponto com a pequena tesoura.

— Sinto-me como uma... uma idiota — ela diz, resmungando suavemente.

Corte. Corte. Corte. Corte. Corte.

— Não — digo, descansando a tesoura sobre a gaze.

— Eu... eu pensei que estávamos...

Puxo os pontos de cada lado com a pinça, colocando cada metade sobre a mesa. A pequena pilha cresce enquanto puxo o décimo nó, aliviado quando desliza facilmente pelo orifício da agulha. Alcanço os curativos, abrindo três deles e colocando sobre a incisão.

— O quê? — pergunto, movendo-me para a próxima incisão e limpando-a antes de cortá-la.

— Pensei que você gostava de mim.

Engulo em seco, respirando fundo enquanto pego a tesoura de novo.

— Eu gosto.

— Mas não... *assim.*

Não tenho certeza absoluta do que isso quer dizer, mas suponho que esteja falando de atração, e ela não faz ideia do quão errada está.

Corte. Corte. Corte.

— Não é uma questão de gostar de você. Seria impossível não gostar — digo honestamente, achando muito mais fácil falar sobre isso enquanto estou concentrado em algo diferente dos olhos dela. Pego a pinça. — Mas somos muito diferentes.

— Como?

— Minha vida está aqui. E a sua, na Califórnia.

— A vida pode mudar.

— Nem tanto. A minha funciona. Não estou pensando em mudá-la.

A segunda metade do terceiro ponto não quer sair, e, quando forço, ela sangra um pouco. Pego uma gaze limpa e pressiono-a sobre uma gota de sangue vermelha e brilhante.

— Segure isso.

Ela está segurando a camiseta com uma mão e não consegue ver o que estou fazendo, então, pego seus dedos da outra mão e os guio até a gaze, pressionando-os suavemente. Meus dedos permanecem sobre os dela por um momento antes de me afastar.

Posso cuidar de mais uma incisão desse ângulo e começar a trabalhar. Foi a que ficou infeccionada na semana passada, mas agora parece estar boa. Está se curando bem.

Corte. Corte. Corte. Corte. Corte. Corte. Corte.

— Então você *gosta* de mim — ela diz, com uma voz menos magoada do que antes.

— Claro — respondo suavemente.

— E estaremos presos aqui juntos por mais duas semanas.

— Hum-hum — murmuro, puxando outro ponto, grato por ele deslizar sem sangramento.

Solto as pinças e adiciono o minúsculo nó à pilha.

— E se...?

— Já foram três — digo, interrompendo-a. — Você pode se virar um pouco no assento? De costas para mim?

Ela segue minhas instruções, me dando as costas, o que parece encorajá-la a declarar.

— Quatorze dias.

— O quê?

— Temos ainda quatorze dias juntos.

Meu coração cambaleia, e me concentro em evitar que minhas mãos tremam.

— Hoje é dia 6 de julho — ela diz, com uma voz suave e nervosa. — Vou embora em 20 de julho, não importa o que aconteça. Não vou pedir nada a você, Cass. Não vou tentar mudar a sua vida. Não vou tentar ficar. Não pedirei que você vá. Nunca voltarei aqui, se é o que você quer. Eu prometo. Eu só...

Corte. Corte. Corte.

Engulo em seco, não me atrevendo a dizer uma única palavra, querendo desesperadamente ouvir o resto que ela tem a me dizer, mas temendo que seja maravilhoso demais para recusar, por mais que eu devesse.

— E se os sentimentos o incomodarem, podemos tirá-los da equação. Não, não haverá sentimentos. Nem declarações. Nós gostamos um do outro. Isso é suficiente para mim — ela diz suavemente. Sua voz soa corajosa e um pouco triste quando termina.

Pego as pinças, e ela encara meu silêncio como uma permissão para continuar.

— Mas, durante as próximas semanas, nós poderíamos... hum... nos *divertir*. Um *com* o outro.

Corte. Corte. Corte. Corte.

Não percebo que estou prendendo a respiração até soltá-la. Meu hálito quente atinge a pele exposta de Brynn. Os pequenos pelos claros em seu quadril se eriçam, e eu olho para eles por um momento, surpreso com a crescente percepção.

Embora eu nunca tenha estado com uma mulher, minha mente patina facilmente para aquelas revistas antigas e espalhafatosas que guardo debaixo do meu colchão. Talvez eu não saiba muita coisa, mas entendo o que ela está sugerindo: está me oferecendo temporariamente o seu corpo em troca do meu. Não sei exatamente até que ponto, mas tenho bastante certeza de que está me oferecendo sexo.

Sei que pode ser minha única chance de experimentar o que ela está sugerindo, e meu sangue urge, e meu corpo se enrijece diante da ideia.

Ela está perigosamente me oferecendo algo que eu realmente poderia aceitar: intimidade física sem amarras e *com* um prazo de validade.

Nenhum compromisso.

Sem casamento, sem filhos, sem para sempre.

Sem chance de infectar o mundo com os genes do meu pai.

Sem perceber, ela está me dando a chance de amá-la sem que eu quebre minhas promessas.

Corte. Corte. Corte. Corte. Corte.

Corto o último dos seus pontos e coloco a tesoura na mesa.

— Você entende o que estou dizendo? — ela pergunta, de costas para mim, sua voz ofegante e baixa. — Entende o que eu quero... o que estou sugerindo?

— Hum-hum — murmuro, surpreso por conseguir emitir algum som.

— Isso é uma coisa que você também quer?

Pego o último dos pontos e coloco as pinças ao lado da tesoura sobre a mesa, esbarrando em seu quadril nu enquanto me retiro. Olho para seu rabo de cavalo, preso à parte de trás do pescoço, e meus olhos deslizam pela camiseta e descansam em sua pele. É branca e macia sobre a cintura do calção, e eu sei que, se disser sim, terei o direito de tocá-la, decorar os contornos do seu corpo, amá-la.

Talvez o suficiente para durar pela vida inteira.

Ela expira, dizendo meu nome enquanto sua respiração passa por seus lábios.

— Cass? Responda, por favor.

Meu coração vibra.

Eu respiro profundamente e seguro o ar pelo que parece uma eternidade.

— Sim. — Me escuto responder, deixando minha testa cair bem na parte de trás do pescoço dela, em rendição. — É o que eu quero também.

218   KATY REGNERY

Capítulo Vinte e Três

Brynn

É o que eu quero também.

Em um único instante, meu mundo ganhou cores que nunca teve antes.

Não sei de onde veio aquela minha proposta, além do fato de que meu desejo por ele — meu *desejo* básico por ele — tem borbulhado há dias e não será mais negado.

Menti quando disse que tiraria sentimentos da equação, porque já estou me apaixonando por ele. Mas estou disposta a manter esses sentimentos para mim, se isso significar que pertenceremos um ao outro fisicamente durante as próximas duas semanas. Eu vou amá-lo ainda mais se puder tocá-lo, beijá-lo e conversar com ele. Mas vou me forçar a não dizer as palavras, não importa quão forte eu as sinta.

E como irei deixá-lo quando tudo acabar? Depois de conhecer o calor do seu corpo cobrindo o meu? Seu calor entre as minhas pernas? Depois de sentir sua respiração ofegando quando eu arquear meu corpo contra o dele, quando meus músculos íntimos engolirem a rigidez do seu membro como uma luva pela primeira vez?

Eu não sei.

Mas vou conseguir. Farei isso, porque prometi. Farei, porque quero tê-lo mais do que temo nosso inevitável adeus. Farei isso, porque tenho a sensação de que ele vai insistir.

É o que eu quero também.

Não tenho ideia de como isso irá funcionar ou quando ele realmente decidirá começar.

E se ele me pegasse agora, neste segundo, e me carregasse até a cama? E se me pedisse para me despir, para que pudesse se enterrar dentro de mim? Será que estaria pronta? Porque eu propus a porra de um jogo, e ele acaba de concordar em jogar.

Estou tão nervosa com ele sentado atrás de mim que mal posso respirar. Sinto sua força — o calor de sua testa contra meu pescoço —, enquanto solto a barra da minha camiseta e a deixo cair sobre minhas feridas fechadas. Tenho ciência de cada respiração que tomo, da forma como meus seios sobem e descem, preenchendo e esvaziando meus pulmões. Tenho ciência de sua respiração também: é curta, superficial e ofegante na minha nuca, o que me deixa tonta.

Ele me quer tanto quanto eu o quero.

Por favor, que seja suficiente.

— Poderíamos... — Sua voz é dura como cascalho, rouca e baixa, e fecho os olhos, esperando ouvir sua sugestão. Parte de mim sente medo, embora eu esteja disposta a fazer qualquer coisa que me pedir — ... assistir a um filme agora... se você quiser.

Uma pequena risada escapa dos meus lábios. É um som de alívio e alegria. Por mais que eu deseje Cassidy, talvez ainda *não* esteja pronta para pular na cama com ele esta noite. Preciso de um pouco de censura, afinal, independentemente das minhas palavras ousadas.

— Sim, sim! — digo, rindo de novo quando ele levanta a cabeça, e o olho por cima do ombro.

Os olhos dele estão sombrios, e ele lambe os lábios, mas, se não me engano, há um pequeno sorriso repuxando os cantos dos seus lábios.

— *Se Brincar o Bicho Morde*, certo?

Assinto.

— Hum-hum. Sim. Parece bom.

— Que tal, hum, você fazer pipoca enquanto eu preparo o equipamento?

— Pipoca? Sério?

— As pessoas ainda comem pipoca quando assistem a um filme?

— Claro — confirmo, percebendo que isso é algo que ele se lembra do seu curto tempo na cidade.

Ele gesticula para o armário sobre a pia com um apontar de queixo.

— Tenho milho, óleo e sal.

— Ok.

Seus olhos permanecem em meus lábios por mais um segundo, antes de ele se levantar, inclinando-se sobre a mesa para arrumar seus suprimentos de primeiros socorros e juntar os pontos em uma pilha, que ele leva ao lixo.

Ainda insegura por nossa conversa e me perguntando como nosso acordo irá se desenrolar, pego uma panela e cubro o fundo com uma fina camada de óleo. Coloco-a no fogo, acendo o queimador e jogo dois grãos dentro, esperando que estourem. Atrás de mim, na sala de estar, Cassidy está sentado no sofá, colocando as baterias no videocassete para a nossa noite de cinema.

Durante a maior parte da minha vida, deixei que os homens tomassem a iniciativa, então, esta noite, estou em um território inexplorado. Acho que sabia — ou percebi — que, se não desse início àquela conversa, talvez nada acontecesse. E pensar em *não* ter nada físico com Cassidy faz com que eu me sinta desesperada e tão vazia que sei que iria me arrepender pelo resto da minha vida. Ao longo das décadas seguintes, sem ele, eu me lembraria do nosso tempo juntos e me afligiria não o ter vivido ao máximo.

Os milhos começam a pipocar, e adiciono mais dois punhados ao óleo crepitante, cobrindo a panela com uma tampa e ouvindo-os estourar.

— Estou pronto, se você estiver — Cassidy chama, sentado no sofá, preparando nosso cinema improvisado.

— Mais dois minutos — respondo, sentindo uma onda de excitação e nervosismo, o que faz meu estômago se revirar com a antecipação, como se eu fosse uma adolescente em seu primeiro encontro.

E então percebo que, para Cassidy, esta noite é seu primeiro encontro. À medida que os últimos grãos de milho pipocam, eu me admiro com este fato, abraçando-o e prometendo silenciosamente torná-lo o melhor primeiro encontro que qualquer cara de vinte e sete anos já teve.

Despejo a pipoca em uma tigela, apago a luz da cozinha e me dirijo à sala de estar, sentando no sofá ao lado de Cass. Coloco a tigela entre nós, porque, acho que, se um cara tem vinte e poucos anos, cabe a ele dar o primeiro passo. Ainda não está escuro, mas o céu atrás do Katahdin está pintado de lavanda e roxo, e, sem outras luzes acesas, o brilho da pequena tela da TV é claro, mesmo que o filme seja antigo e um pouco estático no topo, sem dúvida por causa das centenas de visualizações.

— Pronta? — ele pergunta.

— Sim.

— Está bem, então.

Ele se inclina para a frente e pressiona o play no controle. O logotipo da 20th Century Fox começa a descongelar à medida que a música sintetizadora dos anos noventa acompanha uma voz sobre a World Series de 1932, e Babe Ruth faz uma jogada.

Já assisti a esse filme algumas vezes. Junto com *Rudy* e *O Milagre*, é um dos filmes favoritos de todos os tempos do meu pai, e já que ele nunca teve um filho homem com quem assistir seus amados filmes de esportes, o trabalho caiu para mim. Mas posso dizer a verdade? Eu adorava as tardes chuvosas quando assistia filmes com meu pai, por isso, relaxo no sofá de Cassidy enquanto o filme volta para a década de 60, mostrando uma cena de beisebol de bairro na tela pequena.

Estou tão absorta no filme durante os primeiros quinze ou vinte minutos, pegando pipocas no piloto automático, que, quando minha mão encosta na de Cassidy, dentro da tigela, sou trazida de volta à realidade de onde estou... e com quem. Meu coração vibra quando arranco a mão.

— Desculpa.

— Está tudo bem — ele diz, e, quando o olho, seus lábios estão trêmulos sob o brilho azulado da TV, como se estivesse tentando não rir.

— O que foi?

— Você está nervosa?

— Um pouco — admito.

Ele dá de ombros.

— Qual de nós dois nunca esteve em um encontro no cinema? Você ou eu?

— Não me superestime. Tudo isso me parece muito novo agora.

— Que bom — ele diz, pegando a tigela e colocando-a do lado esquerdo, então, não há mais nada entre nós. — Porque eu não tenho a menor ideia do que estou fazendo. — Ele desliza para o meu lado até que nossos quadris estejam encostados. — Eu vi em alguns filmes quando o homem boceja, estica o braço e o coloca em torno do ombro da garota, você sabe. Acho que eu poderia tentar.

— A menos que esteja realmente cansado — digo, sorrindo para ele —, você pode ignorar o bocejo.

Por um lado, estou acostumada com ele me tocando. Quero dizer, Cassidy e eu *já* fomos fisicamente íntimos até certo ponto. Ele me carregou nas costas. Ele me despiu, me deu banho, me costurou e já dormimos abraçados... Mas isso é diferente, e nós sabemos o quanto. Isso é deliberado. Toda vez que nos tocarmos de agora em diante, não será por cuidado ou conforto. Será por desejo. Por necessidade. Por sexo.

Então, quando ele levanta o braço e o coloca ao redor dos meus ombros, minha respiração falha.

E quando o peso da sua palma quente pousa no meu ombro, estou tão excitada que, de repente, começo a desejar que não estivéssemos no início do filme. Merda, queria que estivéssemos no final. Ele me aperta um pouco, me puxando mais para perto, e eu me inclino para a esquerda, no sofá marrom, para ficar apoiada nele. Ergo meus pés, colocando-os sobre o assento, e encosto a cabeça em seu peito, logo abaixo do ombro. Quando ergo os olhos, vejo que ele está completamente focado no filme, então, volto a fitar a pequena tela, forçando-me a me acalmar e me concentrar também.

Pouco a pouco, consigo ir me tranquilizando até que meu coração está batendo normalmente, e minha atenção está focada na história de um menino que se muda para um novo bairro e faz amigos jogando beisebol.

Bem, isso até a cena da piscina.

Quando percebo o que está por vir, começo a hiperventilar, com Cassidy ao meu lado.

Estamos prestes a assistir a uma cena em que um dos meninos finge se afogar para que a salva-vidas lhe faça uma ressuscitação e respiração boca a boca para que ele possa roubar seu primeiro beijo.

— Adoro essa parte — ele diz, pegando a tigela de pipoca e me oferecendo.

— Não, obrigada — sussurro, olhando para a TV e sentindo meu corpo em alerta máximo.

— Você se lembra do seu primeiro beijo?

Assinto.

— Claro.

— Quando foi?

— Eu tinha quatorze anos. O garoto me levou em casa depois de uma festa.

— E te beijou.

Percebo que Cassidy está me olhando com um olhar ardente, enquanto eu continuo a assistir ao filme.

— Hum-hum.

— Dizem que você nunca esquece o primeiro beijo.

— É verdade — murmuro.

Minha pele está ruborizada por inteiro, e já não consigo mais ouvir o filme. Não consigo mais me concentrar nele. Não consigo me concentrar em mais nada, exceto Cassidy ao meu lado e no que está prestes a acontecer entre nós.

— Brynn — ele diz —, olha para mim.

Obedeço.

Viro o pescoço para olhar para ele, e seus olhos estão tão abertos e tão sombrios que parecem pretos na suave luz ambiente. Eles caem sobre a minha boca e ficam presos ali por um longo momento antes de deslizarem de volta para o meu rosto. Cassidy busca meus olhos, como se me desse uma chance final para me afastar, então se aproxima, de modo que as pontas dos meus seios tocam seu peito.

— Vou fazer a minha jogada — ele diz.

Gemo suavemente, abrindo meus lábios em um convite.

Ele olha novamente para a minha boca, umedecendo os lábios com a língua, então, se inclina para mais perto, seu nariz tocando o meu enquanto ele inclina a cabeça para tomar meu lábio inferior entre os dele. Fecho meus olhos, arqueando as costas para ficar mais perto. Uma vez que uma de suas mãos alcança o meu maxilar, o polegar se posiciona embaixo da minha orelha, segurando meu rosto. Sua boca alterna entre beijar o meu lábio inferior e o superior, reivindicando-os individualmente, sugando, beijando, roubando meu ar enquanto o braço ao redor da minha cintura me aperta com mais força.

Seus lábios se abrem, mas sua testa descansa contra a minha, e seu nariz toca o meu gentilmente. Inspiro-o, sentindo-me delirante com seu gosto e seu toque, com seu cheiro, com a força quase desenfreada dele. Por um momento, penso que iremos parar por ali, mas ele me surpreende, inclinando-se para a frente e pressionando os lábios nos meus novamente.

Gemo em sua boca, aliviada porque quero mais. Gentilmente, deslizo a língua por seus lábios e eu o sinto estremecer, enquanto um baixo gemido retumba de sua garganta, e sua língua encontra a minha. A pressão do seu polegar em minha orelha aumenta, seus dedos se curvando na base do meu crânio, conforme selo meus lábios sobre os dele, sentando-me sobre seu colo e entrelaçando os dedos em seu cabelo. Meus joelhos afundam em cada lado do seu quadril e, atrás de mim, posso ouvir a música *This Magic Moment*, no filme, que é a trilha sonora perfeita para o que acontece entre nós. Bem dentro de mim, algo que parecia morto descobre que está completa e vibrantemente vivo novamente, e meu coração sorri, porque eu mal me lembro de ser tão feliz assim. Mas está aqui, e é agora, enquanto Cassidy me segura em seus braços e me beija pela primeira vez.

Sua língua dança e provoca fogos de artifício, quentes e úmidos, dentro de mim, enquanto eu arqueio meus seios contra seu peito e sinto sua ereção entre nós, dura e latejante contra o ápice do meu short, roçando contra o jeans.

Deveríamos parar.

Sei que deveríamos parar, porque esta é sua primeira experiência com uma mulher, e esse beijo já chegou mais longe do que a maioria dos primeiros beijos. Mas não somos crianças que estão voltando para casa depois de uma festa. Ele é um homem, e eu sou uma mulher, e cada célula do meu corpo grita, pedindo mais. Então eu o beijo com mais intensidade, engolindo seus gemidos de prazer, sentindo os cabelos do meu braço se eriçarem quando ele rosna na minha boca e suas mãos caem em minha bunda, pressionando minha virilha contra sua rigidez.

E, finalmente, finalmente, finalmente, depois de perdermos vinte minutos do filme, envolvo meus braços ao redor do seu pescoço e encosto a bochecha contra a dele, até que minha testa descansa na curva da sua clavícula.

Sua respiração está feroz e agitada no meu ouvido, e eu sorrio com lágrimas nos olhos. Por muito tempo, meu último beijo pertenceu a Jem. Agora, meu último beijo pertence a Cassidy. Seus braços se movimentam para me fechar dentro deles, e ele me segura enquanto recuperamos o fôlego e nossos corações batem implacavelmente.

— Brynn... Brynn... Brynn... — ele murmura, e seu hálito beija a minha garganta.

Rio levemente, pressionando meus lábios em seu pescoço, antes de me inclinar para olhar nos olhos dele.

Estão fascinados e ternos, e parecem doer com algo tão bonito, tão inexplicável, que tudo o que posso fazer é desviar o olhar. Tudo o que posso esperar é que ele olhe para mim dessa forma todos os dias pelo resto das duas semanas, até que eu tenha que retornar à minha casa solitária, onde só poderei me lembrar do quão maravilhoso é ser amada por Cassidy.

— Agora você teve o seu primeiro beijo — digo, sorrindo ao olhar para seus lábios inchados.

— E eu nunca vou esquecê-lo — ele diz, mas seu tom é um pouco diferente do meu, menos brincalhão, mais como um voto, como se ele estivesse prometendo algo importante.

De repente, minha autoconsciência entra em cena, e me dou conta de que ainda estou sentada em seu colo, pressionando meus seios, com os mamilos rijos, em seu peito. Inclino-me para a esquerda e permito que a gravidade puxe minha perna para trás, sentando-me no sofá ao lado dele, onde estava assistindo ao filme antes de nos deixarmos levar.

— Você vai dormir na minha cama esta noite? — pergunto a ele enquanto olho para a tela.

— Não.

Viro meu pescoço como se fosse um chicote para olhar para ele, que me encara de volta, gesticulando e apontando na direção da proeminente protuberância sob o zíper do seu jeans.

— Não tenho autocontrole com você, Brynn. Quero tudo agora. — Estou prestes a dizer que não tenho problemas com isso, quando ele continua a falar: — Mas não quero te engravidar, e eu não tenho... proteção.

Parte de mim está chocada por ele saber sobre preservativos. Não sei o motivo, porque tenho certeza de que sua mãe ou avô deve ter lhe ensinado os fundamentos do sexo, mas, ainda assim, fico surpresa por ele ser tão atencioso.

— Você poderia tirar — sugiro, envergonhando-me instantaneamente pelas palavras, porque elas soam muito desesperadas aos meus ouvidos.

— Não — ele diz, balançando a cabeça e olhando para longe de mim, voltando ao filme. Sua mandíbula está cerrada e seu rosto se distorce, como se estivesse bravo comigo ou com algum sério desconforto. — Essa não é uma opção.

Assinto, querendo respeitar sua decisão, independentemente da dor que sinto entre as pernas. Pude senti-lo pressionando-se contra mim, grosso e duro, quando estava sentada sobre ele.

O lado prático do meu cérebro faz com que eu me lembre que não estive com ninguém desde Jem, e o que está me esperando atrás do zíper da calça de Cassidy não é algo de tamanho médio. Talvez esperar alguns dias para me familiarizar melhor não seja uma má ideia, afinal.

Ainda assim, sinto-me um pouco frustrada, o que me faz cruzar os braços sobre o peito e bufar, enquanto permaneço sentada ao lado dele, quente e desconfortável, fingindo assistir ao filme.

— Brynn...

— Humm?

— Eu disse que não iria dormir com você esta noite.

— Eu ouvi.

— Mas, anjo...

Olho para ele, porque a maneira como me chama de anjo me faz querer morrer, por ser tão reverente e suave.

— O quê?

— Planejo ficar te beijando até o final do filme.

Minha boca se abre em surpresa, e fico olhando para ele, que coloca as mãos sob meus braços, me erguendo e me puxando de volta para seu colo, me aninhando ali.

— Alguma objeção? — ele pergunta, fechando os olhos enquanto aproxima os lábios dos meus.

— Nenhuma. — Suspiro, deixando meu Cass tomar o controle.

Capítulo Vinte e Quatro

Cassidy

Tudo o que pensava a respeito de como seria beijar uma mulher caiu por terra depois de passar duas noites com Brynn em meu colo, sentados no sofá, enquanto devoramos a boca um do outro, com nossos corpos colados e nossa respiração se misturando.

Ela me pertence de uma maneira que nunca consegui entender. E ela possui uma parte de mim que já se foi, que nunca poderei recuperar novamente.

Ao explorar os doces e suaves recantos de sua boca, enquanto seus dedos se agarram em meu couro cabeludo, eu a reivindiquei e me entreguei imediatamente.

Tudo agora é Brynn.

Sou viciado em tudo.

Ela é ar. É água. Sorrisos e suspiros suaves enquanto adormece em meus braços. Ela é calor. Ela é promessa e esperança. Ela é normalidade e companhia, meu talismã temporário contra a solidão. Ela se move como o ar ou a escuridão, me cercando, dentro de mim, do mundo e, ainda assim, pertencendo íntima e particularmente a mim. Ela é tudo que eu quero, mas não posso ter, algo mais e mais necessário à minha sobrevivência, o que significa que deixá-la ir irá me destruir. Sei disso. Mas, ainda assim, não posso desacelerar ou exigir menos.

Eu a amo.

Vou amá-la até que o céu caia.

Até que o sol e a lua falhem em nascer.

Até que o *Katahdin* despenque.

Vou amá-la para sempre.

Ela sorri para mim por cima do ombro, enquanto recolhe os ovos das meninas, e, por mais que eu esteja tirando leite de Annie, tenho vontade de pular do banco no qual estou sentado e agarrá-la pela cintura, puxando-a contra meu corpo, para beijá-la até deixá-la lânguida e suspirando. Quando ela sorri, até mesmo eu, condenado desde o nascimento, amaldiçoado desde o berço, sinto o coração rugir. Deve ser isso que acontece com os anjos. Aposto que nem mesmo o diabo conseguiria resistir, mesmo se tentasse.

Eu a observo.

Eu a memorizo.

Eu a bebo; bebo a maneira como seus cabelos escuros acariciam sua bochecha até que ela os coloque atrás da orelha... o jeito como seus olhos brilham quando ela olha para mim e ri. A forma como seus seios se erguem e baixam com cada respiração que ela toma. Seus pés descalços que crepitam suavemente sobre o feno que cobre o piso duro de madeira do celeiro, e eu me sinto atraído até por eles, apaixonado por eles, tenho ciúme deles e até os odeio um pouco, porque serão eles que a tirarão de mim.

Exceto porque não consigo odiar nada a respeito dela.

Morreria para proteger até mesmo seus dedos.

Minha Brynn despedaçada, que estava em pedaços quando a encontrei, parece estar mais inteira a cada dia, e eu me apaixono mais e mais profundamente por essa mulher a cada momento que passo com ela.

— O que foi?

— Hum? — murmuro, sorrindo para ela porque sou um homem apaixonado, bobo de tanta ternura, incapaz de ajudar a mim mesmo.

— Você está olhando para mim como um doido.

Puxo a teta de Annie, e um fluxo de leite espirra no meu balde de metal.

— Talvez porque eu esteja louco por você, anjo.

Ela congela no lugar, e seus olhos se alargam para mim.

— Está?

Dou uma olhada nela.

— Você sabe que sim.

— Então, por que não podemos...?

Ela está a ponto de me perguntar por que nossos dias juntos precisam terminar, mas se controla antes que as palavras saiam de sua boca.

Nos últimos dias, minha Brynn mais de uma vez tentou pressionar os limites do nosso acordo, iniciando uma discussão sobre nossos sentimentos um pelo outro, ou tentando estender nosso tempo juntos, mas ela sempre se detém.

Cerro meu maxilar, dizendo a mim mesmo que eu não deveria fazer declarações como "Eu sou louco por você", não importa o quão certas elas pareçam ao sair dos meus lábios. Concordamos com uma relação física. Nada mais.

— Você irá... à loja amanhã? — ela pergunta com as bochechas corando, enquanto encontra um novo ovo sob Stacey e o coloca cautelosamente dentro da cesta de arame.

A loja.

A loja onde vou comprar uma caixa de preservativos que dure por todo o resto do nosso tempo juntos.

— Sim — eu digo, com a voz baixa, enquanto me levanto abruptamente, provocando um "mahhh" irritado de Annie.

Sexo.

Além de Brynn, é tudo em que penso atualmente.

Quando separamos nossos corpos, completamente vestidos, todas as noites, antes de cada um seguir para seu quarto, meu corpo sofre tão dolorosamente que preciso tomar um banho gelado à meia-noite. Ainda assim, não ajuda em nada. Meu ser inteiro tornou-se um imã atraído por ela, e nada alimentará essa fome a não ser estar enterrado dentro dela.

Duas vezes depois de assistirmos ao filme, olhei as fotos das minhas revistas, não para apaziguar meu desejo ou abafar minha sede, mas porque quero ter certeza de que saberei o que fazer.

Não posso mentir, estou nervoso com minha falta de experiência em comparação à dela. Não posso prometer que serei delicado quando fizermos amor, mas, porra, quero fazer tudo o mais certo possível. Para ela. E, francamente, para mim. Então, quando ela me comparar com outros homens, daqui a muitos anos, terei alguma pequena chance de ter meu espaço em suas memórias.

É errado, eu sei.

Mas estou desesperado para que ela se lembre de mim.

Às vezes, o único pensamento que me dá forças para contemplar meu futuro solitário — aquele que virá depois de nosso tempo juntos — é que eu sempre serei uma parte dela.

— Sabe — ela diz, com uma voz cálida e com um tom de flerte, enquanto apoia os cotovelos no trilho que separa a baia de Annie do galinheiro das meninas. — Deveríamos fazer um piquenique na lagoa hoje.

— É mesmo?

Ela assente com a cabeça, e um sorriso, um pouco forçado, ilumina seu belo rosto.

— Não lhe parece bom? Luz do sol? Um dia quente? Uma grama macia? Uma mulher disposta?

Mulher disposta.

Ela vai me matar.

Coloco as mãos no trilho, em ambos os lados dos seus cotovelos.

— Você sabe nadar, Srta. Cadogan?

— Nadar? Claro.

— Você se queixou que seus cabelos estão sujos — digo, tão perto dela que poderia encostar nossos lábios. — O que acha de me deixar lavá-los?

Ela suspira, com os olhos arregalados.

— Cass, eu te daria qualquer coisa.

— *Qualquer coisa?* — repito.

— Qualquer coisa, mas... — Seus lábios se contraem, mas muito pouco, e ela inclina a cabeça. — Você não vê? Tudo já é seu.

Ela me mata. Estou morto.

Estendo a mão para tocar seu rosto, segurando-o enquanto toco seus lábios com os meus.

Não é que eu esteja *acostumado* com o sabor e a textura deles, mas ela é familiar para mim agora, e eu me afundo em meus sentimentos, irritado pela cerca que nos separa. Instintivamente, quero sentir o calor do corpo dela pressionado ao meu, enquanto nossas línguas se enroscam. Ela geme, e o som dispara direto para a minha virilha, onde uma onda de sangue se espalha pelo meu pênis, endurecendo-o contra meu jeans. Tento puxá-la para mais perto, mas não posso, e finalmente encerro o beijo de tanta frustração.

— A lagoa — arquejo.

Ela assente, e seus olhos verdes tornam-se mais excitados.

— A lagoa.

Conforme atravessamos o prado até a lagoa, de mãos dadas, penso no que encontrei nos fundos do meu armário, enquanto procurava pelos meus calções de banho, que não uso há anos.

É uma câmera — a velha Polaroid da minha mãe — e tem três fotos restantes. Coloquei-a no fundo de uma bolsa, junto com um cobertor, uma toalha e um frasco de xampu, e agora estou me perguntando se é mesmo uma ideia inteligente. Quero dizer, é claro que eu quero uma foto de Brynn, mas será que essa imagem não irá me enlouquecer quando ela for embora? Não seria melhor viver apenas de memórias desbotadas?

— Sua mãe era menor do que eu.

O sol está alto no céu, e a grama alta balança com a brisa preguiçosa da tarde enquanto Brynn olha para mim.

— Hein? — Olho para ela, vestindo o velho maiô azul da minha mãe e uma bermuda jeans. O material elástico estica-se sobre seus seios, com o decote tão baixo que mal esconde seus mamilos. *Que bom que estaremos sozinhos ali*, penso, porque o que está sob aquele tecido é meu, e eu não gostaria que outro homem ficasse olhando para ela.

— Aqui em cima — diz Brynn, batendo no peito com a palma da mão livre. — Ela era menor do que eu.

— Sim. — Aceno com a cabeça. — Ela era pequena.

— Ela ficou doente por muito tempo?

Lembro da forma como ela passou a ficar cada vez mais tempo na cama, sempre cansada, e a expressão preocupada em seus olhos ia aumentando à medida que os meses passavam.

— Por cerca de um ano. Foi rápido.

— Você cuidou dela?

— Eu e meu avô.

— Ela nunca foi para um hospital?

— Não. Chegou a ir a um médico no final, mas já era tarde demais para fazer algo.

— Câncer, certo?

Assinto.

— Como seu pai...

— Estamos quase lá — digo, interrompendo-a. — Mencionei que encontrei uma câmera?

— O quê? Uma câmera? Achou?

— Hum-hum — digo, apertando sua mão, grato pela atenção desviada. — Uma velha Polaroid.

— Ha! Elas estão na moda novamente, sabia?

— Mesmo?

— Sim. Os adolescentes amam. São um pouco menores agora e de todas as cores, mas, sim, elas são muito populares. Tudo que era antigo tornou-se novo outra vez, não é?

Eu não saberia. Para mim, tudo que é antigo, apenas... é.

— Não tem muito filme nela — digo.

— Suficiente para uma selfie?

— Uma... *selfie*?

— Você sabe! — ela diz, sorrindo por mim. — Colocamos nossas bochechas juntas, seguramos a câmera longe dos nossos rostos, sorrimos e clique! Voilà!

— Uma selfie — digo, balançando a cabeça, entendendo. — Sim. Acho que podemos fazer uma. Temos três fotos.

— Uma de Cass, uma de Brynn e uma selfie — ela fala com uma voz baixa.

Brynn tem uma voz bonita. Uma ou duas vezes, enquanto eu estava tocando Beatles no violão do vovô, ela cantarolava, e eu tentava cantar mais baixo para poder ouvi-la.

— Nós poderíamos fazer uma fogueira amanhã à noite — sugiro. — Posso levar o violão.

— Parece bom.

— Você vai cantar?

Ela assente com a cabeça.

— Se você tocar Beatles, eu canto.

— Então eu vou tocar Beatles — digo, enquanto passamos pela floresta e chegamos a Harrington Pond. — Por que não abrimos o cobertor na sua pedra?

— *Minha* pedra? — ela diz, sorrindo para mim e apertando os olhos para o sol.

Beijo seus lábios doces, uma, duas, três vezes, antes de beijar a ponta do seu nariz.

— A pedra da Brynn.

— O Cass da Brynn — ela murmura, com a voz rouca, seus lábios se movendo contra a minha bochecha.

As palavras tão simples fazem com que algo dentro de mim se fortaleça, e é quase doloroso, como um rápido golpe no intestino.

Não por muito tempo.

Não por muito tempo.

— Sim — murmuro. Solto a mão e atravesso a grama alta até a rocha, grande e plana. Estico ali o cobertor de lã vermelho favorito da minha mãe. — Quer almoçar primeiro?

Ela ergue a cesta de piquenique e me entrega.

— Não.

— Não está com fome?

— Desde que você mencionou que iria lavar meus cabelos esta manhã, mal consigo pensar em outra coisa. *Por favor...* — Ela suspira com anseio, e meu pênis dá um pulo dentro do calção de banho.

— Sim — concordo, alcançando a bolsa para pegar o xampu. — Vamos lavar.

Quando me dou conta, ela está tirando os calções da minha mãe pelas pernas brancas e macias. Assim que se livra deles, joga-os para mim.

— O último é um ovo podre!

Gargalhando, ela sai correndo para a lagoa, pulando e emergindo a cabeça quase imediatamente, embora eu saiba que deve estar muito frio. As lagoas de geleiras do norte do Maine raramente são quentes, nem mesmo em julho. Quando sua cabeça se ergue, ela está ofegante, mas ainda ri. Puxo minha camiseta por cima da cabeça, então, com o xampu na mão, pulo da rocha para a lagoa. Está frio, mas refrescante em um dia ensolarado, então, submerjo rindo, assim como Brynn.

De onde estamos, ainda relativamente perto da costa, conseguimos ficar de pé. Mostro a ela o frasco.

— Pronta?

Gotas de água prendem-se aos seus cílios, enquanto ela vem em minha direção.

— Prontíssima.

Virando-se, ela se apoia contra mim e com certeza sente o volume da minha ereção em suas costas. Não posso deixar de me sentir excitado. Ela está praticamente nua, e eu estou prestes a tocá-la.

— Oh! — ela murmura, com uma voz alegre enquanto se esfrega contra mim. — *Alguém* não está muito afetado pelo frio.

Cerro meu maxilar e coloco uma mão em seu ombro para fazê-la parar.

— Você quer que eu lave seu cabelo ou não?

Ela ri de novo, dando um passo à frente, de modo que não estou mais acariciando suas costas com meu pênis.

— Sim, Cassidy. Quero que você lave meu cabelo.

Despejo xampu na mão, apoio o frasco no meu braço e depois começo a massagear seu couro cabeludo, esfregando e fazendo uma pequena espuma. Ela inclina a cabeça para trás, gemendo suavemente. Coloco outro punhado de xampu nas palmas das mãos e esfrego-o nos cabelos dela, tomando cuidado para puxar os fios, gentilmente cavando meus dedos no couro cabeludo e atrás das suas orelhas.

— *Casssss* — ela murmura, com os olhos fechados e o rosto iluminado pelo sol.

Tiro o frasco de baixo do braço e jogo-o na costa, depois continuo a trabalhar, recolhendo os cabelos escuros nas mãos, massageando seu couro cabeludo com os dedos.

— Hummm — ela suspira, o suave gemido de prazer competindo com a suave ondulação da água e a música de verão das cigarras.

Inclino-me perto da sua orelha e murmuro:

— Hora de enxaguar.

Ela se inclina para trás, esticando o pescoço, e eu guio sua cabeça em direção à água, passando os dedos pelos cabelos limpos, desde sua testa até as pontas.

Há algo incrivelmente íntimo em servi-la assim, sabendo que seus suspiros e gemidos de prazer são por minha causa, que estou proporcionando esse tipo de satisfação a ela. Saber que consigo agradá-la faz com que eu me sinta um tipo de divindade, porque ela é meu anjo, a coisa mais próxima do céu que já encontrei.

O último resquício de espuma flutua, e ela se inclina lentamente, finalmente ficando de pé à minha frente, de costas para o meu peito. Eu observo, segurando a respiração, enquanto ela enfia as mãos nos próprios ombros. Ela ergue os dedos, enganchando-os sob as alças do maiô, depois desliza-as pelos braços, passando pelos cotovelos, puxando as mãos pelas aberturas, primeiro uma e depois a outra. O maiô é baixado até a cintura, escondido pela água, deixando-se desnuda para mim.

Ela estende as mãos para trás, sentindo a água até pegar minhas mãos nas laterais do meu corpo. Pegando-as nas delas, ela dá um passo atrás, fazendo suas costas tocarem minha ereção pulsante. Minha respiração falha enquanto ela inclina a cabeça contra o meu peito, então, ergue minhas mãos até os seus seios, cobrindo sua carne com minhas palmas. Seus mamilos estão rijos, como pequenas pedras cobertas de veludo, e minhas mãos se movem experimentalmente, agarrando aqueles montes suaves e úmidos de carne doce, enquanto ela fecha os olhos e exala um leve gemido.

Sua respiração está irregular e agitada quando ela estende o braço para puxar minha cabeça para baixo, contra a dela, mas, quando se inclina e nossos lábios se conectam, ela rouba todo o ar dos meus pulmões. Girando lentamente em meus braços, até seu peito ficar pressionado no meu, ela me beija com fúria. Deslizo as mãos pela pele molhada, sobre o tecido enrugado do seu maiô, segurando-a por trás e erguendo-a. Exatamente como em todas as noites, ela se entrelaça em minha cintura, prendendo os pés acima do osso do meu quadril, acariciando meu longo pênis entre as coxas. Seus nus mamilos rígidos se esfregam no meu peito, enquanto ela serpenteia os braços ao redor do meu pescoço e se agarra em mim.

Meu pênis vibra entre nós, e a pressão aumenta enquanto ela arqueia contra mim, movendo os quadris ritmicamente contra minha ereção, deslizando a língua sedosa, quente e úmida, incrivelmente erótica na minha. Todas as terminações nervosas do meu corpo estão disparadas, enquanto essa doce mulher geme dentro da minha boca e, de repente, não consigo mais me segurar. E me deixo ir.

O orgasmo atravessa o meu corpo, fazendo-me grunhir em liberação, enquanto a aperto contra mim, conforme filetes do meu gozo quente escapam do meu corpo em jorros, amontoando-se no meu calção de banho. Estremeço contra ela, ainda a abraçando, e ela acaricia meu rosto com ternura.

— Foi bom? — ela pergunta suavemente.

— Muito — respondo, estremecendo pela última vez. Abro os olhos para vê-la sorrindo para mim.

— Vai dormir na minha cama esta noite?

Balanço a cabeça. O que acabou de acontecer é prova suficiente de que tenho zero controle em relação a ela. Não vou arriscar. Não posso.

— Amanhã.

Ela solta os pés da minha cintura e os abaixa de volta no fundo da lagoa, olhando para mim com seus olhos verdes profundos e adoráveis, embora um pouco desapontados.

— Obrigada por lavar meu cabelo.

— Obrigado por...

Meus olhos recaem em seus seios e, embora eu os tenha espiado algumas semanas atrás, agora os olho com fome, com permissão, sem pudor. Eles são cheios e empinados, com mamilos rosados que me chamam. Quero prová-los, beijá-los como faço com seus lábios. Baixando a cabeça, seguro o seio direito entre minhas mãos, depois mergulho meus lábios para prová-la.

Sua pele está quente do sol, mas também fria da lagoa, e o mamilo já endurecido desperta em meus lábios. Molho-os com a língua, deixando o instinto assumir, enquanto ela mergulha as mãos em meus cabelos, puxando-me mais para perto com um suspiro e um gemido.

Girando a língua em torno do mamilo ereto, esfrego meu polegar para frente e para trás no outro, antes de passar os lábios nele também e sugá-lo em minha boca.

— Cass — ela chora suavemente.

Experimento um pouco mais de pressão, sugando com avidez, e ela choraminga bruscamente, afastando minha cabeça. Descanso minha testa na curva do seu pescoço, abrindo os olhos, temendo ter feito algo errado.

— Chega — ela murmura, sem fôlego, com a pulsação acelerada em sua garganta. Ela força minha cabeça para cima, beija meus lábios e fala contra eles: — Não podemos... já é demais.

— Foi ruim? — sussurro, congelado, preocupado com a possibilidade de tê-la machucado.

— Não, amor. Foi maravilhoso — ela diz, voltando a olhar para mim. Seus lábios estão inchados de me beijar, e seus olhos estão dilatados e arregalados. Não sei se alguma vez já a vi tão bonita. — Mas eu quero mais.

Ah. Isso eu consigo entender.

— Amanhã? — digo.

— Amanhã. — Com um aceno de cabeça, ela gesticula para nosso cobertor sobre a rocha, enquanto veste novamente as alças do maiô, cobrindo-se. — Com fome?

Sempre, Brynn. Sempre.

Como se estivesse lendo a minha mente, ela balança a cabeça e sorri como se fosse uma menina travessa. Nunca experimentei esse tipo de flerte antes e rio da expressão dela, porque a adoro.

Ela pega minha mão e me leva de volta à costa.

E eu a sigo.

Capítulo Vinte e Cinco

Brynn

Após nossa travessura sexy de ontem na lagoa, sinto os olhos famintos de Cassidy em mim durante o resto da tarde e hoje também no café da manhã.

Quando ele sai em seu quadriciclo, depois das tarefas matinais, para ir à loja, meu coração aperta, desdobrando-se em sua direção, querendo estar com ele mesmo quando o som do motor começa a desaparecer. Finalmente, viro e subo os degraus para me sentar em um dos três balanços da varanda da frente.

Talvez eu fique aqui até ele voltar, tentando processar tudo o que vem acontecendo entre nós.

Minha mente está girando.

Nós queremos um ao outro com um anseio que está começando a se tornar desespero, e, pela primeira vez na minha vida, estou me perguntando se não há uma expressão feminina para "bolas doloridas". Adoro a atenção, é claro, a maneira como ele me faz sentir a mulher mais deliciosa e desejável já criada, e certamente nunca quis um homem em minha vida tanto quanto quero Cassidy Porter.

Dito isto, meu pobre coração está contando os dias.

Tendo apenas dez dias restantes, não tenho certeza de como poderei suportar.

Perder Jem quase me destruiu, mas Jem se foi, e ele jamais irá voltar. Não está vivo em um lugar da Terra, vivendo sua vida sem mim. Isso não é uma opção, e tornar a minha vida um santuário para ele sem dúvida é algo que ele não teria gostado.

Não é o que eu quero também.

Eu quero viver, e eu quero amar.

Quero Cassidy.

Quando tiver que deixá-lo, daqui a uma semana e meia, saberei que ele continuará vivo, vivendo e respirando em algum lugar sem mim. *Sem mim.* Pouco a pouco, dia após dia, irá me partir em pedaços saber que ele está por aí, vivo e bem, mas que eu não posso tê-lo.

E... por que não?

Por que não posso tê-lo?

Impulsiono o balanço com raiva, pensando nas duas vezes que Cassidy já gritou comigo.

A primeira vez foi quando estávamos lendo no sofá, e eu perguntei se ele se sentia solitário, se queria uma namorada ou uma esposa. Sua resposta não foi ambígua, nem deixou espaço para interpretação.

Só não sou uma pessoa muito sociável, eu acho, foi o que ele disse. E quando eu o pressionei, ele me respondeu: *Eu* não preciso *de ninguém!*

Minha mente seguiu para a nossa conversa na cozinha, quando ele tirou meus pontos.

Não muito diferente da outra vez, ele se desligou totalmente quando tentei falar sobre sentimentos, gritando para eu parar. Mais tarde na conversa, ele deixou claro que, embora gostasse de mim, não estava interessado em mudar sua vida, que ele gostava dela do jeito que era — essencialmente o mesmo sentimento que havia compartilhado antes.

Para Cassidy, tocar no assunto sobre permitir que alguém entre em sua vida aciona algum tipo de raiva nele. Não podemos falar sobre isso sem ele gritar e se fechar.

E essa veemência deveria me convencer de que ele está dizendo a verdade, certo? Porém, isso não acontece, porque eu sempre acreditei que ações falam mais do que palavras. E as ações de Cassidy que mais me provam o contrário são como ele cuida de mim, como gosta de estar comigo, e eu chego a acreditar que me ama, ao menos um pouco. Ele jura se sentir de uma forma a respeito de sua vida solitária, mas se afunda em minha companhia, buscando minha presença, passando todo o seu tempo comigo, abraçando-me como se eu fosse a pessoa mais preciosa do mundo. Então, eu me sinto confusa por tudo ser tão desconexo. Ele diz que não precisa de ninguém, que não quer ninguém... mas parece — eu *sinto* isso — que ele precisa e quer... bem... a mim.

Continuo balançando-me, e o movimento é reconfortante, bom para pensar.

Por que ele me diria algo que não é verdadeiro?

Por que preciso deixá-lo quando estou me sentindo tão bem? Por que não podemos ficar juntos por um pouco mais de tempo? Ou muito mais, se for o que ele quer?

Não posso evitar imaginar se sua relutância em estar comigo ou, na verdade, em mudar sua vida, pode ter algo a ver com o motivo para ele e sua mãe terem saído da cidade e se mudado para cá.

Frustrada por não ter acesso à internet, onde eu poderia buscar seus nomes, registros de nascimento e artigos de jornal, decido optar por um método mais antigo. Talvez eu possa juntar os pedaços da história de Cassidy de uma forma diferente. Deve haver *algo* dentro daquela cabana que possa me contar o porquê de ele e sua mãe terem saído da cidade, o porquê de ele ter escolhido viver esta existência solitária, tão distante da humanidade.

Dirijo-me à casa. Ele não irá voltar por algumas horas, então, sigo para seu quarto, no final do corredor. É pequeno e organizado, com uma cama de solteiro, um criado-mudo, uma cômoda, um armário e uma porta que leva ao quintal. Inclino-me, abrindo a primeira gaveta da cômoda, então, abro a segunda e a terceira... mas, por mais que eu tome cuidado ao vasculhar suas roupas cuidadosamente dobradas, não encontro nada escondido no fundo das gavetas.

Indo para o armário, percebo que não consigo alcançar a prateleira mais alta, então, pego uma cadeira da cozinha e a arrasto até o seu quarto. Subo nela e olho a prateleira de cima, onde, presumo, ele encontrou a Polaroid da mãe. Há roupas de inverno — uma parca cuidadosamente dobrada e calças de neve, além de todos os tipos de luvas e chapéus — guardadas em uma cesta de lavanderia de plástico. Tateando por detrás das roupas, não encontro nada fora do comum, até que meus dedos tocam uma caixa de metal. Eu a puxo gentilmente, e cuidadosamente saio da cadeira para dar uma olhada nela.

Sem Amor 243

Sento-me na cama de Cass e abro a tampa, espiando o conteúdo. Bem no topo, há um pedaço de papel dobrado e, quando o desdobro, ele me revela um conjunto de quatro fotos, todas com um menininho e uma mulher de trinta e poucos anos, de rostos colados, sorrindo. Reconheço Cassidy e sua mãe instantaneamente, e observo os olhos azuis gentis de sua mãe, além do cabelo loiro frisado. Ela não é bonita. Seus dentes da frente não são alinhados, e ela não usa nenhuma maquiagem, mas seu sorriso me diz o quanto ela ama o filho, e o sorriso do menino me diz o quanto ele a ama também.

Colocando a foto de lado, pego um bracelete de couro da caixa e o seguro na altura dos meus olhos. Gravado no tecido está o nome de CASSIDY, tremido e inseguro, como se ele mesmo tivesse escrito.

Sob o bracelete, encontro outra foto, desta vez, de um menininho com um homem adulto, lado a lado em um parque, com uma distância de uns trinta centímetros entre um e outro. O homem, que é diferente do homem que vi no retrato sobre o sofá, é bem mais alto do que a criança. Ele olha para a câmera intensamente, com os braços cruzados sobre o peito. O menino faz o mesmo, e sua boca se desenha em uma linha reta. Nenhum dos dois parece muito contente ou confortável.

Viro o retrato e leio: "Paul e Cass. Lanchonete familiar Cookout. 1995".

Paul.

O pai dele.

Sobre quem ele nunca fala. Que morreu quando ele tinha nove anos.

Viro a fotografia novamente e olho para o homem com mais cuidado: a forma como ele usa o cabelo jogado para o lado e seus pesados óculos de aro preto. Sua camisa está abotoada até o topo e enfiada por dentro do jeans com um cinto. Quando olho para seu rosto, há algo de familiar nele, embora eu não consiga necessariamente encontrar uma semelhança entre pai e filho. Então, novamente, eu penso — inclinando minha cabeça para olhar melhor — que Cassidy é tão alto quanto o pai. Mas este parece ter olhos castanhos, enquanto os de Cassidy são azul e verde. Fico olhando para a foto por mais um momento, sentindo-me insegura, então a coloco de volta na caixa, assim como o bracelete.

Encontro mais algumas coisas no fundo da caixa: três bolinhas, algumas moedas sujas, uma casca de tartaruga vazia, um xerife de Lego segurando um revólver e um chefe indígena, também da Lego, com o rosto arranhado. Nada fora do comum, apenas coisas pequenas que qualquer criança guardaria em uma caixa de tesouros.

Cuidadosamente, a organizo novamente, da forma como a encontrei, ponho a tampa e subo na cadeira para colocá-la de volta no fundo do armário.

Não estou mais perto de obter respostas do que estive quando comecei a buscá-las.

Fecho a porta do armário e saio do quarto de Cass, colocando a cadeira de volta na mesa da cozinha e sentindo-me um pouco envergonhada por violar sua privacidade.

E devo considerar, por mais doloroso que possa ser, que *não* há nenhuma razão traumática para a falta de interesse de Cass em ter um relacionamento comigo.

Enquanto lágrimas nublam meus olhos, penso em suas palavras ao longo das semanas que temos passado juntos:

Estou feliz com as coisas como elas são.

Minha vida funciona.

Não quero mudá-la.

Ele tem sido honesto comigo desde o início.

Ele não quer uma namorada ou uma esposa.

E por mais que possa estar apreciando minha companhia temporariamente, não me quer de uma forma *definitiva*.

Sentindo-me um pouco miserável, caminho em direção à sala de estar, até o meu quarto, e me arrasto para debaixo das cobertas. Às vezes, quando olho nos olhos dele, consigo enxergar amor, *mas não é amor*, Brynn. É cuidado. É gentileza. Uma ternura momentânea. Desejo.

Mas não se engane: não é permanente. Tem a ver com agora, não com um para sempre.

E como eu sou uma garota estúpida, me apaixonei por ele.

Estou totalmente, completamente, desesperadamente apaixonada por ele.

E tudo o que eu quero é um para sempre que não poderei ter.

— Brynn? Estou de volta.

Meus olhos ainda estão pesados e queimando das lágrimas que derramei antes de pegar no sono. Abro-os para encontrar o rosto de Cassidy próximo ao meu, e a luz do quarto tornou-se mais fraca. Já deve ser final de tarde, o que significa que dormi por horas.

— Oi — eu digo.

— Você está bem? — ele pergunta, com o cenho franzido, enquanto pousa as costas da mão na minha testa. — Você está um pouco... esquisita.

— Estou bem. Só me sentindo um pouco emotiva em relação a tudo.

— A tudo?

— Estar com você. — Sorrio tristemente. — Ter que deixar você.

Ele se encolhe, e é apenas um movimento discreto, mas eu noto.

Uma confusão me atinge, lutando contra as equações que pensei ter resolvido antes. Será que a ideia de eu ir embora também o magoa? Ele desvia o olhar, virando-se de costas e mirando o *Katahdin* através da janela. Aparentemente, ele não quer discutir isso. E se eu continuar aqui desse jeito, vou arruinar o pouco tempo que ainda temos juntos. Não quero fazer isso, então, ergo-me e tento um sorriso.

— Você comprou tudo?

Ele olha para mim e assente.

— E também... — Ele coloca a mão no bolso e tira de lá uma faixa de couro. — Comprei isso para você.

Pego-a, olhando para o simples bracelete trançado em couro da cor de canela. Há dois cordões saindo das extremidades, que são o que o apertarão no meu pulso quando puxados ao mesmo tempo. Eu o adoro à primeira vista.

— Para mim?

Ele alcança meu pulso, então pega o bracelete e o desliza pela minha mão, puxando as cordas até deixá-lo firme. Depois, olha para mim.

— Nunca comprei um presente para uma garota.

— Você escolheu bem — digo, segurando seu rosto. — São muitas novidades para você ultimamente.

Seus olhos, tão diferentes e singulares, examinam meu rosto, finalmente caindo em meus lábios. Ele se inclina para a frente, pressionando a boca na minha suavemente. Eu o puxo em minha direção, agradecendo-lhe pelo bracelete e deixando que saiba o quanto estou agradecida por tudo o que fez por mim e, sim, o quanto eu gostaria que houvesse uma possibilidade de um futuro para nós.

Faço o contorno dos seus lábios com a língua, e ele estremece, me envolvendo com os braços e me erguendo até o seu colo. Estou aninhada em seu peito, sua língua encontra a minha, e meus pensamentos começam a se dispersar à medida que o instinto assume. Meus músculos ficam tensos, desejando senti-lo dentro de mim, desejando agarrá-lo, enquanto ele desliza e me penetra.

Cassidy interrompe o beijo e inclina a testa contra a minha, ofegando suavemente.

— Eu meio que queria...

Abro os olhos, ignorando meus músculos íntimos e focando no que ele está prestes a dizer.

— O quê?

— Eu estava pensando em te levar para um encontro esta noite.

— Um encontro? Você quer dizer... sair?

Ele beija meu nariz e se afasta.

— Não. Aqui. Um encontro aqui.

— O que você tem em mente?

— Confia em mim?

Quer saber de uma coisa? Eu confio. Plenamente. Mesmo com meu coração tolo, que será destruído de uma forma que não poderá ser curado daqui a duas semanas, eu confio nele. E ainda espero que haja um final feliz para nós, mesmo que não consiga imaginar uma forma agora.

— Você salvou a minha vida.

Ele sorri para mim e acena com a cabeça.

— Salvei.

— Mais de uma vez.

— É uma das minhas especialidades.

Eu rio, porque o lado arrogante e brincalhão de Cassidy é adorável.

— Ok. Então...

— Você não respondeu à minha pergunta: o que tem em mente?

— Ah, não. Você não respondeu à *minha*. Confia em mim?

— Sim. — Faço um biquinho. — Mas ainda quero saber!

Ele respira fundo e chega a abrir os lábios, como se estivesse cogitando me falar. Mas, no último minuto, balança a cabeça.

— Não. Você vai ter que esperar.

— Para quê?

— Acho que é melhor se preparar — me diz, com uma voz que eu uso com ele às vezes.

Não posso evitar. Sinto-me excitada, perguntando-me o que ele pode ter planejado. Outro filme? Uma superpegação no escuro? Minha mente vai para os preservativos que ele comprou. Certamente o sexo está incluído na equação, não é?

— Você vai me dar um pouco de romance para entrar nas minhas calças, Cassidy Porter? — pergunto, sorrindo.

Ele dá de ombros, sorrindo para mim, enquanto duas manchas cor-de-rosa surgem em suas bochechas.

— Talvez.

— Você não precisa disso — digo simplesmente, porque é verdade. Este homem possui o meu coração e o meu corpo, e eu suspeito que, antes de deixá-lo, ele já terá ganho a minha alma também. A de Jem está no *Katahdin*.

A minha estará para sempre com Cassidy.

— Mas eu *quero* — ele diz, com olhos sérios. — Você *merece* algo romântico.

Oh, meu coração.

— Está bem, então. O que preciso fazer?

— Hum... — Ele olha ao redor do quarto, e seus olhos descansam, por um momento, em um baú ao lado da mesa de cabeceira. Eu o ignorei todos esses dias, porque imaginei que guardava cobertores extras, como o baú ao pé da minha cama, na minha casa, mas agora começo a me perguntar se há mais alguma coisa lá dentro. — Escolha algo para vestir e prepare-se. Venho buscá-la em uma hora.

— Me buscar?

— À sua porta... er... cortina. Sou um cavalheiro.

Eu rio, assentindo com a cabeça para ele.

— E nós vamos ficar aqui?

Ele também balança a cabeça, olhando ao redor do quarto, com os olhos sérios ao pousarem nos meus.

— Nós ficaremos aqui, anjo. A noite toda.

Ele beija o topo da minha cabeça e me deixa sozinha. Sei que os dias estão passando e que meu coração ficará ferido quando tudo acabar, mas me recuso a estragar o agora, lamentando pelo amanhã.

Sorrio para mim mesma, excitada por nosso encontro, e pulo da cama para abrir o baú da Sra. Porter para ver o que há lá dentro.

250   KATY REGNERY

Capítulo Vinte e Seis

Cassidy

Eu já li livros e assisti a programas e filmes suficientes para saber que um primeiro encontro é algo importante e, embora nada em relação ao nosso relacionamento seja convencional, essa é uma coisa que eu realmente gostaria de fazer corretamente.

Quando eu estava na loja, hoje mais cedo, além de pegar um número absurdo de caixas de preservativos (seis, para ser exato, que era o estoque todo), comprei velas de citronela, vinho, queijos, dois bifes e baterias para o meu rádio. Consigo sintonizar a WSYY-FM, de Millinocket, em uma noite clara, e essa parece que será tão clara quanto possível. Também peguei alguns marshmallows, barras de chocolate e bolachinhas Graham, porque prometi uma fogueira a Brynn, e seria uma pena fazermos uma fogueira sem *S'mores*.

Levo a mesa da cozinha lá para fora, sobre a grama, e a cubro com uma toalha de mesa antiga, pondo-a de forma adequada, com pratos, guardanapos e taças de vinho. É a noite do blues na rádio, o que me serve muito bem, e as velas cintilam alegremente com a brisa da noite. Tomo um banho ao ar livre e faço a barba, depois deslizo pela porta do meu quarto para me vestir. Escolho calças jeans limpas, uma camiseta branca e uma blusa de flanela xadrez, porque acho que pode esfriar esta noite.

Ainda tenho algum tempo antes de ir "buscar" Brynn, então, sirvo o vinho e corto o cheddar que comprei na loja. Estou me sentindo particularmente animado, mas, pela forma como estou agindo, sinto que também estou guardando muita energia nervosa. *Quero* dormir com Brynn esta noite. Estou pronto para entregar minha virgindade. Mas quero que seja bom para ela também. Não posso lhe dizer que a amo, porque não posso mantê-la aqui, e compartilhar sentimentos tornaria tudo muito mais difícil. Mas, quando dormirmos juntos, mais tarde esta noite, será exatamente isso: estaremos fazendo amor. Nunca amei ninguém — nem minha mãe, nem meu avô, nem ninguém — tanto quanto a amo.

Dou as costas para a casa e olho para o *Katahdin*.

Atrás do cume, o céu é uma confusão de cores, pintando as nuvens de uma forma que parecem sobrenaturais. Laranja. Um roxo intenso. Lavanda delicado.

O pico Baxter não é agudo, como você veria no desenho de uma montanha de uma criança. É suavizado, e seu ponto mais alto fica a pouco mais de mil e quinhentos metros de altura. Compare isso com o Everest, que fica a quase nove mil metros. Mas o *Katahdin* está de pé há cerca de quatrocentos milhões de anos, criado quando um arquipélago colidiu com o continente americano, enquanto o Everest foi formado há apenas sessenta milhões de anos. O *Katahdin* pode ser um velho senhor, mas segura bem a onda. Os alpinistas mais experientes do mundo nem sequer tentam o *Katahdin*, chamando-o de monstro, e, por algum motivo, isso me deixa orgulhoso.

Mais importante de tudo, ele trouxe Brynn para mim, e por isso serei eternamente grato. Dito isso, no entanto, ultimamente, tenho começado a me perguntar como irei viver aqui depois que Brynn se for.

Quando fui à loja esta manhã, pensei que, de repente, depois que ela partir, talvez seja o momento de eu sair por um tempo. Talvez não para sempre, mas por algumas temporadas. Tenho dinheiro mais do que suficiente para recomeçar em outro lugar ou simplesmente viajar por algum tempo. Não apenas vivi de forma modesta, mas também tenho habilidades completas para viver fora do circuito. Eu poderia apenas... desaparecer.

Mas terei muitas horas para refletir sobre esses pensamentos mais tarde.

Não esta noite.

Nesta noite, há uma linda garota dentro da minha casa, e ela está esperando que eu a busque para o nosso encontro.

Depois de passar uma mão pelo meu cabelo ainda úmido, pego o buquê de flores selvagens que colhi e subo os degraus da varanda em um único salto, abrindo a porta da frente e atravessando a sala de estar. Em frente à cortina que separa seu quarto do resto da casa, paro, sentindo bolhas estourarem dentro do meu estômago, antes de bater na moldura da porta.

— Alguém em casa?

— Entre.

Sua voz me faz sorrir, e eu abro a cortina para encontrá-la sentada à beira da cama, olhando para mim. Está usando um vestido de verão jeans claro, que mergulha sobre seus seios cheios e termina logo acima dos joelhos, além de um cardigã branco, aberto. O bracelete está trançado em seu pulso magro, e meu coração incha um pouco ao pensar que fui eu quem o deu a ela. Seu cabelo brilhante e castanho está preso em um rabo de cavalo sobre um ombro e amarrado com uma fita azul-clara. Seus pés estão descalços.

Cristo, como eu gostaria de nunca precisar deixá-la partir.

— Oi — ela diz, sorrindo para mim.

Ofereço-lhe as flores.

— Você está linda.

— Obrigada. — Ela se inclina para cheirá-las, então, olha para mim com olhos cintilantes e os lábios curvados para cima. *Ah, Brynn, Brynn, como eu te amo.*

— Tenho um vaso em algum lugar — digo. — Vou procurá-lo para você.

Ela coloca o pequeno buquê na mesa de cabeceira, levanta-se e dá uma voltinha.

— Eu não fazia ideia de que sua mãe tinha mais algumas roupas no baú. Quase todos os vestidos são muito pequenos para mim, mas achei que conseguiria me virar bem com esse se usasse um casaco.

Dou um passo na direção dela e a devoro com os olhos.

— Nunca vi uma mulher tão bonita quanto você, Brynn Cadogan.

Ela cora e, por um segundo, sinto-me como o rei do mundo, porque minhas ações e minhas palavras, de alguma maneira, conseguem tocá-la. Não sou digno dela, mas ela está aqui, comigo, com o rosto corado e olhos ternos.

— Você fez a barba.

— Com a velha lâmina de barbear do meu avô — digo, esfregando meu maxilar macio.

— Você é insanamente bonito, Cass.

— Tá bom. — Ninguém nunca falou que eu sou bonito antes. Bem, só a minha mãe. Mas mães não contam, elas *sempre* têm que achar seus filhos bonitos.

Ela ri, balançando a cabeça.

— Você é muito gostoso.

Embora eu nunca tenha ouvido essa expressão antes, a forma como seus olhos se tornam mais sombrios faz com que eu entenda que deve ser bom ser gostoso, e não posso deixar de sorrir, combinando meu rubor com o dela.

— Ok. Hum, obrigado, eu acho.

— Acho que ouvi música — ela diz, olhando por cima do meu ombro.

— Ouviu, sim. Comprei baterias para o rádio.

— E foi uma luz de velas que vi através das cortinas?

— Sim, senhora.

— E se não estou enganada, ouvi uma rolha sendo estourada.

— Não posso garantir algo sofisticado, mas consegui uma garrafa de vinho.

— Um jantar à luz de velas, com música e vinho. — Ela suspira, com olhos doces e suaves. — Agora você está me mimando.

É porque eu te amo, penso, mas apenas assinto, oferecendo-lhe meu braço.

— Vamos?

Ela pega meu braço com uma gargalhada suave, colocando a mão na curva do meu cotovelo.

— Esta noite é o meu primeiro encontro — digo, enquanto atravesso a sala de estar com ela e passamos pela porta da frente. — Venho esperado por isso há muito tempo. — Saímos para a varanda juntos. — Espero que tenha feito tudo certo.

Ela arfa quando vê nossa mesa à luz de velas, com a fogueira logo atrás e o *Katahdin* à distância.

— Uau — ela murmura. — Você arrasou.

É minha vez de rir com prazer, amando sua reação.

— Sério?

— S-sério. — Ela assente, mas logo funga, erguendo a mão para secar seus olhos. — Está lindo. Obrigada.

— Ei. Você está chorando — digo, colocando as mãos em seus ombros e virando-a para que olhe para mim. — Por que está chorando, anjo?

— *Você* é o anjo. — Ela se inclina para a frente, soluçando contra meu peito e descansando a cabeça no meu ombro. — Você me salvou. Me trouxe à vida novamente. Eu... eu... oh, Cass.

Seus ombros estremecem sob minhas mãos, e eu não sei por que ela está tão triste, mas odeio isso, mesmo que a tristeza seja uma parte de Brynn que eu também amo. Sua confiança no mundo foi roubada quando seu noivo foi baleado e novamente depois, quando foi atacada na montanha. Ela tem direito a lágrimas, e eu me sinto honrado por ser a pessoa a quem ela recorre quando precisa chorar.

— Shhh, doçura — murmuro, erguendo-a em meus braços e me sentando em um dos balanços da varanda com ela aninhada em meu colo. — Está bem. Vai ficar tudo bem.

— *Não* vai — ela sussurra, sua respiração atingindo meu pescoço. — Estou t-tentando ser c-corajosa. Mas dizer adeus a você vai me p-partir ao meio.

Forço-me a engolir o nó que surge repentinamente na minha garganta, porque suas palavras refletem meus sentimentos. Deus, se nós ao menos pudéssemos fugir...

Mas não há como fugir do que eu sou, de *quem* eu sou. É muito egoísmo da minha parte tirar essas duas semanas dela. Não posso tirar mais. Não *vou*.

Mas não quero magoá-la ainda mais.

Pigarreio, fazendo uma careta, porque as palavras que estou prestes a dizer têm um gosto amargo.

— Talvez... talvez nós devêssemos parar por aqui.

— O que você está querendo dizer?

— Bem... não precisamos ir mais longe, ou tornar tudo mais difícil. Nós podemos, sabe, terminar agora. Isso tudo. Nós.

— Não!

— Brynn...

— Não! Nós combinamos duas semanas.

— Eu não quero te machucar — falo, desejando não ser quem sou e erguendo a mão para esfregar meus olhos, que ardem.

Ela esteve aninhada no meu colo, mas agora fica ereta e se afasta de mim, olhando para as montanhas, que já estavam lá muito antes de nós e que permanecerão ali por muito tempo depois que partíssemos.

— Vou acabar ficando triste uma vez ou outra — ela diz —, porque me dói pensar em te deixar.

— É por isso que...

— Mas eu quero você de todas as formas que puder ter, Cassidy Porter — ela me interrompe, enquanto se vira em meu colo para olhar para mim e ergue as mãos para colocá-las em meu rosto. — Não sei por que você não pode ver um futuro comigo da mesma forma como consigo imaginar um com você. Não sei quais segredos esconde que te fazem pensar que precisamos ser temporários. Mas eu sei que meu coração ainda bate *agora* porque você me salvou, então, de certo modo, ele pertence a você tanto quanto me pertence. E, seja qual for o tempo que poderei ter com você, Cass, eu não vou renunciar.

Ela me beija apaixonadamente depois do seu pequeno discurso, e sua língua sedosa desliza por entre meus lábios, enquanto seus dedos se enroscam no meu cabelo. Quando se afasta, seus seios se erguem e baixam rapidamente com as respirações ofegantes, e seus olhos estão tão escuros quanto a noite.

— Eu quero as velas, o vinho, a fogueira... mas primeiro — diz ela, deslizando do meu colo e ficando de pé diante de mim — quero você.

Iluminada pelo pôr do sol atrás do *Katahdin*, ela coloca as mãos no casaco e o tira pelos ombros, deixando-o deslizar por seus braços. Dando um passo para trás, ela desabotoa o vestido, tirando as alças pelos braços e deixando-o cair suavemente no chão. Não está usando sutiã, apenas uma calcinha branca, e ela engancha os polegares na borda. Assisto enquanto ela a desce pelas pernas, ficando diante de mim nua sob o sol poente.

— Cass — ela murmura, com uma voz falha e profunda, enquanto estende a mão para mim. — Preciso de você. Venha comigo.

Não ousei sequer respirar desde que ela disse *eu quero você*, mas preencho meus pulmões enquanto pego sua mão e me levanto, seguindo-a de volta para casa.

Seus dedos se entrelaçam nos meus enquanto atravessamos a sala de estar e entramos no quarto. A luz do pôr do sol banha o quarto pequeno com um calor etéreo, enquanto ela se vira para me encarar, ficando de costas para a cama. Prendendo os olhos nos meus, suas mãos se erguem em direção aos meus ombros, e ela desliza os dedos pela minha camisa de flanela, usando as palmas para tirá-la pelos meus braços. Suas mãos se achatam em meu peito e depois seguem para a bainha da camiseta, que ela puxa pelo meu pescoço. Alcanço o algodão amassado e puxo-o pela minha cabeça, sentindo o coração acelerar de amor e antecipação, enquanto olho para ela.

Seus lábios se contorcem em um sorriso, conforme suas mãos patinam devagar, pouco a pouco, pelas ondulações dos meus músculos abdominais. Eles abrem caminho para a minha pélvis, e ela segue as linhas em V de músculos e ossos, até o cós do jeans. Erguendo o queixo, ela alcança o botão e o abre, tirando meu jeans.

Enquanto empurra a calça pelos meus quadris, ela olha para baixo, ofegante, descobrindo que não uso roupas íntimas. Quando fico sem o jeans, estou tão nu quanto ela.

Sem nos tocarmos, ficamos frente a frente, e nossos olhos, sombrios, estão trancados um no outro. Com minha visão periférica, posso ver seus seios subindo e descendo com sua respiração. Sem dúvida, ela deve estar vendo minha ereção, grossa e longa, apontando para cima entre nós e pulsando com cada batida do meu coração.

Ela é linda.

E está se oferecendo para mim.

Está me dando algo que eu nunca me permiti desejar.

Ouço um soluço baixo e gutural preenchendo o quarto e, no começo, não percebo que sou eu, porque não estou chorando.

Estou apenas... maravilhado, e é assim que esse sentimento soa.

Não sei como posso sentir tanto amor por alguém.

Chega a doer amá-la tanto assim.

Ainda assim, eu não trocaria esse momento nem mesmo se tivesse a chance de limpar meu sangue do veneno do meu pai. Cada segundo da minha vida, cada passo em falso, cada respiração, cada escolha, cada pedaço de sorte, graça e misericórdia, me guiaram a esse momento sagrado. Se o fato de eu ser quem sou — ser Cassidy Porter, o filho de Isaac Porter — me trouxe até aqui, a este lindo momento, com esta mulher doce e deslumbrante, então, continuarei sendo quem sou. E, pela primeira vez na minha vida, estou grato por ser eu mesmo.

— Cass — ela sussurra —, você confia em mim?

Assinto com a cabeça uma vez, de forma lenta.

— Completamente.

— Fique quieto — ela murmura, suavizando as mãos pelos meus braços, ficando de joelhos diante de mim, de costas para a cama.

Baixando meu olhar, vejo quando ela prende os dedos ao redor da minha ereção, lambendo uma trilha desde a base até a ponta antes de me levar para o céu com sua boca quente e úmida.

Grito, cerrando os punhos e soltando o ar, buscando um lugar para me segurar. Alcanço seus cabelos escuros, embolando meus dedos conforme fecho os olhos.

Seus lábios se movem lentamente pelos cumes da minha pele latejante, e eu sinto cada deslize da língua, cada redemoinho, cada lambida. Em toda a minha vida, nunca experimentei nada tão erótico ou tão sensual quanto esta mulher banhando meu sexo com a boca. Fecho os olhos novamente, ainda com meus dedos presos em seus cabelos, enquanto sinto a pressão em minhas bolas.

De repente, percebo que não sei o que fazer depois. Meus olhos se abrem, e dou um passo para trás, afastando meus quadris e desconectando meu pênis de seus lindos lábios, fazendo um barulho alto.

Ela ergue o pescoço e olha para mim com olhos arregalados e preocupados.

— Não é bom?

— O q-quê?

— Não é bom? Exagerei? Eu posso...

— N-não. Isso foi... é a... A melhor coisa que já fiz. — Passo minhas mãos pelo meu cabelo. — É que estou prestes a...

Ela fica boquiaberta. Então, sorri para mim, balançando a cabeça em entendimento.

— Oh! — Ela faz uma pausa e depois sorri novamente. — Está bem.

— Eu não queria... Quero dizer...

Ainda de joelhos, ela balança a cabeça.

— Cass, estava bom?

— Deus, sim. Sim. Você é...

— Então volte aqui...

Sinto minhas sobrancelhas se erguerem, mas dou um passo à frente, e ela alcança meu sexo rígido, massageando-o gentilmente.

— Cass?

— Hum? — murmuro, tentando manter meus olhos abertos, enquanto seu toque cria um tremendo tornado e uma sensação de turbulência que se acelera dentro de mim.

— Quero que você goze na minha boca — ela diz, apertando os lábios ao redor do topo da minha ereção.

E eu não preciso de mais nada.

Rujo de prazer, e o som começa com um grunhido e cresce até um trovão animalesco que preenche todo o quarto. Fico na ponta dos pés quando o solto, liberando meu gozo em sua boca em jatos pulsantes de um prazer indizível, que me faz contrair meus glúteos e minhas unhas tirarem sangue das palmas.

Com os olhos bem fechados, não vejo quando ela se levanta e se senta na lateral da cama. Porém, quando os dedos dela se entrelaçam nos meus, forço meus olhos a se abrirem e olho para ela. Brynn sorri amplamente, com os lábios inchados sob o crepúsculo.

— Oi — ela diz, com uma expressão provocadora. — Você voltou.

É a minha vez de me ajoelhar em gratidão e reverência, então, ajoelho diante dela, em devoção e fidelidade absolutas. Busco seu lindo rosto, sentindo meu coração inchar tão dolorosamente que quase não consigo falar.

— Brynn, eu... Eu...

— O quê?

Alcanço seu rosto, acariciando suas bochechas com as palmas das minhas mãos, olhando fixamente nos olhos dela, desejando poder lhe dizer quão desesperadamente eu a amo.

— Obrigado.

Ela sorri, inclinando o pescoço ligeiramente para beijar minha palma.

— O prazer é meu.

— Como... Como faço *você* se sentir assim? — pergunto.

Ela se inclina para a frente e pressiona seus lábios contra os meus e, então, respira profundamente.

— Da mesma forma.

Ainda empoleirado na beira da cama, ela não se afasta de mim enquanto abre as pernas e se inclina para trás. Posso sentir seu cheiro conforme inclino minha cabeça e me sinto ansioso por prová-la, da mesma maneira como ela me provou. Ao contrário das mulheres das minhas revistas, que são depiladas, Brynn tem um suave triângulo de pelos escuros no ápice de suas coxas. Abaixo a mão sobre ela, me deleitando com a suavidade, antes de encostar meus lábios para tocar seu clitóris.

É cor-de-rosa, brilhante e cintilante, e suponho que ela irá se sentir tão bem quando a minha língua tocá-la, da forma como ela me tocou. Inclino-me e deposito um beijo gentil na pele escorregadia, sendo instantaneamente recompensado com um gemido de prazer, que envia um fio de calor desde os meus lábios até a minha virilha, fazendo-me endireitar-me outra vez.

Meus ombros mantêm suas coxas abertas, e me ocupo do seu sexo, me deleitando com os barulhos de prazer — gemidos, suspiros e gritos — que preenchem o cômodo. Quando suas coxas começam a apertar meus ombros, e ela grita meu nome, seu corpo inteiro se retesa por uma fração de segundo, antes de perder o controle, contorcendo-se em ondulações ritmadas enquanto se perde em seu orgasmo.

Inclino-me para longe dela quando a tensão em suas coxas diminui, e me levanto, olhando-a na cama. Sua cabeça despenca para um lado, e seus olhos estão firmemente fechados. Eu a amo tão desesperadamente que me sento na cama, puxando-a para o meu peito e pressionando meus lábios nos dela.

Saboreamos as partes mais sagradas um do outro, misturando-as, doces e salgadas, o que é um excelente aviso da intimidade que acabamos de compartilhar. Nós nos beijamos ferozmente, nossos dentes colidem e nossas línguas se entrelaçam, enquanto eu acaricio suas costas e desloco meu corpo sobre o dela, apoiando meu peso em meus cotovelos para não a esmagar.

Seus dedos se emaranham em meu cabelo, puxando-o bruscamente, me trazendo de volta à realidade — ao fato de o meu pênis, que lateja de ansiedade, ter se alinhado à entrada do seu corpo e ela ter erguido os joelhos para me receber dentro dela.

— Brynn. Anjo. Espere. Espere por mim.

Rolo por cima dela, pousando os pés no chão com um baque. A sacola de plástico da loja está no meu quarto, e eu corro pelo corredor, pegando-a na cama e voltando para ela. Quando retorno ao quarto, ela está deitada de lado, com o cotovelo apoiado na cama, segurando a cabeça.

— Eu não teria parado — ela confessa. — Teria continuado.

— Não posso fazer isso — digo, pegando uma caixa de preservativos da sacola, antes de jogá-la na cadeira de balanço.

Ela respira profundamente e solta o ar devagar, enquanto se coloca de costas, fitando o teto.

— Eu sei.

Sinto sua decepção, e isso faz com que eu me odeie. A última coisa que quero é fazê-la sentir algo que seja menos do que perfeito, menos do que belo.

Colocando a caixa de preservativos sobre a mesa de cabeceira, sento-me na beira da cama, de costas para ela, e depois a observo por cima do ombro.

— Você quer parar?

Capítulo Vinte e Sete

Brynn

Se eu quero parar? Não.

Estou um pouco decepcionada por não poder senti-lo, enorme e nu, dentro de mim? Sim. Eu realmente pensei em deixá-lo entrar em mim e me engravidar para que nunca mais nos separássemos? Absolutamente.

Mas... eu quero parar? Absolutamente *não*.

— Não — digo, sentando-me atrás dele. Abro minhas pernas e pressiono meus seios em suas costas, envolvendo minhas pernas ao redor da sua cintura e meus braços em seu tronco. Encosto o rosto em suas costas quentes e fortes, e falo: — Esse é o problema, Cass. Eu *nunca* quero parar.

Sei que ele estava prendendo a respiração, porque seus pulmões se libertam em um suspiro de alívio.

— Então me ajude com isso — ele pede, pegando a caixa de preservativos e colocando um entre meus dedos.

— Vire-se.

Pressiono um beijo em suas costas e afasto minhas pernas do seu corpo, enquanto ele se desloca na cama para me encarar. Seu pau fica ereto e duro, e minha respiração falha quando levo em consideração que faz mais de dois anos que não faço sexo. Engulo em seco e espero que ele seja gentil, ou que meu corpo se lembre de como é. Não quero que doa. Dito isto, também estou esperando que o boquete que fiz em Cass há alguns minutos o ajude a durar mais tempo, porque estamos há dias excitando um ao outro, e eu estou morrendo de vontade.

Olho-o nos olhos quando levo o pacote à boca e o mordo. Rasgando-o pela metade, tiro o preservativo e olho para ele.

— Pronto?

Por uma fração de segundo, pergunto-me se deveríamos conversar por alguns minutos antes de ele entregar sua virgindade a mim, mas um olhar seu me informa que o tempo de conversas acabou. Vai acontecer. A qualquer momento. E estamos mais do que prontos.

Ele puxa minha mão para seu pênis.

Seguro a ponta do preservativo e cubro a extensão lisa e forte de sua ereção com látex, usando meus dedos para rolar a bainha sobre a pele esticada.

— Sei que você não quer ouvir isso — digo, colocando as mãos em seus ombros para me sentar em seu colo, posicionando-me sobre ele —, mas, Cassidy, eu am...

— Eu sei — ele me interrompe, sua voz soando como um sussurro urgente e estrangulado. — Quero que você saiba que, se as coisas fossem diferentes para mim, Brynn... se fossem diferentes, eu juro...

Sua voz desaparece enquanto abaixo meu corpo sobre o dele, empalando-me em seu sexo palpitante, com um suspiro afiado, seguido de um sorriso feliz. Ele é grande dentro de mim — grosso e quente —, mas eu me alargo para acomodá-lo, e nós nos ajustamos de forma perfeita. Não sei como ele mantém o autocontrole, mas seus olhos permanecem abertos o tempo todo, com finos círculos de azul e verde enquadrando suas pupilas pretas largas, quando me olha, tornando-me dele, senão para sempre, então, definitivamente, por agora.

— Você é... — ele murmura de forma ofegante, movendo os quadris experimentalmente, enquanto sua língua molha seus lábios — o grande... tesouro... da minha vida inteira.

As lágrimas se acumulam nos meus olhos, reunindo-se até que seu rosto se torna apenas um lindo borrão, e eu as sinto deslizar pelas minhas faces. Estas palavras são preciosas para mim, tão amadas, que eu enrijeço meus músculos ao redor dele, o mais forte que posso, tomando-o mais fundo, querendo tê-lo o mais perto de mim possível. Envolvo os braços ao redor do seu pescoço, balançando-me contra ele, pressionando meus seios em seu corpo, enquanto ele investe em mim novamente.

Estou chorando e rindo ao mesmo tempo, enquanto ele encontra um ritmo. Sinto um amor tão profundo por ele em meu coração, e *senti-lo*, quente e pulsando dentro de mim, faz com que meu clímax se acelere, me deixando ainda mais perto a cada movimento dos seus quadris. Sua ereção massageia as paredes do meu sexo com cada investida, e eu gemo bem perto do seu ouvido, mordendo-o cegamente até que a carne macia do seu lóbulo esteja entre meus dentes. Ele ofega, e então grunhe, um som profundo e pesado. Suas mãos se encaixam firmemente em meus quadris, com cuidado para evitar minhas feridas, enquanto me penetra.

Ele está ofegando contra minha garganta, e eu arfo em sua orelha antes de liberá-la. Passo meus lábios pela pele lisa de sua bochecha chegando à boca, reivindicando seus lábios com os meus, deslocando minhas mãos para segurar a parte de trás da sua cabeça, embolando meus dedos em seus cabelos.

— Eu quero... — sussurro, em uma corrida sem fôlego, recostando-me para olhá-lo nos olhos pouco antes de o meu orgasmo chegar. — Tudo que eu quero... tudo que eu quero, Cassidy... é *você*.

Grito de prazer, em contrações frenéticas e apertadas, que começam em meu sexo e se espalham por todo o meu corpo, fazendo-me estremecer enquanto ele empurra dentro de mim, uma e outra vez, cada vez mais rápido. Estou flutuando. Estou mole. Só existo por causa do homem que está fazendo amor apaixonado comigo.

— Brynn! — ele choraminga, agarrando-me nos braços como se eu fosse sua única salvação, sua única salvadora, e ele grita meu nome como se fosse a única oração que já existiu, a única que importa. — Brynn! Brynn! Bryyyyyyyyyyynn! — E então ele acrescenta, com uma voz esfarrapada e destruída: — Meu Deus, *por favor*!

Um pedido desesperado.

Uma súplica angustiada e quase desesperada.

Não sei por que ele grita essa súplica a Deus, talvez pela libertação iminente, que nunca conhecera antes desse momento. Só sei que, se eu e Cass existimos, também deve haver um Deus, porque só Ele poderia ter imaginado o nosso improvável encontro, porque apenas um Deus que nos ama muito poderia ter nos conduzido um ao outro.

Seu corpo empurra o meu bruscamente com um soluço, antes de as contrações dentro de mim preencherem o preservativo, tornando-se ondas pulsantes. Sua testa cai, descansando no meu ombro, e seus lábios tocam minha garganta de forma inconsciente, instintiva.

Estamos muito próximos, somos como uma única pessoa, nossos corações batem um contra o outro, nossos corpos estremecem, embora nos entrelacemos ferozmente, desesperadamente, ainda intimamente unidos. Ele toma uma respiração profunda e irregular, depois geme no meu pescoço suado, com a respiração quente.

Conheci o amor na minha vida, mas *nunca* me senti assim, e *nunca* quero sair do santuário dos braços de Cassidy.

Pressiono meus lábios no pescoço dele e fecho os olhos.

Eu amo esse homem, e sou seu tesouro.

Preciso descobrir, nos próximos dias, como nos manter juntos.

É a única coisa que importa agora.

Uma semana passa em um piscar de olhos.

Uma semana feliz passa ainda mais rápido do que isso.

Quando eu estava na faculdade, mantinha um diário, e toda vez que meu coração se encantava por um garoto, minhas anotações eram constantes, variadas e verbosas. Mas, quando reli esses diários, anos depois, notei uma tendência. Posso dizer que, no momento em que eu chamava a atenção de um rapaz e que ele me convidava para sair, essas anotações cessavam. Durante esse período, eu ficava ocupada demais para escrever; feliz demais para parar e avaliar minha vida de forma real, porque eu tinha conseguido o que queria e ficava nas nuvens por um tempo.

Mas, mais cedo ou mais tarde, algo me puxava de volta para a Terra, e eu retornava ao meu diário, porque a *vida real*, contundente e pesada, ressurgia. Reconhecemos certos dias como sendo os mais felizes, afinal, apenas porque temos outras coisas para compará-los. E porque eles são finitos.

De algum jeito, sou capaz de suspender minha tristeza por causa da nossa eventual separação e vivo o momento desta semana com Cassidy, e esses dias preciosos se tornam os mais felizes da minha vida.

Tivemos relações sexuais na minha cama e na dele.

No sofá e na mesa de centro.

No chuveiro ao ar livre, sob as estrelas.

Envolvidos em um cobertor na pedra da Brynn, ao lado de Harrington Pond.

Amamos os corpos um do outro, buscando um ao outro a todo momento, em todos os instantes, embolando-nos até que se torna impossível dizer onde ele termina e eu começo.

Dormimos emaranhados juntos todas as noites, nossos sonhos se misturam, compartilhamos a respiração, agarrando-nos até o amanhecer.

Nós plantamos, recolhemos ovos e fervemos água para lavar nossas roupas.

Nossas mães cantavam Beatles para nós quando éramos crianças, então, nós cantamos as mesmas canções juntos, enquanto Cass toca violão, conforme observamos as faíscas alaranjadas de uma fogueira subirem ao céu.

Ele me embala para dormir, enquanto as cigarras chilram uma canção de ninar.

Traço os picos e vales do seu rosto enquanto ele dorme pacificamente ao meu lado.

Durante todo esse tempo, ignoramos o passar dos dias, deixando um seguir o outro. Quase em um acordo tácito, conseguimos não discutir sobre nossa separação. Pergunto-me, às vezes, se isso passa por sua cabeça. Talvez ele também se pergunte se passa pela minha.

Mas, assim como na faculdade, a vida real sempre vem à tona eventualmente. Meus dias felizes terminam na manhã de 18 de julho. Só sei que é dia 18 de julho porque minha menstruação é como um relógio. Quando ela chega, me dou conta da data e, de repente, não posso mais ignorá-la.

Daqui a dois dias será 20 de julho, nossa despedida.

Se eu quiser cumprir minha promessa a Cassidy, temos apenas quarenta e oito horas restantes.

Ele está dormindo na minha cama, nu sob a luz do amanhecer, enquanto eu vou ao banheiro, olhando para as listras cor-de-rosa no papel higiênico.

Eu o amo, e tenho certeza de que ele me ama, embora nenhum de nós tenha dito as palavras. Endireito minhas costas. Certamente, vamos descobrir uma forma de ficarmos juntos, não vamos? O que temos é especial; precisamos nos dar uma chance. Coisas sobre onde moramos, ou meu emprego ou seu desprezo pela sociedade não podem importar mais do que os sentimentos que temos um pelo outro, podem? Não deveriam. Não podem.

E, no entanto, lembro-me que ele apenas concordou em ter um relacionamento comigo quando deixei claro que seria temporário e desprovido de sentimentos revelados. Mas será que ele desistiria de mim agora? Depois de tantas horas perfeitas nos braços um do outro? Parte meu coração pensar que ele seria capaz, mas outra questão torna tudo ainda maior: *será que* eu *estou pronta para desistir da vida que sempre vivi antes de conhecer Cassidy?*

Sim, penso resolutamente. Eu o amo. Claro que eu desistiria de qualquer coisa para estar com ele. Posso vender a minha casa. Posso pegar minhas roupas favoritas, colocar Milo em sua caixa transportadora e voltar para o Maine. Voltar para Cass. Posso construir uma vida aqui. Posso ser feliz aqui enquanto estiver com Cassidy. Certo?

Exceto...

Seco-me novamente, embolo o papel higiênico e o jogo fora, retornando ao quarto, pegando uma calcinha limpa e vestindo-a. Olho para Cassidy, que ronca suavemente, depois pego um cobertor ao pé da cama e enrolo-o em meus ombros nus. Saio pela porta da frente e me sento no meu balanço favorito, observando o nascer do sol sobre o *Katahdin*, mexendo na pulseira de couro em meu pulso.

Exceto pelo quê, Brynn?

Exceto...

Sinto falta de alguns dos meus confortos, como meu celular e televisão por satélite. Sinto falta de energia elétrica em abundância, que não depende de dias ensolarados, de um gerador ou de um tanque de propano; sinto falta de água corrente quente ilimitada, que não precise ser fervida antes.

Sinto falta de ser capaz de caminhar pela rua até o mercado e colocar uma muda de roupas em uma máquina de lavar que irá lavá-las em uma hora. Sinto falta de ver um filme no cinema. Sinto falta da internet. Sinto falta de escolher a música que quero ouvir e tê-la em minhas mãos. Sinto falta da Amazon Prime. Sinto falta de entregas à domicílio.

Não gosto desses pensamentos. Não os quero, mas eles continuam.

Embora Cassidy seja um paramédico capaz, sua mãe morreu aqui sem cuidados médicos. E se algo acontecesse a um de nós e não conseguíssemos chegar a um hospital a tempo? E se tivéssemos um filho e a criança ficasse doente? Será que eu me perdoaria se essa criança morresse, porque escolhemos um estilo de vida que poderia ameaçar a todos nós?

Encolho-me no balanço e aperto mais o cobertor ao meu redor, porque devanear que as coisas não serão complicadas é algo adorável, mas cair de volta à Terra é doloroso.

Será que eu estou realmente pronta para desistir da minha vida?

É uma pergunta que considero enquanto mexo a roupa em um caldeirão de água fervente após o almoço, deixando-a arrefecer, e também depois, ao pendurá-las uma a uma em um varal.

Também me irrita enquanto estou arrumando o banheiro, mais tarde naquele mesmo dia, e levo os resíduos para a pilha de fertilizantes.

Esse pensamento surge novamente conforme examino a coleção de livros de Cassidy, antes do jantar, mesmo já a conhecendo de cor.

Mas, quando o vejo cortando madeira, falando suavemente com Annie e substituindo uma placa enferrujada ao lado do celeiro, meus medos são derrotados. Porque *eu quero* Cassidy. Sinto isso na minha alma.

Talvez o que eu queira, começo a perceber, seja Cassidy, mas *não* o estilo de vida inteiro dele.

Seria possível, eu me pergunto, selarmos algum compromisso? Para que possamos misturar nossos estilos de vida para criar uma vida juntos? Não quero que Cassidy abandone sua vida sustentável, mas, se vivêssemos mais perto da cidade, poderíamos ter eletricidade suficiente para alimentar meu laptop, uma antena parabólica, um aquecedor de água e outras comodidades modernas. Podemos ainda cultivar legumes frescos em um jardim nosso, mas também podemos entrar no carro ou caminhão e dirigir para a cidade se quisermos algo.

Seria possível ainda viver uma vida tranquila sem ficarmos tão isolados? Sem ficarmos tão escondidos? Seria possível termos um lugar onde nossa privacidade fosse prioridade, mas não tão longe da sociedade?

Porque esse, penso comigo mesma enquanto lavo os vegetais que colhi hoje, poderia ser um plano de vida. Esse plano me faz sentir esperançosa e determinada, pois, se Cassidy concordar em considerá-lo, poderíamos ter o nosso felizes para sempre.

Ergo os olhos no momento em que Cassidy abre a porta da frente e entra na cozinha, encostando na parede para me observar.

— Essas cenouras estão muito bonitas, Srta. Cadogan.

Sorrio, sentindo-me animada, querendo compartilhar meus pensamentos com ele e esperando que goste da ideia tanto quanto eu.

— Você acha, é?

— Hum-hum — ele diz, passeando por mim.

Sexualmente, ele é ao mesmo tempo instintivo e insaciável, e eu assisti sua confiança aumentar todos os dias. Ele sabe como me fazer gozar rápido e intensamente, tanto com os dedos quanto com a boca; sabe como se segurar quando está dentro de mim, forçando-nos a esperar pelo intenso prazer do orgasmo. Ele é bom fazendo sexo — não, para alguém que fez sexo pela primeira vez há uma semana, ele é ótimo nisso —, e eu não consigo enjoar.

Sua camisa de flanela está desabotoada, mostrando seu abdômen bronzeado e tanquinho, e meus músculos internos se contraem. Eu o desejo. *Sempre* o desejo, e já quase acabamos com todas as caixas de preservativos. Mais uma razão para ficarmos perto da cidade. *Certamente* ele não iria discutir com esse argumento.

Ele aparece atrás de mim, enquanto mergulho uma cenoura no segundo balde de água. Uso o primeiro para esfregar a lama. O segundo as limpa. Instalado na pequena mesa da cozinha, esse sistema tem o infeliz efeito colateral de deixar a mesa e o chão ensopados, mas não é exatamente um problema. Posso limpar quando terminar e teremos uma deliciosa e fresca salada para o jantar.

Pego outra cenoura e a mergulho no primeiro balde, cuja água já está barrenta e turva. Quando a retiro, ela está livre da lama, mas ainda precisa ser lavada. Troco-a para o outro balde, onde Cassidy pode ver minhas mãos na água cristalina, e esfrego o legume de forma sugestiva, sentindo seus olhos em mim. Ele gargalha bem próximo do meu ouvido e agarra meus quadris, me puxando contra ele, fazendo com que eu sinta sua ereção pulsando contra o tecido do seu jeans. Está se avolumando de encontro ao zíper, desesperado para entrar em mim, e é exatamente onde eu quero que ele esteja.

— Você está me dando ideias, anjo.

— Sério? — Sorrio enquanto pego outra cenoura suja da pilha e esfrego minha bunda em seu pau.

— Claro que sim.

Quero falar com ele sobre tudo o que está acontecendo em minha cabeça, mas primeiro quero que ele me ame, para que nós dois estejamos relaxados e abertos. Estou vestindo outro dos vestidos de verão que encontrei no baú, e minha menstruação ainda deve estar leve o suficiente para não nos incomodar.

Alcanço minha calcinha e a tiro, saindo de dentro dela e a chutando para debaixo da mesa. Então eu me inclino para a frente e subo o vestido para que meu traseiro esteja livre para ele.

Ouço-o chiar por entre os dentes, e é um daqueles sons viscerais, animalescos, que tornam o momento ainda mais sexy. Ouço o botão do jeans de Cassidy ser aberto, seguido pelo abrir de um zíper. Meus olhos estão fechados, mas ouço quando um pacote de camisinha é retirado do seu bolso de trás e espero enquanto ele a veste. Quando suas mãos pousam em meus quadris, apoio os antebraços na mesa, derramando mais água dos baldes com meus movimentos. Através do vestido, meus seios ficam instantaneamente encharcados, e Cassidy se aproxima, enfiando as mãos dentro do tecido para segurá-los.

Seu pênis rígido força a abertura da minha bunda, enquanto esfrega meus mamilos com os dedos, puxando-os, apertando-os, girando-os, até que estejam tão duros quanto ele.

— Por favor, Cass — imploro, olhando por cima do ombro e abrindo um pouco mais as pernas.

Sinto que ele está buscando a abertura certa e, sem aviso prévio, ele empurra para a frente, enterrando seu pênis com uma investida suave.

Eu grito, tanto de surpresa quanto de prazer. Estou tão preenchida pela sua carne espessa e latejante que mal posso pensar em qualquer outra coisa além do que está acontecendo entre nós. Meus dedos se prendem à mesa, e eu a seguro, enquanto ele se movimenta para dentro e para fora de mim. Suas mãos estão nos meus quadris, me segurando firme, e eu posso senti-lo ofegando bem atrás de mim. Novamente, ele se afasta e sinto nossas peles colidindo quando ele empurra o pau para dentro de mim, fazendo mais água se espalhar pela mesa, fria contra meus mamilos intumescidos.

Uma mão desliza do meu quadril para a minha vagina, e dois dedos encontram meu clitóris. Ele massageia o botão pungente, bombeando em mim uma e outra vez até o meu corpo se acostumar com um prazer glorioso e forte, que me faz explodir. Ele investe mais uma vez, depois estremece, mantendo a respiração ofegante até grunhir o meu nome, gozando no preservativo, diminuindo a velocidade dos quadris com a libertação.

Uma mão segura meu quadril e desliza em volta da minha cintura, e ele descansa levemente sobre as minhas costas, apoiando a maior parte do seu peso em seus próprios pés. Sua voz soa perto do meu ouvido, quando ele diz por entre ofegos:

— Brynn. Meu... anjo... Meu... maior... tesouro.

Ele ainda está dentro de mim.

Ele vive no meu coração, e eu sei — na parte mais funda da minha alma — que sempre viverá.

Meus olhos se enchem de lágrimas, enquanto descanso a bochecha na mesa molhada, sussurrando, em total e completa entrega:

— Eu te amo, Cass. Quero que fiquemos juntos.

Capítulo Vinte e Oito

Cassidy

Congelo quando ouço as palavras que eu tanto queria e temia ouvir de seus lábios.

Eu te amo, Cass.

Eu te amo, Cass.

Eu te amo, Cass.

Por um momento, o mundo para, e eu simplesmente as absorvo. Sinto o amor dela por mim na curva dos dedos dos meus pés, na ponta dos meus dedos das mãos e em cada batida do meu coração não merecedor.

Então, fecho os olhos bem apertados e me forço a rejeitá-lo. Porque eu também a amo — por essa razão mais do que qualquer outra —, não posso aceitar ou retribuir.

Beijando sua nuca, me afasto dela, cuidadosamente saindo de dentro do seu corpo e me virando para tirar a camisinha. Dou um nó na ponta e a jogo no lixo. Fecho o zíper e aboto minha calça, então, me viro novamente para olhar para ela.

Brynn está me encarando, e a frente do seu vestido está ensopada, a calcinha está embolada em sua mão, e seu rosto está cheio de esperança e preocupação ao mesmo tempo.

— Não posso voltar atrás — ela declara, erguendo o queixo.

— Brynn, por favor...

— Preciso me trocar — ela diz rapidamente, mexendo no bracelete que nunca tira do punho. — E então teremos que conversar.

Eu a observo afastar-se: o delicado movimento de seus quadris, o suave tocar de seus pés no chão. Ela me ama.

O que significa que ela terá que partir, Cass.

Você sabe quem você é, de quem é filho.

Você viveu essa fantasia por tempo demais.

É hora de dizer adeus.

Quando ela volta para a cozinha, está vestindo jeans e camiseta, seus pés ainda estão descalços e seus cabelos, presos em um rabo de cavalo. Está de pé sobre o tapete que fica entre a sala de estar e a cozinha, com os braços cruzados sobre o peito, olhando para mim com uma expressão capaz de partir meu maldito coração.

— Sei que eu disse que não iria me apaixonar por você e que não iríamos discutir nossos sentimentos... mas não posso evitar. Eu te amo, Cassidy. Você é o melhor homem que já conheci. E quando vejo meu futuro, eu te vejo nele. *Quero* que esteja nele.

Eu também, doce Brynn. Também te vejo nos meus sonhos...

Cerro meus dentes.

... mas isso já foi longe demais.

É hora de acordar e encarar a realidade.

— Eu tenho contado os dias — minto, descansando a palma da mão no encosto de uma cadeira da cozinha, incapaz de olhá-la nos olhos. — Em dois dias, vou te levar de volta para a civilização no quadriciclo ou vamos caminhando. Mas, de qualquer forma, precisa acabar, Brynn. Nós combinamos que...

— Não! — ela grita, balançando a cabeça enquanto avança na minha direção, colocando-se atrás de outra cadeira da mesa. — Não! *Não* pode acabar! Você não pode estar falando sério, Cass!

— Eu *estou* falando sério — digo, forçando essas palavras a serem ditas, porque o pior destino que poderia acontecer com a minha Brynn seria prendê-la comigo. — *Não* podemos ficar juntos. Deixei isso claro desde o...

— *Por que não?* — ela chora, batendo a palma da mão na mesa. — Talvez você ainda não me ame, mas *gosta* de mim! *Sei* que sim! Não minta para mim dizendo que não é verdade, porque você sabe que é, Cassidy!

— Eu não posso te amar! — grito de volta, passando as mãos pelo cabelo. — Eu só... Eu não *posso*. Não posso ficar... com ninguém.

Ela dá a volta na cadeira, aproximando-se de mim.

— Por que não? O que aconteceu com você? Por que se mudou para cá? Por que sua mãe morreu sem tratamento médico? Onde estão as fotos da sua família? Por que muda de assunto quanto pergunto do seu pai? *Por que você não pode me amar?*

Ela grita esse dilúvio de perguntas para mim, e elas me fazem estremecer, porque as respostas implicam em uma verdade que devo esconder. Elas me lembram plenamente de cada razão pela qual não posso ter Brynn Cadogan. Ela acha que, se compartilharmos nossos passados e ultrapassarmos essas perguntas, poderemos encontrar as respostas que irão nos ajudar. Mas ela está errada. Responder a essas perguntas não irá ajudá-la a nos compreender. Elas só irão confirmar o que eu já sei: que não há nenhum futuro para nós.

Olho para ela, com o maxilar cerrado e meus olhos queimando.

Ela dá outro passo em minha direção, diminuindo a distância entre nós, e torna a voz mais gentil ao falar.

— Não me importo com o que aconteceu — ela soluça, com lágrimas deslizando pelo seu rosto. — O passado não importa. Só o agora. Eu quero ficar com você. Eu te amo... do jeito que você é. — Ela respira de forma áspera, tocando em meu braço, mas dou um passo para trás instintivamente, saindo do seu alcance. Seu toque, que eu tanto desejo, poderia destruir minha decisão, e eu não posso permitir que isso aconteça. — *P-por favor, C-Cass.*

— Não.

Minhas lágrimas estão me vencendo, então, desvio o olhar, passando a fitar o chão, sentindo-me miserável.

— Cassidy — ela choraminga.

— É... que... não... é... possível — gaguejo suavemente.

— Por favor — ela implora. — Por favor, me escute. Nós poderíamos... poderíamos comprar uma casinha pequena mais perto da cidade, m-m-mas com muita... muita privacidade. Poderíamos construir uma... uma vida juntos.

L-lendo e f-fazendo amor. P-poderíamos ter filhos e...

Filhos... filhos... filhos...

As palavras ficam se revirando na minha cabeça como balas disparadas de um canhão de metal, e não consigo respirar, porque ter filhos seria errado, maligno, faria com que eu quebrasse velhas promessas que ainda são essenciais e que precisam ser mantidas.

Tudo em mim se rebela contra o que ela está dizendo, e uma tempestade de pânico me atinge. Meus punhos se fecham nas laterais do meu corpo, e ela ainda está de pé à minha frente, falando sobre um lugar pequeno e privado, e crianças — tudo o que eu quero desesperadamente e que nunca poderei ter. O mundo está girando muito rápido. Não há tempo suficiente. Eu odeio quem sou. E ouço um rugido de angústia se erguer dentro de mim.

— *Nãããããoooo!* — eu grito com toda a força dos meus pulmões, avançando nela como um maníaco, enquanto ela para de falar. — *Nunca! Nunca! Nunca!* — Ergo meu punho trêmulo e o seguro em frente a mim. — *CALE A BOCA!*

Ela arfa, com os olhos arregalados de medo, e dá um passo para trás, para longe de mim, mas seus pés pisam em uma poça d'água. Observo enquanto ela tenta, quase em câmera lenta, recuperar o equilíbrio, mas não consegue. Ela escorrega e cai, chorando de dor quando seu punho bate primeiro no chão, amparando sua queda.

Ela grita e estremece, encolhendo-se no chão, e aninha o punho contra o peito enquanto soluça.

Eu estou de pé diante dela.

Estou de pé diante da minha amada e machucada garota, com as mãos cerradas em punho, enquanto ela chora.

E, de repente, o tempo e o passado se confundem, e eu sinto o espírito do meu pai passar por mim. E, nessa fração de segundo, sei que, por muitas vezes, ele deve ter ficado diante de uma mulher dessa forma, observando-a chorar.

Assim como eu.

Assim como ele.

O que eu sempre temi, que sempre me apavorou, está acontecendo, está se tornando real.

Estou me transformando nele.

Pisco para ela, ali deitada no chão, com meu coração acelerado, meus pulmões incapazes de serem preenchidos. Não consigo respirar. Não consigo desviar os olhos. Estou tão horrorizado e revoltado e odiando a mim mesmo que quero morrer.

Era só uma questão de tempo.

Meus dedos se abrem, e minhas mãos começam a tremer de forma incontrolável. Quero tocá-la, ajudá-la, enfaixar seu punho e pedir desculpas por tê-la assustado, por ter gritado com ela, mas não confio em mim mesmo. Se estou me transformando no meu pai, da próxima vez, eu poderia fazer algo pior do que apenas *erguer* o meu punho — poderia usá-lo.

A melhor coisa que posso fazer — a única coisa que posso fazer — é deixá-la, colocar o máximo de distância possível entre nós.

Passo por seu corpo encolhido, saio pela porta da frente, descalço, na noite escura, e começo a correr.

Leva um tempo até que eu pare, e só faço isso porque meus pés não estão calejados o suficiente para correrem na floresta à noite. Estão cortados e sangrando das pedras e galhos do chão instável. Eles doem. Mas eu mereço isso.

Não sei de onde aquele grito violento e bestial veio, mas sei que ele a assustou o suficiente para fazê-la escorregar, cair e machucar-se. Sei que sou a causa do seu ferimento, e me odeio por isso.

Não tenho muita certeza de onde estou, mas segui na direção sudeste, em direção ao Pico Baxter, quando saí de casa, então, acredito que tenha subido o Daicey Pond a essa altura. Eu dou a volta, deixando que meus pés afundem na lama fria. Isso diminui a dor física nas solas dos meus pés, mas nada pode amenizar a angústia do meu coração.

Eu machuquei alguém.

Pela primeira vez em minha vida tranquila, eu *machuquei* alguém.

E o pior de tudo... machuquei alguém que *amo*.

Olhando para o céu escuro, começo a considerar minhas opiniões.

Não que ela ainda me queira depois do que eu fiz, mas, definitivamente, não confio em mim para ficar perto dela agora. Se ela mencionar que deveríamos ficar juntos ou que — *que Deus não permita* — deveríamos ter filhos que poderiam herdar ou carregar os genes do meu pai insano, não posso garantir que não perderia a cabeça novamente. Meu Deus, eu ergui meu punho para ela. Se continuasse falando, será que eu teria realmente batido nela? Fico enjoado só de pensar. Quero acreditar que nada poderia me levar a machucá-la, mas sei o que vive dentro de mim. Não quero — e não *posso* — confiar em mim mesmo.

Viva tranquilo, e não importa o que acontecer dentro de você, nunca conseguirá machucar ninguém, Cassidy. É isso que sua mãe quer.

As palavras do meu avô retornam para mim, tão certas e verdadeiras quanto no dia em que ele as disse.

Permiti que Brynn se aproximasse demais de mim.

Permiti que eu me aproximasse demais dela.

Eu a coloquei em perigo.

Pensar nisso me faz soluçar. Lágrimas deslizam pelo meu rosto, enquanto jogo minha cabeça para trás e grito para a escuridão, para os céus implacáveis.

— Me desculpa! Pelo amor de Deus, me desculpa!

Um pingo de chuva cai na minha testa.

Este é seguido por mais um e mais um, pingando em meu rosto e molhando minha camiseta, misturando-se às lágrimas e me limpando.

E a resposta surge rapidamente.

Para mantê-la segura, mande-a embora.

Se você a ama, deixe-a ir.

Somente haverá redenção se você fizer algo.

Somente haverá paz se fizer as coisas certas.

Já sei o que devo fazer.

Demoro bastante para retornar à cabana, porque preciso que Brynn esteja dormindo quanto eu chegar lá.

Meu avô mantinha um frasco de éter na adega, principalmente para os animais. Ele o usava se algum se machucava e, uma vez, chegou a usar com nossa vaca, durante o parto de um bezerro. No final de sua vida, quando minha mãe sentia dores terríveis e a morfina receitada pelo médico já não fazia mais efeito, meu avô aplicava um pouco de éter em um lenço e o colocava contra seu nariz e boca para que ela pudesse dormir mais facilmente. Então, eu sei como usá-lo.

Brynn precisa ir embora, e ela não pode voltar para me procurar. Preciso afastá-la de mim, deixá-la em algum lugar seguro, o mais rápido possível.

Normalmente, uma briga como a nossa, na cozinha — um conflito intenso e emocional entre um jovem casal —, poderia não significar nada mais do que um problema temporário. Na verdade, entre duas pessoas *normais,* essa raiva sem nome, ameaças e uma violência física real poderia até ser apontada como uma discussão apaixonada. Mas eu não sou normal. Agora que começou, deve ser apenas uma questão de tempo até que meu comportamento se modifique. E Brynn precisa estar longe de mim quando isso acontecer.

Meu plano é usar o éter para drogá-la enquanto está adormecida, então, ela ficará inconsciente. Depois, vou enrolá-la em um cobertor, carregá-la no meu colo e conduzi-la até Millinocket sob a escuridão da noite. Encontrarei um lugar seguro para deixá-la e voltarei para casa para começar a arrumar minhas coisas.

Vou fechar a cabana o melhor que puder e desaparecer na região selvagem. Encontrarei outro lugar para viver tranquilo e, desta vez, não me permitirei divergir deste plano. Se minha loucura ficar ruim o suficiente — engulo em seco pelo peso dos meus pensamentos —, então, terei que acabar com a minha própria vida.

Quando chego em casa, desvio para o celeiro e depois me dirijo à casa. Está silenciosa, e o relógio da cozinha, já arrumada, marca 1h10. Movo-me silenciosamente pelo tapete da sala de estar, em direção ao quarto de Brynn, e atravesso a porta. Engulo de volta todo o conteúdo do meu estômago quando vejo o estado do cômodo e da minha doce garota.

Ela está dormindo de lado, e há tecidos jogados no chão junto à cama; o pulso está envolto em um pano de prato. Machucada e triste, ela deve ter chorado até dormir, e meu coração dói de amor e arrependimento. Isso nunca deveria ter chegado a esse ponto.

Você fez isso com ela.

Você, Cassidy.

Meus dedos se apertam em volta do frasco de éter e do tecido.

Agora faça a coisa certa.

Faça o que é certo.

Então, eu faço.

É uma descida lenta desde a minha casa até Millinocket, e leva um pouco mais de duas horas.

As estradas estão praticamente vazias — elas já são calmas normalmente, mas, de duas às quatro da manhã, em um dia de semana, não há quase ninguém por perto, o que é bom. Sei onde fica a delegacia, pelas minhas ocasionais visitas à cidade. Fica logo atrás da agência do correio, onde meu avô costumava ir buscar seus cheques do governo. Meu plano é estacionar bem perto e carregar Brynn até a entrada. Vou deixá-la lá e voltar para casa.

Quando paro o quadriciclo no canto mais afastado do estacionamento, perto da estrada, não vejo ninguém ao redor. Brynn não se agitou muito durante a viagem, mas eu usei o éter mais duas vezes só para me certificar de que ela não iria acordar. Parei de sentir meus braços na metade da viagem, já que ela estava sentada no meu colo. Neste momento, desligo o motor e olho para ela.

Eu te amo, era o que eu gostaria de dizer.

Se as coisas fossem diferentes, eu te amaria para sempre, meu doce anjo.

Obrigado por me dar os dias mais felizes da minha vida miserável.

Obrigado por ver o meu lado bom, quando sei que há muito mais maldade bem lá no fundo.

Obrigado por me amar quando sempre pensei que passaria a vida inteira sem amor.

Prometo — entrego a você o meu mais sagrado juramento — que nunca vou te procurar novamente. Vou te deixar em paz para que encontre a felicidade. Vou deixá-la em paz para ter a certeza de que ficará segura.

Você é, e sempre será, o maior tesouro da minha vida, e eu sempre te amarei até o dia que eu morrer, Brynn Cadogan.

Aperto-a contra mim, fechando meus olhos bem apertados enquanto inclino minha testa contra a dela, sentindo seu cheiro pela última vez.

— Não venha me procurar — imploro. — Se eu te vir outra vez, nunca mais poderei deixá-la ir.

Ajeito-a em meus braços e me levanto, pressionando meus lábios em sua testa e segurando-os ali por um longo momento.

Sinto como se andasse no corredor da morte, enquanto caminho lentamente pelo estacionamento escuro até a construção de tijolos diante de mim, sentindo que minha vida se tornará sem cor e sem amor no momento em que eu a deixar e partir. Mas, ainda assim, meus pés continuam se movendo para a frente, porque eu a amo e suspeito que estou começando a perder para a loucura.

Finalmente chego à porta, onde encontro um banco. Posso colocá-la nele, deixando-a bem ao lado da porta da delegacia. Alguém a encontrará rapidamente. Ou, quando ela acordar, descobrirá onde está imediatamente. Certamente ninguém irá incomodá-la tão perto da entrada da estação. É minha melhor chance de deixá-la em um lugar seguro.

Ficando de frente para o banco, baixo-a gentilmente antes de dar um passo para trás. À minha direita, há um quadro de avisos, e uma notícia presa atrás do vidro chama a minha atenção.

URGENTE – MULHER DESAPARECIDA / HOMEM MORTO

O departamento de polícia de Millinocket está buscando informações sobre o desaparecimento de uma mulher na Trilha Chimney Pond, em 19 de junho. Em conjunto, a polícia procura informações sobre a morte de um homem encontrado na Trilha dos Apalaches — a quatrocentos metros a oeste da Estação dos Guardas Florestais de Chimney Pond, em 21 de junho.

Eventos possivelmente relacionados.

Todos os detalhes podem ser encaminhados para o Departamento de Polícia Metropolitana.

O ar queima meus pulmões enquanto leio e releio o aviso uma, duas, três terríveis vezes.

Não pode ser coincidência.

Brynn é a mulher desaparecida.

Wayne, seu atacante, é o homem morto.

Minha mente retorna àquela noite. Quando ouvi Brynn gritar. Quando encontrei Wayne esfaqueando-a. Quando o joguei contra o alpendre, onde ele permaneceu inconsciente até que eu saí de lá com ela.

Não. Não inconsciente.

Morto.

Eu... oh, meu Deus... oh, meu Deus, não... eu o *matei*!

Eu matei um ser humano.

Brynn movimenta-se em seu sono, gemendo suavemente, mas me viro de costas para ela, sem olhar para trás. Monto no quadriciclo e desapareço do estacionamento como se o diabo estivesse me perseguindo.

Ela está a salvo agora. E isso é tudo que importa.

Quanto a mim?

Estou condenado.

Sou um assassino agora... como o meu pai.

Capítulo Vinte e Nove

Brynn

Não sei onde estou. Só sei que não estou na cama, porque é duro e frio. Se estivesse na cama, Cassidy estaria me mantendo aquecida.

Pisco os olhos ao abri-los e tento me orientar, mas não tenho ideia de para onde estou olhando. Sento e me dou conta de que estou completamente vestida, fora de casa, em um banco, ao lado de um prédio de tijolos vermelhos.

Onde diabos eu estou?

Enquanto viro minha cabeça para olhar ao redor, ela dói loucamente, e eu gemo, pressionando os dedos nas têmporas.

O que aconteceu?

A última coisa da qual me lembro é de chorar até dormir depois da nossa briga — nossa briga *terrível* na cozinha, quando pressionei Cassidy a imaginar uma vida comigo, e ele me rejeitou, me deixando sozinha e machucada no chão.

Um soluço sobe pela minha garganta, mas eu o engulo de volta. Minha cabeça dói, e meus olhos ardem. Não faço ideia de onde estou, mas uma crise de histeria não me deixará descobrir.

Toco meu punho e o encontro enrolado cuidadosamente em uma gaze, e meu bracelete foi colocado no meu outro pulso. Será que Cassidy fez isso enquanto eu estava dormindo? Será que me trouxe à cidade para ser examinada? Com certeza, não. Ele havia tratado das minhas feridas de punhaladas sozinho. Mas onde ele *está*?

— Cass? — chamo sem forças, olhando para o estacionamento atrás de mim. Só há três carros parados lá e nada do quadriciclo.

Ergo os olhos para o céu, reparando que o sol está nascendo. Imagino que sejam seis da manhã. O mundo ainda está acordando.

— Cassidy — chamo novamente, levantando-me.

É quando percebo que estou usando sapatos.

Faz semanas que não uso nenhum sapato, então, as botas de caminhada que usei para escalar o *Katahdin* parecem pesadas e apertadas nos meus pés. Nem sequer percebi que Cassidy as tinha guardado, mas senti-las nos meus pés parece algo errado, como se trouxessem más notícias que não quero ouvir.

Esquadrinho toda a área do estacionamento, procurando pelo quadriciclo de Cassidy, porque não há outra forma de ele ter chegado aqui. Mas não o vejo. Não ouço o motor por perto.

Olhando para baixo, percebo que há um bilhete preso à minha blusa, então, eu o solto, erguendo-o.

Doce Brynn. Essa era a única forma. Você me perguntou se eu te amo, e a resposta é sim. Tanto que precisei deixá-la ir. Você <u>sempre</u> será o meu tesouro, e eu nunca, nunca vou te esquecer. Mas você ficará melhor sem mim, eu prometo. Pelo bem de nós dois, por favor, não venha me procurar.

Cass.

P.S. Seu punho está torcido. Coloque gelo quando acordar.

Inspiro profundamente, com os dedos tremendo enquanto leio e releio a pequena mensagem e o horrível significado que ela traz. Olho para a linda e rude caligrafia que separa minha vida da dele. Ele me ama, mas chegou a medidas extremas para nos manter separados, e isso parte meu coração.

Ele me deixou ali.

Ele foi embora.

Meu estômago se revira, e meus joelhos ficam fracos, me forçando a me apoiar no banco. Inclino-me para a frente, sentindo que ficarei enjoada.

— Senhorita? Senhorita? Acabei de vê-la aí. Posso ajudar?

Virando-me para olhar para trás, vejo uma porta de vidro sendo aberta por um oficial uniformizado.

— Senhorita? Você está bem?

Não. Não estou bem. Nem um pouco.

— Eu não... Eu não sei. Onde estou?

— Você está em Millinocket, Maine. Em uma delegacia — ele diz, gesticulando para a placa na porta. — Por que não entra? Estou preparando café.

— Não, eu preciso encontrar...

Quem? Cassidy? Não, Brynn. O Cassidy foi embora. Não importa o quanto ele diga que te ama, isso não foi suficiente para cogitar um futuro com você.

— Senhorita, você não parece bem. Qual é o seu nome?

— Brynn Cadogan.

— Brynn Elizabeth Cadogan?

Assinto, distraindo-me da dor em meu coração pelo fato de que esta pessoa sabe o meu nome do meio.

— Meu bom Deus! — ele diz, abrindo a porta um pouco mais. — Nós te procuramos por toda parte.

— Por *mim*?

— Sim, senhorita. Por você.

Inclino minha cabeça para o lado e entro na pequena delegacia, observando enquanto ele abre um caderno sobre a bancada e dá a volta no balcão para se sentar atrás da mesa.

— Brynn Cadogan. Seus pais estão desesperados atrás de você. Estão hospedados perto do Ferguson Lake Lodge, na Rota 11. Já subiram aquela montanha umas cem vezes te procurando, você nem imagina.

— Meus pais? — arfo. — Eles estão... *aqui*?

— Sim. No Ferguson Lake Lodge.

— Há quanto tempo estão aqui?

— Umas duas semanas. Três, talvez. Não sei exatamente, mas vemos Colin e Jenny quase todos os dias. Eles sempre vêm olhar o livro de registros. — O oficial inclina a cabeça. — Se você não se importa que eu pergunte, o que diabos *aconteceu* com você?

Coloco as mãos sobre a mesa da recepção entre nós, e meus dedos estão brancos e rígidos.

— Eu estava escalando o *Katahdin* semanas atrás. Fui atacada. Em um alpendre.

— Sim — ele confirma, como se soubesse, inexplicavelmente, como tudo aconteceu. — Em 19 de junho.

— Correto. — Esfrego minha testa, pois a dor de cabeça está piorando, e meu estômago ainda está se revirando, por mais que eu não tenha comido nada desde o almoço de ontem. — Eu estava, hum... a oeste da interseção de Chimney Pond quando um homem chamado... hum, chamado Wayne me atacou.

— Certo — ele murmura, estreitando os olhos e franzindo os lábios como se algo não parecesse certo. — Você disse que o nome dele era... *Wayne*?

— Sim. Wayne. Ele... ele me esfaqueou.

Ouço a porta da frente se abrir atrás de mim, e o oficial com quem estou conversando faz contato visual com alguém por cima do meu ombro.

— Bom dia, Mart. Acho que você tem que ouvir isso aqui.

"Ouví" isso aqui.

Outro oficial, vestido à paisana e bem mais jovem do que o primeiro, abre o livro sobre o balcão e me encara. Ele me olha de cima a baixo, com os olhos castanhos surpresos, antes de assentir bem devagar.

— Brynn Elizabeth Cadogan — ele diz, olhando para o meu rosto.

— Sim, senhor.

— Onde você esteve?

O primeiro oficial pigarreia e assente.

— Vá em frente, conte para Marty o que acabou de me contar.

— Eu fui atacada na... hum, na trilha Saddle. Um pouco acima da interseção com Chimney Pond. Eu tinha ferido o joelho e queria limpá-lo. Então, parei em um alpendre e... e...

A chuva impiedosa.

O sorriso de Wayne.

Quer que eu dê uma olhada no seu joelhinho?

Tudo isso me atinge em alta velocidade, e o local começa a girar, então, eu fecho os olhos.

— Vá com calma — diz Marty. — Lou, pegue um copo d'água para ela, sim?

Respiro profundamente, trêmula, e abro os olhos.

— Havia um homem lá. Chamado W-Wayne. Ele... ele me jogou contra a parede... e ele... — Minha mão cai sobre o meu quadril. — Ele me apunhalou. Ele me a-apunhalou seis vezes.

Marty inclina a cabeça para o lado, depois esfrega o queixo.

— *Wayne*, você diz.

— Wayne — confirmo, torcendo a pulseira trançada que Cassidy me deu. —Ele disse que o nome dele era Wayne.

— Ok. — Marty está empoleirado no lado da mesa de Lou com uma caneca de café em uma mão e uma bolsa de laptop em seu outro ombro. Ele aponta para uma mesa de metal cinza sem identificação poucos metros atrás dele. — Acho melhor nos sentarmos para resolvermos isso. Venha comigo, senhorita.

Ele abre a porta do balcão e eu o sigo até a mesa. Ele aponta para uma cadeira velha e acolchoada, e eu me sento, pegando com gratidão o copo de água que Lou me oferece. Tomo um gole, deixando a frieza escorrer pela minha garganta, e, de repente, meus olhos se enchem de lágrimas.

Cassidy me trouxe aqui.

Ele me *deixou* aqui.

Ele se foi e acredita que estou melhor sem ele, mesmo que me ame... mesmo depois de eu ter dito que o amava. Mesmo que nos amemos, ele não está disposto a nos dar uma chance.

Uma dor súbita no meu peito me faz cobrir meu coração com a palma. Eu gemo suavemente, e acho que vou vomitar. Fecho os olhos, inclinando meu queixo no peito.

— Apenas respire um minuto, senhorita — diz Marty. — Vou deixar um pouco de ar fresco entrar aqui.

Ouço o som de uma abertura de janela, e, de repente, os sons da humanidade enchem a sala: o zumbido de um motor de carro, os passos de um corredor, o toque de um celular.

Estou tão longe de Cassidy agora.

Ele me abandonou aqui.

Estou sozinha.

Seus pais estão desesperados atrás de você. Estão hospedados perto do Ferguson Lake Lodge, na Rota 11.

À medida que as lágrimas escorrem pelo meu rosto, sou tomada pela vontade de ver meus pais.

— Eu quero minha mãe e meu pai.

— Claro. Mas, primeiro, Srta. Cadogan, realmente precisamos ouvir sua história — diz Marty, sentado de volta na mesa. — Você acha que poderia me dizer o que aconteceu lá fora?

Respiro fundo e olho para cima.

— Depois eu poderei vê-los?

— Depois de pegarmos o seu depoimento, eu mesmo te levo lá. — Ele clica no topo de uma caneta e a posiciona em um bloco de notas. — Voltemos a esse dia. Você estava caminhando pela Trilha dos Apalaches...

— Não pela Trilha dos Apalaches. S-só *Katahdin*.

— Sozinha.

— Não. — Agito minha cabeça. — Com um grupo, no início. Duas garotas de Williams. Elas voltaram por causa da chuva.

— Mas você continuou.

Engulo em seco, lembrando das garotas tentando me convencer a voltar com elas. Na época, eu estava decidida a continuar caminhando por causa de Jem. E se eu não o tivesse, nunca teria encontrado Cass.

Meu coração partido começa a chorar. Será que verei Cassidy novamente?

— Srta. Cadogan? Você continuou andando... e então o que aconteceu?

— A chuva estava caindo forte, e eu escorreguei. Machuquei o joelho.

— E então? Vá com calma.

— Nós tínhamos... nós tínhamos conhecido um homem chamado Wayne no Roaring Brook. Ele foi... agressivo conosco. Nos xingou. Ele era... — *Vocês são apenas turistas nos meus sonhos.* Balanço a cabeça. — Ele estava *fora de si*. Eu sabia que ele estava assim desde o início. Havia algo de errado com ele, e nós sentimos isso. Ele queria fazer a trilha com a gente, mas dissemos que não, e ele ficou nervoso. Então, apareceram uns rapazes da... da... hum... hum...

— Faculdade Bennington? — pergunta Marty.

Ergo o pescoço e olho para ele.

— Sim. Bennington. Como você...?

— Conversamos com eles algumas vezes. Com eles e com as garotas. Foram as últimas pessoas a te verem naquele dia. — Ele sorri. — Você machucou o joelho. O que aconteceu depois?

— Vi um alpendre através da chuva, então, andei até lá, pensando que poderia limpar meu joelho e esperar a chuva passar. Mas... mas Wayne... Wayne estava...

Olha, se não é a vovó.

Meu coração está acelerado como um louco.

— Eu... oh, Deus... — Soluço, enquanto os eventos daquele dia começam a me deixar claustrofóbica.

— Vá com calma — diz Marty. — Calma. Respire.

Fecho meus olhos e respiro fundo, abrindo-os enquanto expiro.

— Isso mesmo — diz Marty. — Agora, voltando para esse tal... Wayne.

— Sim. Wayne. Ele bebeu um... um chá com álcool. U-uísque, acho. Ele ainda estava irritado porque não deixamos que ele caminhasse conosco. Então, ele me jogou contra a parede e... e...

— E te apunhalou.

Minha mão desliza em direção ao meu quadril, e subo a camiseta um pouco, olhando para as duas feridas cor-de-rosa que ainda estão cicatrizando.

— Seis vezes.

— Tudo o que encontramos foi a sua mochila. Nada mais — diz Marty. — Como conseguiu lutar com ele?

— Eu não lutei. — *Eu estava morrendo.*

— Como conseguiu escapar? — pergunta Lou, que está de pé, atrás de Marty, olhando para mim intensamente.

— Eu fui salva — sussurro, baixando a cabeça enquanto lágrimas deslizam pelo meu rosto.

— Por quem?

Ergo meus olhos para os policiais e engulo o nó em minha garganta.

— Por um homem chamado... Cassidy Porter.

Marty e Lou giram seus pescoços para encararem um ao outro tão rápido que fico surpresa por não ouvir dois sons idênticos de ossos estalando.

— *Porter?* — Lou questiona, olhando para mim como se eu tivesse dito algo completamente louco.

Assinto.

— Cassidy Porter.

Marty pigarreia, afastando-se de mim, e seu rosto é uma mistura de descrença e confusão. Ele olha para seu caderno, e depois para mim, tamborilando a caneta entre os dedos.

— Deixe-me ver se eu entendi direito. Você disse que foi *atacada* por um homem chamado Wayne e *salva* por um cara chamado Cassidy Porter.

— Sim — sussurro, observando a expressão abismada de Marty.

— Srta. Cadogan — diz Marty, esfregando o queixo antes de deixar a caneta cair sobre o caderno, olhando para mim em seguida. — Isso é impossível.

— Estou falando a verdade.

— Não pode estar — ele rebate calmamente.

— Eu... eu estou. Um homem chamado Wayne me atacou. Um homem chamado Cass...

— Srta. Cadogan, Cassidy Porter está morto.

Aquelas quatro palavras sugam todo o ar do cômodo, e eu me sinto como um peixe sobre um tapete, debatendo-me como louca, tentando respirar.

— Acalme-se, por favor. Srta. Cadogan. Respire fundo.

Marty coloca o copo d'água nas minhas mãos, e eu o ergo até a boca com a mão trêmula, dando um gole.

— Do que você está falando? — digo, rouca, com a voz ofegante e falha. — Isso é... isso é... não! Não, não, não! Eu estava *com* ele. Na noite passada. O que você...

— Acalme-se. — Marty ergue uma das mãos, virando-se para Lou. — Temos um cobertor lá trás? Acho que ela está em choque.

— Não estou em choque! Cassidy Porter *não* está morto! Ele está... ele está...

Marty afasta sua cadeira da mesa e a gira em minha direção até que nossos joelhos estejam quase se tocando. Sua voz é gentil ao dizer:

— Você passou por momentos difíceis.

— Cassidy Porter *não* está morto. — Soluço, passando meu polegar e o dedo indicador pelo bracelete que ele me deu.

Mas honestamente? Não posso dizer nada a respeito do espaço de tempo desde que peguei no sono na noite passada e o momento em que acordei aqui. Algo pode ter acontecido com ele. Talvez seja por isso que estou aqui.

— Ele está — diz Marty. — Digo isso com cem por cento de certeza.

Meu coração despenca como se fosse feito de chumbo.

— Foi na noite passada? — Balanço a cabeça, conforme mais lágrimas embaçam minha visão. — O que aconteceu com ele? Oh, meu Deus. Por favor, não. Por favor, por favor, não. Eu não entendo.

Lou retorna com o cobertor e o coloca ao redor dos meus ombros. Por mais que eu não o queira, eu o aperto contra mim. Minhas mãos tremem, e minha mente está acelerada.

— *Por favor*... me diga — imploro, olhando para Marty.

Marty assente, pegando uma pasta de um arquivo sobre sua mesa de trabalho e abrindo-a. Seus dedos traçam cuidadosamente as frases digitadas, até que para em um parágrafo no meio da página.

— Você foi dada como desaparecida em 25 de junho. Seus pais receberam uma ligação de uma fonte anônima que lhes deixou uma mensagem de voz dizendo que você foi ferida, mas que estava bem. Sem nenhuma outra informação, eles ficaram preocupados, o que é compreensível. Eles reportaram seu desaparecimento e chegaram aqui em 26 de junho para te procurar.

Nada disso importa. Quero saber o que aconteceu com Cassidy.

— Cassidy Porter! O que aconteceu com Cass?

— Vou chegar lá, Srta. Cadogan — diz Marty. Ele olha novamente para a página digitada. — Encontramos um homem no alpendre do qual você falou. Foi encontrado morto na manhã de 20 de junho, o que nos foi reportado por uma dupla de trilheiros. Estava de barriga para cima, mas havia uma faca em seu coração. Já estava morto há umas dezoito horas no momento em que recuperamos o corpo. Também achamos sua mochila próxima a ele e, bem, uma boa quantidade do seu sangue em um canto do alpendre. O que encontramos era compatível com o dos seus pais, então, sabemos que você foi atacada ali. Mas várias buscas pela montanha não deram em nada. Você desapareceu com o vento.

— Porque Cassidy me carregou para a casa dele nas costas.

— *Cassidy* — Marty murmura, balançando a cabeça. — Não sabemos nada sobre isso. O que *realmente* sabemos é que o homem morto não tinha nenhuma identificação com ele, então, fizemos um teste de DNA para ver se encontrávamos alguma combinação no sistema. — Ele faz uma pausa, e eu abraço a mim mesma, porque sinto que alguma coisa horrível está prestes a ser dita. — Encontramos uma ligação parental com 99,9% de certeza. O homem que te atacou... o homem morto que você chama de Wayne... nasceu com o nome de Cassidy Porter, o único filho de Paul Isaac Porter.

Minha mente revira uma memória.

Paul e Cass. Lanchonete familiar *Cookout. 1995*

— Você sabe quem ele era? Paul Isaac Porter?

— Paul — eu digo. — O pai de Cassidy.

— Er, hum, sim. — Marty está olhando para mim, como se tivesse medo de que minha cabeça pudesse explodir. — Mas também era...

— Espera. Então, você está me dizendo... — Pigarreio. — Está me dizendo que o nome de *Wayne*, o homem que me atacou... — Meu cérebro dolorido está desesperadamente tentando acompanhar. — Você está dizendo que o nome verdadeiro do Wayne era Cassidy Porter?

Marty assente devagar.

— Sim. Estou dizendo que tenho *certeza*, sem nenhuma sombra de dúvida, que o homem que te atacou no alpendre, em 19 de junho, e que *morreu* neste mesmo local, nesta mesma data, nasceu com o nome de Cassidy Porter. Seu DNA é compatível com o de Paul Isaac Porter, que só teve um filho, Cassidy, nascido no Hospital Geral de Millinocket, em um domingo, 15 de abril de 1990.

— Mas... isso não faz sentido! Eu fui *salva* por um homem chamado Cassidy Porter.

— Não vejo como isso seja possível — diz Marty, buscando todo o arquivo até chegar em um teste de DNA —, a não ser que existam dois Cassidy Porters, o que parece bem improvável. Nós temos a certidão de nascimento do homem que a atacou em nossos registros. A compatibilidade do DNA é definitiva. O pai era Paul Isaac Porter. — Marty folheia mais algumas páginas no arquivo e para nos resultados de um teste de DNA oficial. — E só para nos certificarmos completamente da sua identidade, comparamos o DNA do único parente vivo, um tio-avô de sua mãe, hum... Lou, você lembra o nome do tio?

— O nome é Bert Cleary — responde Lou por cima do ombro. Ele está sentado atrás da mesa da recepção, ouvindo a nossa conversa.

— Isso. Bert Cleary. Vive em, hum, Wolfeboro, New Hampshire. Perfeitamente compatível. Rosemary Cleary era a mãe dele; Paul Isaac Porter era o pai. Exatamente como está na certidão de nascimento. Caso fechado. O homem que te atacou, que morreu no alpendre, era Cassidy Porter.

— Por que, então, ele me disse que se chamava Wayne?

Marty deu de ombros.

— Talvez fosse um pseudônimo? Não sei, senhorita. — Ele pausa, olhando para mim com os olhos estreitos e a voz equilibrada, mas ainda pesada. — Srta. Cadogan, você alguma vez ouviu *falar* de Paul Isaac Porter? Quero dizer, além de ser o pai de Cassidy Porter?

Balanço a cabeça, e um sexto sentido me diz que estou prestes a ouvir algo muito ruim.

Ele parece chateado por um minuto, então, pega uma foto preta e branca de um homem dos fundos da pasta. Ele se vira para olhar para mim, e eu reconheço o rosto imediatamente como o do homem na foto de Cass e seu pai. *O cabelo penteado para o lado. Óculos de armação preta pesada. Camisa abotoada até em cima.*

Alguns segundos atrás, comecei a me perguntar se poderia haver dois Cassidy Porters totalmente diferentes, que coincidentemente viviam em uma mesma área do Maine: um que me atacou e um que me salvou. Mas agora sei que não é provável, porque *este* homem está conectado a outro por um DNA, e o outro por uma foto que vi com meus próprios olhos. *Tudo* está conectado de alguma forma, embora eu não faça a menor ideia de como desvendar o mistério.

— Senhorita Cadogan?

— Eu o reconheço — murmuro.

Marty suspira pesadamente.

— Não há uma forma melhor de dizer isso, eu acho, mas este homem aqui, Paul Isaac Porter, foi um assassino em série confesso. Matou mais de uma dúzia de mulheres. Foi preso em 1998. Julgado e condenado em 1999.

Morto em uma briga na prisão em 2000, enquanto esperava pela execução.

— Você está... você está dizendo...

— O pai de Cassidy Porter era um assassino em série.

Meu maldito universo inteiro começa a girar fora de controle, enquanto minha mente sobrecarregada tenta processar que *merda* está acontecendo aqui, que *porra fodida* está sendo contada a mim.

Paul Isaac Porter foi um assassino em série confesso. Matou mais de uma dúzia de mulheres.

O pai de Cassidy Porter era um assassino em série.

Vomito, surpreendendo a todos ao esvaziar meu estômago bem nos sapatos do oficial Marty. Vomito e explodo, enquanto minhas lágrimas caem infinitamente enquanto libero água e bile no chão da delegacia.

— Cristo, Lou! Pegue um esfregão! Ela está passando mal!

Sinto uma mão em meu ombro e, no momento seguinte, alguém põe uma bolsa de gelo na minha nuca. Um esfregão aparece aos meus pés, limpando toda aquela confusão, e outro copo de água gelada é posicionado em minhas mãos. Bebo cuidadosamente para me livrar do gosto amargo na boca, e então pego os lenços de papel que Lou me entrega para secar o meu rosto.

Quando ergo os olhos para Lou e Marty, encontro-os olhando para mim com preocupação.

— Você, hum... está bem agora? — pergunta Lou, com uma expressão gentil.

Meus ombros ainda estão tremendo do vômito e do choro. Minha cabeça ainda lateja, e mal consigo começar a processar a informação que me foi dada. *O pai do Cassidy era um assassino em série. E Cassidy não é Cassidy. Então quem... quem...*

Isso é demais para mim.

Tudo o que eu quero é um banho quente e dormir enrolada nos braços da minha mãe.

— Preciso da minha mãe — soluço. — Por favor.

— Sim. É claro — diz Marty. Ele se vira para Lou, jogando para ele um conjunto de chaves. — Você pode trazer o meu carro aqui para a frente da cabine? — Lou apressa-se, e Marty olha para mim. — Só um minuto.

— Obrigada.

Ele se senta novamente à minha frente.

— Para ser honesto, não é uma grande surpresa que o filho de um assassino em série também arrume seus próprios problemas. Ouvimos os jovens da Bennington e da Williams dizerem que Cassidy Porter estava assediando trilheiros naquele dia, no Roaring Brook. Descobrimos que ele acabou entrando em uma briga com uma pessoa e caiu sobre a própria faca.

— Não — sussurro, relembrando quando Cassidy me contou o que aconteceu depois que eu apaguei. — Ele foi jogado.

— Jogado?

Assinto devagar.

— Cassid... — Olho para Marty e pisco duas vezes. — Quero dizer, o homem que me salvou... ele... ele flagrou meu atacante me apunhalando e o jogou para longe do meu corpo. Wayne, hum, o homem morto... — Não consigo chamá-lo de Cassidy — ... deve ter caído em cima da própria faca.

— Hummm. Bem, não há ferimentos de outras facas além da dele, então, você deve estar certa. É um caso fechado agora. Ele atacou você. Caiu sobre a própria faca. Jogado. Que seja. Se quiser saber minha opinião, ele teve o que mereceu. Só estou feliz que o outro rapaz tenha chegado a tempo. Ele é um herói por ter te salvado.

O outro rapaz. Um herói.

Cassidy. Meu Cass.

Exceto por ele não ser o meu Cass. Seu nome pode não ser Cassidy. Não faço ideia de quem ele seja, e me pergunto se *ele* mesmo sabe quem é.

Olho para Marty.

— Quem me salvou? — pergunto em um gemido, mais para mim mesma do que, talvez, para ele.

Marty fecha a pasta sobre a mesa e pega sua caneta novamente, segurando-a contra o caderno por um momento antes de desenhar um enorme ponto de interrogação

— Acho que temos um grande mistério aqui. Você alega que o homem que te atacou se chamava Wayne, e que Cassidy Porter a salvou. Só que isso é cientificamente impossível. Não sei dizer quem a salvou, ou por que diabos ele usa o nome de Cassidy Porter. — Ele dá de ombros. — Só agradeça às estrelas que ele te encontrou naquele dia.

Engulo em seco, olhando para ele, deixando que lágrimas de exaustão, confusão e arrependimento deslizem pelo meu rosto.

— Acho que você tem um anjo da guarda — ele diz, me dando um sorriso gentil, enquanto Lou retorna para dizer que o carro está nos aguardando.

Sigo Marty pela delegacia até o carro, deixando que ele abra a porta e me guie até o banco de trás, enquanto olho pela janela. Mais lágrimas inúteis deslizam pelos meus olhos.

Tenho um lindo anjo da guarda sem nome, um herói a quem amo.

Que me deixou aqui.

Que não sei quem realmente é.

Que está tão perdido para si mesmo quanto está para mim.

298   KATY REGNERY

Capítulo Trinta

Brynn

— Brynn, querida, precisa de alguma coisa? — minha mãe pergunta atrás da porta do banheiro.

Ela só está checando.

Não que eu a culpe, mas preciso ficar um pouco sozinha depois de

1) Ser abandonada por Cassidy;

2) Minha conversa esclarecedora e perturbadora com o policial Marty; e

3) O intenso reencontro que tive com meus pais.

— Estou bem, mãe. Já vou sair.

— Seu pai voltou com as roupas. Ele encontrou um short e uma camiseta na loja do hotel.

— Ok. Obrigada.

— Bem, querida, demore o quanto precisar. Estarei bem aqui. Chame se precisar de alguma coisa.

— Obrigada, mãe.

Estou afundada na banheira do hotel deles há vinte minutos, mantendo meu punho enfaixado fora da água. O resto do meu corpo cansado e dolorido sente que poderia ficar dentro da água quente por dias.

O policial Marty ligou para o Ferguson Lake Lodge enquanto me levava até lá, e meus pais estavam me esperando na porta da frente. Joguei-me em seus braços no momento em que saí do carro de polícia, todos nós choramos, e minha mãe se afastava a cada momento só para segurar meu rosto e assegurar-se de que eu estava ali, viva.

Tememos o pior... você voltou dos mortos... o que aconteceu?

Devolvi o cobertor ao policial Marty, que alertou, novamente, que eu deveria passar no Hospital Geral de Millinocket para fazer um check-up, mas não achei que era necessário. Minhas feridas das punhaladas estão se curando perfeitamente, e eu me sinto muito bem. Quero dizer, meu *corpo* está bem. Meu coração está partido. E minha mente? Meu Deus. Minha mente não para de girar. Por um lado, mal consigo reunir meus pedaços, mas, por outro, muitas das minhas perguntas foram respondidas.

Não importa quem Cassidy é, eu sei uma coisa com certeza: ele *acredita* ser Cassidy Porter, filho de um assassino em série confesso, Paul Isaac Porter.

Talvez ele *seja* o segundo filho de Paul Isaac Porter. É possível, mas não parece certo. Cassidy é o exato oposto da maldade: é pura bondade, por completo. Não posso nem imaginar uma célula da maldade natural de Paul Porter vivendo em Cass. Mais ainda, acho que ele poderia até ser o segundo filho de Rosemary Cleary Porter, a mãe por quem ele sentia uma afeição real, forte e genuína.

Mas por que ela daria o nome de Cassidy a dois filhos? Não faz sentido.

O que faz sentido, de repente, é a forma como Cassidy recusa-se a falar sobre seu pai, sempre mudando de assunto quando tento mencioná-lo. Naquela foto de pai e filho era o meu Cassidy, de pé ao lado do seu "pai", um assassino em série. Não importa que eu tenha sentido algum desconforto em sua postura. Será que ele sabe quem seu pai é? Por Deus, ele viveu anos com um monstro. Será que sentiu isso? Quando foi que descobriu?

Respiro fundo, trêmula, imaginando o que ele já tinha visto em sua vida, o horror que, possivelmente, conhecera. Uma vez que não consigo suportar tais pensamentos, movimento as engrenagens da minha cabeça e junto os pedaços de linha do tempo que faltam.

Ele nasceu em 1990, e a foto no Cookout foi tirada em 1995, o mesmo ano em que foi tirado o retrato dele com a mãe e o avô. A foto do jornal da Liga Infantil foi em 1997 e, de um modo normal e corriqueiro, referiu-se a seus pais, portanto, acho seguro assumir que Paul Isaac Porter ainda mantinha seus crimes encobertos nesta época.

Ele foi preso em 1998, condenado em 1999 e morto em uma briga na prisão em 2000. Mas Cassidy mudou-se para a cabana em 1999, sem o pai. *Minha mãe não se sentia confortável vivendo na cidade.* Ele e a mãe, provavelmente, nunca voltaram para a civilização, porque seu sobrenome era temido e reconhecido.

Muitas coisas fazem sentido agora: como ele mudava de assunto todas as vezes que eu perguntava sobre seu pai, o porquê de ele não querer estar perto de pessoas, por que se isola da sociedade. Só posso imaginar o peso que o nome Porter deveria exercer sobre os ombros de um menino inocente.

Inocente.

Um pensamento terrível me ocorre, e eu deixo que comece a tomar forma na minha mente, porque faz sentido para mim, embora também parta o meu coração.

Você ficará melhor sem mim, eu prometo. Pelo bem de nós dois, por favor, não venha me procurar.

Será que Cassidy sente alguma culpa pelas escolhas do pai?

Certamente ele sabe que é inocente dos terríveis crimes que o pai cometeu, não é?

Minha mente lembra das dezenas de livros sobre DNA e genética em sua sala de estar. E já que seu pai nunca morou com eles na cabana, aqueles livros pertenciam a outra pessoa. Ao avô? À mãe? Um deles devia ser obcecado por DNA e genética. Mas por quê?

Estremeço conforme a compreensão cresce, e uma profunda tristeza me inunda, enquanto uno as peças do enigma, tendo uma imagem mais completa da educação de Cassidy.

Quando seu filho/neto tem um assassino em série como pai, você não pode deixar de se perguntar como ele irá se comportar.

Comecei, então, a relembrar momentos diferentes com Cassidy:

Eu confio em você, disse a ele no primeiro dia em que me vi totalmente consciente em sua casa. *Você não deveria confiar*, ele respondeu.

E, no começo, ele ficava afirmando o tempo todo que não iria me machucar — era quase um mantra. Em um determinado ponto, ele disse: *Eu simplesmente gosto de viver aqui, é tudo. Não vou te machucar, Brynn. Não sou um psicopata. Ainda não, de qualquer forma. Eu prometo.* Aquele "ainda não", que me soou tão curioso, agora tinha um novo significado para mim.

Algumas histórias têm finais muito ruins, ele disse quando perguntei se tinha alguma história para me contar. Ele estava falando da história *dele*. A história dele e dos pais.

E a maneira como sempre disse que desejava que as coisas fossem diferentes também faz sentido agora.

Ele não queria ter relações sexuais comigo sem preservativo. Foi inflexível sobre isso, e, quando perguntei por que, ele disse, sem rodeios: *Não quero te engravidar.*

E durante nossa terrível e violenta briga na cozinha, ele gritou comigo: *Nós não podemos ficar juntos. Eu não posso te amar. Não posso ficar com ninguém!*

Até mesmo a razão pela qual ele se alterou, gritando comigo e erguendo os punhos... eu estava falando sobre ter filhos. Foi *isso* que o fez perder a cabeça.

Oh, meu Deus!

Tudo está conectado, e percebo isso em um lampejo de esclarecimento: os livros de DNA, seus juramentos de que não iria me machucar, seus desejos de que as coisas fossem diferentes, seu medo de me engravidar, a convicção de que não ficaria com ninguém e o pânico furioso à menção de termos filhos.

— Ah, Cass — murmuro, enquanto meus olhos cansados nublam com as lágrimas. — Quem disse que você deveria permanecer sem amor? Quem te fez acreditar que você faria as mesmas escolhas do seu pai? E quem te disse que qualquer criança seria envenenada também?

A resposta? Alguém traumatizado pela natureza de um marido ou um genro tentou transferir esse pânico e injetá-lo como um veneno na mente de Cassidy, para fazê-lo acreditar que o filho de um assassino em série não tinha direto à felicidade e à vida.

A brutal e cruel injustiça faz com que meu coração estremeça.

— Cass — soluço, entendendo que ele lutou contra seus sentimentos por mim, compreendendo o porquê de ter se afastado.

Eu acho — meu Deus, isso é tão triste que não posso evitar o choro — que ele fez isso para me proteger. De si mesmo. O único homem que sei, no fundo do meu coração, que não me machucaria.

Você me perguntou se eu te amo, e a resposta é sim. Tanto que precisei deixá-la ir. Você ficará melhor sem mim, eu prometo. Pelo bem de nós dois, por favor, não venha me procurar.

Seco minhas lágrimas, ergo meu queixo e me inclino para sair da banheira.

Porém, eu sei coisas sobre Cassidy que nem *ele* mesmo sabe.

A primeira coisa é que *não* estou melhor sem ele.

E a segunda é que vou começar a procurá-lo assim que descobrir quem ele realmente é.

— Então, você está me dizendo que o homem que te atacou e o homem que te salvou são a mesma pessoa? — pergunta minha mãe, com as sobrancelhas profundamente franzidas e a voz trêmula e confusa.

— Não — eu digo, balançando a cabeça. Estou sentada na cama de hotel king-size, com as pernas cruzadas, usando um roupão de banho, de frente para os meus pais, para quem tento explicar essa história louca há cerca de uma hora. — Não. Tenta me acompanhar, mãe. O homem que me atacou *nasceu* com o nome de Cassidy Porter, mas vamos chamá-lo de Wayne, está bem? *Wayne* era o filho biológico de um assassino em série.

— O que faz um certo sentido, considerando que ele tentou te matar.

— Isso mesmo, pai.

— E quanto a Jem? — pergunta minha mãe, com a voz perturbada. — Você diz que ama esse homem da montanha... Que é o filho do assassino em série, mas você tem estado de luto por *Jem* há dois anos, nos deixando doentes de preocupação! Não consigo acompanhar...

— Mãe — digo gentilmente —, eu sei que é muito para processar. Claro que eu amava Jem. E parte de mim sempre amará. Mas Jem se foi há dois anos. Conheci Cassidy e me apaixonei por ele. — Suspiro, tentando organizar meus pensamentos para que eles possam me entender. — De uma maneira estranha, sinto que Jem fazia parte da jornada de Cass. Se eu não o amasse tanto, nunca teria vindo aqui. Nunca teria conhecido Cassidy. Ele salvou a minha vida. Me fez querer viver. Ele... Ele é um homem *tão* bom e me entende de maneiras tão profundas e inesperadas que tenho medo de perdê-lo. Estou aterrorizada. Nunca encontrarei alguém que me complete como ele. Eu o amo. Quero estar com ele, e, se ele soubesse quem realmente é, acho que também gostaria de ficar comigo.

Meu pai dá um tapinha na minha perna.

— Estou acompanhando, Joaninha. E preciso dizer que não te vejo assim, tão *viva*, desde que perdeu Jem. Quem quer que seja esse Cassidy, eu quero conhecê-lo. Quero agradecer ao homem que salvou minha menina.

Meu pai sempre me entende, e eu lhe dou um sorriso grato, depois viro-me para a minha mãe.

— Lamento ter preocupado você, mas a forma como Jem morreu foi tão chocante, tão violenta, que levei anos para processá-la. Tive que seguir o meu próprio caminho. Só que quando finalmente me despedi de Jem foi que percebi que já tinha dito adeus a ele no meu coração há algum tempo. Só precisei chegar aqui para perceber isso... para perceber que meu coração estava pronto para uma pessoa nova. Para Cassidy.

— Querida — diz minha mãe depois de um longo suspiro desdenhoso —, isso é tão triste e perturbador. Ouça, o que acha de pedirmos serviço de quarto e conversarmos um pouco? O namoro da sua prima Bel não deu certo. Ela já está com um novo. Keith ou... não, não é isso. De qualquer forma, eu preciso te atualizar... e, ok! Podemos assistir a um episódio de *Keeping Up with the Kardashians*, talvez! Nós as adoramos! Querida, ficamos tão preocupados com você e recebemos uma mensagem na secretária eletrônica. E agora você está aqui, a salvo. Será que não podemos...

— Não, mãe — interrompo-a, estendendo a mão para tocar seu braço, fechando meus dedos gentilmente ao redor do seu pulso. — *Tenho* que ir fundo nisso. Eu quero... não, *preciso* da sua ajuda. Mas, se você não puder me ajudar, vou entender. De qualquer forma, preciso entender tudo isso. Agora. Hoje.

Ela arranca seu pulso da minha mão.

— Nós viajamos para cá de *Scottsdale*, Brynn. Ficamos preocupados por três semanas, nos perguntando se você estava viva ou morta. *Não* sou uma pessoa aventureira, como você *bem* deve saber, mas escalei aquela droga de montanha *seis vezes* em três semanas! Será que estou pedindo muito quando peço para tirarmos um momento ou dois para recuperarmos o fôlego e *aproveitarmos* nossas companhias antes de ouvirmos histórias sobre punhaladas, assassinos em série e esse... esse tal de *Cassidy*? — Ela pula da cama, ficando de pé, com os braços cruzados. — Não acho que estou sendo irracional!

Troco olhares com meu pai, implorando silenciosamente por ajuda. Eu amo meus pais e, de verdade, estou muito agradecida por estarem aqui. Mas sinto que o tempo está passando para descobrir quem é Cassidy *e* encontrá-lo, o que será um desafio por si só. Mas eu, definitivamente, não quero me sentar assistindo *Keeping Up with the Kardashians,* comendo croissants e salada de frango enquanto o amor da minha vida baseou toda a sua existência em mentiras e, provavelmente, me afastou porque está convencido de que não é digno de me amar.

— Docinho — começa meu pai, levantando-se e abraçando o corpo rígido da minha mãe sem jeito em seus braços. — Vá para o restaurante do hotel e coma um bom almoço. Tome um Chardonnay também. Volte quando estiver pronta. Vou ficar aqui e ouvir o que a minha Joaninha tem a dizer.

— Não vou sair de perto dela! — minha mãe grita.

— Então, docinho — ele diz gentilmente enquanto dá um beijo em sua testa —, acho que você vai ter que embarcar na solução desse mistério, porque nossa garota parece determinada.

Minha mãe respira fundo e se recompõe.

— Bem, posso, *ao menos*, pedir serviço de quarto?

— Eu adoraria, mãe. Obrigada. — Sorrio para ela de volta, enquanto ela entra na suíte, depois me viro para o meu pai. — Obrigada, pai.

Ele gesticula como se não fosse nada.

— Então, deixe-me ver se entendi. Wayne a atacou e está morto. Cassidy te salvou e está vivo.

— Sim. — *Graças a Deus.*

— Além disso, Wayne é o filho biológico de Paul Porter, mas Cassidy... não é? Estou certo?

Sem Amor   **305**

Dou de ombros.

— Não sei. Não sei se Paul Porter e meu Cassidy têm alguma relação de sangue, mas eu sei que Cassidy acredita que Paul, o assassino em série, é seu pai. Vi uma foto deles juntos em uma lanchonete, em 1995. Além disso, Cassidy sempre foi relutante a respeito do pai. Não queria falar sobre ele. Mudava de assunto sempre que eu tentava.

— Joaninha — diz meu pai, com os olhos preocupados —, você tem certeza de que quer mexer nisso? Você pode descobrir algo que não quer.

— Como o quê?

— Como... — Ele respira fundo, com os lábios estreitos. — E se ele *for* o filho de um assassino em série?

É uma boa pergunta. E, talvez, para outra mulher, a resposta não surgiria tão fácil. Mas eu conheço meu coração. Eu nem sequer hesito em responder.

— Não me importo — digo, com palavras apressadas e ofegantes, porque quero que meu pai as escute. — Ele ainda é o homem que me salvou. Ainda é o homem que cuidou de mim. Ainda é o homem que eu amo. Não me importa quem era o pai dele. Pai, se você o conhecesse, se visse o quão altruísta ele é, quão inteligente e capaz, a forma como ele me faz sentir...

— Eu entendi, Joaninha, eu só... Quero o melhor para você — ele explica, com olhos preocupados enquanto passa a mão por seu cabelo farto e grisalho.

— Eu o amo, papai — murmuro novamente, olhando para aqueles olhos verdes tão parecidos com os meus, enquanto toco no bracelete em meu pulso.

— Sua mãe chegou em um ponto certo — ele diz, com aquele olhar de águia que sempre lhe serviu muito bem em julgamentos me perfurando. — Você amava *Jem* na última vez em que conversamos. Como saber que não é apenas um tipo de... encantamento?

Tento não me colocar na defensiva, porque sei que meus sentimentos por Cassidy são reais, mas meus pais merecem um pouco de tempo para lidar com a mudanças drásticas do meu coração em uma questão de semanas.

Mantenho minha voz controlada e gentil.

— Como eu disse, eu *sempre* vou amar Jem. Ele era um bom homem, e nós... — As reflexões de Hope sobre a felicidade relativa de Jem e nossa união ficam para trás. — *Acho* que teríamos sido felizes. Mas Jem se foi. — Paro por um momento para deixar minhas palavras assentarem antes de continuar. — Mas, papai, sou uma mulher de trinta anos. Eu me conheço. Estou apaixonada por Cassidy. E tenho que nos dar uma chance real. Nunca poderei seguir em frente se não o fizer. Estarei presa aqui, me perguntando sobre ele pelo resto da minha vida.

— Ok. — Meu pai acena com a cabeça, e posso ver em seus olhos que o ganhei. — Estou te ouvindo, Joaninha. Estou dentro. Me fale mais.

— Três panquecas e café a caminho — anuncia minha mãe, juntando-se a nós no quarto.

— Que bom, docinho — diz meu pai, enquanto ela se senta ao lado dele na cama. — Agora, Jenny, você que lê tantas histórias de mistério, o que acha disso tudo?

Ela dá de ombros e depois franze os lábios.

— Por que seu atacante disse que se chamava Wayne?

Olho para ela por um momento, piscando, me sentindo um pouco irritada. Com todas as perguntas que poderiam ser feitas, ela estava focando no pseudônimo do *Wayne*?

— Mãe, eu realmente acho que há coisas mais...

— Quero dizer — ela continua, refletindo profundamente —, seu Cassidy realmente acredita que se chama Cassidy, certo? Será que Wayne realmente acredita que se chama Wayne?

Toda a minha indignação desaparece.

Ela está certa.

É uma porra de uma boa pergunta.

— Onde foi que o policial disse que Cassidy Porter nasceu? — meu pai pergunta.

— Aqui. Em Millinocket.

— Eu me pergunto... hummm — minha mãe cantarola.

— O quê?

— Bem, se há um registro de nascimento para Cassidy Porter, você pode dar uma passada lá e ver se há algum registro também para Wayne — ela diz. — Depois do café da manhã, é claro.

Inclino-me para a frente e beijo seu rosto, me sentindo esperançosa pela primeira vez desde que acordei esta manhã, na delegacia.

— Você é brilhante, mãe.

— Bom trabalho, docinho — meu pai acrescenta, apertando seu ombro.

Ela cora, feliz por ter ajudado, e então pede para que eu troque de roupa.

— E enquanto estamos tomando café, quero ouvir mais sobre esse homem que te salvou — ela fala, enquanto eu vou para o banheiro.

— Sim, com certeza — concorda meu pai. — Queremos saber tudo sobre o seu Cassidy.

Capítulo Trinta e Um

Brynn

Enquanto me visto, meu pai abre seu laptop e descobre que Millinocket não tem uma prefeitura, mas possui um cartório, que está aberto hoje, de nove às quatro. Minha mãe leva nosso café da manhã para a sala de estar, e nós comemos rapidamente, ansiosos para começarmos.

O hotel onde meus pais estão hospedados é o melhor da área, mas não fica diretamente na cidade, então, teremos que dirigir até a Avenida Penobscot, e eu estou, ao mesmo tempo, ansiosa e nervosa.

Não sei por que sinto que minha chance de ter um final feliz com Cassidy está em uma contagem regressiva, mas sei disso. Em seu bilhete, Cassidy me instruiu a não procurar por ele. Não será fácil encontrá-lo, de qualquer forma, escondido como está. Vou precisar procurar mapas da área e tentar me lembrar de tudo que ele me falou sobre onde morava para poder chegar ao local correto. Dito isto, se ele realmente acredita que é um perigo para mim, então, em um esforço para me manter segura, imagino-o fazendo as malas e indo embora. Talvez não para sempre, mas Cassidy sabe como se virar sozinho. E acho que ele poderia viver na região selvagem do Maine por anos sem ser notado. Tenho medo de perder a esperança de encontrá-lo novamente.

Machuca pensar que ele não quis compartilhar sua história comigo.

Estou tão apaixonada por ele, mas também somos amigos.

Gostaria que ele tivesse confiado em mim.

Gostaria de ter *sabido* que ele poderia confiar em mim, porque vi todas as cores do seu coração e amo todas elas.

Mas, para alguém tão ferido quanto Cassidy, eu precisarei provar. E é exatamente isso que pretendo fazer: *mostrar a ele* o quanto eu o amo. Não importa quem são seus pais, isso jamais mudará o que eu sinto por ele, e não mudará meus sonhos de um futuro ao seu lado.

— Aqui estamos, Joaninha — diz o meu pai, embicando no estacionamento.

Para a minha surpresa, estou de volta ao lugar onde acordei pela manhã: a delegacia de Millinocket.

—A delegacia?

— O cartório fica logo em frente.

Saímos do carro, entramos no prédio de tijolos e encontramos o respectivo escritório no primeiro piso à esquerda.

Uma mulher mais velha olha para nós por detrás de uma mesa de recepção.

— Boa tarde.

— Oi — eu digo, apertando sua mão. — Eu sou... Brynn Cadogan.

— Oi. Janice Dolby — ela fala, retribuindo o aperto de mão e lançando um olhar para minha mãe e meu pai.

— Estes são meus pais, Colin e Jenny.

— Prazer em conhecê-los — ela diz, levantando-se e apertando suas mãos também.

— Eu estava me perguntando se você mantém um registro ou um livro, de algum tipo, de registros de nascimento.

— Você quer dizer certidões?

— Não. Não, estou especificamente procurando por... — Olho em seus olhos e decido seguir um caminho diferente. —A senhora vive há muito tempo em Millinocket?

— Sessenta e dois anos — ela revela com orgulho. — Nascida e criada.

— Você se lembra dos Porters?

Ela ergue as sobrancelhas, com uma expressão fechada.

— Vocês são repórteres?

— Não! Não, senhora — eu digo. — Mas estou curiosa a respeito de Cassidy Porter.

— Ele foi encontrado morto, sabe? Em junho.

— Sim, senhora. — Assinto, erguendo minha blusa o suficiente para mostrar minhas feridas. — Eu sei. Fui sua vítima.

— Ooooh, meu Deus! — Ela arfa, olhando para minhas cicatrizes e depois para o meu rosto. — Você é a garota desaparecida.

— Sim, senhora.

— Nossa Brynn foi salva por um homem que vive na floresta — meu pai explica.

— Você não está querendo dizer...

— Sim — confirmo. — E eu sei que isso vai soar estranho, mas o homem que me salvou *também* se chama Cassidy Porter.

Seus olhos se arregalaram.

— Meu Deus!

— Senhora, há dois Cassidy Porters nascidos em Millinocket? Dois Cassidy Porters vivendo aqui?

— Não — ela diz. — Não que eu me lembre. Só um. O pequeno Cassidy Porter, que tem olhos de cores diferentes. — Meu estômago revira, porque ela está, definitivamente, falando do *meu* Cass, não de Wayne, e eu assinto para que continue. — Ele e sua mãe se mudaram logo depois do julgamento. Nunca mais os vi.

— Nunca?

Ela balança a cabeça.

— O avô dele, Frank Cleary, vinha à cidade de tempos em tempos para pegar o cheque que recebia do governo. Ele foi ferido no Vietnã, se você não sabe... mas não me lembro de ter visto Cassidy depois disso.

— Onde o avô dele vive?

— Só Deus sabe — ela responde, balançando a mão e suspirando. — Dizem que ele construiu uma cabana lá em cima, no meio da floresta, e viveu lá. Sozinho. Ele possuía mais de oitocentos hectares adjacentes ao Parque Baxter.

Meus olhos se arregalam em descrença.

— *Oitocentos* hectares?

Ela assente.

— Posso te mostrar os recibos de compra, se você quiser.

Assinto desesperadamente, e ela gesticula para uma mesa de quatro lugares no meio da sala.

— Sente-se. Está tranquilo aqui hoje. Vou ver o que consigo encontrar.

Enquanto nos sentamos, reparo que as sobrancelhas do meu pai estão erguidas, como se ele estivesse tentando entender alguma coisa.

— Brynn — ele fala —, isso é muita terra.

— Eu sei — confirmo, mas, na verdade, não faço ideia de quanto isso vale.

Meu pai me esclarece.

— Não tenho muita certeza do preço das terras aqui, mas vou imaginar que seja por volta de mil e quinhentos por hectare, o que significa que seu Cassidy mora em um lugar que vale mais do que um milhão de dólares.

— Uau.

— Vamos lá — diz a Sra. Dolby, segurando uma pasta de manilha. — Foi arquivado bem aqui, na letra C, de Cleary. — Ela abre a pasta sobre a mesa, desdobrando um mapa e desamassando-o com as palmas das mãos. — Sim, oitocentos e setenta e quatro hectares adjacentes ao Parque Baxter State, comprados por cento e trinta e cinco mil, em 1972. Vendidos para Francis e Bertram Cleary. — Ela faz uma pausa, cantarolando baixinho, e então pega um bilhete em um post-it. — Tenho que entrar em contato com o Sr. Cleary, o Bert, para dizer que suas terras estão vagas agora, já que Cassidy morreu.

Estou prestes a dizer que não está vaga e que Cassidy não morreu, mas não tenho certeza de que direitos meu Cassidy tem sobre as terras de Cleary, então, engulo minhas palavras. Se ele não tem nenhum parentesco de sangue com os Cleary, pode não ter como reivindicar nada.

— Sra. Dolby — digo —, tem alguma chance de eu conseguir uma cópia deste mapa?

Ela olha para o meu quadril, onde mostrei as cicatrizes do ataque, me lança um olhar empático e dá de ombros.

—Acho que não fará mal a ninguém.

Ela pega o arquivo e sai com ele, provavelmente levando-o à copiadora.

— Por que você precisa do mapa? — minha mãe sussurra, inclinando-se sobre a mesa.

— Preciso estudá-lo para tentar descobrir onde a cabana de Cassidy está localizada.

— Você não sabe?

Balanço a cabeça.

— Não sei. Ele me carregou do *Katahdin* até lá, e, depois que cheguei, nunca saí, a não ser para ir a uma lagoa próxima.

— Quando ele te trouxe para a cidade, esta manhã, você não viu nada?

Não tinha parado ainda para pensar nisso, mas tenho quase certeza de que Cassidy me drogou para que eu permanecesse desacordada durante nosso caminho esta manhã. Isso explicaria a terrível dor de cabeça que senti quando acordei, além do vômito na delegacia. A verdade é que eu entendo o porquê de ele ter feito isso. Não queria brigar comigo a respeito da minha partida, e não queria que eu soubesse como voltar. Apesar disso, não tenho muita certeza se minha mãe entenderia, então, mantenho o segredo.

— Eu estava dormindo o tempo inteiro.

— Você não dorme tão profundamente assim, Brynn. Até a campainha te acorda.

— Desloquei meu punho na noite passada — explico, tentando encontrar uma história plausível. — Tomei um analgésico antes de ir para a cama. Devo ter apagado.

Sou salva de ter que dar mais explicações pelo retorno da Sra. Dolby, que coloca um dedo na boca, me pedindo silêncio, e entrega uma cópia do mapa para mim. Pisco para ela, dobro-o e entrego-o à minha mãe, que o guarda na bolsa.

— Você tem mais alguma pergunta sobre Cassidy? — ela questiona, olhando para a mesa da recepção, que ainda está vazia.

— Tenho. — Respiro fundo. — Podemos ver a data de nascimento dele?

Ela se senta conosco.

— Não preciso ver. Cassidy Porter nasceu no final de semana da Grande Tempestade de Neve, na Páscoa de 1990. Nunca vou esquecer. A neve atingiu dez metros em oito horas. Domingo, 15 de abril de 1990.

— Meu Deus! — diz minha mãe. — Que memória você tem!

— Mais mortes do que nascimentos naquele final de semana. — A Sra. Dolby balança a cabeça tristemente. — Incluindo meu filho mais novo, Willie.

— Oh, não! — minha mãe arfa, estendendo a mão por cima da mesa para pegar a mão da Sra. Dolby e apertá-la.

A Sra. Dolby funga.

— Sim. Era primavera, sabe? Ele escalou o *Katahdin* depois da missa matinal de domingo com um amigo. Prometeu que estaria em casa para o jantar. Ninguém soube de onde veio tanta neve. Os meninos estavam de short e camiseta quando saíram. Não vestiam nada adequado para um tempo como aquele. Foram pegos e nunca conseguiram voltar.

— Sinto muito — digo.

— Pensamos ter perdido Brynn no *Katahdin* — minha mãe fala. — Odeio aquela montanha!

— Não odeie a montanha — diz a Sra. Dolby, dando tapinhas na mão da minha mãe. — Não é culpa dela que esses tolos queiram escalá-la. — Ela lança um olhar para mim. — Sem ofensas, senhorita.

— Não estou ofendida — digo.

Ela solta a mão da minha mãe e se volta para mim.

— Não houve muitos nascimentos naquele final de semana, se bem me lembro. Cassidy Porter, é claro. E o filho do pastor. Difícil esquecer desse. A bolsa da esposa do pastor, Nora, estourou no meio da música *Jesus Cristo Se Erguerá Hoje*. Derramou-se como uma cachoeira pelo primeiro banco da igreja.

Uma amiga a levou ao hospital, enquanto o Pastor Wayne terminava o sermão.

Pastor Wayne.

Meu sangue gela, e eu pisco para ela, em choque.

— O q-que você disse? Qual era o nome do pastor?

— Jackson Wayne.

Ah, meu Deus!

A Sra. Dolby continua:

— O Pastor Wayne terminou o sermão e ficou para o café depois, porque era Páscoa. E todos sabemos que o primeiro parto de uma mulher leva uma eternidade. Ele foi para casa para mudar de roupa por volta do meio-dia, mas, assim que ficou pronto para ir encontrar Nora no hospital, a neve começou a cair. As estradas fecharam. Acho que ele nem viu o bebê Jackson até a terça pela manhã.

— Jackson Wayne — murmuro. Pedaços do enorme quebra-cabeça se unem em minha mente, enquanto eu me lembro da primeira vez que conheci "Wayne".

Eu me chamo Wayne.

Conheço a montanha.

Sou daqui, nasci em Millinocket.

Posso ajudar.

— Jackson Wayne Jr. — digo, sentindo-me ofegante. — Hum, J.J., ele era o filho do pastor?

Ela olha para mim e suspira.

— Sim. Mas, oh, meu Deus, você não faz ideia. Ele era um verdadeiro demônio. — O rosto dela se entristece. — Você sabe o que dizem sobre filhos de pastores, não sabe? Bem, era o pior que já vi.

— Como?

Ela balança a cabeça como se estivesse afastando uma má lembrança.

— Muitos animais desapareceram no bairro de Wayne. Crianças

chegavam ensanguentadas, assustadas, como se o diabo as tivesse perseguido, mas nunca diziam quem as tinha machucado. J.J. estava sempre em encrencas, mas seus pais eram pessoas tão boas que ninguém sabia o que fazer. Ele era manipulador, sabe? Mostrava uma cara para os pais e outra para o mundo. Digamos apenas que, quando os Waynes se mudaram para uma paróquia mais ao sul, lamentamos nos despedirmos de Jackson e Nora, mas ninguém ficou triste quando J.J. também partiu.

Olho para o meu pai, sentado de frente para mim, e ele ergue as sobrancelhas.

— Devia estar... *caótico* no hospital naquele final de semana.

— Isso é verdade — confirma a Sra. Dolby, inconsciente da troca de olhares significativa entre mim e meu pai. — Chegamos à interestadual I-95, nas proximidades. Pessoas se deslocavam para visitar seus parentes no feriado. O carro deslizava para a esquerda e para a direita. Pessoas derrapavam no gelo. Gelo fino. Poderia ter acontecido uma catástrofe.

— Não queremos continuar te atrapalhando em seu trabalho — diz mamãe suavemente, dando um tapinha no braço da Sra. Dolby. — Lamentamos muito pelo seu filho. Por Willie.

A Sra. Dolby assente.

— Era um bom menino. Tinha apenas quinze anos quando o perdi, nesse dia de Páscoa.

— Sinto muito — lamenta meu pai.

Todos nos levantamos, apertando a mão da Sra. Dolby para dizer adeus, mas eu pergunto:

— Você disse que os Waynes se mudaram. Mas eles mantiveram alguma propriedade por aqui?

— Hummm. Sim. Agora que você mencionou, eles mantiveram, sim. Uma cabana de pescaria à beira de uma lagoa, perto do *Katahdin*. Mas não vejo nenhum deles na cidade há pelo menos dez anos. Não reconheceria J.J. se o encontrasse. — Ela se arrepia. — Essa criança sempre me deu arrepios. Havia algo... Oh, eu não sei... Uma intuição, suponho. Você já conheceu alguém assim? Um pouco fora da caixinha?

— Sim. — Assinto com a cabeça, enquanto ela se retira. — Sim, já conheci.

Meu pai pega meu braço, guiando-nos para fora da sala, chegando ao corredor.

— Trocados na maternidade? — sussurra minha mãe.

Engulo em seco, porque é, ao mesmo tempo, estranho e óbvio.

— Como isso é *possível*? — pergunto.

Meu pai suspira.

— Uma nevasca inesperada no feriado. Um hospital caótico. Pessoas que viajam para visitar a família. Destruição de carros. Queda de energia. Dois pequenos bebês nascidos em tais circunstâncias? Qualquer coisa poderia ter acontecido.

— Vamos — eu digo a eles, olhando para a porta da frente.

— Para onde agora? — pergunta minha mãe.

— Para o hospital.

Quando chegamos ao Hospital Geral de Millinocket, seguimos as indicações para o balcão de informações.

— Boa tarde — cumprimenta a jovem sentada à mesa. — Estão aqui para o horário de visitas?

— Não — responde meu pai, surpreendendo-me, dando um passo à frente e sorrindo calorosamente. — Na verdade, estamos tentando resolver um pequeno mistério.

— Sério? — pergunta a recepcionista, sorrindo para o meu pai. Ele sempre foi encantador.

— Sim, sério. Minha filha aqui, Brynn, nasceu neste mesmo hospital, em 1987.

— Oh, nossa! Bem-vinda de volta!

— Estávamos descendo o Lago Portage, onde temos uma casa de

veraneio, quando minha esposa... — meu pai coloca o braço ao redor dos ombros da minha mãe, puxando-a para si — entrou em trabalho de parto. Bem, eu embiquei na rodovia e, graças a Deus, este hospital estava esperando por nós.

— Amém — responde a recepcionista.

Meu pai ri, balançando a cabeça.

— Amém, com certeza.

— E então?

— Bem, nós ficamos aqui por duas noites, e a enfermeira mais incrível possível cuidou de nós. E, quer saber? Mesmo depois de tantos anos, estamos de volta e pensamos que poderíamos ter a oportunidade de entrar e agradecer a ela.

— Oh, meu Deus! Isso é tão, tão doce!

Meu pai apoia o cotovelo no balcão e dá seu sorriso de um milhão de dólares, que costumava fazer com que ganhasse os casos judiciais mais difíceis.

— Você acha que pode nos ajudar?

— Claro! — ela diz, sorrindo conspiratoriamente para cada um de nós. — O que posso fazer por vocês?

— Você sabe o nome de uma enfermeira que esteja aqui há mais de...

— Tipo, uns cem anos? — a jovem pergunta com sinceridade.

Juro que vejo minha mãe revirar os olhos discretamente, mas, para crédito dela, apenas acena com a cabeça e sorri.

— Apenas trinta, querida.

— Betty Landon está aqui há muito tempo — diz a recepcionista.

— Tem certeza? — pergunta meu pai. — Betty. Humm. *Talvez* seja ela.

A jovem sussurra.

— Ela ajudou a minha mãe a nascer, e ela tem *trinta e oito anos*!

— Então Betty é a nossa garota! — diz meu pai.

— Ela está aqui hoje. Quer que eu veja se ela está livre para descer e falar com vocês?

— Oh — ele diz —, você faria isso?

— Claro!

Assisto enquanto a recepcionista pega o telefone, pedindo para falar com Betty, contando a nossa história, enquanto sorri para o meu pai, que se mostra triunfante.

— Podem se sentar àquela mesa. Vou levá-la até vocês quando ela chegar aqui, ok?

— Quem é a melhor? — pergunta meu pai.

— Eu? — ela questiona com uma risada.

Ele acena com a cabeça, apontando para ela com ambos os dedos.

— Você!

Minha mãe pega meu braço e me conduz à mesa, sufocando uma risada.

— Ele é incorrigível.

— Você tem sorte por ele ser tão dedicado a você — eu digo.

— Sim — ela fala, segurando-me com mais força. — E a você também.

Nós nos sentamos, e meu pai se junta um segundo depois.

— Como uma abelha para o mel, não é?

— Você poderia encantar uma colmeia inteira — digo.

Um momento depois, uma mulher negra, mais velha, para na recepção e olha em nossa direção, sorrindo para nós enquanto se aproxima da mesa, ficando atrás da única cadeira vaga.

— Eu sou Betty Landon. Me disseram que estão procurando por mim.

— Senhora Landon — digo, me levantando. — Pode se juntar a nós por um minuto?

Ela assente, sentando-se na cadeira e alisando seu casaco azul-claro.

— Está frio aqui embaixo. Fica mais aquecido lá em cima para nossos pequenos insetinhos. Sabe como é, né?

— Claro — diz minha mãe.

— Vocês queriam falar comigo? — pergunta Betty, olhando para o meu pai.

— Usamos falsos pretextos, me desculpe — fala meu pai. — Brynn?

— Eu não nasci aqui — esclareço, me sentindo um pouco mal quando vejo o sorriso da Sra. Landon desaparecer. — Mas não tenho más intenções. Só algumas perguntas, e esperava que você pudesse me ajudar.

Ela pigarreia, afastando-se de nós com olhos cautelosos.

— Perguntas sobre o quê?

— Dois bebês nasceram aqui em um domingo, em 15 de abril de 1990: Jackson Wayne Jr. e Cassidy Porter. Por acaso você estava trabalhando aqui naquela noite?

— No dia da Grande Tempestade de Neve? — ela diz, ainda sentada. Respira fundo e balança a cabeça. — Péssimo momento. Sim, eu estava aqui. Eu me lembro.

— Péssimo momento? — pergunto.

— Os caminhões ficaram dias sem poder passar. — Ela balança a cabeça novamente. — Se os feridos conseguiam chegar aqui, nós os ajudávamos. Mas a equipe que estava no hospital quando a tempestade chegou ficou presa. Nós ficamos... acho que, oh, foram três dias consecutivos.

— Deve ter sido cansativo — minha mãe observa.

— Muito — diz a Sra. Landon.

Alcanço sua mão, desesperada por descobrir o que puder sobre Jackson e Cassidy.

— Os dois meninos. Eles nasceram naquele domingo.

— Sim. Eu me lembro que dois meninos nasceram durante a tempestade, porque, mais tarde, dois meninos locais foram encontrados mortos no *Katahdin*, e todos disseram que a tristeza se equilibrou. — Sei que ela está falando sobre Willie Dolby e seu amigo, e me encolerizo por causa da terribilidade das circunstâncias. Depois de respirar fundo, ela continua: — Eu não estava presente em nenhum dos nascimentos. Estava tomando conta de um bebê na neonatal, que estava lutando pela vida. Ele não sobreviveu também.

— Lamento — digo, esperando um momento antes de continuar. — Você se lembra de quem estava trabalhando naquela noite? Naquele fim de semana? Especificamente quem poderia ter auxiliado nos partos?

— Era... ah... hum... — Ela balança a cabeça, com os lábios curvando-se para baixo.

— Quem? Quem estava aqui?

— Bem, o Dr. Gordon. E o Dr. Maxwell.

Tenho a sensação de que sua expressão triste não se refere ainda àquelas pessoas.

— Quem mais?

— A enfermeira Humphreys. Theresa Humphreys. Ela era a enfermeira de plantão naquela noite. Chefe de enfermagem da maternidade, na verdade. Ela ficou todos os três dias.

— Você se importa se eu perguntar por que pareceu tão triste quando se lembrou dela?

A Sra. Landon suspira, olhando para mim com olhos melancólicos.

— Ela já faleceu, é claro. Já tinha quase setenta na época.

— Havia algo preocupante em relação à enfermeira Humphreys?

— Por que está perguntando a respeito desses meninos? — ela indaga, com o rosto tornando-se mais frio. — Porque eu realmente preciso voltar para...

— É possível que eles tenham sido trocados? — disparo. — É possível que, em algum momento entre o nascimento e a tempestade, os bebês tenham sido trocados?

Os olhos dela se arregalam, e ela balança a cabeça, afastando a cadeira da mesa e levantando-se.

— Desculpem-me, mas o sindicato de enfermagem não é muito gentil com esse tipo de conversa. Preciso voltar para o andar de cima.

Eu também me levanto, estendendo a mão para tocá-la no braço, o que faço com gentileza.

— *Por favor*, Sra. Landon, não posso nem explicar o quanto eu preciso dessa informação. Estou te implorando...

A enfermeira olha para mim, e seus olhos estão em conflito. Ela se aproxima e diz, com uma voz suave:

— Theresa Humphreys morreu em maio de 1990. Procure por isso.

Ela me oferece um sorriso triste, vira-se e sai.

Preciso da internet, penso, enquanto saio da mesa e dirijo-me ao carro sem dizer uma palavra, enquanto meus pais seguem meus passos, perguntando-me sobre as palavras de despedida de Betty Landon.

Espere por mim, Cass. Estou chegando, meu amor.

Eu prometo a você, estou chegando.

Capítulo Trinta e Dois

Cassidy

Deixar Brynn no Departamento de Polícia de Millinocket foi a coisa mais difícil que já fiz na minha vida, mas, agora que conheço a verdade sobre mim mesmo — que machuquei pessoas, assim como meu pai; que sou um assassino como ele —, encontro algum conforto ao pensar que a afastei de mim no momento certo.

Esse é o único conforto que resta na minha vida miserável, agora que perdi Brynn.

Passo a longa viagem de duas horas inteira pensando em Wayne, e não posso dizer que lamento por tê-lo matado, o que me incomoda muito. Tirar uma vida humana poderia destruir um homem bom. Mas eu *não* sou um homem bom. Não me importo por tê-lo matado. Verdade seja dita? Eu o mataria cem vezes se isso significasse manter minha Brynn segura.

Mas minha grande falta de arrependimento — de qualquer fragmento de culpa ou remorso — me preocupa. Eu tirei uma vida humana. Não deveria me sentir mal por isso? O fato de eu não sentir como se estivesse a um passo do inferno, que seria me transformar em Paul Isaac Porter, é outro indicador de que a mudança começou.

Quando chego em casa, o sol está bem alto, mas não consigo testemunhar a sua glória. Estaciono o quadriciclo na baia e saio, tropeçando cegamente na baia adjacente à de Annie.

Estou em casa, e Brynn se foi.

E nunca mais amarei — ou serei amado — de novo.

Apoio-me na parede, caindo no feno, puxo meus joelhos até o peito e baixo a cabeça, deixando a raiva, o medo, a tristeza e a exaustão brotarem de dentro de mim em inúmeros rugidos de fúria. Eu grito e grito, meu coração sem valor sangrando no canto mais sombrio do meu mundo miserável. Assusto Annie, e ela sussurra sua preocupação até eu parar, curvando-se em uma bola ao meu lado e chorando como um bebê. Meu corpo estremece com soluços até eu finalmente adormecer.

Quando acordo, já está tarde. Annie precisa ser ordenhada, e as meninas precisam ser alimentadas. O resto pode ir tudo para o inferno. Eu não me importo mais com isso. Para todo lugar que olho, vejo Brynn. Lembro-me dos seus sorrisos e suspiros, do jeito como cantarolou Beatles e riu de mim, a forma como seu corpo delicado se encaixava ao meu, tão perfeitamente, e a maneira como ela disse que me amava. Por um doce e curto momento, ela encheu minha vida sombria, triste e indigna com cor e ternura.

Esta propriedade, que já foi meu santuário, e então meu céu, é meu inferno agora. Não vou aguentar ficar, embora já não seja mesmo uma opção.

Eu preciso me mudar. Imediatamente.

Sou um assassino agora. O filho assassino de um assassino em série. É apenas uma questão de tempo até que eles venham me procurar, e, quando vierem, não há nenhuma chance de acreditarem que matei aquele cara acidentalmente. Vão checar meu sobrenome, e eu vou ser enviado para a prisão.

A menos que eu fuja.

Vou arrumar o que preciso, incluindo o resto do dinheiro do meu avô, e vou para o norte. Ainda é julho, o que significa que tenho dois meses de tempo bom. Encontrarei um novo lugar para construir minha própria cabana. Quatro paredes com uma lareira improvisada e uma chaminé até o final de setembro. Vou aguardar o inverno, matando tudo o que precisar para sobreviver: um alce pela carne, um urso por sua pele, gansos por gordura e penas. Nunca matei mamíferos antes, mas o que importa agora? Matei um homem, um ser humano. Desisti da única mulher que poderia me amar. Sinto-me morto por dentro. O código moral com o qual vivi toda a minha vida também pode morrer.

A respeito de Annie e as meninas, posso levá-las no meu quadriciclo e deixá-las na loja, ou posso libertá-las, embora saiba que provavelmente não serão capazes de se defenderem na natureza por mais do que um dia ou dois. Elas eram minhas únicas amigas antes de Brynn. Devo-lhes mais do que uma morte nas garras de um lince ou um urso preto, então, decido levá-las para a cidade esta noite. Vou amarrar Annie na entrada da loja. Vou deixar as garotas em uma caixa coberta em frente à porta. Espero que as pessoas que trabalham lá encontrem casas para elas. Pelo menos terão uma chance de sobreviver.

Não quero correr o risco de ser visto, então, vou sair à uma da manhã, quando o mundo está mais escuro. Enquanto isso, posso me preparar para ir, para deixar este lugar para trás.

Annie me cutuca com a cabeça, balançando-me suavemente, e eu pego o balde de metal da parede, colocando-o debaixo de suas tetas, ajoelhando-me ao lado dela.

— Vou te levar para a loja mais tarde — digo a ela. — Tenho certeza de que alguém vai encontrar uma casa para você. Espero que sim. — O único som que ouço é o do leite pingando no balde de metal. — Eu deixei Brynn partir — confesso a Annie, sentindo meu coração bater, embora eu saiba que ele está morrendo. — Precisei fazer isso. Não sou bom para ela.

Espero que ninguém a tenha incomodado. Espero que um policial gentil a tenha acordado e a tenha ajudado a descobrir onde estava. Hesitei em deixar o bilhete em sua camiseta, mas, no final, decidi fazê-lo. Sei quão difícil foi para ela se despedir de Jem. Ela é o tipo de mulher que ama profundamente, e, se eu não tentasse, pelo menos, dar algum tipo de encerramento à nossa relação, ela perderia tempo lamentando. Espero que o meu bilhete tenha dito o suficiente para que ela me esqueça e para que comece a seguir em frente depois do nosso mês juntos.

Um mês.

Ela só precisou de um mês para mudar minha vida inteira.

Quando começou, eu estava solitário, mas sabia quem eu era.

Agora? Eu sei o que é amar alguém. Sei o que é ser amado em retorno. E sei que estou me transformando em um monstro, como sempre temi.

Não sou fã de autopiedade, mas, *maldição!*, estou sentindo um pouco de pena de mim mesmo neste momento. Não nasci para ter um destino feliz. Sei disso. Mas como desejei isso. E com Brynn, quase me enganei, acreditando que era possível.

Mas não era.

Nunca foi possível.

Os filhos de assassinos não merecem ser felizes.

Eles nascem pagando pelos pecados dos seus pais.

Termino com Annie e levo o balde de leite lá para fora, despejando-o na floresta. Não vou precisar dele, já que vou sair amanhã.

Costumo pegar o balde, enxaguá-lo e colocá-lo de volta no gancho no celeiro, mas também não há sentido em fazer isso, então, eu o deixo cair.

Caminhando em direção à cabana, mantenho a cabeça baixa até chegar aos degraus, tentando assim, estupidamente, evitar lembranças de Brynn enquanto passo pela varanda. Mas ela está...

... em toda parte.

Eu a vejo na cadeira de balanço, nua sob um cobertor, segurando uma xícara de chá enquanto o sol se ergue sobre o *Katahdin*. Eu a vejo aninhada no meu colo, seu cabelo fazendo cócegas no meu pescoço enquanto observamos o pôr do sol juntos. Ouço seu suspiro quando eu a pego olhando para mim enquanto corto madeira, lambendo os lábios para me dizer que quer outro beijo.

Abro a porta e entro, e lá está ela novamente, assistindo *Se Brincar o Bicho Morde* ao meu lado no sofá, caminhando pela sala de estar com os pés descalços, aqueles pés pequenos no tapete. Está na cozinha, enxaguando pratos, fritando truta e virando-se para sorrir para mim do fogão. Está escolhendo um livro nas prateleiras debaixo da janela e pulando em meus braços para cobrir meu rosto com beijos, e ela está... ela está... ela está...

... em lugar algum.

Um estrondo sufocante explode da minha garganta, e pego a primeira coisa que vejo — a bengala de madeira do meu avô, encostada na porta da frente — e começo a atacar a sala. Esmago pequenos bibelôs que pertenciam à minha mãe e derrubo a mesa de café com o pé. Quebro uma lâmpada e jogo livros de capa dura nas janelas de vidro até que as destruo, pulverizo grandes placas de vidro em pedaços minúsculos, batendo-as com a bengala. Entro na cozinha e jogo cadeiras contra os armários, destruindo ambos. Levanto a mesa e lanço-a na sala de estar, assistindo enquanto duas pernas se soltam e ela cai sobre a mesa de café, de cabeça para baixo.

Odeio esta casa onde me escondi durante a maior parte da minha vida.

Nunca mais será um lar novamente.

Arremesso a bengala com força para longe de mim e apoio as mãos na pia, curvando minha cabeça enquanto um ruído desesperado e agudo sobe pela minha garganta. Meu corpo vibra com uma tristeza tão profunda e tão completa, que não consigo pensar em uma única razão para continuar vivendo.

Brynn está em toda parte.

Brynn não está em lugar algum.

Eu estou perdido.

328   KATY REGNERY

Capítulo Trinta e Três

Brynn

Quando voltamos do hospital, já é tarde, e pergunto ao meu pai se posso usar seu laptop para fazer uma pesquisa. Ele se senta com a minha mãe na sala da suíte, assistindo TV, enquanto eu abro as portas da varanda com vista para o Lago Ferguson e começo uma investigação cibernética.

Tenho quase certeza de que Cassidy Porter e Jackson Wayne Jr. foram trocados na maternidade, mas, embora saiba com certeza que "Wayne" era filho de Paul Isaac e Rosemary Cleary Porter, não tenho nenhuma prova de que "Cassidy" (*meu* Cass) é o filho de Jackson e Nora Wayne. *Preciso* dessa prova antes de voltar para ele.

Meu pulso me incomoda enquanto digito, mas nada será um obstáculo para a minha pesquisa. Pego um Advil, para aliviar a dor da entorse.

Começo com Theresa Humphreys, pesquisando na web qualquer informação que eu possa encontrar dela. Um obituário aparece prontamente no North Country Register. Theresa (Daario) Humphreys nasceu em Bangor e mudou-se para Millinocket com seu marido, Gabe, em 1962. Trabalhou como enfermeira-chefe na maternidade do Hospital Geral de Millinocket até 30 de abril de 1990 e morreu em 22 de maio de 1990.

Paro aqui por um momento, olhando as datas cuidadosamente e desejando que o obituário ofereça mais informações sobre a causa da morte. Ela se aposentou apenas vinte e dois dias antes de morrer? Será que estava doente? Ou foi uma coincidência que os dois eventos tenham acontecido em datas tão próximas?

Frustrada, leio o resto do obituário rapidamente, meus olhos focando na última frase: *Ao invés de flores, a família solicita que as doações sejam feitas no nome da Sra. Humphreys, para a Fundação Nacional do Tumor Cerebral.*

Meus lábios se abrem enquanto releio a frase curta e o aviso de Betty Landon retorna à minha mente: *Theresa Humphreys morreu em maio de 1990. Procure por isso.*

Um tumor cerebral.

Theresa Humphreys tinha um tumor cerebral, e Betty Landon sabia disso.

Abro uma nova aba no navegador e digito "sintomas de tumores cerebrais".

A Clínica Mayo lista vários sintomas de um tumor cerebral, incluindo dores de cabeça e náuseas, que poderiam ter feito Theresa Humphreys acreditar que se tratava de outras mil condições benignas. Mas o sintoma mais preocupante para mim é "confusão nos assuntos cotidianos". Para alguém como a enfermeira Humphreys, a quem eram confiadas as vidas dos recém-nascidos há quase três décadas, cuidar de bebês era uma "questão cotidiana". Mas trocar dois deles em uma noite especialmente caótica poderia ser o resultado de uma "confusão".

É uma pequena vitória e torna minha teoria de troca de bebês mais plausível, mas ainda não tenho provas. Como posso obtê-las?, eu me pergunto. Isso é o que eu preciso antes de ir a Cassidy com todas as informações. Com as provas irrefutáveis de que ele não é o filho de Paul Isaac Porter.

Abrindo uma nova janela na internet, escrevo "Nora e Jackson Wayne". Se os Waynes estivessem dispostos a dar uma amostra de DNA que pudesse ser comparada à de Cassidy, eu poderia obter uma prova definitiva.

Uma página da Igreja Metodista de Windsor, em Rhode Island, aparece imediatamente, e eu clico nela, inclinando-me para a frente. Uma igreja branca, no estilo Nova Inglaterra, decora a página inicial, e eu clico na guia "Sobre", depois na guia "Equipe do nosso Ministério". E quando o rosto do Pastor Jackson Wayne aparece na tela, eu suspiro.

Lágrimas súbitas borram minha visão, enquanto meus dedos se erguem das teclas para traçar as linhas do rosto do Sr. Jackson Wayne.

É o rosto de Cassidy trinta anos mais velho.

O cabelo loiro está branco e a pele, envelhecida, mas esse rosto é uma cópia em carbono do meu Cass, até as três marcas hipnotizantes na bochecha esquerda.

— Oh, meu Deus — murmuro, olhando para uma versão mais velha do rosto que amo mais do que qualquer outro no mundo, o que me anima.

Não tenho dúvidas de que o Pastor Wayne é o pai biológico de Cassidy e, se não houver outra maneira de provar esse fato, irei até Rhode Island. Mas isso me tiraria um dia inteiro da minha busca por Cassidy, e eu esperava explorar o mapa esta tarde e, à noite, já ter uma localização aproximada da sua cabana. Meu pai já alugou um quadriciclo para mim, para amanhã, na Golden Bridge, que Cassidy mencionou uma ou duas vezes.

Antes que a frustração me vença, eu lembro que nunca vi os registros de nascimento dos dois meninos. Talvez eu possa começar por lá amanhã.

Enquanto isso, preciso descer as escadas, ir à área administrativa do hotel e imprimir tudo: informações sobre a tempestade de 1990, o obituário da enfermeira Humphreys e essa foto do pastor Jackson Wayne. Amanhã vou passar na delegacia e pedir a Marty ou Lou uma cópia do relatório do DNA, provando que Cassidy Porter era o nome do meu atacante.

Ainda preciso de uma prova sólida de que meu Cassidy nasceu como Jackson Wayne Jr., mas sinto que estou me aproximando.

Espere por mim, Cass.

Estou chegando.

Chego ao cartório da cidade às nove em ponto na manhã seguinte, com minha crescente pasta de informações e, para meu grande alívio, a Sra. Dolby está trabalhando novamente na recepção.

Hoje eu espero obter cópias da certidão de óbito de Theresa Humphreys, mais as certidões de nascimento de Cassidy Porter e Jackson Wayne Jr. Procurei os requisitos para solicitar cópias de tais documentos e, tecnicamente, eu deveria estar relacionada a essas pessoas ao pedir seus registros. No entanto, a Sra. Dolby foi tão útil e simpática ontem, que espero desesperadamente que seja solícita novamente.

Seu sorriso caloroso me diz que talvez eu tenha sorte novamente.

— Srta. Cadogan. Você parece melhor esta manhã!

— Obrigada, Sra. Dolby. Por favor, me chame de Brynn.

— Ok, então, você está bem, *Brynn*. — Ela ergue as sobrancelhas. — O que posso fazer por você hoje?

Decido não fazer rodeios.

— Eu gostaria de obter cópias das certidões de nascimento de Jackson Wayne Jr. e Cassidy Porter.

— Humm — ela diz, franzindo os lábios. — Cassidy Porter não será um problema, porque ele está morto. Mas Jackson Wayne Jr.? Eu não sei. Você não é parente, é?

Respiro fundo.

— E se eu fosse?

— Bem, então, não posso ficar no seu caminho se quiser saber mais sobre seu parente, posso? — ela responde, de forma perspicaz.

Eu sorrio.

— Sra. Dolby, estou procurando os registros de nascimento dos meus primos Jackson Wayne Jr. e Cassidy Porter. Além disso, se possível, o registro de morte da minha tia, Theresa Humphreys.

Ela acena com a cabeça para mim.

—Apenas preencha este formulário, Brynn. Vou fazer cópias para você.

Preencho o formulário, identificando como "primo", "primo" e "tia" nos registros, e espero em frente ao balcão que a Sra. Dolby volte com as cópias.

As certidões de nascimento mostrarão que os meninos nasceram no mesmo dia, e a certidão de óbito de Theresa Humphreys irá mostrar que ela morreu de um tumor cerebral, corroborado pelo detalhe no obituário. Minha próxima parada será a delegacia, onde vou obter uma cópia do teste de DNA de Cassidy Porter, e então precisarei que meus pais me levem até a loja Golden Bridge, onde vou pegar o meu quadriciclo. Meu pai e eu passamos cerca de duas horas analisando o mapa ontem à noite, e, se meus cálculos estiverem corretos, a cabana fica a cerca de vinte e dois quilômetros, na direção do Lago Harrington, da loja. Estive lá duas vezes. Vou cercar a lagoa, procurando a Pedra da Brynn, e tentar caminhar dali até a casinha de Cassidy usando a memória.

E depois? Oh, Deus! Meu coração acelera. E então vou compartilhar tudo o que descobri e espero que nossa história esteja apenas começando.

— Aqui estão — diz a Sra. Dolby, colocando os três documentos no balcão. — Algo mais?

— Não, obrigada — digo, guardando os papéis na minha pasta de arquivos. — Muito obrigada por me ajudar.

— Você nem olhou para eles.

— Eu vou olhar. Mas eles são mais para outra pessoa do que para mim.

— Humm — ela cantarola. — Há uma nota curiosa a respeito da certidão de nascimento de J.J. Nunca percebi isso antes.

Observo-a antes de abrir o arquivo. O primeiro documento é a certidão de óbito de Theresa Humphreys, e, como pensei, a causa da morte é listada como um tumor cerebral. Se ela morreu apenas três semanas após sua aposentadoria, provavelmente cometeu erros durante semanas, senão meses. Não é de se admirar que a enfermeira Landon não tenha querido falar sobre isso. Mas eu silenciosamente a agradeço, de todo coração, por me guiar na direção certa.

Checo o próximo documento: o registro de nascimento de Cassidy Porter. Reviso os nomes dos seus pais; a localização, data e hora do nascimento; e seu gênero e raça. Tudo parece estar em ordem, e o documento é assinado pelo Dr. Elias Maxwell.

Meus dedos formigam enquanto checo o documento final: o registro de nascimento de Jackson Wayne Jr., também assinado pelo Dr. Elias Maxwell, colocando-o ao lado do de Cassidy Porter para comparação. Nomes dos pais, ok. Localização, data e hora de nascimento, ok, quase idênticos aos de Cassidy Porter. Os meninos nasceram com dezenove minutos de diferença, o que só contribuiu para uma situação caótica.

Gênero: masculino. Raça: caucasiano. Ok. Ok.

Humm. Inclino-me, aproximando-me do documento fotocopiado.

Ao lado da raça, há outra coisa: uma pequena nota rabiscada ao lado da palavra caucasiano. Meus lábios ficam surpresos e aliviados ao perceber que diz "heterocromia iridis congênita".

— Heterocromia iridis congênita — sussurro, olhando para a Sra. Dolby com os olhos, sem dúvida, tão arregalados quanto pires.

Ela dá de ombros.

— E não é a coisa mais estranha do mundo? Porque a minha memória é muito boa, e me lembro de Cassidy como sendo o menino com olhos de cores diferentes, não J.J. Ah, que seja. Acho que estou ficando velha. — Ela dá um tapinha na minha mão, quando alguém entra no escritório atrás de mim. — Cuide-se, Brynn.

Eu me afasto dela, sentindo o meu sorriso começar nos dedos dos meus pés, embolando-se na sola de borracha do meu chinelo. Esse sentimento de exaltação — de felicidade, esperança e gratidão — surge desde lá, passando pelas minhas pernas, pela minha barriga, meu coração, minha cabeça, e eu permaneço lá no Cartório da Cidade de Millinocket com lágrimas felizes escorrendo pelo meu rosto, sorrindo como se tivesse acabado de ganhar na loteria.

E eu ganhei.

Aqui está a minha prova.

Esta certidão de nascimento, assinada pelo médico que fez o parto de Jackson Wayne Jr., possui uma nota rabiscada detalhando a cor incomum dos olhos dele. Talvez por ser algo tão raro. Ou talvez porque ele percebeu que a enfermeira Humphreys estava confusa e precisava de um pouco de informação extra para distinguir os bebês.

Eu não me importo com o porquê.

Só me importo que eu a tenho em mãos.

Só quero que isso dê a mim e a Cass uma chance de ficarmos juntos.

— Querida, você tem certeza de que quer fazer isso? — pergunta a minha mãe, depois que o dono da loja Golden Bridge me explica como fazer funcionar o quadriciclo top de linha 2017 e me dá um capacete. — Você ficou acordada a noite inteira. E seu pulso ainda não está curado. Deixe seu pai ir ao invés de você.

Já estou sentada no quadriciclo, mas olho para minha mãe, pegando suas mãos.

— Obrigada por tudo. Mal posso esperar para você conhecer Cassidy.

— Brynn, *por favor*, deixe seu pai...

— Eu te amo, mãe — digo com firmeza, soltando a mão dela e colocando o capacete. — Estou indo.

— Você *sabe* para onde ir, Joaninha? — pergunta meu pai, colocando a mão no meu ombro.

— Não exatamente — respondo, balançando a cabeça. Então, sorrio, e ele me entrega a pasta, que eu coloco no compartimento lateral. — Mais ou menos.

— É meio-dia. Quando você acha que vai chegar lá?

— Bem, ele levava cerca de três horas para ir à loja e voltar. Então... eu não faço ideia.

— Você sabe para onde ir?

Olho para o GPS que meu pai comprou na loja de equipamentos. Está amarrado no meu pulso com velcro, e nós programamos nele as coordenadas que acreditamos corresponderem à localização de Harrington Pond. Pelo que vi no Google Maps, será uma viagem tranquila por cerca de dezesseis quilômetros, mas pode haver um pouco — como foi que Cass chamou? Ah, sim — de estradas pedregosas depois disso.

Ligo o motor, como me foi mostrado, olhando para meus pais com um sorriso.

— Não se preocupem. Vejo vocês amanhã?

Meu pai coloca o braço em volta da minha mãe, segurando-a enquanto ela limpa os olhos e acena com a cabeça.

— Tenha cuidado, Joaninha.

Sem Amor **335**

— Nós te amamos, Brynn. Nos vemos amanhã.

Não aceno enquanto saio do estacionamento, pegando a Golden Road. Na verdade, o vento na minha cara faz com que eu me sinta bem, meu pulso não me incomoda (graças a três Advils), e sempre adorei pensar enquanto dirijo.

Penso em Cassidy.

Penso nele me salvando de Wayne naquele dia no *Katahdin* e me carregando nas costas até um lugar seguro.

Penso que ele deitou na cama ao meu lado quando pedi que fizesse isso, me abraçando a noite inteira, e na sensação de acordar com ele cantando.

Penso nele caminhando de volta ao *Katahdin* para encontrar o telefone de Jem, e em como se castigou tão duramente por não conseguir encontrá-lo.

Eu penso nele cortando madeira sem camisa e conversando com Annie enquanto a ordenhava e pescava trutas de ribeirinha nos dias ensolarados.

Penso em quando o beijei pela primeira vez, aninhados no sofá assistindo a um filme juntos.

Penso na maneira como ele me olhou, me chamando de maior tesouro da sua vida, enquanto fazíamos amor.

Acho que vou amar Cassidy até o dia em que eu morrer, e espero — oh, Deus, espero desesperadamente — que ele realmente tenha falado a verdade quando escreveu naquele bilhete que também me amava.

Acho que ele merece saber quem é, e espero que saber que é filho de Nora e Jackson Wayne o liberte do terrível fardo que eu acho que ele sempre carregou.

Penso que um dia eu gostaria de ser sua esposa e a mãe dos seus filhos. Gostaria de adormecer todas as noites com aqueles braços fortes ao redor do meu corpo, e acordar todas as manhãs olhando para aqueles belos olhos azuis e verdes.

Acho que, se Cassidy for meu futuro, serei a garota mais sortuda do mundo.

A voz no GPS me diz para virar em direção à Telos Road, onde permaneço por três quilômetros, afastando meus pensamentos para que eu possa me concentrar no caminho. É uma estrada de terra de duas vias, acho, com uma floresta espessa de cada lado. Quase perco minha próxima volta à direita, por causa de um caminho de uma única linha que foi deixado por outro quadriciclo que seguiu em direção a Harrington Pond, que fica ao lado da fronteira da Cleary. Estou quicando agora, mas nada me faria voltar. Vou fazer isso. Estou quase lá.

Viro à direita novamente, em outra estrada de terra, meu coração vibrando de emoção, desejando compartilhar tudo o que descobri com Cassidy. O que ele vai dizer? O que vai pensar? Será que vai acreditar em mim? E depois de ter compartilhado tudo com ele, haverá um lugar para mim em sua vida? Será que ele vai querer dar uma chance para nós? Para explorar a possibilidade de construirmos uma vida juntos? Espero que sim. Oh, Deus, espero que sim.

Finalmente, chego a uma bifurcação na estrada, e o GPS me diz que devo virar à esquerda para chegar à lagoa, mas não há nenhum caminho à vista que pareça uma estrada pedregosa. Olho para a minha esquerda, onde não há nada além de madeiras finas e grama alta. Tiro meu capacete por um segundo, parando ao final da trilha, e é aí que eu sinto: cheiro de fumaça.

Olho para cima e percebo que há muita fumaça, grossa e cinza, vinda de algum lugar à minha frente, um pouco à direita.

Espere...

— Não! — choramingo, enquanto minha mente rapidamente chega à conclusão de que a única coisa que pode queimar daquela forma é a casa de Cassidy.

Será que ele a abandonou? Ou — um pensamento desesperador faz meu coração apertar-se em agonia — será que ele poderia estar, de alguma forma, preso lá dentro?

— NÃO! POR FAVOR! Por favor, Cass! Por favor, espere por mim! Por favor! Estou chegando! — É um mantra que entoo, enquanto coloco o capacete de volta na cabeça e giro o quadriciclo na direção da fumaça ondulante.

Não faço ideia do que encontrarei quando chegar lá.

Apenas rezo para que não seja tarde demais.

338 KATY REGNERY

Capítulo Trinta e Quatro

Cassidy

— Empacotei só o que vou precisar: roupas e comida, cordas e facas. Seu rifle, vovô, e a foto de nós três, mamãe. Peguei o quadro e o enrolei para mantê-lo seguro. Peguei alguns dos meus livros favoritos e o velho violão do vovô. Deixei Annie, as meninas e T. Rex na loja. Acho que encontrarão casas para eles. Espero que sim, de qualquer maneira.

Respiro profundamente e suspiro, olhando na direção da fazenda, onde a fumaça está aumentando, cada vez mais escura. Não é que eu quisesse continuar vivendo lá; não sei como teria suportado sem Brynn. Droga, eu não poderia ficar, mesmo se quisesse. Deus sabe que preciso ir para o norte, para bem longe desta cidade, o mais rápido possível, antes que o xerife venha bater na minha porta, assim como ele bateu na do meu pai.

Eu olho para a fumaça de novo, me sentindo um pouco em conflito. Talvez porque essa propriedade tenha me oferecido santuário quando era criança, ou porque foi onde minha mãe e meu avô morreram. Foi a minha casa por tanto tempo, talvez seja apenas um sentimento equivocado.

Olho para a sepultura do meu avô.

Era o lugar *dele* para fazer o que queria. Tudo o que fiz foi realizar seus desejos. Agacho-me ao lado da pedra, afastando suavemente as folhas, então coloco minha palma sobre ela.

— Vovô, eu queimei como você me disse para fazer. A casa, a estufa e o celeiro. Não vai cair nas mãos erradas agora. Não virão crianças para cá para usar drogas. Nenhuma agência governamental virá aqui para bisbilhotar o que você construiu. Você pode descansar em paz, vovô — digo, com minha voz falhando um pouco, porque sei que não vou voltar aqui tão cedo, se é que voltarei. — Eu cuidei de tudo, assim como você pediu.

Olho novamente para a fumaça. Estamos em um verão úmido, e as noites já estão ficando mais frias. Situada como está entre os lagos Harrington e McKenna, a propriedade se tornará um incêndio controlado e não irá se enfurecer. Isso sempre fez parte do plano do meu avô: queimá-la quando ele não precisasse mais, e acho que há paz na realização da sua vontade.

Equilibro-me em meus calcanhares e enfrento o túmulo da minha mãe.

— Mamãe — digo, imaginando seus cabelos loiros e os olhos azuis curiosos —, eu conheci alguém. — Pisco rapidamente enquanto o rosto da minha mãe é substituído pelo de Brynn. — Ela era... — engulo em seco — tudo para mim. — A respiração que tomo é desigual, e inalo pelo nariz para não chocar. — Mas você estava certa em se preocupar. Acho que... acho que posso estar mudando. Então a deixei ir. Não poderia vê-la com alguém como eu. — Coloco a palma na lápide da minha mãe, como fiz com a do meu avô. — Eu a amo, mãe. Acho que sempre a amarei, mas fiz o que era certo. Só quero que você saiba disso.

Depois de destruir a cozinha e a sala de estar na noite passada, preparei algumas coisas para hoje. Enquanto eu trabalhava, com o objetivo de escapar, deixei minha mente entrar na fantasia.

Pensei nas palavras de Brynn: *eu quero ficar com você. Eu te amo do jeito que você é.* E no plano dela de conseguirmos um pequeno lugar mais perto da cidade com muita privacidade. Ler livros e fazer amor. Ter filhos. A fusão de duas vidas que provavelmente nunca deveriam ter colidido em uma.

E... merda! Isso faz meu peito doer como se alguém o estivesse martelando, porque não consigo pensar em uma maneira melhor de passar o resto da minha vida. Brynn. Eu. Um lugar nosso. Uma *família* nossa.

Queimei todas as fotos, cartas e documentos da minha família na fogueira. Abri um buraco na cisterna e deixei escorrer a água para que o fogo não se extinguisse e o gasóleo do gerador o alimentasse.

Quando tudo o que precisava ser feito foi terminado, joguei meu corpo cansado na cama onde minha Brynn havia dormido, enterrando o rosto em seu travesseiro. Ainda cheirava a ela — a nós — e pensei novamente naquela doce vida que, em um universo alternativo, em uma vida alternativa, poderia ter acontecido. Eu sabia de uma coisa com certeza: nunca haveria um homem na face da Terra tão abençoado quanto eu teria sido. E eu teria vivido todos os dias da minha vida sabendo que fui perdoado, sabendo que fui poupado, sabendo que um destino sombrio fora trocado por um futuro brilhante e glorioso. Sabendo que fui agraciado com uma bênção.

Fui dormir com as lembranças da minha Brynn, sonhando com um para sempre que nunca poderia existir.

Hoje eu começo de novo.

Levanto-me das sepulturas, olhando para elas e sabendo que talvez nunca mais volte.

— Tchau, mamãe. Tchau, vovô. Vocês fizeram o melhor para mim, e sempre vou agradecer pelo seu cuidado. Sempre tentarei honrá-los. Lutarei contra isso o máximo que puder. Mas prometo que, quando chegar a hora, eu me juntarei a *vocês* antes de ceder a ser como *ele*.

Dou uma última olhada para cada uma das pedras e giro o quadriciclo em direção ao norte.

342   KATY REGNERY

Capítulo Trinta e Cinco

Brynn

Quando chego na propriedade, está um inferno.

As chamas lamberam as estruturas do celeiro e da cabana, e os telhados de ambos já caíram. Mantenho distância, de pé sobre a grama, gritando o nome de Cassidy, com a voz cheia de terror e uma tristeza tão profunda que não sei como permaneço de pé. Uma e outra vez, grito seu nome até ficar rouca e exausta, lágrimas escorrendo pelo meu rosto quando olho para a destruição de sua casa, um lugar onde redescobri minha vontade de viver e onde conheci o amor da minha vida.

— Cassidy! — grito com soluços, sabendo que nunca o encontrarei agora que ele se foi.

Gostaria que as coisas fossem diferentes.

— Volte! — grito, aterrorizada por perder um segundo homem que amei.

Você é, e sempre será, o maior tesouro da minha vida.

— Socooooooooooorro — berro ao céu, ao Deus que parece ter me abandonado novamente.

Você me perguntou se eu te amo, e a resposta é sim.

Sentindo-me sem forças, caio no chão, apoiando-me em uma árvore na borda do prado, a vários metros da casa em chamas. Sinto-me fraca e devastada, totalmente exausta após dois dias de corrida contra o relógio. Inclino minha cabeça, descansando a testa nos joelhos, e choro, porque estou no fim da linha agora, e perdi.

Perdi tudo.

— Anjo? Brynn?

Ouço sua voz, urgente e ofegante, e ergo a cabeça para olhar para um homem iluminado pelo sol, com um corpo forte e cabelos selvagens, que são instantaneamente reconhecíveis para mim, mesmo que eu só veja uma silhueta.

— Cass. Oh, Cass — murmuro, mas não confio em mim mesma. A visão é etérea, e estou desfalecida e zonza. Não posso confiar nos meus olhos. Não sei se ele é real.

Mas, de repente, ele se ajoelha diante de mim, e seus olhos incompatíveis olham diretamente para os meus. As mãos dele alcançam minha mão que não está machucada, agarrando-a suavemente, mas com firmeza, entre as dele. Ele a leva ao rosto, fechando os olhos e pressionando os lábios nos meus dedos. E com esse toque suave e familiar, eu o reconheço.

É o meu Cassidy.

Eu me lanço contra ele, passando o braço ao redor do seu pescoço e inalando sua bondade. As lágrimas brotam dos meus olhos enquanto sinto seus braços também me envolverem e me abraçarem. Ele se levanta, erguendo-me em seus braços.

Estou sendo carregada. Meu rosto está enterrado na pele quente do seu pescoço, e não vou soltá-lo. Não me importa para onde ele está me levando, ligo apenas para o fato de estarmos juntos novamente, e eu prometo em silêncio que nunca vou deixá-lo partir. Não importa quanto tempo demore para convencê-lo, Cassidy será meu objetivo de vida, o único desejo do meu coração. E nunca vou desistir do amor que compartilhamos ou do futuro que podemos ter juntos.

— Por que, Brynn? — ele pergunta com a voz áspera, ainda andando a passos decididos, segurando-me protetoramente em seus braços. — Por que você voltou?

Não respondo. Aninho-me no pescoço dele, acariciando-o com o nariz. Podemos conversar quando ele parar de andar. Por enquanto, só quero me certificar de que o encontrei e que ele está me segurando em seus braços. Não o perdi, afinal.

— Implorei para que você não voltasse. Não podemos ficar juntos, anjo. Nós *não podemos*. — Sua voz é agonizante, e meu plano de não falar ainda cai por terra.

— Nós *podemos* — sussurro.

Ainda andando sobre o terreno irregular, ele continua:

— Não! Você não... Brynn, você não *sabe* nada sobre mim. Não sabe quem eu sou. Não sabe de onde eu venho. Eu não queria te contar, mas, porra, Brynn! — Ele chora, me segurando mais forte. — Por que você voltou?

— Porque eu amo você — digo, perto da sua orelha.

Ele faz um som que é um misto de gemido e rugido, mas não discute comigo.

Quando ele para, sem abrir os olhos, sei exatamente onde estamos. As cigarras cantam, e eu ouço um peixe — provavelmente uma truta de ribeirinha procurando a isca de Cass — saltar, fazendo um leve *splash*.

Estamos na pedra da Brynn.

Finalmente, abro os olhos, afastando-me apenas um pouco do seu peito para olhar para a lagoa, depois para Cassidy. Seu rosto bonito, familiar e amado — a penugem loira em seu rosto, os lábios cor-de-rosa cheios, os três sinais na bochecha esquerda e seus olhos inesquecíveis — me faz soluçar, mesmo que eu esteja sorrindo para ele. Quando cheguei à sua propriedade, pensei que nunca o veria novamente. Mas ele está aqui. Deus não nos abandonou, afinal.

— Oi.

— Oi. — Ele suspira, com uma expressão triste. — Você deveria ter ficado afastada. Você não está segura comigo.

— Sim, eu estou. — Então digo as mesmas palavras que falei a ele naquela terrível noite em sua cozinha: — Eu te amo. Eu quero você.

— Mas você não sabe...

— Sim, eu sei, Cassidy. Eu sei *exatamente* quem você *pensa* ser.

Olhando para mim com uma expressão de choque e horror, sua respiração falha. Seus braços afrouxam, e eu solto minhas pernas para cair no chão ao lado dele graciosamente. Suas mãos despencam nas laterais do seu corpo, e eu pego uma, conduzindo-o até a rocha quente e plana onde dormi, onde fizemos amor, onde vamos conversar agora e onde descobriremos uma maneira de resolver o passado para vivermos o presente, o nosso para sempre.

— Você *sabe*? — ele murmura, com os olhos arregalados e perturbados enquanto se senta à minha frente sobre a rocha. — *Tudo*?

Aceno com a cabeça, falando devagar e gentilmente.

— Eu sei sobre Paul Isaac Porter. Ele e Rosemary Cleary tiveram um filho, um menino, Cassidy. Ele nasceu no domingo de Páscoa, em 15 de abril de 1990. Houve uma tempestade que matou dois meninos no *Katahdin* naquele dia, e dois meninos nasceram no Hospital Geral de Millinocket naquela tarde. Você era um deles.

Ele procura meus olhos, então cerra o maxilar e baixa a cabeça, olhando para a pedra. Acho que ele pode estar tão sobrecarregado que está chorando, então, eu o deixo chorar. Sou o primeiro ser humano que conversou com Cassidy sobre sua vida, sua verdade, em mais de duas décadas. Não consigo imaginar o quanto deve ser um choque e, talvez, um *alívio* compartilhar seu passado dolorido com alguém que ele ama. Seco minhas lágrimas e alcanço sua mão.

— Eu te amo — repito suavemente, com lágrimas nos olhos. — Eu quero ficar com você.

— Como? — ele solta. — Como você pode me querer quando sabe o que sou? Quando sabe o monstro no qual eu poderia me transformar a qualquer momento?

Choro suavemente pela dor — a profunda *angústia* — em sua voz. Preciso controlar minhas emoções. Preciso ser forte por ele quando disser quem ele realmente é e que a maior parte da sua identidade foi construída sobre uma mentira.

— Porque somos muito mais do que nossos pais — eu digo, agarrando seu rosto e forçando-o a olhar para mim. — E porque, Cassidy... nem tudo é sempre como parece.

— O que você...?

— Posso contar uma história? E você pode me prometer que tentará ouvir?

— Brynn, eu não...

— *Por favor*. Por favor. Por mim.

Ele fecha seus lábios antes separados e acena com a cabeça.

— Você confia em mim, Cass? — sussurro.

— Você sabe que eu confio.

Respiro fundo, me sentindo nervosa, desejando ter minha pasta de arquivos comigo. Mas talvez seja melhor contar-lhe primeiro. Então, se ele duvidar do que estou dizendo, podemos pegar o arquivo para comprovar.

Segurando seus olhos como reféns e sua mão na minha, eu começo:

— O Domingo de Páscoa, em 1990, começou quente e ensolarado. Era o descongelamento da primavera, e as pessoas foram à igreja e entraram em seus carros para se juntarem à família para o brunch. O que eles não sabiam era que, logo depois do meio-dia, uma tempestade de neve começaria. Seria uma das piores do século, e, mais tarde, eles a chamariam de a Grande Tempestade Branca de Páscoa.

"Naquela manhã, duas mulheres em Millinocket entraram em trabalho de parto. Uma era Rosemary Cleary Porter, casada com Paul Isaac Porter. A outra era Nora Wayne, casada com o pastor Metodista, Jackson Wayne. Ambas chegaram ao Hospital Geral Millinocket no final da manhã, mas não deram à luz imediatamente. Na verdade, ficaram em trabalho de parto por cerca de oito horas. Por causa da tempestade, nenhum dos seus maridos pôde se juntar a elas no hospital, e os médicos e enfermeiros da equipe já haviam trabalhado em turnos completos. À medida que as horas passavam, o hospital tornou-se mais caótico, e não tinha gente vindo para a troca de turno. A tempestade tornou impossível trafegar pelas estradas. Mais pacientes chegaram. Os médicos e enfermeiras estavam exaustos, mas continuavam trabalhando. As duas mães deram à luz naquela noite."

Lambo meus lábios, buscando em seu rosto sinais de angústia ou entendimento, mas não encontro nenhum. Ofereço-lhe um pequeno sorriso, que ele não retribui, e então eu continuo.

— O médico de plantão naquela noite, o Dr. Elias Maxwell, provavelmente sabia que sua enfermeira, Theresa Humphreys, não estava atuando tão intensamente quanto fizera durante a maior parte de seus trinta anos de trabalho, porque sofria há meses de um tumor cerebral, que provavelmente afetava seu julgamento e desempenho no trabalho. Mas ela ainda era a principal enfermeira de maternidade e estava responsável pelos dois meninos que nasceram naquela noite: Cassidy Porter e Jackson Wayne Jr. Duas semanas depois, no dia 30 de abril, ela se aposentou. E três semanas depois disso, faleceu.

— O que você está dizendo? — ele pergunta, com o peito subindo e descendo com respirações rasas, os olhos severos.

Engulo em seco.

— Fique comigo, Cass, está bem?

Ele assente, mas não é um gesto tranquilo. É curioso e impaciente, e deve estar pensando aonde quero chegar com essa história selvagem e tortuosa. *Oh, Cass. Está terminando. Eu prometo.*

— Um bebê foi para casa com os Porters — eu digo. — O outro foi para casa com os Waynes.

Ele acena com a cabeça, com os olhos arregalados e intensos.

— O bebê *errado* foi para casa com os Porters — falo com o maior cuidado possível —, o que significa que o bebê errado também foi para casa com os Waynes.

Estou prendendo minha respiração enquanto ele olha para mim, sem mover-se, sem se encolher. A única coisa que vejo com minha visão periférica é a subida e a descida incansáveis do seu peito.

— O que... o que você está dizendo? — ele pergunta novamente. E então pergunta uma terceira vez, com a voz mais alta e mais frenética. — Brynn, o que você está dizendo?

— Eu estou dizendo que seu nome de nascimento — engulo em seco rapidamente, tentando ficar calma, apertando a mão dele na minha — é Jackson Wayne Jr.

Ele solta a minha mão como se esta estivesse queimando, e todo o seu corpo se afasta de mim. Sua voz está ofegante e baixa.

— Isso é... isso não é possível. Isso é loucura.

— Cassidy — eu falo, forçando-me a recuperar o controle das minhas emoções. — Você *não* é o filho biológico de Paul Isaac Porter. Nunca foi.

— Brynn — ele diz, estremecendo ao se virar para mim —, eu sei que quer que eu seja outra pessoa para que você possa...

— Não, Cass — eu o interrompo. — Você é outra pessoa. Eu tenho provas.

— Isso é impossível. Minha mãe era...

— Nora Wayne.

— Não. Não! — ele grita, seus olhos arregalados e selvagens. — Rosemary Cleary era a minha mãe.

— Rosemary Cleary amou e criou você — explico —, mas sua mãe biológica é Nora Wayne.

— A esposa do pastor? Não, não, não, não, não. Não, não, não, não, não. Eu sei quem eu sou. Eu... Eu *sei* quem eu sou. Eu sempre soube.

— Cassidy — digo gentilmente, alcançando seu braço, que, ainda bem, ele me deixa segurar —, eu posso te contar mais coisas.

— Isso não é verdade — ele diz freneticamente. E então, mais suavemente: — Isso *não* pode ser verdade.

— *Pode* ser — falo, meu coração se partindo por ele — porque é. Você consegue me ouvir? Há mais na história.

Ele passa a mão por seus cabelos e balança a cabeça, mas sua voz está sem fôlego quando ele diz:

— O q-quê? Como pode haver mais?

— Você se lembra do nome do homem que me atacou? — Baixo meu queixo e observo seu rosto. Sei que ele se lembra, porque o horror da verdade começa a fazer sentido para ele.

— Wayne.

— Sim — confirmo. — *Jackson* Wayne. O homem que me atacou, o homem que... que morreu naquele dia, *pensava* que o nome dele era Jackson Wayne, mas, Cass... — Eu tenho que continuar agora. Ele precisa ouvir tudo. — Ele morreu. Morreu quando você o jogou. E quando eles recuperaram seu corpo, não havia nenhuma identificação com ele, então, a polícia realizou um teste de DNA. Encontraram apenas uma compatibilidade no sistema. —

Paro antes de conectar os pontos para ele. — Com Paul Isaac Porter... o pai biológico dele.

— *Oh... Deus!* — Ele soluça, sua respiração vindo de forma desigual enquanto enterra as mãos nos cabelos e se afasta de mim.

— Cass — digo suavemente, alcançando-o, mas ele se encolhe, afastando-se de mim, escondendo suas lágrimas.

Seus ombros estão tremendo, e ele puxa os joelhos contra o peito, apertando-os com os braços, as costas parcialmente viradas para mim.

Cass. Oh, Cass. Se eu pudesse arrancar essa dor de você, eu arrancaria.

Toda a sua vida tem sido uma luta, uma mentira, um acidente, uma terrível convicção.

Por um momento, considero deixá-lo sozinho com suas lágrimas, mas, no fundo, sei que ele precisa de mim agora mais do que nunca. Abrindo as pernas, coloco-me contra suas costas, entrelaçando minhas pernas e braços ao seu redor e descansando as mãos cruzadas sobre as dele. Colo minha bochecha nas suas costas fortes e largas, um amortecedor para suas lágrimas. Seu corpo vibra, e eu ouço os sons doloridos de um homem adulto soluçando, mas aperto meus olhos e me forço a não chorar, não importa o quanto eu queira. Quantas vezes Cassidy foi forte por mim? É minha vez de ser forte por ele.

Pouco a pouco, seus soluços diminuem, e sua respiração começa a normalizar.

— Se isso é verdade...

— É verdade. Tudo isso. Você *não* é o filho de Paul Isaac Porter.

— Jackson Wayne era um... — Sua voz falha. — Uma criança muito cruel.

— Ele era o filho biológico de Paul.

— E eu sou... sou... — Seu corpo estremece novamente, e ele não consegue falar.

— Você é o filho de Nora e Jackson Wayne, Cass. — Respiro fundo, certificando-me de que minha voz está forte e firme, antes de dizer: — Você não é filho de um assassino em série. Não há nada além de bondade em você.

— Mas eu gritei com você — ele diz, virando-se para me encarar. — Levantei meu punho para você.

— Casais brigam — explico, buscando seus olhos. Ele estica as pernas ao lado do meu corpo, e eu deslizo para o colo dele, aninhando-me nele até nossos peitos se tocarem e nossos braços ficarem entrelaçados. — Você *não* me agrediu. Nunca me machucou, Cass. Você estava apenas tentando me *proteger*.

Ele baixa o rosto, desabando diante dos meus olhos.

— Eu o matei — ele sussurra, com horror em sua voz. — Eu matei Jackson Wayne. Sou um assassino. E se eles vierem me procurar?

— Te procurar? Oh, Cass. — Meu coração parte novamente por ele. Pego seu rosto, olhando-o nos olhos. — Não. Não, você não é um assassino, e o caso está encerrado. Eu fui atacada, e Wayne caiu sobre a própria faca. Ninguém virá te procurar, exceto eu. Você salvou a minha vida. Você é um herói, Cass. *Meu* herói.

Pressiono meus lábios contra os dele, depois puxo-o para mais perto, encostando sua testa no meu ombro. Desta vez, seus soluços são silenciosos, embora eles façam seu corpo inteiro estremecer, e o meu também.

Eu reajusto meus braços ao redor dele.

É a *minha* vez de segurá-lo.

Ele faz muitas perguntas depois que seu choque inicial passa, então pego sua mão e o leva de volta ao meu quadriciclo alugado, onde os arquivos que reuni o aguardam.

— Você tem certeza de que fomos trocados?

— Hum-hum. Na certidão de nascimento de Jackson Wayne Jr., o médico escreveu uma nota sobre a heterocromia.

— Uau! — ele suspira, com a respiração afiada, porque ele ainda está processando tudo. — Você disse que a enfermeira teve um tumor cerebral?

— Sim.

— Será que os meus...

Paro de andar e me viro para olhar para ele.

— O quê?

— Será que meus... *pais*... — ele faz uma pausa por um momento, depois continua — sabem sobre mim?

— Ainda não — digo a ele. — Mas você se parece muito com seu pai. É surpreendente.

Ele expira através da boca com um som de *phew*.

— Eu nunca disse essa palavra antes.

— Qual palavra?

— *Pai* — ele diz suavemente.

Cerro meu maxilar para não chorar. Quando consigo, respondo.

— Talvez agora você possa usá-la.

E então continuamos caminhando.

A propriedade já queimou quase por inteiro no momento em que retornamos e, depois de pegar o arquivo do bolso lateral do quadriciclo, viro-me para encontrar Cassidy parado, olhando para a destruição fumegante e ardente diante dele.

— Você gostaria de não a ter queimado?

— Não — ele responde, virando a cabeça para olhar para mim, com uma expressão infinitamente suave. — Eu não poderia mais viver aqui. Havia um pouco de você em cada canto da casa.

Oh, meu coração.

Assinto, segurando a pasta.

— Você quer ir a algum lugar para olhar tudo? Meus pais têm um quarto de hotel na cidade. Podemos ir para lá, se quiser.

Ele respira fundo.

— Eu preciso de tempo para processar isso, Brynn.

— Ah. — Minha mente cambaleia ao entender o significado das suas palavras, e sinto que perco o chão. Ele precisa de tempo. Tempo. Sozinho.

Longe de mim. Porra. *Recomponha-se, Brynn. Você acabou de virar a vida dele de cabeça para baixo. Se ele precisa de tempo, dê tempo a ele.* Forço um sorriso, engolindo o nó em minha garganta. — Ok. Bem, eu posso ir, e você pode me encontrar quando estiver, quer dizer, se você...

— Não é tempo de *você* — ele diz com pressa. — É só que... hotéis, pessoas... Não sei se estou pronto para aparecer na cidade ainda.

— Ahh. — Meu alívio me deixa tonta. — Certo.

— Há cabanas no Acampamento Golden Bridge — diz. — Talvez possamos alugar uma por alguns dias e resolver as coisas. Preciso lidar com isso.

— Com certeza — concordo, oferecendo-lhe o arquivo. — Nós definitivamente podemos fazer isso, Cass.

— Espere — ele diz, pegando o arquivo e colocando-o no chão antes de olhar para trás.

— O quê?

— Anjo — começa, com uma voz profunda e emocionada, enquanto me puxa contra ele. Então coloca um dedo no meu queixo, inclinando-o para que eu o encare. Captura meus olhos com os dele e os mantém firmes. — Eu *nunca* vou querer um tempo de você. Compreende? Nunca.

— Nunca — sussurro de volta, sentindo lágrimas deslizarem pelas minhas bochechas.

— Eu amo você — declara. — Eu te amo tanto que não poder te dizer isso estava me matando por dentro.

— Eu também te amo. Muito. Nunca mais me deixe.

— Eu prometo — ele diz, as palmas das mãos nas minhas bochechas, seus polegares secando minhas lágrimas.

— Diga novamente — peço, inclinando minha cabeça para trás e fechando os olhos.

— Eu te amo — repete, colocando os lábios na minha testa. — Eu amo você — fala novamente, beijando uma pálpebra e depois a outra. — Eu amo você. — Pressiona os lábios nos meus.

Coloco os braços ao redor do seu pescoço, encostando-me em seu corpo, em sua força, em seu beijo. Sua língua conhece a minha, e eu suspiro em sua boca, enfiando os dedos em seus cabelos e arqueando as costas para que meus seios encostem nos cumes dos músculos do seu peito.

Nós nos beijamos enquanto a fumaça de uma vida serpenteia ao nosso redor, e a promessa de outra é finalmente — finalmente — posta ao nosso alcance. Meu Cassidy é uma fênix que se ergue desse fogo — o mesmo bom homem que sempre foi, sem o fardo de uma identidade equivocada, sem que sangue amaldiçoado atravesse suas veias.

Quando ele se afasta de mim, seus olhos estão escuros de desejo, mas, de alguma forma, mais leves do que jamais os vi.

— Eu não sou Cassidy Porter — ele diz, um pouco confuso, enquanto um pequeno sorriso inclina seus lábios.

— É estranho. Eu sei que ser Cassidy Porter sempre foi um fardo para você. Mas para mim — digo, mantendo meus dedos entrelaçados atrás do seu pescoço —, Cassidy Porter era um anjo. Um *anjo da guarda. Meu* anjo da guarda. Você me devolveu a minha vida de muitas maneiras.

— Então estamos quites... porque agora você me devolveu a minha. — Ele busca meus olhos antes de me beijar com força. Quando recua, sua expressão está séria. — Quando te deixei na delegacia, eu disse que, se algum dia te visse de novo, nunca te deixaria partir. E aqui está você.

—Aqui estou eu — digo, deixando minhas lágrimas caírem, porque elas nasceram de uma felicidade tão completa, e eu nunca pensei que poderia me sentir dessa maneira novamente.

— Eu nunca vou te deixar — promete com ferocidade, e é um juramento, um voto, que vem acompanhado de uma promessa doce: uma casa que construiremos juntos, os livros que leremos, as vezes que faremos amor, e crianças. *Nossos* filhos.

— Quero filhos — sussurro, segurando a respiração. — *Seus filhos. Nossos.*

Seu rosto se contrai por um momento, mas começa a relaxar pouco a pouco. Finalmente, seus lábios se curvam, e, quando ele faz isso, percebo que seus olhos estão brilhando. Ele passa os nós dos dedos pela minha bochecha, acariciando-a.

— Eu também. Um dia.

Eu sei que processar tudo — confiar que o que eu disse é verdade — levará algum tempo, mas vejo a esperança e a promessa brilhando em seus olhos, e, para mim, uma mulher que já foi tão magoada, é o suficiente.

—Algum dia — digo, sorrindo para ele. Eu pego o arquivo e lhe entrego. — Ei, a propósito, como devo te chamar?

Ele inclina a cabeça.

— Cassidy, eu acho. Não é Cassidy *Porter*. Apenas Cassidy.

— Cassidy — digo, erguendo-me nas pontas dos pés para beijá-lo nos lábios. — *Apenas* Cassidy... você é amado.

356   KATY REGNERY

Epílogo

Cassidy

UM ANO DEPOIS

Brynn vendeu sua casa em San Francisco e fez com que seu gato, Milo, fosse enviado para o leste. Com o dinheiro da sua casa e o que guardei da pensão do meu avô, conseguimos comprar dezesseis hectares ao longo da fronteira, em Bartlett, New Hampshire, com vista para Black Cap e as Montanhas de Cranmore. Brynn não está interessada em escalá-los, o que eu entendo. A última montanha que ela escalou foi o *Katahdin*, no verão passado, comigo. Levei-a até o Pico Baxter, para que ela pudesse enterrar o celular de Jem, como planejou. Sempre vou agradecer a Jem e ao *Katahdin*. Sem eles, Brynn e eu não teríamos nos conhecido. Mas nossas lembranças do Maine eram um misto de emoções, e New Hampshire se parece com o novo começo que precisamos e merecemos.

Nossa propriedade fica no final de uma estrada solitária, cercada pela Floresta Nacional White Mountain, e nós construímos nossa casa a dezesseis quilômetros dela para uma maior reclusão. Acho que posso dizer que somos a última casa da região.

É uma coisa estranha ter eletricidade só com o ligar de um interruptor, ou água quente apenas porque eu quero. Não sei se vou me acostumar completamente com isso, mas sou homem o suficiente para admitir que agradeço pela TV via satélite, não que eu entenda por que alguém precisa de tantos canais.

Estamos a vinte minutos de carro da estrada, mas, uma vez que você chega lá, só leva mais quinze minutos até North Conway, que tem todas as lojas e restaurantes imagináveis, além do Hospital Memorial, o que é importante para a minha Brynn.

Especialmente agora.

Olho para ela, lendo em um assento de janela à luz do sol, a barriga crescendo dia após dia. Ela tem mais quatro meses até dar à luz, mas estou agradecido por estar mais perto da cidade também. Na semana passada, fui com ela na consulta médica e pude ouvir o coração do meu filho batendo forte dentro da sua barriga. Uma bênção. Uma enorme bênção.

Esta mulher, minha esposa, me devolveu a vida, e em seu corpo cresce uma vida que é metade dela e metade de mim. Juntos, eles são o milagre que sempre desejei, mas que nunca pensei que poderia ter, e meu coração estremece ao pensar que algo pode lhes acontecer. Vou protegê-los e amá-los até que a luz desapareça da minha alma. Nunca vou magoá-los. Vou viver minha vida com reverência e gratidão.

— Você está me olhando como um louco — Brynn diz, olhando para mim e sorrindo.

— Isso é porque sou louco por você — respondo, caminhando em direção a ela com duas canecas de chá.

Ela ri enquanto aceita a caneca e toma um gole rápido.

— Ooh! Agradável e quente.

Aceno com a cabeça, olhando pela janela para a extensão de terra e os picos das montanhas à distância.

— Você falou com a sua... com Nora?

Nas semanas depois que Brynn me contou sobre meus pais, entrei em contato com Nora e Jackson Wayne por e-mail, uma vez que ela me ensinou como usá-lo. Expliquei que o filho que eles conheciam como Jackson Jr. tinha morrido, contei o que aconteceu em 1990 e me apresentei como seu filho biológico. Embora tenha demorado algum tempo para explicar tudo, assim que eles entenderam, ficaram ansiosos para marcarmos uma hora e um lugar para nos encontrarmos pessoalmente.

Confessei toda a minha conexão com seu filho, J.J. — que eu o matei salvando a vida de Brynn —, quando nos conhecemos, e prendi a respiração, perguntando-me se eles ainda iriam querer um relacionamento comigo depois desta revelação. Mas, para minha surpresa, eles quiseram. Estou certo de que lamentaram, à sua maneira, pelo filho que conheceram, mas me ofereceram apenas braços abertos, perdão e aceitação.

Brynn estava certa: eu pareço muito com meu pai, Jackson, a quem chamo de Jack. Por isso, de fato, nenhum de nós ficou surpreso quando o teste de DNA que fizemos nos revelou como pai e filho. Nora, minha mãe biológica, recentemente pediu que eu a chamasse de mãe, mas ainda não consigo. Rosemary Cleary não era perfeita, mas me amava, e eu a amava. Ela foi minha mãe, mesmo que não estivéssemos relacionados, e, por respeito à sua memória, acho que ela será a única mulher que chamarei de mãe. Espero que Nora aceite isso com o passar do tempo.

Não consegui me livrar do nome Porter com rapidez suficiente, mas Wayne também não me parecia certo. No final das contas, com a ajuda de Brynn, decidi que meu nome deveria ser Cassidy Cleary, e o nome do nosso bebê será Colin Francis Cadogan-Cleary, metade do avô que conheci e metade do avô que ele irá conhecer.

Vemos os Cadogans, que compraram uma casa a trinta e dois quilômetros ao sul de nós, no Lago Conway, muitas vezes. Sua propriedade é bem grande, com espaço suficiente para hospedar os Waynes, de quem eles se tornaram muito próximos e que estão planejando nos visitar mais perto da data do parto de Brynn. Este bebê certamente estará cercado de amor.

Meu tio Bert — irmão do meu avô — entrou em contato comigo alguns meses atrás, e, embora eu não o visse há anos, encontramo-nos a meio caminho entre sua casa e a minha, e passamos uma noite bebendo cerveja e lembrando da antiga propriedade. Eu a vejo muitas vezes em meus sonhos, e, quando isso acontece, ela não está pegando fogo. Lembro-me dos dias que Brynn e eu vivemos lá, e a maioria das minhas lembranças são felizes.

Tio Bert vendeu a terra no Maine e me deu metade do dinheiro. Não preciso, eu disse, mas ele insistiu que meu avô gostaria disso. Então, eu me certificarei de que minha esposa tenha uma vida confortável e colocarei meu filho na faculdade com esse dinheiro, eu acho, embora seja muito mais do que posso imaginar gastar. Fui ensinado a viver com pouco, e, mesmo em nossa casa moderna, com eletricidade e televisão por satélite, ainda gosto de manter as coisas simples.

— Eu conversei com ela — digo, respondendo à pergunta de Brynn sobre Nora. — Ela ficará com seus pais na casa do lago em outubro.

— E Jack?

— Ele terá um substituto para cuidar das coisas na igreja em outubro e novembro. — Sorrio para ela, lembrando-me das palavras de Nora. — Acho que eles vão seguir esse bebê por todo canto no hospital para garantir que a história não se repita.

Ela sorri para mim e ergue os pés para que eu possa me sentar. Quando faço isso, pouso minha caneca no parapeito da janela, e ela coloca os pés sobre o meu colo, como costumava quando nos sentávamos no sofá, lendo *A Prayer for Owen Meany* e Kurt Vonnegut. Massageio-os porque sei que ela adora. E faço isso porque a amo e nunca, nunca — nem por um segundo, em qualquer dia desde agora até o dia em que eu morrer — esquecerei que ela é a minha vida, o bater do meu coração, meu anjo e minha salvação.

— Eu te amo — digo, parando para olhar para sua barriga com profundo orgulho e felicidade antes de erguer meu olhar para o rosto dela. — Para sempre.

— Eu também te amo — responde, com seus olhos verdes de hera brilhando. — Para sempre.

Já não penso muito mais em Paul Isaac Porter, embora sonhe com aquele guaxinim de vez em quando. Em meus sonhos favoritos, descubro uma maneira de libertá-lo. Assisto enquanto ele desaparece na floresta, esperando que encontre uma maneira de se curar magicamente e continuar vivendo.

De certa forma, foi o que aconteceu comigo e com Brynn, eu acho.

Minha mãe e eu estávamos feridos e assustados quando fugimos para a floresta, e assim eu teria permanecido se não fosse por Brynn.

Ela foi a minha magia.

Ela me curou.

Ela me devolveu a vida.

Ela é, e sempre será, o maior tesouro da minha vida.

Por causa dela, eu sou amado.

Fim

Playlist

While My Guitar Gently Weeps – *The Beatles*

While My Guitar Gently Weeps – *AM e Tina Dico*

While My Guitar Gently Weeps – *Quinn Sullivan*

Falling – *Oh Gravity*

If I Fell – *The Beatles*

In My Life – *The Beatles*

My Heart With You – *The Recues*

Ride – *Twenty-one pilots*

The Greatest – *Sia*

You Were Always On My Mind – *Renee Isaacs*

Eu provavelmente ouvi AM e Tina Dico cantando *While My Guitar Gently Weeps* mais de mil vezes durante a primeira versão de *Sem Amor*. Há uma pungência na música que se tornou o tema de Cassidy, e sua letra — especialmente "Não sei por que ninguém te contou como entregar seu amor" e "Não sei como alguém conseguiu te controlar / Eles te compraram e te venderam" — arruinou meu coração desde o início.

Obrigada a George Harrison, o mestre, por sua habilidade e maestria com as palavras. Ainda me impressiona. Sempre serei grata.

362   KATY REGNERY

Agradecimentos

Em primeiro lugar, agradeço ao meu George. Você compartilhou a história de *The Devil in the White City* comigo em uma carona para o aeroporto, e eu fiquei obcecada com a ideia de que o filho de um assassino em série poderia ser o herói de uma das minhas histórias. Bem, agora, aqui estamos. Segure firme, meu amor... Volto para agradecer novamente daqui a pouco.

Em seguida, quero agradecer à minha Mia. Eu entreguei a você meu primeiro capítulo e o conceito do romance enquanto estava de férias, e você disse: "Meu Deus, sim! As pessoas precisam do filho de um assassino em série como um herói! Continue escrevendo!". Ok, talvez você não tenha dito exatamente isso, mas cheguei perto. Obrigada por ser minha leitora beta, parceira de escrita, amiga e líder de torcida. Eu te adoro. #SemEspaço

Para Sejla e Selma, que me ouviram falar sobre *Sem Amor* em uma viagem de carro para uma sessão de autógrafos em Boston. Muito obrigada por me fazerem sentir como se minha ideia fosse encantadora e por me encorajarem a continuar. Eu ainda não sabia como escrevê-lo, mas, depois de compartilhar minha ideia com vocês, soube que precisava continuar escrevendo!

Para os meus leitores do Radish, que deram a *Sem Amor* uma chance desde o início: Lena D., Bel M., Allison H., Heather G., Patterson G., Maeve W., Carlotta G., Freja E., Sunshine T., Jackie A., Sharon C. e Candi V. Vocês amaram Cass e Brynn desde o primeiro capítulo, e significa o MUNDO, para mim, compartilhar a história final com vocês.

A todos os meus outros leitores, obrigada por entrarem em contato comigo para compartilhar seu entusiasmo a respeito de *Sem Amor* e darem uma chance a este livro. Espero que vocês se apaixonem por Cass e Brynn tanto quanto eu!

Para as Katy's Ladies e minha longa lista de blogueiros que me apoiam, que sempre me divulgam e ajudam, vocês sabem quem são, e eu não seria quem sou sem vocês. Obrigada por amarem minhas palavras e por terem passado seus dias lendo-as. Sou muito abençoada por sua amabilidade e amizade.

Para a minha equipe de produção: Marianne (capa, não esta, mas todas as outras!), Tessa (preparação de texto), Chris (preparação de texto), Melissa (copidesque), Elizabeth (revisão), Cassie Mae (formatação) e Tanya (design), vocês são mais incríveis do que poderia ser possível! UAU! Obrigada por tudo que fazem para que minhas palavras brilhem. Escrever livros é uma coisa; compartilhá-los com o mundo exige a delicadeza de vocês. Sou grata por isso.

Para Heather, Sage, Lydia e o maravilhoso TRSOR, OBRIGADA! Não conseguiria apresentar este livro ao mundo sozinha. Vocês o ergueram e lhe deram asas!

Para meus amigos de Ridgefield — especialmente Shannon, que me apoia de cem maneiras diferentes —, obrigada. Autumn, Kerry, Joy, Trieste, Maria, Jillian e Kim, beijos ENORMES e obrigada por um verão cheio de diversão! Um obrigada especial para o pessoal do Parma Market e Ross Bread + Coffee, em agradecimento por me manterem com cafeína e alimentada. Para Chris, Nik, Pete e Tanner, da PTP de Ridgefield, obrigada por me ouvirem falar sobre este livro, mantendo-me (e meus filhos!) saudáveis, vocês são os melhores! #EquipePTP E a Allison, que não mora em Ridgefield: não importa se você está em Hingham ou Houston, você está *sempre* no meu coração e me animando.

A todos os autores que apoiaram este livro, especialmente Mia, Kelly, Ilsa, Annika, Tia, Carey, Leylah e Layla, que pediram uma cópia adiantada de Sem Amor. OBRIGADA!! Eu amo nossa comunidade de autoras e sou muito grata por todas vocês!

Para minha mãe, meu pai, meu irmão, Henry e Callie, eu amo vocês mais do que as palavras podem expressar. Vocês estão sempre em primeiro lugar na minha mente enquanto navego pelas reviravoltas dessa carreira louca. Nenhum dos meus sucessos significaria qualquer coisa sem vocês na minha vida.

Finalmente, e novamente, para George. Por seu amor e apoio infalíveis. Por trazer sanduíches para casa quando eu fico louca com um prazo. Por perguntar "Como está a escrita?" todos os dias. Por acreditar em mim mais do que qualquer outra pessoa no mundo. Você é a minha outra metade, o corpo quente que eu almejo à noite, e a razão pela qual nunca me sentirei sem amor. #MeuTudo #ParaSempre

Opiniões sobre o livro:

"O livro mais recente de Regnery nos oferece personagens principais cheios de apelo e uma narrativa satisfatória e firmemente construída. Um ótimo equilíbrio entre ação e romance." – *Kirkus Reviews*

"Visceral e lindamente escrito, Sem Amor tornou-se meu livro favorito de Katy Regnery até agora." – *Kamrun Nesa, USA Today HEA Blog*

"Estou absolutamente apaixonada por esta história. Emoções de partir o coração, um amor incrivelmente intensa e surpresas inesperadas; este livro é, realmente, um pacote completo" – *Aestas Book Blog*

"Fãs de histórias contemporâneas com finais felizes vão se apaixonar pelo romance único entre Brynn e Cassidy." – *BlueInk Review, Starred Review*

"O mais recente livro de Regnery é a história sombria e de ritmo acelerado de duas pessoas que se encontram em circunstâncias incomuns... A tensão está no ponto certo, e o cenário do Maine é bem trabalhado. A história se desenrola de forma orgânica, com reviravoltas que irão surpreender os leitores." – *RT Book Reviews*

"Quando terminei de ler este livro, abracei-o contra o meu peito, tentando me prender à sua beleza por mais tempo. Lindamente escrito e pungente, todos os leitores irão adorar Sem Amor." – *Carey Heywood, Autora Bestseller do New York Times*

"De. Explodir. A. Mente. Sem Amor é uma obra de arte sobre escuridão e luz, além de um romance digno de suspiros que bagunçou meu mundo! Este livro é o tem-que-ler deste ano!" – *Annika Martin, Autora Bestseller do New York Times*

"Uma das minhas leituras favoritas deste ano! Corajoso, intrigante e inspirador." – *Leylah Attar, Autora Bestseller do New York Times*

"De partir o coração, sexy e adorável. Eu absolutamente adorei Sem Amor! Ele começa com uma tragédia e te leva em uma jornada de cura e perdão. Um dos meus livros favoritos deste ano!" – *Tia Louise, Autora Bestseller do USA Today.*

"Sem Amor, de Katy Regnery, é um dos melhores livros que li este ano! Ele mescla suspense e introspecção psicológica com uma lindíssima história de amor." – *Layla Hagen, Autora Bestseller do USA Today.*

"Sem Amor é o melhor livro que li este ano e, se eu pudesse, premiaria esta história com 6 estrelas! Bom trabalho, Sra. Regnery!" – *Emma, Kindle Friends Forever*

"Se você não quiser acreditar em mim quando digo que este livro é FODA!!... Com a palavra: Mia Sheridan (que entende tudo sobre ser Foda). ♡" – *Diana Medeiros, Blog Meu Vício em Livros*

"Desafiador, intenso, cativante, cada linha escrita por Katy Regnery em Sem Amor falou diretamente ao meu coração.

Sem dúvida, um dos romances mais apaixonantes e inesquecíveis que tive a oportunidade de ler." – *Scheila Flores, Blog Guardiã da Meia Noite*

"Certas histórias entram em nossas vidas como uma brisa fresca e gostosa, acariciando nosso coração, enchendo-o de ternura e aquecendo-o de forma inexplicável. E há outras que surgem como um furacão, selvagem e ao mesmo tempo fascinante, permanecendo em nossas mentes mesmo depois do derradeiro "FIM".

Sem Amor foi um livro que me fez sentir das duas formas. Ao mesmo tempo que é doce, cálido e delicado, é devastadoramente intenso, sensual e tão lindo que chega a doer. Mas eu não esperava menos de KATY REGNERY, que não apenas escreve, mas faz amor com as palavras, tecendo as vidas de seus personagens e tornando-os muito reais para nós. Um livro necessário para quem adora um bom romance, mas que não tem medo de derramar algumas lágrimas pelo caminho." – *Bianca Carvalho, Escritora, Tradutora e Revisora.*

"Quando você pensa que nada mais pode te surpreender em um romance, eis que surge Katy Regnery e seu incrível "Sem Amor". Mergulhe de cabeça nessa linda história, porque quando você começar a ler, a única alternativa vai ser se entregar." – *Elimar Souza, Blog Alquimia dos Romances*

"Fui imersa em uma descrição poética de sentimentos contraditórios e terminei de ler em menos de um dia. O amor, a raiva, o luto, a vida, emoções humanas e tão intensas tiraram meu ar. Percebi e aprendi muito sobre sensações que nunca experimentei, mas que pareceram reais e palpáveis. Tive momentos de muita angústia e dor, uma vontade insana de entrar no livro e abraçar Cassidy Porter, explicar para ele que tudo ia ficar bem e que ele poderia amar, sem que isso o tornasse um monstro.

Katy Regnery não nos poupa lágrimas, nem sentimentos fortes e muito menos o sabor agridoce do amor.

Indico para todos os amantes dos romances indescritíveis e para quem não tem medo de sentir o coração ser roubado por um personagem literário.

Cassidy Porter, você é muito amado." – *Aline Sant'Ana, Autora da série Viajando com Rockstars*

Entre em nosso site e viaje no nosso mundo literário.
Lá você vai encontrar todos os nossos
títulos, autores, lançamentos e novidades.
Acesse www.editoracharme.com.br

Além do site, você pode nos encontrar em nossas redes sociais.

https://www.facebook.com/editoracharme

https://twitter.com/editoracharme

http://instagram.com/editoracharme